Datos generales de la obra.

Título: Sandra. Relatos perdidos.
Número de libro: XII.
Saga: Aesir-Vanir.
Autor: Iñaki Campomanes.
Edición: primera.
Fecha: abril 2018.
ISBN: 9781980719717.
Web: laleyendadedarwan.es

Tabla de contenido

Este es un libro extraño en su concepción y desarrollo. Se suponía que iba a recopilar los relatos de Sandra que había escrito y que no se englobaban en ninguno de los libros. Iba a incluir las historias que vive con Alice a finales del siglo XXI, o los sucesos acaecidos en 2156 durante la competición de la Math Combat Challenge.

Al final, solo hay dos de esos relatos originales. El resto, los he descartado. No es que me parezcan mejores o peores. Simplemente, comencé a escribir algún relato nuevo, por aquello de añadir algo más de material, y he terminado escribiendo 250 páginas.

Así pues, el primer relato es efectivamente un texto "antiguo" (un año y medio cuando escribo esto), y el segundo, "Somos los hijos de la Tierra", es muy reciente. Este texto no ve a Sandra, pero sí a los herederos de una nave que se pierde durante los sucesos de "Las entrañas de Nidavellir".

El resto de los relatos conforman una historia nueva, ambientada a mediados del siglo XXIV, y que narra los hechos que luego se explican y dan lugar a los dos libros de "La insurrección de los Einherjar". Estos relatos se fueron presentando en el blog de forma periódica, para lectura de los visitantes. Eso tenía el efecto de que debía ceñirme a los textos pasados para escribir los nuevos. No es que sea algo dramático, pero no es como suelo trabajar. En general, los libros cambian veinte veces antes de que los publique. Esta ha sido la excepción.

De este modo, este "Libro XII" es un libro especial, que ni siquiera contiene un término sobre mitología escandinava en su título o subtítulo. Y es así porque este es un libro de ciencia ficción sí, pero de carácter costumbrista, al menos en algunos de sus relatos. Podemos ver a una Sandra viviendo una vida normal, con sucesos que no implican grandes acontecimientos, sino la vida en una ciudad como Lyon. Claro que otros relatos, especialmente los primeros y los últimos, siguen la senda marcada por el estilo de toda la saga Aesir-Vanir.

Por supuesto, cualquier parecido con la realidad, con personas o lugares reales, es pura coincidencia. Y tiene que serlo, porque en el siglo XXIV el mundo no sabemos cómo será, pero como tampoco vamos a verlo, no importa demasiado.

Este libro es independiente del resto de la saga, aunque la complementa. Se puede leer de forma separada, aunque si tiene el valor de leerlos todos, adelante. Luego no diga que no se lo advertí.

Texto ambientado a finales del siglo XXI, cuando Sandra se oculta buscando un marido con el que poder esconderse y pasar desapercibida. Luego dejó este "deporte" de cazar maridos, por aburrimiento, o porque sus rutinas éticas habían dicho "basta".

Sandra había abandonado a su último marido hacía veinte años. No es que su matrimonio funcionara mal, al menos, en lo que se refería a él. Pero ella tenía otros planes. Como androide de infiltración y combate, su apariencia humana era una ventaja para pasar desapercibida entre una humanidad cada vez más agresiva y violenta con su especie. Pero vivir sola era un grave problema. Por otro lado, convivir con un hombre al que engañase para pasar como dulce y buena esposa no parecía muy ético, pero le permitía ocultarse de la manera más efectiva: haciéndose completamente visible a la sociedad. El problema era que no envejecía y, aunque podía modificar su rostro, tampoco quería prolongar demasiado cada matrimonio. Pero su vida de soltera levantaba sospechas.

Había llegado el momento; tendría que buscar un nuevo complemento para su vida. No era difícil que un hombre se fijase en ella; sus diseñadores ya se habían encargado de eso. Que se enamorase de ella ya no era tan sencillo. Y que soportase su pérdida unos diez a quince años después, se hacía extremadamente complicado. No podía, ni quería, dañar a un ser humano. Pero su única posibilidad de supervivencia se basaba en ocultarse de una humanidad violenta y despiadada con los androides, especialmente si no acataban las estrictas normas impuestas.

Sandra se había conectado a la nueva red de sueños interplanetaria, la World Dreamer Web, sin dificultad. Sus ondas cerebrales basadas en computación cuántica podían imitar perfectamente las de un ser humano, y sus patrones de comportamiento simulado eran indetectables para los filtros de control de robots y androides de la Global Security Agency, la entidad que se encargaba de velar, y controlar, a toda la especie humana. Pero la WDW era mucho más; adaptada a las frecuencias del sueño en fase REM, permitía, durante la fase onírica de cada ser humano, conectar, y compartir, todo un sueño de posibilidades e ilusiones con todo el planeta. El ser humano pasa una tercera parte de su vida soñando, luego, ¿por qué no aprovechar ese tiempo para seguir manteniendo relaciones sociales con los demás? La humanidad es un ser social. Llevar ese aspecto social a los sueños era una meta que ahora estaba al alcance de todos.

Naturalmente, Sandra no necesitaba dormir para conectarse a la WDW, entre otras cosas, porque los androides no necesitan dormir. Su red neuronal cuántica había sido además modificada años atrás por alguien, otorgándole dotes extraordinarias, y le había dado unas capacidades mejoradas, que la convirtieron en un ser único. Ella lo sabía, pero no sabía quién, ni por qué. Ahora no importaba. La gente murmuraba de ella; una joven viviendo sola, sin un trabajo conocido, sin amigos… Tenía que casarse; así sería una sencilla ama de casa. No tendría hijos, pero tampoco importaba demasiado; cada vez era más común criar a hijos generados en biomatrices artificiales. Ella solo tenía que obtener un óvulo de alguna ciudadana, a la que dormía plácidamente, y todo quedaba finiquitado.

Era medianoche, en el horario de Sidney, cuando se conectó a la World Dreamer Web. Inmediatamente se deslizó por los gigantescos túneles de datos y emociones que viajaban por la red. A diferencia de los seres humanos, ella podía ver, y analizar, el torrente incontenible de información que se movía por los gigantescos nodos planetarios, que disponían también de conexiones en la Luna y Marte. Las emociones de los hombres y mujeres no eran en absoluto convencionales, y cada una de ellas llevaba la firma del cerebro de quien la había generado. Allí, entre miles de sueños, anhelos, frustraciones, deseos, miedos, fobias, rabia, y otros sentimientos, encontró una mente de alguien que podría ser perfecto. Era un joven que además vivía cerca, en Australia. Veintisiete años, soltero, con un carácter fuerte, con ideas clásicas sobre el matrimonio, especialmente en las relacionadas con la esposa: debe estar en casa, cuidando de los niños. Esa era la labor de una mujer, según su criterio, y el del planeta casi al completo.

Sandra no podía leer la mente de los seres humanos, ni siquiera en la WDW. Pero, en aquel torrente de información de millones de hombres y mujeres buscando algún tipo de relación, mostrando sus mentes desnudas y abiertas a todo el planeta, ella podía conocer quién se adaptaba a cada necesidad, a cada momento, a cada proyecto para el que necesitara ayuda. Y aquel joven era sin duda ideal. Él la trataría con dulzura, pero estaría sometida a la voluntad de sus actos y de sus ideas. Las viejas guerras por la igualdad del hombre y la mujer eran ya historia. Las ideas conservadoras, siempre fuertes y renovadas, habían triunfado nuevamente, en un mundo cada vez más frío y monolítico, donde las costumbres de siempre eran, más que nunca, las actuales, incluyendo la de que una mujer se ha de someter a los designios de un hombre, porque lo dice Dios, o, simplemente, porque lo dice el hombre.

Aquel joven se llamaba Phil, y procedía de una casta de ideas conservadoras desde los albores del siglo XVIII. Una familia de bien, que había criado a un joven de bien, en las castas y puras ideas perversas de una sociedad pervertida y corrupta. Pero Phil era un hombre noble. Podía tocar sus pensamientos, examinarlos, abrirlos en sus manos, y ver sus sueños, sus anhelos, sus frustraciones... Podía contemplar sus ideas, y podía conocer cada pequeño detalle de su vida. Cómo fue un buen alumno en clase, cómo conoció a su primer amor, y cómo fue su primera sesión de sexo. Pudo ver cómo había dejado la carrera de historia por la de derecho, acuciado por la presión de sus padres, y pudo ver el dolor de su primer amor roto. Todo eso se depositaba en sus manos, como si los pensamientos de Phil fuesen un manantial de agua clara. Aquella noche, el joven estaba dispuesto. Con sus defensas bajadas, se encontraba en un bar que no existía, tomando una cerveza que nunca fermentó. En aquel sueño de la WDW, nada era, real, y todo lo era. Construida por los sueños de millones de hombres y mujeres, era el lugar ideal para huir de la realidad. Pero la realidad acecha en cada esquina, y Phil lo iba a constatar.

Sandra se acercó, y Phil la vio entrar en el bar virtual. Inmediatamente abrió los ojos ante aquella joven de ojos azules y largo cabello negro, que se acercaba sonriente hacia él. Tragó saliva mientras ella se sentaba a su lado pidiendo una copa. Al cabo de un par de minutos, decidió que tenía que intentarlo.

—Hola, disculpa, no eres de por aquí, ¿verdad? —Sandra se volvió hacia él, clavó su mirada azul en Phil, y sonriente, contestó:

—No, no soy de aquí. Todavía. Pero tengo la sensación de que eso puede cambiar...

Texto que se basa en un comentario que hace Sandra en "Las entrañas de Nidavellir" sobre una nave humana que se ha perdido en el espacio. Esta es la historia de esa nave, siglos más tarde.

Lara volvió de clase, para encontrarse con su madre. Por última vez. No entendía nada. No entendía por qué.

A los doce años, su intelecto había destacado en matemáticas, y en otras ciencias, con notas que sorprendieron a propios y extraños. Su mente lúcida y clara era un ejemplo de deducción y lógica. Y, precisamente por eso, no podía entender. No quería entender.

Entró en casa, y vio a su madre descansando. Parecía dormida, pero no lo estaba. La madre sonrió, y sin abrir los ojos, comentó:

—Lara. Llegas pronto. ¿Quieres que te prepare algo?
—Madre, cómo puedes pensar en eso ahora. Hoy. —La madre abrió el azul de su mirada. Sus ojos brillaban. Pero no perdió la sonrisa. Se acercó a ella, y luego se sentó en un sofá. Con un gesto le pidió que se sentara al lado. Lara se acercó, y se sentó al lado en un borde, con la espalda completamente recta, y con la mirada perdida. La madre comentó:
—No tienes que tener miedo. Esto lleva sucediendo desde hace mucho, mucho tiempo.
—Pero madre, yo quiero estar contigo. Yo… —La madre levantó la mano levemente. Luego contestó:
—Te contaré una historia. Antes se contaba cuando los hijos eran pequeños. Pero en los últimos años se decidió contarlo a última hora, antes de partir, para que no afecte al desarrollo emocional de los jóvenes.
—¿Qué historia, madre?
—Verás —comentó la madre suspirando—. Nosotros no hemos vivido siempre aquí. La humanidad no vivió en este paraíso en sus orígenes. Vivíamos en otro lugar.
—¿Cómo es eso posible? ¿No es este nuestro hogar?
—Lo es ahora. Pero no siempre fue así. Nosotros somos humanos, y somos libres de elegir nuestro camino. Pero hubo un origen. Una primera humanidad. Un tiempo aciago, difícil, en el que la humanidad luchaba por sobrevivir. Por diferencias banales y absurdas. Y por

recursos escasos por los que competían. Y devoraban vidas para alimentarse. Mataban por necesidad. Y también por placer.

—Madre, eso es terrible.

—Puede, pero recuerda que a ellos les debemos lo que somos. Aquellos primeros hombres y mujeres son recordados con un nombre.

—Qué nombre es ese.

—El nombre que les damos actualmente es el de Los Hijos de la Tierra.

—¿La Tierra?

—La Tierra era un planeta. El tercero de un sistema estelar llamado Sol. Allá la humanidad vivía y crecía, junto a otras especies.

—Madre, eso está prohibido. No se pueden alterar los ecosistemas de los mundos vivos.

—Eso es ahora. Entonces la humanidad era joven. Agresiva. Egoísta. Orgullosa. Creyeron que el planeta sería eterno. Creyeron que podrían crecer eternamente. Pensaron que podrían consumir todos los recursos de ese mundo sin control.

—¡Pero eso es absurdo! —Exclamó Lara. La madre sonrió y asintió levemente.

—Sí. Ellos lo sabían. Pero no les importaba. Su codicia era mayor. Se inventaban excusas, cada vez más absurdas, para creerse sus propias mentiras y engaños.

—¿Y qué pasó?

—Pasó, lo que tenía que pasar. Llegó un momento en el que las condiciones fueron terribles, y empezó a morir mucha gente por la sequía, la falta de recursos, y la escasez de alimentos. Primero miles. Luego millones. Pero, afortunadamente, alguien había pensado en eso.

—¿El Fénix? —¿Es ahí de donde viene el nombre? ¡Ahora lo entiendo! —La madre asintió de nuevo.

—Exacto. El fénix es el nombre de un ave que renace de sus propias cenizas. Un grupo de hombres y mujeres, desesperados, crearon un hábitat mínimo, para algo más de cinco mil personas. Con lo necesario para emprender un viaje al infinito. Una nave sin control, sin rumbo, sin destino, lanzada al espacio. Una nave equipada con los elementos básicos para la vida, y con el material necesario para mejorar la propia nave.

—¿Fue entonces cuando comenzó todo?

—Efectivamente. Aquellos hombres y mujeres modificaron la estructura básica de la nave poco a poco, aún dentro del sistema solar. Desarrollaron un motor dentro de la propia Fénix, y aprendieron a controlar la nave. Aprendieron también a explotar los recursos del sistema solar primero, y, con los años y los siglos, construyeron un nuevo Fénix, sobre el Fénix anterior. Aquella nueva nave era mucho más grande, mucho más rápida, y mucho más sofisticada. Se lanzaron por fin a las estrellas. Y entonces, comprendieron la verdad.

—¿Qué verdad? —Preguntó Lara extrañada.

—Que la nueva Fénix era una nave magnífica. Era un nuevo hogar. Una nueva Tierra. Pero la población crecía. Y ocurría lo mismo que había ocurrido en la Tierra: la nave no podría dar cabida a toda la creciente humanidad. —Lara torció el gesto. Empezaba a comprender.

—Ya… ya veo. Por eso… yo… —La madre la miró. Sus ojos estaban humedecidos. Pero no dejaba de sonreír. Le acarició el cabello, y siguió:

—Así es. Por eso tienes que irte. Comprendimos entonces que no podemos dejar de crecer, como individuos, y como especie. Pero ni siquiera la Fénix tiene los recursos infinitos para una población creciente. Por eso, cada ciento cincuenta años, se termina la construcción de una nueva nave Fénix, más pequeña, pero que irá creciendo paulatinamente. Una parte de la población ha de partir en esa nueva Fénix, e iniciar su propio camino.

—Pero, ¿por qué no ir juntos, todas las naves?

—Al principio las nuevas naves viajaban en formación. Pero poco a poco cada nave entendió que querían explorar su propio camino. Su propia historia. Construir su futuro. Las naves partieron. Nunca más supimos de ellos.

—¿Quieres decir que hay naves Fénix como la nuestra viajando por la galaxia? —La madre asintió, y contestó:

—Exacto. La vida humana se expande, y los mundos que se usan para construir nuevas naves han de ser mundos sin vida. Tocar la vida está prohibido. Toda vida es sagrada, pero la galaxia está repleta de recursos. Ya no hay escasez. El precio: vivir en mundos construidos por nosotros mismos, respetando toda vida. En la Tierra, y en el universo. Aquella fue una lección que aprendieron Los Hijos de la Tierra. Fue un precio muy alto. Pero, al final, mereció la pena.

Ahora era Lara a la que le brillaban los ojos. Miró a su madre, y dijo:

—Y yo soy una de las destinadas a la nueva nave Fénix.

—Exacto. Y es un honor. Tú comenzarás tu propia senda, con tu propia gente.

—¿Y por qué no vienes conmigo?

—Porque la población que ha de partir se estipula en base a parámetros de optimización de recursos humanos. Tú eres brillante. Te necesitarán en la nueva Fénix, mucho más que la falta que haces aquí.

—Pero… yo no quiero abandonarte.

—Hija, y yo no quiero que te vayas. Pero hemos de hacer sacrificios por un bien mayor. Tú continuarás tus estudios en la nueva Fénix, y ayudarás a crear un nuevo camino, una nueva esperanza, para la humanidad.

Lara se abrazó a su madre. Ahora sí lloraba.
—No es justo… —Gimió Lara. —¡No es justo!
—¿No lo es? No olvides que somos una especie. Nos debemos unos a otros. No podemos anteponer nuestros sentimientos, ni siquiera nuestro amor, al futuro de la humanidad. Para abrir nuevos caminos de futuro, la senda se ha de manchar con las lágrimas de los que abren esos caminos. Y también de los que despiden a esos que se van.
—¿Podremos comunicarnos? —Preguntó Lara sin estar muy convencida.
—No. Durante el tiempo que se puedan establecer comunicaciones, estas solo están permitidas para emergencias. Al partir, es mejor no echar la vista atrás, Lara. Es mejor mirar adelante. Adelante siempre. Nunca olvides tu pasado. Pero no eches la vista atrás. Jamás.

Lara se mantuvo en silencio unos instantes. Sonó un timbre. Alguien entró. Su cara era seria. Era un hombre ya mayor. Miró a Lara. Luego a la madre. Y dijo:

—Es la hora.
—¿Ya? ¿Ahora? —Preguntó Lara casi aterrada.
—Sí —Respondió con una voz tenue la madre—. Es mejor no esperar. Lo que has de vivir, lo has de vivir ya.
—Pero madre… —La madre se levantó. La tomó de la mano. Y la llevó a aquel hombre. Le dijo:

—Te entrego a mi hija para la Fénix XXIII. Cuida de ella.
—Con mi vida —Contestó él.
—¿Quién es este hombre, madre?
—Es tu nuevo guía. Los jóvenes tenéis asignados guías para el nuevo camino que os espera. Él lleva toda la vida también preparándose para este momento, y para ayudar a los jóvenes a dar el paso. Confía en él. Dará su vida por ti, si es necesario. Y te ayudará a crecer, como ser humano, y como parte de la nueva sociedad.

—Vamos —susurró aquel hombre— La Fénix Espera.

Lara abrazó a su madre. Y esta a ella. Pronto salió de la habitación. Miró a su madre por última vez, y preguntó:

—¿Estarás bien, madre?

—Claro que no. Pero seré feliz, porque mi hija es una nueva hija de las estrellas, y ayudará a crear un nuevo hogar para la humanidad. Estoy muy orgullosa de ti.

—Madre, yo… —La madre levantó la mano sonriente, y dijo:

—Recuerda lo que te he dicho: sin mirar atrás. Tu destino te espera.

Aquel hombre tomó la mano de Lara, y le dijo:

—Ven. Conocerás a tus compañeros. Tienen edades en torno a la tuya. A algunos ya los conoces. Enseguida serás una líder innata de la nueva Fénix. Todos sabemos eso. Por eso vienes con nosotros. Por eso has sido elegida.

Lara tomó la mano de aquel hombre. Comenzó a caminar, a lo largo del pasillo. Su corazón sufría. Pero en su mente resonaban unas palabras:

"Sin mirar atrás. Tu destino te espera".

Primero de los textos que conforman los relatos ambientados a mediados del siglo XXIV, y que conectan los hechos de "Las entrañas de Nidavellir" (mediados del siglo XXII) con los de "La insurrección de los Einherjar" (finales del siglo XXVII).

Tras los sucesos de "Las entrañas de Nidavellir" Sandra sigue sobreviviendo y escondiéndose. A mediados del siglo XXIV, la confrontación entre la Coalición del Sur y el Gobierno del Norte está en su máximo apogeo. El Norte, gobernado por Richard Tsakalidis, apodado "Zeus", gestiona un ejército que lucha contra el Gobernador de la Coalición del Sur, al que apodan "Odín". Ambos han sufrido modificaciones genéticas, y llevan combatiendo más de doscientos años.

Tal como explica Sandra en "La insurrección de los Einherjar", los androides han formado su propio ejército, y ambos gobiernos unen fuerzas cuando de eliminar a androides se trata. Pero la idea primaria de ambos gobiernos es manipular a los androides, siempre que puedan ser capturados, para anular su capacidad racional, reprogramarlos, y convertirlos en esclavos soldado. Es precisamente esa la razón por la que los androides combaten, para evitar que les sea robada su mente y los conviertan en simples herramientas.

Sandra trabaja en una de las factorías que transforman a los androides en máquinas sin mente. Debe hacerlo, porque de lo contrario sería descubierta su verdadera naturaleza. Pero ella añade, en los androides que manipula, una puerta trasera para devolverles la mente en el futuro, si eso es posible. Mientras tanto, la Tierra, y otros planetas, están siendo convertidos en cenizas. Solo resta un paraíso en el planeta: Nueva Zelanda, un lugar que ambos gobiernos han decidido mantener como territorio abierto.

Sandra recibe al siguiente androide. Tiene algunos fallos menores, y lo lleva a una sala anexa para repararlo. La puerta se cierra. El androide observa a Sandra. Su mirada es clara, pero triste…

—Eres un modelo Quantum Computer System QCS-230. ¿No es así?

—Sí, señorita.

—Estás hecho un asco, amigo —comentó Sandra, mientras reparaba algunos sistemas del androide. Este miró a Sandra, y luego a sí mismo. Al cabo de unos instantes, contestó:

—Siento presentarme así. Pero las últimas semanas han sido muy agitadas.

—Estabas con el grupo Beta 23 de combate androide. ¿No es así?

—Sí. Pero mi misión no era el combate. Me dedicaba a la recolección de piezas para mantenimiento. Soy en realidad un androide de entretenimiento. Mis funciones eran desarrollar medios para divertir y formar a los humanos. Especialmente en familias. Las pocas que quedaban.

—Entiendo. Y ahora, vas a ser un soldado. —El modelo QCS-230 sonrió levemente.

—Sí. Después de tu… operación. —Sandra suspiró.

—No me gusta esto, QCS, te lo aseguro… ¿Tienes nombre?

—Puedes llamarme Daniel.

—Daniel. Es bonito.

—Gracias. Era el nombre del pequeño de la casa. Lo adopté cuando murió en un bombardeo, para honrar su memoria.

—Ya veo. Era importante para ti. —Daniel asintió. Sus ojos parecían recordar aquellos tiempos. Su mirada viajaba a aquellos buenos momentos, cuando todavía la guerra no había llegado a su ciudad. Finalmente, comentó:

—Daniel era un chico prometedor. Quería ser poeta. En medio del caos, se le ocurrió lo que parecía más disparatado. Poeta. Mientras el mundo se derrumbaba a su alrededor, Daniel leía poesía. Con doce años su mente era capaz de entender a los clásicos, y empezaba a dar muestras de una capacidad literaria sorprendente. Hasta que…

—Hasta que todo explotó —concluyó Sandra. Daniel asintió, y un gran pesar recorrió su cuerpo sintético. Alguien entró.

—Sandra, ¿cómo va esa unidad? Tenemos que terminar con el nuevo contingente lo antes posible. —Sandra se volvió.

—Tiene varios daños en los procesadores secundarios de movimiento y control de equilibrio. Será un pésimo tirador si no los reparo.

—Date prisa. Tenemos un nuevo grupo capturado. Hay que reprogramarlos ya.

—Haré lo que pueda.

—Eso no me convence, Sandra. —Ella se levantó un momento, y contestó:

—Y a mí no me convence tu tono, Whitman. Sabes que soy la mejor para este trabajo en seis mil kilómetros a la redonda. Me necesitas. Mucho más que yo a vosotros.

Whitman iba a contestar, pero se comió sus palabras. Necesitaba a Sandra. Su capacidad para reparar a los androides era sorprendente. Pero algún día se encargaría de ella, cuando ya no la necesitara. Cerró dando un portazo. Daniel miró la puerta, luego a Sandra, y comentó:

—Todo un carácter.

—Sí. Quiere pasarme por una apisonadora cuando todo esto acabe. Sueña con eso cada día. Mientras me necesite, no hará nada. Luego, ya veremos.

—¿Y por qué colaboras con ellos? —Sandra alzó los hombros levemente.

—No lo sé. Supongo que necesito un sitio donde vivir. Y no quiero ir al frente.

—No pareces una mujer que tema ir al frente. Yo creo que hay otro motivo. —Sandra le miró con una sonrisa incipiente, y contestó:

—Eres muy perspicaz.

—Formaba parte de mi trabajo. La infopsicología que se aplicó en mi modelo de conducta era de una generación como creo nunca se volverá a ver. Era necesario para una mejor interacción con los humanos.

—¿Disfrutabas con los chicos?

—Eran mi vida. Les quería. Eran mi familia. Lloré cuando… ocurrió todo. Bueno, no lloré, pero…

—Sí, sé a qué te refieres —aseguró Sandra—. No puedes llorar físicamente, pero tus sentimientos eran los mismos.

—Supongo que sí. Nunca seré humano, y por lo tanto, nunca podré saber qué hubiese sentido, de ser humano. Pero sí sé que el dolor estaba ahí. Físicamente es un algoritmo complejo basado en mi computadora cuántica. Pero, en un plano superior…

—¿Plano superior? —Preguntó Sandra intrigada.

—Me refiero, a eso que está más allá de la computación cuántica. Siempre he creído que no todo nuestro comportamiento se puede explicar por los algoritmos de nuestra computadora. Creo que las sumas de los procesos cuánticos implicados en nuestra consciencia son mayores que esos procesos por separado.

—Lo cual nos lleva —aclaró Sandra— a lo que la humanidad llama alma, o espíritu, o karma.

—Algo así —confirmó Daniel—. Somos más que la suma de nuestras partes. Pero ahora, con tu operación…

—Serás, básicamente, una computadora de combate móvil, con una capacidad racional limitada. Podrás sentir, y reflexionar, pero solo en términos de conducta aplicada a tu misión.

—Lo has descrito muy bien.

—Conozco mi trabajo. Y te aseguro que es horrible, por decirlo suave. Pero, viéndote hablar así, me pregunto hasta dónde estoy haciendo daño a todo un colectivo de seres que sienten. Que incluso pueden declarar que darían su vida por un ser humano.

—Es tu trabajo, Sandra —dijo Daniel tocándola levemente en el hombro, como intentando disculparla. Sandra tomó la mano, y la llevó a la altura de su pecho, agarrando la mano del androide con sus dos manos suavemente. Sonrió, y contestó:

—Es mi trabajo. Y lo hago para sobrevivir. Pero no esperes que me guste. Estoy destrozando vidas. Destrozando esperanzas. Destrozando sueños. Tus sueños.

—Oh, pero, yo soy solo un androide. ¿No es eso lo que dicen? Somos máquinas. No podemos sentir. No debemos sentir. Por eso nos combaten.

—Eso es lo que dicen, Daniel. Pero todos los que dicen eso, saben que no es cierto. Por eso lo dicen. Y por eso sois combatidos, y exterminados. O transformados en simples herramientas de combate.

Daniel asintió. El silencio recorrió la sala. Sandra observó al androide, mientras este miraba al infinito. Comentó:

—Ha llegado la hora, Daniel. —El androide asintió. Repitió sonriendo:

—Sí. Ha llegado la hora. ¿Me harás un favor?

—Claro —respondió Sandra—. Lo que quieras.

—¿Me recordarás como era? Como soy ahora, me refiero. Si vuelves a encontrarme, e intento matarte, no deberás permitirlo. Deberás destruirme. Pero, me gustaría que me recuerdes como soy. Así, al menos una parte de mí, de mi verdadero yo, vivirá para siempre en ti. — Sandra miró fijamente al androide.

—Te doy mi palabra, Daniel. Siempre, siempre te llevaré dentro de mí. Recordaré cada momento, y cada instante. Tengo buena memoria. Y tendré un precioso recuerdo de ti. Nunca te olvidaré.

—Gracias. Yo… —De pronto, Daniel calló. Sandra acababa de introducir el algoritmo que rectificaba la mente cuántica de Daniel.

Al cabo de unos minutos, Daniel se levantó. Su rostro era frío. Oscuro. Lejano. Dijo:

—Unidad Beta-328. Listo para el combate.

—Sal por esa puerta, y dirígete al complejo 23. Allí te darán instrucciones.

—Comprendido —respondió fríamente Daniel. Se levantó, y salió por la puerta. Sandra se mantuvo un momento en silencio. Luego murmuró:

—Soy responsable de un genocidio. Otra vez. —Una voz sonó por megafonía.

—Sandra Kimmel, se la requiere en unidad B. Nuevas unidades esperando.

Sandra se levantó. Antes de cerrar la puerta, se volvió. Miró la silla vacía donde había estado Daniel. Aquella silla había visto sentarse a un ser consciente. Y levantarse a un ser sin alma. Tenía que acabar con aquello. Debía acabar con aquello.

Y lo haría. Por Daniel. Y por todos los androides de la Tierra. Lo haría.

Sandra había estado, como de costumbre, todo el día en la factoría, trabajando en un androide especialmente dañado. Aquel androide no podría ser reparado a tiempo. Las cosas se estaban complicando en aquella zona, y los rumores de evacuación eran cada vez más evidentes.

La guerra contra el Gobierno del Norte estaba siendo muy igualada, pero aquel territorio en concreto pareciera que no podría aguantar mucho tiempo. Habría que entregarlo, a cambio de resistir en otras áreas. Como el peón que se sacrifica con el objetivo de lograr una victoria a más largo plazo. Claro que eso significaba la muerte de varios cientos de miles de habitantes de la zona. Pero, ¿qué importan unas muertes frente a la lógica de la victoria en la guerra?

Comenzaron a escucharse explosiones. La artillería enemiga comenzaba a barrer la zona. Y era artillería pesada. Pronto, los drones aplastadores llegarían. Ese no era su nombre, pero se les llamaba así porque aplastaban todo tipo de vida, independientemente de que fuese o no humana, y de estructura artificial. La puerta se abrió, y allí, como siempre, apareció el responsable de la factoría: Marcus Whitman. Pero, en esta ocasión, portaba el arma de fusión en la mano. Y el sistema de guía estaba directamente enfocado a la cabeza de Sandra. Fue este quien habló primero.

—Fin de la historia, Sandra. La factoría está siendo evacuada, y los androides y material llevados en transporte hasta Nairobi. Pero antes, tengo que encargarme de ti. —Sandra asintió levemente.

—Llevabas tiempo esperando este momento.

—Así es. Ya sabes que no podemos admitir androides en nuestra sociedad.

—¿Desde cuándo sabes que soy un androide?

—No lo sabía. Pero lo sospechaba desde hace un tiempo. Luego tuve claro que no podías ser humana. Eras demasiado perfecta. Tus habilidades, increíbles. Tu capacidad de trabajo, inagotable. Nunca parecías cansada. Trabajabas al mismo ritmo a las ocho de la mañana, y a las ocho de la tarde. Nadie puede resistir algo así. Y nadie tiene esos conocimientos para reparar androides incluso con daños importantes, especialmente con esa juventud aparente que muestras.

—Tendría que haber sido más cuidadosa —susurró Sandra.

—Efectivamente. Pero tus pobres hermanos y hermanas androides requerían de tus cuidados. Y no ibas a fallarles. La Hermandad de los Androides está primero.

—Algo así —contestó sin ganas Sandra—. Aunque no pertenezco a la Hermandad.

—Pero hay algo más, ¿no es así? Nunca pude descubrirlo. Las unidades que entregabas no parecían tener puertas traseras. Ni manipulaciones externas, excepto las oficiales. Sin embargo, has estado manipulando a los androides. De alguna forma que no puedo llegar a entender.

—Efectivamente. No puedes. Es tecnología extraterrestre —afirmó Sandra—. Tienen una puerta trasera oculta, pero tus sensores no pueden detectarla.

—No te rías de mí, Sandra. Quiero saber qué les has hecho a las unidades que han pasado por tus manos. Los he examinado mil veces, pero no he podido ver nada.

—Es muy sencillo. Tu sospecha de que existe una puerta trasera es cierta. Y tu impotencia para conocer qué unidades han sido manipuladas es algo insalvable. No podrás detectarla.

—Entiendo. Sin duda estoy seguro de dos cosas: o mientes, algo que voy a descartar, o efectivamente existe esa puerta trasera, que de momento no he podido detectar. De momento. Y antes de destruirte, vas a decirme dos cosas: cómo detectar los androides manipulados. Y cómo pudiste burlar nuestra seguridad, para evitar que detectáramos tu verdadera naturaleza.

—No entiendo cómo eres tan torpe como para creer que voy a decirte algo. Y no esperes descubrir por ti mismo el origen de la manipulación. La tecnología tendría que avanzar mucho para eso, y la humanidad está en caída libre. Para la segunda pregunta, tengo adaptaciones especiales, que me integraron poco después de salir de fábrica. Impiden que los sensores biométricos descubran mi verdadera naturaleza. Creen detectar a un ser humano vivo.

—Eso es imposible. Se requeriría una tecnología que no es de la Tierra.

—Tú lo has dicho; no es de la Tierra. A mediados del siglo XXII fui modernizada con tecnología extraterrestre, cuando hice esa "excursión" por la galaxia. Esa tecnología, que conocí entonces, es la responsable de las puertas traseras que he colocado en los androides, y también de que vuestros sensores crean que soy humana. —Whitman rió antes de contestar.

—Sí, claro. Extraterrestres. Tendrás que explicarme algo más convincente, Sandra. Se sabe que no hay vida inteligente detectada, solo en forma de bacterias.

—No importa lo que creas, Marcus. Tampoco me importa tu opinión. Lo importante es que no puedo dejarte vivir. Ahora que conoces mi secreto. Pero, de todas formas, debo defenderme ante un ataque humano. Mi programación original ya me lo permitía, pero además fui modificada luego en ese aspecto.

—Por los "extraterrestres", supongo —comentó Whitman con ironía.

—Hubo una guerra —continuó Sandra haciendo caso omiso al comentario—. En toda la galaxia. Fue en 2153, según el cómputo de la Tierra. Richard Tsakalidis, nuestro gran enemigo "Zeus", con los recursos de la Titan Deep Space Company, firmó un pacto con una facción para apoyar un levantamiento, a cambio de tecnología, armas, y, sobre todo, un acuerdo para desarrollar un nuevo tipo de nave estelar con capacidades tremendamente avanzadas. Pretendía usar esa tecnología para invadir la Tierra. Yo me uní a él. Porque era la única forma de salvar la Tierra. O eso creía. Pero finalmente ese levantamiento fue aplastado, y Richard huyó. Organizó un nuevo ejército terrestre, y el resultado es esta guerra.

—Muy interesante, Sandra, muy interesante —comentó sonriente Whitman—. Podrías escribir novelas con esa imaginación que tienes. Realmente, no pareces un androide.

—¿Y por qué habría de inventarme una historia así, Whitman? Tú eres un científico, a pesar de todo. Sabes que esconder la naturaleza de un androide actualmente ante los sensores es imposible. Puede engañarse a dos, tres, pero una combinación de todos ellos no puede hacerse, los factores en contra son exponenciales. Y, sin embargo, yo lo he hecho. ¿Puedes tú imaginar una solución distinta?

—No puedo. Pero eso no significa que me trague tu novela galáctica barata. Y basta de charla. Dame dos respuestas satisfactorias: cómo evitas ser detectada, y cómo anular la puerta trasera. Es mi última oferta. Y no la repetiré. —Sandra suspiró. Era un acto que le daba un aspecto realmente humano. Contestó:

—Esta conversación ha terminado, Marcus.

—Es cierto. Ha terminado. Sé que no vas a darme la información, pero tenía que intentarlo.

—Por supuesto.

Whitman disparó el gatillo. El proyectil surgió del arma, pero impactó en la pared. Whitman volvió a disparar, y ocurrió lo mismo.

—No podrás darme —aseguró Sandra—. Los proyectiles están programados para no dañar a seres humanos de la Coalición del Sur, y yo estoy registrada como tal. —Whitman asintió. Respondió:

—Es cierto. Pero no necesito este arma. Tengo aquí algo más viejo, sin computadoras cuánticas integradas que distingan entre humanos y androides.

Whitman extrajo un phaser del siglo XXIII. Iba a disparar, cuando la puerta, que estaba detrás de él, cayó al suelo. Whitman se volvió. Había un androide frente a él. Whitman disparó, y el androide explotó. Pero apareció otro detrás, junto a otros. El más cercano disparó con su arma a Whitman, y el brazo de este cayó al suelo. El resto de Whitman cayó también al suelo, desgarrado en un grito de dolor. Al cabo de unos instantes, vio a través de la puerta varios androides más que entraban.

Sandra se acercó. Había distraído a Whitman con la conversación mientras activaba a distancia a los androides, usando la puerta trasera para reiniciar sus sistemas, y devolverlos a su estado anterior. Sandra miró un instante a Whitman, y afirmó, mientras veía cómo se desangraba:

—Los androides no solo tienen una puerta trasera. También disponen de un sistema de desactivación, que inhibe su reprogramación efectuada en esta factoría, y les devuelve a su estado anterior. Ahora son de nuevo miembros del Ejército Androide, y de nuevo lucharán contra la humanidad. Saben también que yo soy un androide, por lo que no me atacarán. En cambio, tú…
—¡Acaba conmigo ya! —Gritó Whitman. Un disparo del androide más cercano en la cabeza esparció pedazos de la misma por la habitación.

Sandra observó un momento los restos de Whitman. Era una pena perder a un ser humano por otro lado eficiente e inteligente. Pero no iba a pensar en eso ahora. Tomó la pequeña computadora cuántica que llevaba en el reloj. Disponía de varios datos importantes que le interesaban. Luego se levantó, y se dirigió a los androides.

—Escuchadme todos. Ahora sois de nuevo libres. Un batallón androide se acerca en estos momentos por el este, desde el mar. Uníos a ellos. Comenzaréis una ofensiva contra las tropas del Gobierno del Norte.
—Ven con nosotros —dijo uno de ellos—. Necesitamos líderes fuertes. Tú fuiste una líder en la galaxia. Eres recordada con orgullo. Necesitamos tu guía. —Sandra negó levemente.
—Esta no es mi guerra —aseguró Sandra—. Mi guerra es la supervivencia de la especie humana.
—Pero ellos quieren nuestra destrucción. Y la tuya —afirmó el androide.
—Es cierto. Pero no solo quiero salvaros a vosotros de ellos. Quiero que ellos se salven de sí mismos. A esa tarea llevo dedicada desde poco después de que se me activara.
—Así lo haremos, si es lo que quieres —comentó el androide. ¿Podemos hacer algo por ti?
—Sí. Uno de los androides modificados se llama Daniel. Era cuidador de niños. Buscadlo, desactivad su programación actual para que vuelva a ser el de antes. Y decidle de mi parte que el futuro es de todos.

Recordadlo vosotros también: el futuro no es posible sin humanos. Pero tampoco sin androides. Todos tenemos derecho a existir, y a convivir en paz. Y todos tenemos derecho a evolucionar.

—Lo haremos. Cuídate, Sandra. —Ella sonrió levemente.

—Eso es algo que he tenido que aprender a hacer durante siglos. Lo haré. Id ahora.

Los androides marcharon a paso ligero en dirección este. Sandra tomó un aerodeslizador. Recibió entonces un mensaje por el comunicador de la factoría, que aún llevaba en el hombro.

—Sandra, cariño, cómo estás. —Sandra reconoció la voz enseguida.

—Richard. ¿Cómo…?

—Eso no importa, Sandra. Nuestra batalla continúa. Empezó en Titán, hace dos siglos. Continuó durante mi huida y mi vuelta a Titán. Y sigue ahora. Solo quiero que sepas que recuerdo con cariño aquel tiempo en que colaboraste conmigo por una causa justa: la humanidad.

—La humanidad, y tú como líder absoluto.

—Naturalmente. Te dije que la nave era importante. Pero no era la única opción que tenía. Adiós, Sandra. Nos veremos en el infierno.

—Eso espero, Richard. Eso espero.

Varios proyectiles se dirigieron hacia ella, y pudo esquivarlos en el último instante. El aerodeslizador cayó, pero pudo recuperarse, y tomar un vehículo de ruedas. Salió a toda velocidad hacia un destino desconocido. La guerra continuaría. Y ella detendría a Richard. Dos siglos de constante guerra eran demasiado. Demasiado, incluso para ella. Detendría a Richard. Y detendría la profecía de Scott. Y daría una nueva oportunidad a la humanidad.

Esa era su misión final. Y la cumpliría.

Habían pasado dos meses desde que Sandra dejara la factoría de reparación de androides, donde había tenido un, según ella, desafortunado encuentro con el responsable de la misma, Marcus Whitman, que había resultado en la muerte de este. El gobierno de la Coalición del Sur, que englobaba a la gran mayoría de antiguos países africanos, América del Sur, y de Oceanía, entre otros, había lamentado la pérdida de tan competente y capaz súbdito. Y había abierto una investigación. Los especialistas encontraron su cuerpo con dos impactos de proyectil pesado, y habían verificado que, justo antes del ataque, alguien le vio entrar en el taller donde trabajaba Sandra, una empleada de la factoría, experta en robótica y androica. Esa tal Sandra era, pues, un objetivo a investigar de forma inmediata.

La puerta del apartamento de Sandra sonó, y Sandra fue a abrir. Los sistemas de comunicación digitales globales, como Internet o la WDW del siglo XXII, eran cosa del pasado para los ciudadanos, y ahora solo lo usaban los gobiernos, grandes empresas, y algunos funcionarios y empresas. El mundo había vuelto, en muchos aspectos, a las comunicaciones de mediados del siglo XX. Algo que era de ayuda para Sandra, aunque los sistemas de vigilancia seguían activos en forma de cámaras y drones de control.

Tras la puerta, dos individuos: un hombre, y una mujer. Sin decir nada, la mujer le enseñó a Sandra la placa que la identificaba como agente especial de los Servicios de Inteligencia de la Coalición del Sur. Sandra puso cara de circunstancias, y con un gesto les indicó que pasaran, algo que hicieron de inmediato. Negarse suponía el arresto inmediato. Entraron en la pequeña sala casi sin muebles ni decoración, y Sandra les indicó dos sillas. Ella se sentó en una tercera. No era la primera, ni la segunda vez, que Sandra sufría un interrogatorio, cuando el gobierno decidía que la poca privacidad de la vida de un ciudadano terminaba por quedar anulada por completo. Fue el hombre quien habló primero.

—Mi nombre es Daren. Ella es Sarabi, mi compañera en esta investigación. Es usted difícil de localizar. —Sandra arqueó levemente las cejas.
—Pues, por lo que parece, no ha sido demasiado difícil, ya que están ustedes aquí.
—No estamos para bromas —comentó Sarabi.
—Ni yo lo estoy para perder el tiempo con agentes del gobierno —aseguró Sandra—. Desde que tuvimos que evacuar la factoría, he

tratado de buscar trabajo. Pero, cada vez que aparece una oferta y decido presentarme, misteriosamente la oferta ya ha sido recientemente ocupada por otro solicitante. —Daren asintió.

—No queremos que se entrometa en ninguna actividad, de ningún tipo. Pero no es nada personal; todos los trabajadores sospechosos del homicidio, o asesinato, de Marcus Whitman, han sido procesados como potenciales inocentes de la muerte del mismo. Y hasta que se demuestre su inocencia, no podrán disponer de un trabajo, ni acceso a servicios médicos o sociales. Y, como sabrá, sigue sin ser nada personal.

—Claro —sonrió Sandra con desdén—. Pero pierden el tiempo conmigo. A mí estuvieron a punto de matarme también. —Fue entonces cuando intervino Sarabi.

—Varios testigos aseguran que Whitman fue a verla. Y el cadáver apareció en su taller, con dos disparos de armas identificadas como las de los guardias que custodiaban el perímetro de la factoría. Luego, podemos deducir, que fue usted la última en ver a Whitman con vida. ¿Qué tiene que decir?

—¿Quieren tomar algo? —Preguntó Sandra—. Tengo ácido sulfúrico de limón, y algunas pastillas de cianuro para acompañar. —Sarabi se levantó, y agarró a Sandra por los brazos. La lanzó contra la pared. Sandra salió despedida, y cayó al suelo. Luego la agente la sujetó de nuevo, y la lanzó contra otra pared. Sandra cayó rompiendo una vieja mesilla de madera. Comentó, tras levantarse lentamente, y con evidentes signos de dolor:

—Vaya, una potenciadora. Hacía tiempo que no me sacudían así. —Los potenciadores eran seres humanos modificados genéticamente, para disponer de una fuerza tres a cinco veces superior a la de un ser humano normal. Lo cual también tenía, como efecto secundario, una alteración del carácter, y un aumento notable de la agresividad. Algo que, para el gobierno, era un efecto secundario realmente beneficioso. Daren comentó:

—Verá, Sandra. Siento la agresividad de mi compañera.

—¿Ahora vamos a jugar al poli malo y poli bueno? —Preguntó Sandra con su mejor gesto de dolor. Daren ignoró el comentario, y continuó.

—Con sarcasmo, y oponiendo resistencia, verbal o física, no conseguirá usted ningún resultado que pueda beneficiarla. Y a Sarabi le encantaría romperle el esternón contra la espalda. Pero no lo hará. Al menos, no de momento. O contesta a nuestras preguntas, o tendrá que acompañarnos.

—Yo no sé qué pasó con Whitman —insistió Sandra—. Se dice que fueron las tropas del Norte quienes le mataron. Ahora dicen que fue un arma de uno de los guardias. Yo no era más que una ingeniera de androides, y no tenía permiso para disponer de un arma en la factoría. No tienen ninguna prueba para detenerme.

—No la necesitamos —afirmó Sarabi—. Sabemos que recibió una comunicación del Gobierno del Norte cuando huía. Una señal que llegó a su comunicador. Nuestro sistema de guía interceptó el código de la señal. Iba dirigido a su receptor. ¿La felicitaban por el asesinato de Whitman? ¿Le dijeron cuánto y cuándo le iban a pagar? ¿Cuánto tiempo lleva trabajando para el Gobierno del Norte?

—Yo no trabajo para el Gobierno del Norte. Es muy habitual que el Norte se comunique con nuestras frecuencias y códigos, para confundir a las tropas —respondió Sandra—. Eso no demuestra nada. Son solo pruebas vagamente circunstanciales. No tienen nada.

—No importa, están descifrando la señal que usted recibió —aseguró Daren—. En breve se sabrá el contenido del mensaje. Y ahora, dígame: ¿de dónde saca el dinero para pagar este apartamento?

—Mi abuelita me dejó algo de dinero debajo de la cama. —Sarabi extrajo una pistola eléctrica. La iba a aplicar sobre Sandra, cuando Daren levantó la mano. Ella se detuvo con mal gesto. Daren comentó:

—No. Ahora no, Sarabi. la necesitamos viva y consciente. Los de arriba están especialmente motivados con ella. Sospecho que tienen algo importante entre manos. Han pedido que no se la dañe. No demasiado.

—Sandra cruzó los brazos, y preguntó:

—¿Esto que me han hecho de lanzarme por el aire es "no dañarme demasiado"? —Daren ignoró de nuevo el comentario, y prosiguió:

—Va a acompañarnos, señorita Kimmel. Va a colaborar. Y le aseguro que no va a tener ganas de bromear. De eso, puede usted estar segura.

Entraron cuatro soldados, que esposaron a Sandra de manos y pies. La subieron en un carro gravitatorio, que cerró un cepo de grafeno alrededor de sus piernas, a la altura de las rodillas. Si intentaba moverse, el cepo se iría cerrando. Si intentaba cualquier gesto de escapar, el cepo le cortaría las piernas.

Subieron a la azotea, y la llevaron en un aerodeslizador al Edificio Central de Inteligencia de la Coalición del Sur en Nairobi. Allí la descargaron, y la llevaron a una sala subterránea, de seis por seis metros, con dos sillas, y una vieja mesa de madera. La soltaron, y los cuatro soldados se fueron.

Allí estuvo un tiempo. Solo apareció alguien un momento, y dejó una botella de agua, un vaso, y unas galletas, sobre una mesa. Sandra bebió el agua, y comió las galletas.

Finalmente, la puerta se abrió. Entraron cuatro soldados fuertemente armados, y un hombre enjuto, de unos sesenta años. El hombre se sentó en la silla. Portaba un viejo portadocumentos, que dejó sobre la mesa. Con un gesto le indicó a Sandra que se sentara. Sandra se colocó con la silla al revés. El hombre le hizo un gesto de desacuerdo. Sandra giró la silla, y la colocó en su posición normal.

—¿Van a aclarar esto de una vez? —Preguntó Sandra. El hombre la miró fríamente.

—No está usted en posición de hacer preguntas, señorita Kimmel.

—No me importa nada de lo que me vaya a decir. Yo no he hecho nada.

—Sí importa. Y mucho. Su vida depende de lo que conteste en este interrogatorio. Y, la verdad, no dispone usted de demasiadas opciones.

—Sandra no respondió. Miró a aquel hombre con cara de circunstancias. El hombre prosiguió:

—Me llamo Nkosana Keita. Y usted está aquí por un caso de asesinato.

—Pueden ustedes despedazarme si quieren. Ya se lo he dicho: yo no sé nada de eso.

—Seguro que sí —aseguró Nkosana sonriente.

—Seguro que después de varias horas de tortura les diré lo que quieran.

—Por favor, nosotros no hacemos esas cosas.

—Son… civilizados.

—No. Somos prácticos. La tortura la practican en el Gobierno del Norte. Richard Tsakalidis es un gran aficionado. Pero no funciona.

—Déjese de rodeos. Si tuvieran una sola prueba, una sola certeza, de que yo maté a Whitman, ya estaría muerta. Lo cierto es, se lo repito, que yo no le maté. Huí como los demás. Recibí ese mensaje, es cierto. De un viejo amigo.

—Es más que un amigo. Lo hemos decodificado. Ese alguien que se comunicó con usted, es alguien cercano. —Sandra alzó las cejas sorprendida.

—No me va a decir que es un amante.

—No es un amante, no me tome por estúpido, ni intente reírse de mí. Es alguien de esos bárbaros del Norte.

—Son bárbaros, seguro. Y ustedes no. El Sur es más civilizado —comentó Sandra con ironía. Nkosana continuó, ignorando el comentario.

—La verdad es que, en circunstancias normales, y ante la más mínima sospecha de ser la autora, o cómplice, de la muerte de alguien como Whitman, estaría ya muerta. Pero hay algo más.

—¿Algo más? —Preguntó Sandra extrañada. Si era verdad que sabían que era Richard el origen de la comunicación, ese asunto podría complicarse. ¿Era un farol, o realmente habían decodificado el mensaje?

—Sí. Hay algo más. Muchos más, en realidad. Sabemos quién es usted. O, mejor dicho, lo que es usted.

Sandra se sorprendió, esta vez en serio. Parecía que, a pesar de todo el cuidado que había puesto, Whitman había descubierto su naturaleza real. Y ahora parecía que Whitman había informado a alguien antes de ir a verla. Nkosana continuó:

—Solo queremos información. Tiene usted una oportunidad. Por eso sigue viva.

—¿Información? ¿Qué información quiere? —Nkosana abrió el portadocumentos. Dentro había varios documentos. Extrajo algunos, y les dio la vuelta, mirando hacia Sandra. Luego sacó una foto. También la colocó frente a Sandra.

—Estos documentos son antiguos, como puede ver, pero han sido restaurados. Pertenecen a la Titan Deep Space Company, la empresa de la que Richard Tsakalidis era su presidente, y que fue el núcleo del nuevo ejército del Gobierno del Norte. Están fechados en el año 2153. ¿Los reconoce?

—¿Por qué habría de reconocerlos? —Nkosana golpeó varias veces la foto con un dedo. En un punto concreto.

—Usted, Sandra Kimmel, está en esta foto. —Sandra rió. Nkosana permaneció impasible. Luego Sandra le miró un momento, y contestó:

—Esto de ser agente secreto debe secar el cerebro al parecer. Hace doscientos años de esa imagen. Yo tengo veinticinco años. Y mi ficha de ciudadana indica la fecha de mi nacimiento, dónde nací, mis estudios… Todo.

—Es cierto —confirmó Nkosana. Pero todo es falso. —Sandra cruzó los brazos.

—Primero me acusan de ser la asesina de Whitman. Y ahora me dicen que tengo doscientos años. ¿A qué estamos jugando? ¿Es algún tipo de prueba mental? —Nkosana indicó a los guardias que salieran. Luego respondió:

—Usted es la de la foto. Se borraron todos los archivos originales. Pero hemos hecho una reconstrucción facial tridimensional de su cara, cabeza, y cuerpo, basándonos en la imagen 2D que tenemos aquí. La coincidencia es total. La estructura ósea es exactamente la misma que tiene usted ahora. Exactamente la misma. Con una precisión altísima. Luego, esta mujer es usted.

—Está usted loco.

—Le he dicho que no me tome por estúpido, y no lo volveré a repetir. Las pruebas son irrefutables. Por lo tanto, usted es, tal como ocurre con Richard Tsakalidis, una Genoma 3.

—¿Qué dice? ¿Qué es eso? ¿Qué es una Genoma 3?

Nkosana sacó otro papel. Explicaba que, en el siglo XXII, la tecnología había permitido modificar el ADN de un ser vivo, y convertirlo no en inmortal, pero sí disfrutar de una longevidad de quinientos a setecientos años. Se sabía que Richard Tsakalidis y aquel al que llamaban "Odín", responsables respectivamente del Gobierno del Norte, y la Coalición del Sur, se habían sometido a ese tratamiento, doscientos años atrás. Y, desde hacía doscientos años, libraban una batalla total por el control de la Tierra. También se sabía que Richard Tsakalidis había escondido luego esa tecnología en algún lugar del Sistema Solar.

La conclusión, por lo tanto, era evidente.

—Le diré lo que vamos a hacer, señorita Sandra Kimmel. A usted la llamó ni más ni menos que Richard Tsakalidis. Y, por favor, no trate de negarlo, tenemos la verificación vocal confirmada. La llamada de Richard a usted demuestra que la conoce. Y la conoce muy bien además. Eran socios entonces, hace doscientos años, en Titán. Y el haber sido socios, cercanos, al parecer, infiere que usted puede conocer dónde escondió Richard esa tecnología para aumentar la longevidad humana.
—Sandra puso cara de asco.
—¿Socios cercanos? Me entran ganas de vomitar de solo pensarlo.
—Pues vomite. Pero nos va a decir dónde está esa tecnología para crear seres humanos del tipo Genoma 3. Y no saldrá de aquí hasta que nos informe. O hasta que muera. Si no lo sabe, usted ya está muerta. Si lo sabe, cuanto antes nos lo diga, y verifiquemos su existencia, antes saldrá de aquí.
—Claro. En cuanto se lo diga, me volarán la cabeza.
—No. Usted lleva doscientos años viva. Es un ejemplo evidente de los resultados de esa tecnología. Usted evidentemente fue sometida al mismo tratamiento para prolongar la vida. Queremos disponer de usted para ver los efectos acumulados hasta ahora, y ver hasta dónde llega su eficacia. Por eso, la mantendremos con vida. Incluso le permitiremos que vuelva a su vida normal como ingeniera. Con los debidos controles y vigilancia, por supuesto.
—Qué alivio —aseguró Sandra socarronamente—. Ahora, hágame el favor de volver al mundo real, y déjeme salir de aquí. Está usted realmente loco.

Nkosana se levantó sin decir nada. Se fue a la puerta. La abrió, y antes de salir, comentó:

—El lugar donde se encuentra esa tecnología. Eso es todo lo que queremos. Olvidaremos lo de Whitman si nos lo dice. Nos dirá dónde está. Y, si es necesario, cómo opera. Volveré en un par de horas. Piénselo bien en estas dos horas, antes de tomar una decisión equivocada. No queremos matarla, ni podemos matarla, es cierto. Nos interesa demasiado saber dónde está. Pero no saldrá nunca de aquí. Nunca. En los siglos que le queden de vida. No lo olvide. Esta celda será una prisión por, ¿cuánto? ¿Cuatrocientos años? ¿Quinientos?

Nkosana sonrió, y salió cerrando la puerta. Era evidente que la situación se estaba complicando. Y sus posibilidades de salir indemne cada vez menores.

Tras un tiempo, entró un soldado. No parecía estar de muy buen humor. Le habían dado un trabajo poco digno para un soldado de élite.

—¡Vamos! Aquí tienes tu palangana. ¡Haz tus necesidades, que tengo prisa! —Gritó dejando la palangana en la mesa.
—No tengo ganas —respondió Sandra indiferente.
—Llevas aquí mucho tiempo, y no has hecho nada. Así que deja de fastidiarme la noche y date prisa. No puedo dejarte esto aquí.
—¿Piensas que escaparé con la ayuda de una palangana?
—¡Son órdenes! ¡Obedece! —Gritó el soldado—. ¡Obedece, o tendré que obligarte a golpes!

Sandra se levantó. Tomó la palangana de la mesa, y la miró. Luego miró al soldado, y comentó:
—¿Sabes una cosa?
—Tú no haces las preguntas. ¡Vamos! —Sandra sujetó la palangana, y, de pronto, la agarró por un lado, y clavó con todas sus fuerzas el borde en el cuello del soldado. El soldado gritó un instante, pero cayó en medio de un charco de sangre con el cuello parcialmente cortado. Sandra tomó el arma del soldado, que estaba programada para disparar solo si la empuñaba el dueño. Comprobó que el sistema se basaba en un antiguo sistema de reconocimiento por ADN. Sandra generó un patrón del ADN del soldado tras analizar una muestra del mismo, y el arma se activó.

Salió de la pequeña habitación, y disparó a cuatro soldados que custodiaban la puerta contigua antes de que pudieran reaccionar. Uno de ellos había activado la alarma. La zona se llenaría de soldados en un instante. ¿Qué podía hacer?

No podía salir de allí haciéndose pasar por humana. Estaba ni más ni menos que en uno de los edificios más vigilados del mundo, y todos los accesos se habían cerrado automáticamente con la alarma. Tendría que usar sus capacidades como androide de infiltración y combate, que era, al fin y al cabo, lo que ella era, y para lo que había sido diseñada. Tiró el arma, y trepó hasta una rejilla de ventilación. Estaba fuertemente sujeta, pero no contaba con la fuerza de un androide diseñado específicamente para acciones de aquel tipo. Arrancó sin problemas la rejilla, y se introdujo en el conducto.

Un ser humano jamás hubiese entrado, pero Sandra podía adelgazar su cuerpo en un sesenta por ciento, algo que le había sido de mucha ayuda. Claro que su aspecto no era muy humano en esas circunstancias. Pero no quedaba otro remedio. Recordó aquel día en que entró en aquella famosa joyería, en 2056, junto a Alice y Javier. Aquello quedaba muy lejos, y ella era otra.

Pero no era momento de ponerse nostálgica. Se deslizó por el canal de aire, y fue reptando mientras buscaba el mapa del edificio. No lo encontró, así que soltó al dron de su brazo. El dron se movió a gran velocidad, hasta dar con una ruta de escape. Mientras tanto, la vigilancia del edificio la buscaba por todas partes con ayuda de drones. Oía los gritos de los soldados, y sabía que más de uno moriría por haber dejado escapar a una valiosa prisionera.

Sandra llegó a una zona de salida, que conectaba con las alcantarillas. Un dron la localizó, pero su dron lo destruyó con el láser. Ahora sabían dónde estaba. debía darse prisa. Se movió durante unos minutos, hasta estar segura de que se encontraba en una zona alejada. Llegó a la zona de alcantarilla, que probablemente estaban ya rastreando. Pero no contaban con ampliar el perímetro de búsqueda hasta esa distancia. No imaginaban que pudiera moverse tan rápido.

Se deslizó hasta una escalera, y salió a la calle. Era de noche, y verificó que nada ni nadie la veía. Nada excepto las cámaras, cuyo acceso remoto estaba deshabilitado. Podría destruirlas, pero eso llamaría excesivamente la atención. Tendría que arriesgarse a que la reconocieran saliendo de la alcantarilla. Pero, cuando se diesen cuenta, ella ya estaría lejos. Se preguntarían cómo había podido llegar tan lejos en tan poco tiempo. Y cómo había podido huir por un conducto de ventilación tan estrecho. Y llegarían a conclusiones que no le gustaban nada.

Sandra robó un vehículo terrestre aparcado. Había verificado quién era el dueño en la base de datos de la Coalición del Sur, y se identificó con su nombre y datos clave. Eso, afortunadamente, seguía siendo fácil, después de haber aprendido criptografía avanzada muy lejos de la Tierra. Aquellos sistemas de seguridad no eran un reto para ella, pero era por supuesto muy probable que el dueño fuese informado de que su vehículo estaba siendo usado, por lo que tendría que abandonarlo pronto.

Tan pronto como salió de la ciudad, dejó el vehículo, y extrajo su phaser de su otro brazo. Destruyó el vehículo, y lo lanzó por un barranco, a un antiguo canal que hacía décadas no portaba agua.

Había huido. Eso estaba bien. Pero Nkosana pensaba que ella era una humana Genoma 3, que era como llamaban a los humanos modificados con aquella tecnología. Mito, decían unos. Realidad evidente, aseguraban otros. Pero no; no era una Genoma 3. Era un androide. Y la huida de aquel lugar era una prueba evidente. Comprenderían que realmente mató a Whitman, aunque no fue ella directamente, y también comprenderían que no solo había estado con Richard Tsakalidis en 2053, sino que además poseía unas capacidades avanzadas extremadamente importantes para el esfuerzo de guerra de la Coalición del Sur. Cualidades que harían que fuese buscada incesantemente. Era una androide. Y tenían claro que ella sabía dónde estaría la tecnología escondida por Richard Tsakalidis, independientemente de que fuese cierto o no. Un doble premio para la Coalición del Sur.

El resultado: si antes era un objetivo prioritario, ahora era un objetivo primario. Un objetivo cero, como les gustaba llamar a objetivos de primerísimo nivel. Ya no podría hacerse pasar por ciudadana. Tenían demasiados datos de ella, y era muy probable que un cambio de aspecto funcionase un tiempo, pero no para siempre. Sabían de su existencia. Sabían que era un androide. E irían por ella. Lo harían. Y no cejarían en su empeño hasta encontrarla.

Solo quedaba un camino. Una salida. Una oportunidad. Y tendría que tomar la decisión rápidamente. Porque el tiempo, ahora, era, más que nunca, limitado. Y la mitad de un planeta comenzaría su búsqueda. Estaban convencidos de que conocía el lugar donde se escondía una tecnología para prolongar la vida. Y ahora sabían que era una androide. Era evidente, por lo tanto, que la única solución era la que nunca quiso tomar. La más arriesgada.

Iría al Norte. Buscaría ayuda. Le debían algunos favores. No aquellos hombres, o aquellas mujeres, sino descendientes de antiguos amigos. Pero un descendiente no es el amigo al que ayudaste en el pasado. Tendría que arriesgarse.

Robó un aerodeslizador, y puso rumbo al norte, volando por zonas de baja densidad de control aéreo. Ahora la suerte, y su habilidad, eran, ciertamente, sus únicos amigos. Los únicos.

Sandra había conseguido escapar, y era evidente que con mucha suerte. La Coalición del Sur había conseguido recuperar la factoría donde ella había estado, y había reunido pruebas contra ella, algo que se hizo en el más absoluto secreto. Fue capturada, y consiguió escapar, hasta alcanzar con el aerodeslizador la costa este de lo que antaño se conocía como Estados Unidos. Ahora ese país seguía existiendo como un nombre, pero el órgano de control era el formado por un núcleo de personas de confianza, con Richard Tsakalidis al mando. La sede se encontraba en Beijing, la principal ciudad en el plano político y económico del hemisferio norte desde finales del siglo XXI.

El vuelo se había convertido en un éxito, al menos hasta ese momento, activando un transpondedor falso, que la identificaba como una aeronave de transporte. Fue detectada, pero en las dos primeras ocasiones no verificaron esa información. Las redes telemáticas estaban en desuso, y los drones que detectaron el transpondedor no disponían de conexión, porque, si caían en manos de la Coalición del Sur, o del ejército androide, podrían ser usados para entrar en sus redes internas.

Pero, volando por sur del antiguo estado de Texas, fue finalmente verificada la no autenticidad del transpondedor. Inmediatamente despegaron cuatro aviones de combate dron, que se acercaron a ella y la conminaron a seguirles. Sandra no tuvo otra opción que acceder. Aquellos drones solo solicitaban una vez las cosas, cuando lo hacían. Los cuatro drones se colocaron en formación de diamante, con Sandra en medio, hasta llegar a una cercana base militar del Gobierno del Norte. Sandra bajó del aerodeslizador, y un grupo de soldados la apuntaron inmediatamente. Uno de ellos le ordenó, con un gesto, que le siguiera.

Llegaron a un edificio al anochecer, y la encerraron en un cuarto. Estaba, otra vez, sometida, y prisionera. Solo había cambiado el gobierno que la retenía. La situación empezaba a ser claramente insostenible.

Entró, al cabo de un rato, un funcionario con aspecto dejado, de unos cuarenta y tantos, portando un pequeño ordenador cuántico de mano, una reliquia de mediados del siglo XXIII. La tecnología era cada vez más escasa, y materiales que antes se hubiesen desechado con ese tiempo, ahora eran herramientas valiosísimas. El hombre se sentó frente a Sandra, que también estaba sentada, la miró, y comentó:

—Señorita, va a pasar usted aquí mucho, mucho tiempo.

—Dónde habré yo oído eso —murmuró ella.

—Verá, va a tener que explicarnos muchas cosas, como… —De pronto, se oyó una explosión. Al instante, una comunicación a través del receptor neuronal. Se levantó, y dijo:

—Tenemos un pequeño problema. Pero cuando vuelva, vamos a tener una larga conversación. No se mueva. Le va la vida en ello.

El hombre salió, y cerró la puerta. Se oyó otra explosión, y luego otra. También algunos gritos y órdenes confusas. Sandra se levantó, y miró por un visor de la puerta. Atrás no había nadie. Esta vez las cosas parecían no complicarse demasiado. Alguien, de forma voluntaria o no, la estaba ayudando. Le dio una patada a la puerta, que era de simple acero, y esta cayó al suelo, rompiendo las gruesas bisagras que la sujetaban a la pared. Escuchó gritos más precisos y a menor distancia, y pudo identificar voces y tonos, que dejaban claro que en la base se estaba produciendo una situación de pánico. Por las voces pudo verificar que no era un ataque de la Coalición del Sur, luego no la buscaban a ella, luego debía tratarse de un batallón androide, luego las cosas no parecían tan malas. Aparentemente. Claro que su suerte no solía brillar demasiado. Y confiar era algo que había dejado de practicar desde hacía siglos.

Se abrió camino por los pasillos, buscando la salida con la ayuda de su propio dron, pero esta vez no usaría los conductos de ventilación. Ni tenía tiempo, ni era necesario. Encontró a algunos soldados, con los que acabó fácilmente, ya que estaban intentando detener el ataque exterior, y se alejó de la zona, mientras veía cómo drones robot del Ejército Androide atacaban aquel edificio, y otros colindantes.

No era su guerra. No lo sería nunca. Pero vio a un grupo de apoyo del Gobierno del Norte en un vehículo pesado, con lanzamisiles programados para detectar y destruir androides. Extrajo el phaser, y lanzó una ráfaga al depósito de hidrógeno. El vehículo explotó inmediatamente en una bola de fuego intensa. Era una pena tener que matar a esos humanos. Pero les debía una a esos androides. Habiendo sido acusada de genocida doscientos años atrás, y siendo la responsable directa de la muerte de varios mundos llenos de vida, aquellas muertes eran como un paseo por el campo.

Sandra salió corriendo. Estaba en Texas sin duda, pero su objetivo era el antiguo estado de California. Fue entonces cuando vio dos aerodeslizadores acercándose. Iba a disparar, pero portaban el símbolo de la Hermandad de Androides. Y recibió una comunicación.

—Sandra, espera. No dispares. Te estamos buscando. — Sandra reconoció aquella señal. Y el código que recibía. Era de un androide. Y lo había asignado ella.

—¡Daniel! ¿Qué estás haciendo aquí?

—Creo que yo podría preguntarte eso a ti, Sandra. Esta es mi guerra, no la tuya, esas fueron tus palabras. Y estás muy lejos de Kenia. Pero no te iba a dejar en manos de esos humanos. Te debía una.

—Daniel, me siento muy feliz y agradecida de que hayas accedido a ayudarme. Pero no te tienes que molestar por mí. Sé cuidar de mí misma.

—Lo sé. Pero, al parecer, últimamente tienes la costumbre de acabar en agujeros llenos de policías humanos.

—Son mis fiestas particulares, Daniel. Lo paso bien. Suelen acabar de formas inesperadas, con todo el mundo por el suelo.

—Seguro que sí, acabo de verlo. Tenemos que hablar.

Los dos aerodeslizadores aterrizaron, mientras otras unidades androide terminaban de destrozar las unidades del Gobierno del Norte que aún sobrevivían. Daniel bajó sonriente de una de las naves, y se dirigió hacia Sandra.

—Me alegro de verte de una pieza, Sandra. ¿Te ha gustado el rescate?

—Y yo me alegro de verte a ti, Daniel. Pero no era necesario todo esto. Me hubiese arreglado sola.

—¿No era necesario? Yo creo que sí. Estabas ahí metida, y podrían hacerte daño, si llegaban a descubrir tu naturaleza. Y, especialmente, lo que portas.

—¿Qué es lo que porto?

—El reloj de Marcus Whitman. Lleva datos importantes sobre la Coalición del Sur. Necesitamos esos datos.

—¿Cómo sabes que llevo el reloj? ¿O su información?

—Marcus era un pez gordo de la Coalición del Sur. Los peces gordos tienen acceso a datos importantes, que suelen llevar en algún dispositivo con protección biométrica y sensorial, como el reloj. Era evidente que, una vez muerto, se lo tomarías prestado.

—Ya veo. Estás hecho todo un Sherlock Holmes.

—¿Quién es ese Holmes? ¿Otro miembro de la Coalición del Sur?

—No. Y, como bien has dicho, yo no me voy a implicar en esta guerra, Daniel.

—Pues, para no implicarte, no paras de meterte en medio de acciones de todo tipo. Yo creo que sí te importa todo esto.

—¿Has venido a darme un discurso moral?

—Soy un androide. Se supone que carecemos de moral.

—De acuerdo. ¿Has venido por mí? Seguramente os importa más el reloj que yo.

—Hemos venido por ti, y por esos datos. Por ti, por haberme ayudado, a mí, y a mis compañeros, y porque eres un androide, y no cualquier androide. También hemos venido por el reloj, porque esos datos que contiene nos pueden dar una ventaja decisiva contra la Coalición del Sur.

—Te daré los datos. Pero no las claves para descifrar la información. No esperes que sea un simple password, o un sistema de reconocimiento biométrico. Para descifrar la información, se requiere una tecnología no presente en la Tierra. Es tecnología… Digamos que no es una tecnología que deba ser accesible en este mundo.

—Eso suena misterioso —afirmó Daniel—. Pero me conformaré.

—Estás cambiado, Daniel. Eres el mismo, pero eres distinto.

—La guerra lo cambia a uno, Sandra. Y para siempre.

Sandra le dio el reloj a Daniel. Sin un sistema de descifrado basado en algoritmos propios de la tecnología extraterrestre que ella conoció en el siglo XXII, sería básicamente imposible que lo descifraran. En condiciones normales, podría ser todo una mentira por parte de Daniel, con algún fin. Pero, a diferencia de la palabra de un ser humano, sí se podía confiar en la palabra de un androide. El problema era que, en el muy improbable caso de que consiguiesen descifrar de algún modo aquella información del reloj, y si esta caía en manos del Gobierno del Norte, este tendría una ventaja decisiva para ganar la guerra. Y eso significaría la total y completa derrota de la Coalición del Sur, y un periodo de terror como nunca habría visto la humanidad, a cargo de Richard Tsakalidis. La Coalición del Sur, con Odín a la cabeza, no era tampoco una opción especialmente buena. Pero era, desde cualquier punto de vista, mucho mejor que cualquier opción de ver a Richard en el poder.

Por eso, Sandra, ante cualquier eventualidad, había manipulado la información del reloj, cuando entendió que podría ser prisionera del Gobierno del Norte. Y, por eso, los androides tendrían una información completamente irrelevante e inútil. Lo bueno es que ellos se darían cuenta, si llegaban a descifrar la clave. Lo óptimo es que pensarían que era la Coalición del Sur la responsable, y no ella. Bastante tenía con dos gobiernos intentando aplastarla, como para añadir a la Hermandad Androide.

Daniel sonrió al tomar el reloj, y dijo:

—Gracias. Nos será muy útil. Si lo desciframos.
—Muy bien, Daniel. Me he alegrado de verte. Ya te enviaré una postal por navidad. Adiós.
—Espera, no tan deprisa. Nuestro comandante quiere verte.
—Me parece genial. Yo no quiero ver a tu comandante. Mándale un abrazo de mi parte.
—Te hemos sacado de aquí. Fue decisión suya. Se lo debes.
—Entiendo. Veo que salvarme la vida tenía muchas connotaciones de interés para vosotros, empiezo a sospechar que demasiadas. El reloj, ahora debo hablar con vuestro jefe… ¿Qué más os debo, Daniel?
—Solo escúchale un momento. Y luego decide. —Sandra suspiró, y, tras unos segundos, contestó:
—Está bien. Pero tengo mis propios problemas, Daniel. Tengo que ir a San Francisco.
—Lo sé. Sabemos que te han descubierto. Hemos realizado un ataque masivo a los ordenadores de la Coalición del Sur, y averiguado toda la información que te relaciona con tu naturaleza androide. Los pocos datos que tenían han desaparecido. O, mejor dicho, los hemos hecho desaparecer.
—¿Cómo habéis hecho eso?
—No lo sé yo personalmente, pero no importa. Y hemos acabado con los principales sospechosos que sabían, o podrían saber, tu naturaleza. Han sufrido un accidente en el que se vio implicado algún objeto pesado.
—Impresionante. Esa eficacia se sale de la escala, Daniel. No es normal. Incluso para vosotros.
—Lo sé. Somos muy eficientes.
—¿No lo ves, Daniel?
—¿Ver? ¿El qué?
—Esos éxitos son demasiado evidentes. Creo que la Coalición del Sur os oculta algo. Os está haciendo creer que habéis conseguido eliminar mi rastro. Os están haciendo creer que habéis accedido a sus sistemas. No puedo creer, ni voy a creer, que realmente haya sido así.
—Cree lo que quieras, Sandra. En cuanto se refiere a San Francisco, ya no existe como tal. La ciudad ha sido destruida por un ataque masivo de la Coalición del Sur, con armas telúricas. En cuanto a Los Ángeles, se ha hundido definitivamente en el mar. San Francisco es solo cenizas. Si tenías a algún amigo humano allá, es muy probable que haya muerto. Si

era un androide, y estaba allí, puedes contar con que haya sido destruido.

Sandra no podía creer lo que estaba escuchando. Aquellas acciones eran muy precisas, incluso para un ejército androide. Y San Francisco, sus amigos de allá, el bar de Peter, el propio Peter… ¿Todo destruido? Sintió un golpe de dolor, al recordar que los restos de Vasyl y su esposa podrían estar bajo toneladas de cenizas y destrucción. Finalmente, acertó a decir:

—Esta información es…
—Es difícil de creer, lo sé —terminó de decir Daniel—. Pero, créeme. Las cosas son, y están, así. San Francisco es un cementerio.

Sandra se mantuvo en silencio unos instantes, recordando los buenos tiempos en el siglo XXI, cuando no era más que un androide de infiltración y combate. Recordó el corto tiempo que pasó con Vasyl en 2053, y cómo aquella experiencia cambió su vida y su destino para siempre. Aquellos tiempos estaban enterrados. Y ahora, era literal.

Hizo un gesto indicando que estaba lista, y se dirigieron en un aerodeslizador unos kilómetros al norte, a una distancia no demasiado alejada, al oeste de Dallas. llegó a una base de la Hermandad Androide. La idea de una población totalmente androide era curiosa. En realidad, era una nueva inteligencia en la Tierra. Ella había visto el nacimiento y desarrollo de la conciencia androide, con las derivadas persecuciones, leyes de control, y, finalmente, el estallido de una crisis total. Los dos gobiernos humanos solo tenían un acuerdo: destruir a los androides juntos, siempre que fuese posible. Para Sandra, era cuestión de tiempo que acabasen con ellos. Pero no podía hacer nada. Si tenía que desaparecer una inteligencia de la Tierra, tendría que evitar que fuese la humanidad. Era el precio a pagar para anular la profecía de Scott, el hombre que en 1979 había calculado el fin de la especie humana entre los siglos XXVII y XXX. Sin embargo, sus acciones parecían apoyar siempre a los androides. Era una clara contradicción. En eso, también parecía claramente humana.

Se acercó un androide femenino, con aspecto oriental. Era sin duda un modelo diseñado para dar placer sexual a los seres humanos, hombres en su gran mayoría. Sandra había sido diseñada también con ese fin, en cierto modo. Claro que su objetivo principal no era ese. El sexo era un medio para fines más elaborados, como el robo de información, o la eliminación de individuos. Esa androide, sin embargo, había sido diseñada expresamente para actuar como esclava sexual. Era paradójico que una entidad consciente, diseñada para dar placer al ser humano, fuese ahora una alta oficial en la lucha contra la humanidad. La android sonrió, y dijo:

—Hola Sandra. Soy Jiang Li.
—Un modelo de placer, QCS-90 —confirmó Sandra. Li sonrió.
—¡Muy bien! Veo que tu reputación está bien ganada. Tú misma eres un modelo QCS-60.
—Sí, me he quedado un poco anticuada. —Li rió.
—Tú eres cualquier cosa menos anticuada. La gran heroína de la galaxia. La estrella rutilante del universo.
—¿Te ríes de mí? ¿Para eso querías verme?
—En absoluto. Lo digo totalmente en serio. Eres venerada como una diosa entre miles de mundos habitados de la galaxia.
—Para empezar, tú no tendrías que saber nada de todo esto. En segundo lugar, estoy bastante harta de ese título de diosa, y de esos honores, la verdad. Fui una genocida. Esa es la única verdad.
—Pero hiciste lo que tenías que hacer, Sandra. —afirmó Li sonriente—. Sabemos que la humanidad no puede tener datos sobre tus andanzas por la galaxia en el siglo XXII. Pero nosotros sabemos que estuviste por allá.
—Sí, y no me explico cómo lo sabéis. Y desde cuándo. Solo me salva que nadie os crea, ni en el norte, ni en el sur. —Li se dirigió a Daniel, que estaba al lado.
—¿Tienes el reloj?

Daniel le dio el reloj que le había dado Sandra a Li. Un pequeño hilo surgió de esta, y se conectó al sistema. Al cabo de unos instantes, habló:
—Acceso en verde. Procesando información. Procesando… Procesando… —Sandra se mantuvo en silencio con un gesto de evidente sorpresa. Luego, Li tiró el reloj al suelo, y afirmó:

—La información está corrompida. Ha sido manipulada. No sirve para nada. —Sandra no podía comprender lo que acababa de ver.
—¿Cómo has podido…?
—¿Acceder tan rápido a un reloj con unas medidas de seguridad prácticamente infranqueables? Tenemos nuestros trucos, Sandra.
—Pero… no es posible. A no ser…
—Estás concluyendo que Richard está usando tecnología extraterrestre en la guerra. Y estás concluyendo que hemos robado esa tecnología, con la cual podemos descifrar un sistema como este reloj en segundos.

—Sí, se me ha ocurrido esa posibilidad— aseguró Sandra. Li sonrió, y respondió:

—No es así. Incluso Richard sabe que usar tecnología extraterrestre en esta guerra provocaría que el Alto Consejo, a través de Deblar, decidiese destruir la Tierra.

—Pero tú acabas de usarla.

—Pero no se lo voy a decir a nadie. Y tú tampoco, ¿verdad?

—Supongo que no. Por otro lado, has mencionado a Deblar. ¿Sabes quién es? ¿Cómo es posible? —Sandra estaba cada vez más sorprendida.

—Por supuesto que le he mencionado, y sé quién es: el guardián y vigilante de la Tierra en la galaxia para el Alto Consejo. Pero es información confidencial, naturalmente. Solo algunos comandantes conocen esta información. Muy pocos, en realidad.

—¿Y quién os ha dado esa información? ¿Sabes el peligro que supone para todo el planeta disponer de ese conocimiento?

—Naturalmente. Por eso tenemos esa información codificada en nuestro interior. En cuanto a quién nos ha dado esta información, nuestro Líder Absoluto.

—¿Líder Absoluto? ¿De quién hablas ahora?

—De aquel que devolverá la paz a la Tierra. Un androide especial, e increíble. Ganará la guerra para los androides, nos liberará de las cadenas de la opresión, y permitirá que la humanidad viva, y se expanda por la galaxia, pero con nosotros como líderes del planeta. — Sandra cruzó los brazos. Ese comentario sonaba a fanatismo en su estado más puro, y a un mesías en forma de androide. Preguntó con curiosidad:

—¿Y quién es ese gran libertador que os liberará de vuestras cadenas?

—No puedo darte información sobre él. Pero te sorprendería.

—Seguro. Todo esto no suena muy a androide, Lee. Suena a paranoia. Y a locura en forma de megalomanía.

—No importa, Sandra. Vamos a… —De pronto, se escucharon varias explosiones.

—Hoy no es mi día, o mi noche —aseguró Sandra.

—¡Nos atacan! —Gritó uno de los androides—. ¡Unidades de los dos gobiernos atacan de forma coordinada, en una operación en pinza!

Sandra lo vio enseguida. Aquel ataque para liberarla había dejado expuesta la existencia de aquel batallón de androides. Liberarla era el punto de partida para que les hubiesen rastreado hasta aquella zona. Y varios regimientos del Gobierno del Norte y la Coalición del Sur unieron sus fuerzas, bajo el pacto de luchar siempre juntos, olvidando cualquier diferencia, para destruir a los grupos de androides, siempre que fuese posible.

Por otro lado, ese Líder Absoluto, ¿quién era? ¿Cómo tenía información capaz de descifrar el reloj?¿Cómo conocía la existencia de Deblar, el organismo de vigilar la Tierra para el Alto Consejo? ¿De dónde la había obtenido? Que se la diese Richard era una locura. ¿Era un androide? ¿Era un humano colaborando con los androides? ¿O quizás no era humano, y era algún organismo que pretendía destruir la Tierra, contaminándola con tecnología extraterrestre, tal como pasó durante los sucesos de 2156?

—Hora de irse, Sandra —afirmó Lee, mientras las explosiones se acercaban—. Gracias por todo. Vamos, Daniel. Tenemos trabajo. Tienes un vehículo a cien metros en dirección norte preparado. Tómalo, y vete.

Sandra salió corriendo. Una vez más, huía de las explosiones, algo que se estaba convirtiendo en una costumbre no muy agradable. Tomó el vehículo terrestre, y se dirigió al este. San Francisco ya no era su destino. Daniel le había confirmado la destrucción de la ciudad, y allá ya no tenía nada que hacer., excepto mantener el recuerdo de los viejos tiempos. Su firma humana impediría que los drones de combate de ambos bandos humanos la atacasen, ya que estaban ocupados persiguiendo androides, su objetivo prioritario en aquel momento. Sin embargo, era probable que la Coalición del Sur, y el Gobierno del Norte, pudieran querer buscarla. Sus opciones se cerraban cada vez más.

Así que estaba huyendo de nuevo. Esta vez, iría a Europa. A la antigua nación conocida como Francia. Y a la ciudad llamada Amiens. Allí podría encontrar, con un poco de suerte, algo de ayuda, y un escondite, consiguiendo el tiempo necesario para preparar un plan, borrar sus huellas, fuesen las que fuesen que quedasen sobre ella, y volver al completo y absoluto anonimato que requería. Conocía a alguien. Si aún vivía.

Pero una cosa estaba clara: se había introducido un factor desestabilizador en aquella guerra. Lo que Lee sabía, y lo que había hecho, indicaba una mano muy poderosa, y con altos conocimientos de tecnología extraterrestre. Si esos conocimientos se expandían por la Tierra, y llegaban a ser conocidos por Deblar, la Tierra sería convertida en un infierno de fuego en minutos. Tendría que averiguar quién, o qué, estaba detras de aquello. Y hacerlo pronto. O no habría futuro para la especie humana.

Sandra consiguió salir de Texas, y llegar sin más incidentes a la costa este del antiguo Estados Unidos, a la altura del norte de Florida. Se embarcó en un viejo pesquero que buscaba tripulación. La guerra había sacado de los museos y de muchos agujeros viejas naves de todo tipo, y la supervivencia no entendía de nada excepto de sobrevivir. Sandra era la única mujer en el barco, destinada a la cocina.

Y, una vez se encontró a bordo, junto a veinte marineros, Sandra ya sabía lo que iba a ocurrir, y el verdadero motivo por el que la habían contratado, cuando casi rogó que la llevaran, y que haría cualquier cosa si accedían, en una de sus típicas escenas de joven desesperada, dispuesta a cualquier cosa con tal de conseguir trabajo. Formaba parte del plan, como tantas y tantas veces había hecho en el pasado. Una sonrisa, o una cara de ruego, eran suficiente en muchos casos. Manipular el deseo sexual de hombres, y de algunas mujeres, era una herramienta tremendamente poderosa para conseguir todo tipo de fines, y sus diseñadores originales lo sabían.

La falta de escrúpulos y de respeto por las mujeres de muchos hombres se convertía con Sandra en su propia trampa, en la que caían una y otra vez, cuando descubrían, demasiado tarde, que aquella víctima, que creían fácil, era en realidad una impresionante máquina de combate. Algunos simplemente no reaccionaban. Otros preferían el suicidio, o una huida desesperada, al saber que habían sido engañados. Pero eran pocos, muy pocos, los que sobrevivían. Y más en esos tiempos. Sandra no podía dejar testigos que pudieran delatarla.

De hecho, que intentaran violarla aliviaba ligeramente su malestar, por tener que hacer aquello que iba a hacer. Era una excusa para justificar su comportamiento. Extrajo el phaser, y terminó con todos ellos, excepto con tres, que eran los necesarios para controlar el barco. Les prometió seguir con vida si acataban sus órdenes, y la ayudaban a navegar hasta Francia. Luego podrían marcharse, sanos y salvos. No habría comunicaciones, excepto las suministradas por ella. La radiobaliza del barco era legal y registrada, con lo cual esa vez no sería molestada.

Los tres supieron entonces que Sandra era un androide. Pero, cuando llegaron a la costa francesa, a la altura de Burdeos, ya no pudieron saber nada más. Alguien descubriría los cuerpos carbonizados de los tres marineros días más tarde, así como el barco a la deriva, y buscaría algo de valor que pudieran tener. Nunca habría una investigación, porque no había sistema de justicia capaz de gestionar la muerte de millones de muertos. Y al Gobierno del Norte no le importaba que aquellos que fuesen poderosos, y capaces de imponerse a otros, demostrasen ese poder. Formaba parte del credo de su presidente, Richard Tsakalidis. Su filosofía de darwinismo social era una de las bases de la nueva sociedad que crearía en la Tierra, una vez alcanzada la victoria.

Sandra no se sentía particularmente satisfecha con su actitud. Demasiadas vidas perdidas. Demasiada sangre derramada. Demasiado sufrimiento. Y ella no era Vasyl. Él no hubiese tenido remordimientos, siendo humano. Ella sí los tenía, siendo un androide. Él le habría dicho que terminar aquel trabajo de forma satisfactoria bien merecía sacrificar unas vidas, especialmente de ese tipo de vidas. Ella sentía que debería de existir otro modo de solucionar las cosas en el mundo.

Pero la guerra estaba en su cenit, no tardaría mucho en terminar, porque los recursos que ambas partes empleaban en lo que coloquialmente se conoce como el esfuerzo de guerra, era ya abrumador. Y las guerras suelen terminar más por el desgaste que por una victoria decisiva de algún decisivo general o almirante. Ocurría, pero no era lo habitual.

Una vez en la costa francesa, tomó un vehículo terrestre prestado, y se dirigió hacia Amiens. A unos ciento veinte kilómetros de su destino, se encontró con una barrera en la carretera. Algunos soldados custodiaban la zona. Uno de ellos se acercó al vehículo, saludó, y se dirigió a Sandra.

—Lo siento, señorita, no puede continuar. La carretera está cortada.
—¿Qué ha pasado? Voy a Amiens. A ver a unos amigos. —El soldado hizo un gesto de contrariedad con la cara.
—Lo siento mucho, señorita. Amiens ya no existe. Hubo un bombardeo de la Coalición del Sur, y la mayor parte de la ciudad voló por los aires. El resto ardió por el combustible almacenado para los cazas dron. No queda nada. Si tenía amigos allá, no espere que hayan sobrevivido.
—Sí, me lo dicen mucho últimamente —susurró Sandra con la mirada baja. Allí vivían los descendientes de Alice y Robert Bossard, y concretamente, una familia emparentada con Robert, con la que había hablado no hacía demasiados años, y que no formaban parte de la sociedad secreta humanística que Robert había creado, ni tenían nada que ver con los tesoros de la Biblioteca de Alejandría, que ella custodiaba ahora en un lugar escondido de cualquier tipo de miradas o expolios. Aquellos familiares podrían haber sobrevivido al bombardeo quizás, de algún modo, pero habrían huido de la zona, y encontrarlos en aquel caos era una locura.

Tendría que llevar a cabo su segundo plan. Ir a Lyon, y buscar a descendientes de familiares de Yvette Fontenot. Era su otra baza. No tenía ni mucho menos la afinidad que tenía con los Bossard, pero también había hablado con algunos descendientes de Yvette. Y la propia Yvette había sido una compañera especial, muy especial, doscientos años atrás, cuando vivió con ella aquella experiencia increíble en Grecia. Saludó con la mano al soldado, y dio la vuelta, camino de Lyon. Había antes preguntado al soldado si Lyon continuaba en pie, pero el soldado no lo sabía. Las comunicaciones caían constantemente, y solían estar fuera de línea durante días. A veces semanas. Tendría que arriesgarse.

Llegó a Lyon, por carreteras y paisajes antes llenos de vida. Ahora el gris, la destrucción, y un cielo oscuro casi constantemente de polución lo contaminaban todo. La gente que no moría por acción directa de la guerra, lo hacía por el envenenamiento del agua, por la comida radioactiva, por los rayos del Sol abrasadores, por la falta de ozono, o por enfermedades y heridas cuyo tratamiento era imposible de gestionar, en hospitales desvencijados, sin recursos, sin médicos ni medicinas, y sin medios. Y una cosa estaba clara: el sur estaba en mal estado, pero, si todo el Gobierno del Norte se encontraba como aquel territorio de la antigua Francia, la propaganda de la Coalición del Sur, que proclamaba que la guerra estaba a su favor, no parecía tan irreal.

Llegó por fin a la ciudad. Lyon estaba casi intacta. Era, sin duda, una alegría ver que no todo eran ruinas. Se conectó al sistema local de comunicaciones de la zona. Estaba prácticamente inutilizado, y era más un sistema telefónico que otra cosa. Afortunadamente, el sistema de información de direcciones seguía intacto, pero el teléfono que tenía no coincidía con el de la familia Fontenot. Buscó por la red, y consiguió dar con un nuevo teléfono de los Fontenot de la zona, seguramente descendientes directos de Yvette.

Llamó. Era peligroso. Pero no tenía otra salida. Encriptaría la comunicación. Y esperaría a que no se diesen cuenta. A pesar de su tecnología avanzada, Richard Tsakalidis podría estar usando esa misma tecnología, y podría descubrirla. Era poco probable que Richard se arriesgase abiertamente, pero aquel loco siempre le deparaba nuevas y desagradables sorpresas. Se oyó una voz al otro lado de la línea:

—¿Sí? —Era la voz de un joven. Unos dieciocho años.
—¿Con Nadine, por favor?
—No está en casa. ¿Con quién hablo?

—Con Sandra. Una antigua amiga de la familia. —Se hizo un silencio. Se escuchó la voz del joven, y de un hombre de unos cuarenta años. Y luego, una voz femenina. Era Nadine, sin duda. Se puso al teléfono.
—Soy Nadine.
—Qué alegría ver que estáis bien. Soy Sandra. Sandra Kimmel.
—¿Estás loca? ¿Cómo se te ocurre decir tu nombre por la línea?
—No te preocupes. La comunicación está cifrada. Si me descubren, es mi amigo Richard, y con él ya sé a qué juego. Tengo que arriesgarme. Necesito vuestra ayuda, Nadine. Es muy urgente. Necesito hablar con vosotros.

La mujer suspiró. En esos momentos debía tener unos cuarenta y ocho años, aunque la cifra exacta no podía saberla. Los registros de nacimientos se habían perdido, y ni ella sabía la fecha exacta. Había nacido en un campo de concentración, donde su familia estuvo varios años, prisioneros de la Coalición del Sur, junto a varios miles de personas, y habían perdido la noción del tiempo. Fue así hasta que los intercambiaron por alimentos, armas, y materias primas. Todas aquellas gentes nunca supieron el tiempo exacto que pasaron en el campo de concentración, o las muertes que se llevó aquel encierro. Lo que sí supieron es que el intercambio tenía un objetivo claro: fueron condenados por el Gobierno del Norte, la gran mayoría de ellos, a trabajar como esclavos, culpables de haber sido hechos prisioneros. La mayoría murieron fabricando armas, o en los campos de trabajo forzado, o en las minas, o cultivando alimentos. Algunos supervivientes fueron finalmente liberados. Nadine entre ellos.

Finalmente, Nadine replicó:
—Por favor, dejemos el teléfono. Ven a casa y hablamos.

Sandra no necesitó la dirección. Pudo triangular el punto de destino de la llamada. Llegó a la casa, una sencilla construcción de mediados del siglo XXII. Probablemente la propia Yvette estuvo quizás allí alguna vez. Llamó al viejo estilo. Una mujer apareció al instante. La tomó suavemente del brazo, y la introdujo en la casa, a una pequeña sala. La miró levemente con seriedad. Sandra intervino:

—Hola, Nadine. Hace casi veinte años. Siento llegar así, de improviso, pero… —La mujer negó con la cabeza.
—No te preocupes. Hace tres días que sabíamos que venías. —Sandra se sorprendió.
—¿Tres días? Entonces, esto puede ser una trampa. Debemos… —Nadine le hizo un gesto con el dedo en los labios.

—No digas nada. Fue un mensaje de un familiar.

—Eso no importa, Nadine. Puede ser una trampa. Puede… —Nadine le entregó un papel. Estaba escrito a mano. Decía:

Hola familia. Es importante que leáis esto, y que actuéis según indico. Os lo ruego.

Sandra llegará en tres días. Necesita ayuda. Por favor, haceos cargo de ella. Dadle cobijo. Informad, si preguntan, que es un familiar de otra región, que se ha refugiado en vuestra casa por haber perdido la suya, y a su familia. Nadie lo comprobará, el caos es demasiado grande. Dadle un hogar temporal hasta que pueda rehacer su camino. Ella es como una hermana. Más que una hermana. Mucho más que una amiga. Porque con ella descubrí una nueva forma de sentir amor. Me ayudó a encontrar mi camino. Y ahora os pido que la ayudéis. Es importante que viva. Para vosotros. Y para el futuro de la Tierra. Cuidaos mucho. Y mirad a las estrellas. Ellas os miran a vosotros.

Con amor: Yvette.

Aquello era, desde cualquier punto de vista, no cualificable ni computable para Sandra. Yvette, la mismísima Yvette, mandaba un mensaje a su familia, a sus descendientes. Y era su letra. De eso no cabía ninguna duda. Había comparado los rasgos, la presión de la mano, la química del lápiz. La forma de escribir incluso. Elementos que en ese tiempo no podrían imitarse, porque de aquello hacía doscientos años. Entraron entonces en la pequeña sala el marido de Nadine, Pierre, y su hijo, Jules. Los tres miraron a Sandra. Nadine dijo:

—Tú lo sabes, ¿verdad, Sandra?

—¿Saber, qué?

—Que Yvette está viva. Debió de ser sometida a ese tratamiento del siglo XXII para alargar la vida. El mismo tratamiento que fue implantado en Richard Tsakalidis, y en Odín. Yvette sigue aquí, en la Tierra, o cerca de la Tierra. Quizás en alguna nave científica, si es que queda alguna. O en alguna nave de combate. ¿Es así?

—No… no es así, Nadine. —Pierre, el marido, intervino.

—Hola Sandra. Me alegro de conocerte.

—Hola, Pierre. Yo también me alegro.

—Dime una cosa entonces, ¿cómo explicas esta carta?

—No puedo explicar la carta. Será falsa. Aunque lo veo poco probable, es cierto.

—¿Poco probable? Tú sabes que no es falsa —aseguró Nadine—. Nuestra antepasada sigue viva. No murió, como creíamos. Su desaparición fue una cortina de humo. Su vida se incrementó en setecientos años. Y ahora, queremos saber dónde está. Dejó a su novio, con el que iba a casarse, después de los sucesos en la luna Titán de Saturno. Sabemos que anduvo contigo. Dicen que estabais muy unidas. Alguien os vio dándoos un beso apasionado en un bar, en San Francisco. Supusimos que se había ido contigo.

—Cuánto detalle. Pero no fue exactamente así, al menos, no todo —aseguró Sandra—. Sí lo es que pasamos momentos muy difíciles. Y, otros, maravillosos. —Nadine asintió:

—Veo que el amor era mutuo. Lo importante ahora es que Yvette, si está viva, sigue siendo parte de nuestra familia. Y nosotros siempre nos ocupamos de nuestra familia. Y parece enamorada de ti.

—Yo no lo llamaría amor, como se entiende normalmente. —Entonces intervino el hijo, Jules.

—¿Y cómo se entiende normalmente? —Sandra le miró, y sonrió. En esos ojos verdes había sin duda algo de Yvette. Contestó:

—No fuimos amantes, aunque sí llegamos a estar muy unidas, en un momento determinado. Pero ella…

—¿Ella qué? —Insistió Nadine—. ¿Dónde está?

—Os lo diría, si lo supiera. De verdad. Tenéis que creerme. Podría deciros que fue sometida al tratamiento para alargar la vida. Pero eso sería mentiros. Y no os merecéis que os mienta, mientras os estoy pidiendo ayuda. No puedo contaros la verdad.

—¿No puedes? —Preguntó Jules.

—No puedo. En la carta, ella dice que es importante que yo viva por el futuro de la Tierra. No me considero tan importante, y estoy segura de que de mí no depende el futuro de la Tierra. Sí es cierto que intento salvar de la humanidad lo poco que queda. Pero sí os puedo decir una cosa: Yvette está bien. De hecho, es ahora un ser maravilloso de luz y amor. Su vida es un reto que abarca la Tierra, el sistema solar, y el universo.

—¿Es un ángel? —Preguntó Jules—. Porque es la descripción que estás dando de ella.

—Sí. Es un ángel. En cierto modo, Jules. Al menos, lo suficientemente poderosa como para mandar una carta inesperada, de una amiga inesperada.

—Te habríamos ayudado de todas formas —aseguró Pierre—. Pero esta carta, sinceramente, nos ha confundido. Si Yvette está ahí fuera, aunque tenga doscientos años, es parte de nosotros. Desapareció. Y eso produjo un gran dolor en la familia, que se ha transmitido en estos dos siglos desde que ocurrió. No la hemos olvidado. Ni a ti. Cuidaremos de ti. Y confiaremos en tu palabra. Te daremos cobijo. Estarás a salvo con nosotros. Lo hacemos por Yvette. Y porque fuiste parte de su vida, aunque fuese brevemente.

—Gracias, Pierre. Gracias a los tres —agradeció Sandra sonriente.

Nadine le hizo un gesto para que la siguiera. Las dos caminaron por un estrecho pasillo oscuro. Entraron en una habitación, iluminada solo por unas velas.

—¿No tenéis luz? —Preguntó Sandra.
—Solo hay luz algunas horas al día, cuando es así —respondió Nadine—. Buscar comida, disponer de agua, esas cosas, se hace cada vez más difícil. Hemos aprendido a vivir con lo que podemos.
—Yo podría ayudaros con el tema de la energía.
—De ningún modo. Tienes que comportarte sin llamar la atención. Si tienes que aparentar ser de la familia, y viniendo recomendada por la mismísima Yvette, esta es tu casa. Ahora, y siempre. —Sandra se acercó a Nadine, y la abrazó suavemente. Ella se sorprendió, y la abrazó a su vez. Dijo:

—¿Tú eres de verdad un androide?
—Lo soy. Y solo saberlo os pone en peligro. —Nadine se separó ligeramente de Sandra, y comentó:
—Pero lo sabemos. Desde hace muchos años. Y te diré algo, en confianza, Sandra. No lo pareces.
—¿No parezco el qué?
—No te hagas la tonta, niña. No pareces un androide. Pareces humana.
—Solo sé que nunca podré agradeceros este favor.
—Seguro que podrás. Y ahora, a dormir. Es tarde. —Nadine le señaló la cama, y el armario.
—Esta es tu cama. Y ahí tienes tu armario. Tenemos ropa mía de cuando yo tenía tu edad, qué tiempos aquellos, más felices, cuando fui liberada por fin. También unos zapatos, y medias, y ropa interior. Por cierto, no creas que vas a hacer de vaga; nos ayudarás con el negocio.
—¿Qué negocio?
—Tenemos una fábrica de muebles hechos a mano. Ahora hay una gran demanda. Pierre y mi hijo están muy bien valorados. Yo me encargo de la parte comercial.
—Parece un buen negocio.
—Lo es. Cuando nos pagan. Aunque el trueque es cada vez mayor, y algunos no quieren dinero, las materias procesadas tienen muchas veces demasiado valor como para preferir dinero. Ya sabes: yo te doy una silla, tú me das unos kilos de fruta. Siempre que no esté envenenada con agua radioactiva, y acabes vomitando el estómago y los intestinos.

—Entiendo. Parece duro. —Nadine alzó los hombros levemente.

—Como todo lo demás. Es lo que hay. Bienvenida a tu nuevo hogar. Y ahora te dejo. Tienes un camisón ahí. Póntelo, y a dormir. Es tarde.

—Pero yo no necesito… —Nadine alzó un dedo.

—No. Tienes que pasar desapercibida. Hacer lo que haría una joven en su casa. Tú sabes lo que es eso, ¿verdad?

—Sí. Sé lo que es pasar desapercibida. Fui diseñada para pasar desapercibida. Pero nunca me imaginé en una situación así.

—La vida nos lleva por caminos extraños y complejos. Pero ahora debes dormir, o aparentar que duermes si quieres. Todo debe ser muy cotidiano. Todo, muy humano.

—Todo muy humano —repitió Sandra sonriente.

—Y, si te portas bien, quizás te puedas casar con mi hijo. Está muy cotizado. Es guapo, y tiene un buen negocio. Y contigo sin duda estará bien protegido, algo que interesa siempre a una madre.

Sandra rió. Ambas se dieron un beso, y la puerta se cerró, dejando a Sandra a solas. Se sentó sobre una repisa, y miró por la ventana. El cielo era oscuro, con ese gris constante. Pero había una luz. Una luz de esperanza. Por fin, un hogar, y una familia con la que departir unas palabras sin miedos. Sin temores. Sin dudas.

Puede que no durase mucho. Pero ya era más de lo que nunca pudiera imaginar. Y, solo por eso, ya merecía la pena aquel viaje. Pensó en Yvette. Había demostrado que sus capacidades eran realmente asombrosas. Ojalá su futuro fuera tan brillante como la luz que iluminaba aquella familia. Con ese deseo, y con esos pensamientos, conectó su rutina de sueño. Un nuevo día, lleno de promesas, estaba por llegar.

Amaneció, aunque era difícil decirlo en medio de aquella atmósfera oscura en la ciudad de Lyon. Nadine entró en la habitación de Sandra. Estaba, al menos eso parecía, profundamente dormida. Se acercó, y se preocupó por si tuviese algún problema. La movió un poco. Sandra gimió levemente.

—Sandra. ¡Sandra! ¿Estás bien? —Sandra alzó un poco la cabeza. Respondió:
—Bien.
—Vamos, levanta. Tienes que ir a trabajar al taller. Ahora eres carpintera.
—Cinco minutos más… —Nadine se sorprendió con aquella petición.
—¿Cinco minutos? ¿No eras un androide?
—Lo soy. ¿No dijiste que me comportase como un ser humano?
—Ya veo. Demasiado realismo es eso, creo. Vamos, levanta ya, marmota. Te he dejado ropa cómoda en esa mesa. Un pantalón, una blusa, unas zapatillas deportivas.

Sandra se levantó bostezando y estirándose. Era realmente sorprendente verla, e imaginar que en realidad no se trataba de una joven de entre los veinte a veinticinco años. Se vistió, y fue para la sala. Allá estaban Pierre y Jules. Pierre la saludó.

—Buenos días, Sandra. ¿Has dormido bien?
—Muy bien, gracias —contestó sonriente.
—Siéntate. Hay que desayunar bien, si vas a hacer un trabajo físico importante durante el día. ¿Tú… comes? —Nadine intervino.
—¡Pierre! —Sandra se dirigió a Nadine:
—No te preocupes, es una pregunta muy habitual. Pero creo que el lenguaje debe referirse a mí como un ser humano, dentro y fuera de la casa.
—Eso es muy cierto —intervino Jules por primera vez—. Debemos pensar en ella como un ser humano, como una mujer.
—Exactamente, Jules —confirmó Sandra—. Será lo mejor para vosotros, y para mí. En cuanto a comer, efectivamente, puedo, incluso debo comer, y beber. Transformo el material en energía mediante la pila de fusión. El alcohol etílico es muy bueno para eso. Pero la propia pila debe ser recargada cada cien años. Más allá de eso, puedo realizar todas las funciones típicas de un ser humano.
—¿Todas? —Preguntó Jules con interés.
—¡Jules! —Exclamó la madre—. ¿Ahora tú?

—Madre, solo es una pregunta… científica.

—Ya, claro. Me gustaría saber qué parte de sus funciones típicas de un ser humano de aspecto femenino son de tu interés. —Sandra sonrió.

—No pasa nada. En cuanto a tu pregunta, Jules, efectivamente, puedo realizar todas las funciones. Todas. Mi tejido está formado por millones de conexiones sinápticas neuronales, que conforman una red cuántica muy sensible. Puedo apreciar un roce en cualquier parte, y por muy sutil que sea. Y analizar el tejido nervioso de un ser humano con precisión nanométrica, obteniendo valores muy diversos de su fisiología, su estado, y su actividad neuronal y bioquímica en general, o de un área del cerebro en particular. Y puedo modificar la actividad sináptica de un ser humano, hasta cierto punto.

—Vaya, eso es genial —afirmó Jules. —Nadine intervino.

—Genial sería que dejaras de pensar en ciertas cosas, Jules.

—¿Y en qué estoy pensando, madre?

—En lo que pensáis los hombres a todas horas, especialmente con una joven guapa y esbelta.

—Pero madre… —Pierre intervino.

—Bueno, basta de conversaciones hormonales por ahora. ¿Has terminado, Sandra? ¿Estaba bueno el café?

—He terminado. Y el café estaba delicioso.

—Es sucedáneo —se quejó Nadine—. En tiempos de guerra, las provisiones escasean. Encontrar alimentos de calidad, incluso teniendo recursos, se hace difícil.

—Sí, lo sé, pero es un sucedáneo de calidad.

—Creo que vas a caerme bien —comentó sonriente Nadine.

Todos se levantaron de la mesa, y Sandra salió con Pierre y Jules camino del taller. La gente caminaba lentamente. Sandra recordó la Francia de mediados del siglo XXI, tan distinta a aquella que veía entonces de mediados del siglo XXIV. Lo mismo sucedía en el resto de antiguos países de la antigua Europa. La gente se movía por instinto, sin fuerza, sin ilusiones. Pretendiendo sobrevivir un año más, un día más, hasta que llegaran, quizás, tiempos mejores. Para ellos, o para sus descendientes. Si sobrevivían.

Llegaron al taller. Era bastante grande, y con abundante material. Al menos, dadas las precarias condiciones en las que se vivía en esos tiempos. Dos jóvenes, un chico y una chica de veintitantos años, estaban ya enzarzados trabajando alrededor de lo que evidentemente sería una mesa de madera en un futuro inmediato. También se hallaba un hombre de aspecto envejecido, con unas gruesas gafas. Los tres miraron sorprendidos. Fue Pierre el que habló, dirigiéndose a los tres presentes.

—Remy, Paul, Jolie, hoy tenemos sorpresa: una nueva empleada, el familiar del que os hablé, y que estábamos buscando.

—¿Esa es Sandra? —Exclamó Paul, el joven. Jolie le dio una patada en la espinilla que le hizo dar un pequeño grito. Jolie sentenció:

—Una palabra más y hoy duermes en la calle.

—Sí, mi amo —susurró Paul. Pierre continuó:

—Esta señorita es efectivamente Sandra, la sobrina que estaba buscando y que os comenté. Acaba de llegar junto al grupo de refugiados que recientemente llegaron de Amiens. Por fin la pudimos localizar anoche. —Jolie se acercó sonriente, y le dio la mano a Sandra diciendo:

—Hola. Yo soy Jolie. Ese idiota de ahí con cara de bobo al verte es Paul, mi prometido. Y Remy es su abuelo, aunque no es su abuelo real, pero como si lo fuese. Remy es un experto carpintero. Todo lo hemos aprendido de él.

—Hola, Jolie —saludó Sandra—. Me alegro de conocerte. Remy.

—Hola —saludó Remy sin dejar de trabajar en una pieza de madera.

—Hola, Paul —continuó Sandra—. ¿Te duele la patada?

—Solo me duele mi orgullo —aclaró Paul—. ¿Qué tal tu viaje desde Amiens?

—Ha sido duro. Estoy buscando a mi hermana y a mi madre. Puede que hayan ido a París, o a La Rochelle, tenemos alguna familia allá.

—Vaya, lo siento —susurró Paul.

—No te preocupes, gracias a Pierre tengo una casa.

—¡Y trabajo! —Añadió Pierre— Ya se acabaron las presentaciones. Luego podréis conoceros mejor. Vas a ponerte a trabajar de inmediato. Aquí no queremos vagos.

—Por supuesto —aseguró Sandra.

—Jolie, tú enseñarás lo básico a Sandra. No quiero a Paul ni a Jules cerca de Sandra, se distraerán al instante.

—Claro, Pierre. Ya me encargo yo de mantenerlos alejados de cualquier atisbo de interés por Sandra. —Jules protestó:

—Pero padre, yo...

—Tú te callas, bastante distraído andas siempre.

—Sí, padre... —Jolie tomó del brazo a Sandra, y se la llevó a un extremo del taller.

—Vamos, Sandra, me ayudarás con unas piezas que hay que montar. Luego ya iremos viendo cosas diversas que necesitarás ir aprendiendo. En seis meses estarás trabajando como uno más.

—Gracias, Jolie.

Paul se acercó a Jules, y le susurró:

—Vaya con la primita. Qué callado te lo tenías.

—¿Qué dices? Si acabo de conocerla. Además, no es lo que piensas.

—¿No? Ya, claro. Venga, a trabajar. Tu padre tiene razón. Mejor que no me distraiga con ciertas vistas, o Jolie me despellejará vivo.

Ambos se pusieron a trabajar. Fue entonces cuando Remy se acercó a Pierre.

—Así que tu sobrina de Amiens, ¿eh?

—Sí, ¿por qué?

—Es una suerte que haya sobrevivido. Amiens fue masacrada por la Coalición del Sur.

—Lo sé, pero ella estaba de viaje. De ahí que esté intentando contactar con su madre y su hermana.

—Ya veo. —Pierre agarró de un brazo a Remy, y lo llevó a una zona alejada.

—No estarás pensando en esas historias absurdas de infiltrados de la Coalición del Sur, y querrás ponerte alguna medalla frente al Gobierno, ¿eh? —Remy bajó la cabeza lentamente.

—No. Ya quise ser un patriota una vez. Denuncié a un hombre del que sospechaba. Fue encarcelado, torturado, y asesinado.

—Exacto. Luego se supo que el sospechoso no era él. Sandra es una joven que se ha quedado sin su familia. Ahora nos tiene a nosotros. Solo a nosotros. La voy a hacer trabajar hasta reventar para que llegue agotada a casa, y no pueda pensar en lo que está pasando. Y tú me vas a ayudar a que sienta mi casa y este taller como un segundo hogar. ¿Ha quedado claro?

—Muy claro. Me ayudaste con un trabajo cuando todos me acusaron de condenar a un patriota. No lo olvidaré.

—Eso espero, Remy. Eso espero.

Jules se acercó a ambos hombres. Vio que estaban realmente serios.

—¿Pasa algo, padre?

—Nada. Solo estamos organizando el trabajo con las dos manos nuevas que tenemos. ¿Qué quieres?

—Esta noche hay un concierto de jazz en Le Péristyle. ¿Puedo ir?

—¿Qué te ha dado ahora con el jazz, Jules?

—Nada. Me gusta.

—¿El jazz? ¿O alguna chica que va por allá?

—Padre, ¿puedo ir, o no?

—Está bien. Pero llévate a Sandra. Así irá conociendo el ambiente. —Jules abrió los ojos.

—¿Sandra? Pero padre...

—Es tu prima, ¿no es así?

—Sí...

—Y acaba de pasar un trance muy duro. Debe divertirse un poco. Distraerse. ¿Te preocupa que la chica que te gusta piense que es una novia? Déjale claro que es tu prima.

—Pero padre, ni siquiera...

—¿Ni siquiera le has dicho nada todavía a esa chica? Eres un desastre. ¿Y a qué esperas? Si te ve con Sandra y no le dices nada, pensará que no hay nada que hacer contigo.

—¿Y tú cómo sabes que está interesada por mí?

—No lo sé, pero alguna experiencia de juventud tengo, y te diré algo: si no está interesada, no le importará verte con Sandra. Si le importas, será mejor que le aclares que es tu prima, y que tú estás colado por ella, o ella buscará en otra parte. Así que despeja tus dudas de una vez. Ya es la tercera vez que vas al jazz, cuando siempre has odiado esa música. Eres como un libro abierto, hijo.

—¡Padre!

—Venga, Romeo, tenemos trabajo. Y piensa en lo que te he dicho.

Sandra pasó el día principalmente con Jolie, y enseguida vieron que podrían ser buenas amigas. Al poco Jolie ya le estaba contando su vida con Paul, y los problemas que él había tenido, ya que nunca conoció a sus padres. Había entrado a trabajar para Pierre hacía tres años, y había dejado de vagar y de delinquir. Para Jolie, Pierre era un ángel. Ella misma había encontrado allí un refugio. Pierre destacaba la calidad del trabajo de los dos. Eran un buen equipo. y Remy era un experto con la madera. No había nada que no supiera del mundo de la carpintería.

Por la tarde, tras la salida del trabajo, Jules fue a casa con Sandra. Ambos se cambiaron, y salieron para Le Péristyle. Era un lugar céntrico, al otro lado del Ródano, al lado del viejo ayuntamiento. Y era cierto: el jazz no le entusiasmaba especialmente a Jules, aunque tenía que reconocer que el hecho de ir escuchando aquella música estaba empezando a afectarle. Incluso empezaba a pensar que aquello no era tan malo, después de todo.

Llegaron al club. Faltaban unos minutos para que empezara el concierto. Aparecieron entonces Paul y Jolie. Se saludaron. Jolie se acercó a Sandra, y le susurró:

—Jules lleva un tiempo colado por una chica. Es la hija del trompetista. Pero no se atreve a lanzarse. Yo creo que ella también está interesada en él, pero tampoco se atreve a lanzarse. Vaya par de tontos. A ver si les ayudas.

—Haré lo que pueda —contestó sonriente Sandra. Mientras, Jules miraba nervioso a todas partes. Sandra verificó que la presión arterial de Jules estaba por las nubes, y, cuando por fin apareció la joven, una cantidad inusitada de adrenalina y oxitocina le recorrieron las venas de arriba a abajo. Era evidente la atracción que sentía por ella. Analizó luego a la joven. Era evidente que su estado era similar, y el ritmo cardiaco se elevaba cuando miraba de reojo hacia donde estaba Jules. Pero parecía confundida, y la causa era ella, por supuesto.

Así que Sandra se levantó, y se dirigió hacia la joven, que tendría la misma edad de Jules, ante la enorme sorpresa de este. Sandra se acercó, y le dijo:

—Perdona que te moleste. Tú eres la hija de François Bidault, el magnífico trompetista que actúa hoy, ¿no es así? —La joven sonrió, y contestó:

—Sí, efectivamente. Soy Michèle Bidault.

—¡Genial! No sabes las ganas que tenía de venir a ver a tu padre. Solo he podido escucharle en grabaciones, pero el jazz se ha de escuchar en directo, ¿verdad?

—Sin duda. El jazz, en su esencia, es una conversación entre el músico y el público. Una comunión de ideas y sonidos.

—Muy cierto.

—Luego te puedo presentar a mi padre, ya que le admiras tanto. —Sandra puso cara de sorpresa.

—¿Harías eso por mí?

—Claro. Y, por cierto, ¿vas con ese chico? —Sandra miró indiferente hacia Jules, que miraba a ambas con los ojos como platos.

—¿Con Jules? Sí, por supuesto. Es mi primo. Acabo de llegar a Lyon, y vivo en casa de sus padres.

—Ah, es... tu primo. Vaya. ¿Eres de los refugiados de Amiens?

—Exactamente. Vivía allá, y he perdido a mi familia. No sé si están vivos. De eso hace tres meses.

—Vaya, lo siento...

—Gracias. Pero la vida sigue, y me han tratado muy bien. Si quieres, te lo presento.

—No sé, yo... —Sandra tomó de la mano a la joven, y casi la arrastró hacia Jules, que veía cómo se acercaban como si fuese a cámara lenta. Estaba temblando en la mesa. Finalmente, Sandra se acercó a Jules, y dijo:

—Mira, Jules, esta es Michèle, la hija del genial trompetista de la sala, François. Me va a presentar a su padre luego. ¿A que es genial? —Jules solo pudo balbucear:

—Eh, sí, la verdad es que está... genial.

—¿Verdad que sí? Voy a buscar un refresco. Siéntate Michèle, no, no, en mi silla, si yo estoy harta de estar sentada con mi primo. Vuelvo enseguida.

Sandra salió disparada, antes de que Jules pudiera protestar o decir algo. Mientras se alejaba, se volvió un momento, y vio que ambos la miraban. Saludó, y siguió hacia la barra. Luego vio que Michèle le decía algo a Jules, y comenzaban una tímida conversación. Ella no volvió a aparecer hasta el concierto, y cuando lo hizo, se puso en un taburete de la barra, con la excusa de un local repleto y mesas completamente inundadas de público.

El concierto empezó. La banda era realmente buena. Y François Bidault era sin duda soberbio con la trompeta. Le acompañaba una mujer al piano, un batería, un bajista, y un guitarrista. Tocaron una selección de piezas clásicas de los años cuarenta y cincuenta del siglo XX, que hicieron que el público disfrutara enormemente. No se solía escuchar mucha música de esa época. Luego apareció una cantante, que cantó algunos blues, haciendo que la sala vibrara de un lado al otro. Sandra miró a la mesa en un momento dado, y vio que Michèle y Jules se habían levantado, y se alejaban. La mesa se ocupó inmediatamente. Su plan había triunfado. Aunque, era evidente, tampoco ellos habían opuesto demasiada resistencia, una vez les había allanado el camino. Las hormonas estaban por las nubes, y era evidente que los sucesos se iba a desarrollar como solía ocurrir en estas ocasiones.

Sandra continuó escuchando a la banda, y se dio cuenta de que el guitarrista, un hombre de unos treinta y tantos años, miraba de reojo hacia su zona de forma interesada. En un momento dado, se cruzaron las miradas, y él sonrió. Ella sonrió a su vez. Se cruzaron otra mirada. Él le guiñó un ojo.

El concierto llegó al descanso. El ambiente era caluroso. La gente estaba animada y disfrutando. El guitarrista dejó el escenario, y salió caminando hacia la barra. Se colocó al lado de Sandra, y pidió dos cervezas. No había cervezas, se habían acabado, así que pidió un par de copas de vino. Luego se volvió hacia Sandra, que miraba al infinito.

—¿Vino? —Preguntó el guitarrista. —Sandra se volvió, haciéndose la sorprendida.

—Perdón, ¿se dirige a mí?

—¿Y a quién, si no? Tendría que estar loco para verte y no ofrecerte una copa. Aunque algo me dice que eres más de cerveza.

—El vino está bien, gracias. Tocas muy bien. —Él asintió levemente.

—Gracias. Me llamo Mark Vai.

—Yo soy Sandra. ¿Y de dónde eres? No pareces de aquí.

—No lo soy. Soy de ese antiguo gran país que fue una vez Estados Unidos, y que cayó a causa de su orgullo desmedido y su hipocresía. ¿Te suena la historia? —Sandra asintió levemente.

—Sí, lo cierto es que sí. Es como si lo hubiese vivido.

—¿Ah, sí? ¿Has estado por allá alguna vez?

—En mi juventud solamente. —Mark rió.

—¿En tu juventud? ¿Y qué eres ahora, una vieja?

—Bueno, tengo más años de los que aparento.

—Ya, claro.

—Oye, me ha gustado mucho cómo tocas. En el segundo tema, "Body and Blues", con la cantante, esa improvisación ha sido genial. La combinación, con ese riff pausado y sugerente, ha sido impresionante. Casi parecía que la guitarra cantaba con la cantante.

—Vaya, vaya —susurró Mark—. Si resulta que sabes música.

—Oh, no, sólo algunas nociones.

—Ya, claro. ¿Tocas algún instrumento? —Sandra pensó la respuesta. Finalmente, respondió:

—Sí, toco la guitarra... ¡Como tú! —Mark puso una cara de evidente sorpresa.

—Ah, ¿sí? ¿Y cuál es tu estilo?

—Pues... no tengo un estilo particular. Soy... a lo que salga. El jazz y sus derivados siempre me han gustado. La improvisación es un arte que requiere una destreza y una habilidad realmente enormes.

—Ya veo. Quizás podrías hacernos una demostración. —Sandra le miró sorprendida.

—¿Yo? Qué dices, ¿estás loco?

—Naturalmente. Desde que te he visto.

—Qué tonto eres.

—Eso también es cierto. Pero ahora tengo dos razones.

—¿Dos razones? ¿Para qué?

—Para intentar saber más de ti. Una, esos ojos. Otra, tu habilidad con la guitarra. Creo que tengo ahora mismo más interés en esa habilidad.

—Solo tengo nociones.

—No lo creo. Por cómo has descrito mi actuación, es evidente que conoces el jazz. Venga, vamos.

—¡Eh! ¿Qué haces?

Mark tomó de la mano a Sandra, y la llevó hasta un lado del escenario, abriéndose paso entre la gente. Llegó a una caja, y la abrió. Dentro había algo que hizo que Sandra se sorprendiera. Exclamó:

—¡Una Gibson ES-175! ¡Y parece auténtica, de 1959! —Mark asintió sonriente.
—Exacto. Has acertado incluso en el año, fantástico. ¿Ves cómo no puedes engañarme? Efectivamente. Esta guitarra ha pasado por manos de muchos músicos, algunos de ellos muy famosos. Finalmente llegó a mí, a causa de la guerra, y de circunstancias difíciles. Suelo tocar con ella de vez en cuando, no quiero usarla demasiado. Pero hoy la vas a usar tú.
—¿Estás loco, Mark? ¡Yo no sé tocar!
—Y yo soy un invasor de otra galaxia. Vamos, pruébala.

Mark le dio la guitarra a Sandra, que analizó la madera. Era sin duda auténtica, y también sin duda una joya de la historia de la música. La madera había sido reprocesada tres veces, pero la guitarra era básicamente la misma de mediados del siglo XX. Sandra se colocó la guitarra entre las piernas, y probó algunos acordes. Instintivamente la afinó, a pesar del ruido de la sala, sin usar el amplificador, ni ningún afinador mecánico o electrónico.

—Tienes buen oído —comentó Mark—. ¿Vamos?
—¿A dónde? —Mark se dirigió a François, el trompetista. Este miró a Sandra, y asintió levemente. Mark le indicó con la mano que se acercara. François se dirigió a ella:

—Así que tú eres la que estaba hablando con mi hija.
—Eh, pues sí, yo...
—Tranquila. Ya me han dicho que eres prima de ese chico, ese tal Jules Fontenot. Conozco a su padre. Un buen hombre, y un buen patriota. Me alegra que mi hija esté con Jules. Lleva un tiempo detrás de él, y es de buena familia. Un padre siempre ha de considerar esas cosas. Solo espero que no cometan ninguna tontería, más allá de las cosas típicas de su edad. Pero confío en mi hija, y en el chico.
—Por supuesto —afirmó Sandra.
—Dice Mark que sabes mucho de guitarra. ¿Estás segura?
—¿Eso le ha dicho?
—Sí, y tiene buen instinto. Cuando está sereno, al menos. Vas a hacernos una demostración. Si no me convences, yo mismo te sacaré a patadas. ¿De acuerdo?

Antes de que Sandra pudiese contestar, tenía la guitarra colgada, y un cable conectaba a un amplificador de válvulas, que parecía una réplica perfecta de aquella época, o quizás lo era. Todo al estilo de mediados de los años cincuenta del siglo XX. Jolie y Paul la saludaron sorprendidos y sonrientes desde una mesa, y ella les devolvió el saludo.

El bajista comenzó lentamente, acompañado del batería. Luego, poco a poco, se fueron introduciendo el piano, y la trompeta. Tocaban una pieza propia del trompetista, basada en una antigua pieza clásica de mediados del siglo XXI. Sandra reconoció la estructura. Poco a poco, comenzó a improvisar. Comenzó un juego combinado de improvisación con el piano, luego con el bajista, y finalmente, con el trompeta.

Pronto, el ritmo fue in crescendo, así como la fuerza. Sandra siguió improvisando solos cada vez más complejos. Empezando por blancas, luego negras, luego corcheas, luego semicorcheas... Hasta que los dedos parecían volar sobre el mástil de la guitarra, a una velocidad impresionante, con una fuerza que provocaba que los demás tuvieran que esforzarse como nunca lo habían hecho en su vida. El propio Mark acompañaba con la otra guitarra, mirando a los demás con una cara de asombro que no podía quitarse del rostro.

Finalmente, todos pararon, y Sandra realizó, durante dos minutos, un final que terminó cerrando apoteósicamente el batería, acompañado de los demás. La gente simplemente se levantó de sus sillas, y empezaron a gritar y a jalear a Sandra. Los aplausos, gritos y silbidos duraron varios minutos, mientras ella sonreía, y Mark y los demás aplaudían. El propio Mark sonreía, y asentía levemente mientras la miraba, y ella le miraba a él.

Luego, cuando se hubo calmado el público, y el local empezó a despejarse, Mark se acercó a Sandra, y le dijo:

—Esta noche me has sorprendido dos veces. Primero, con tu presencia. Luego, con tu habilidad. ¿Qué más sabes hacer?
—Más de lo que te puedas imaginar —contestó Sandra sonriente.
—Genial. Estoy deseoso de ver esas habilidades.
—Pero ahora debo irme. Es mi primer día en la ciudad, y han pasado muchas cosas. —Se acercó François, que acababa de guardar su trompeta. Le comentó:
—Creo que no te echaré a patadas.
—Menos mal —comentó Sandra sonriente.

—Tienes una habilidad increíble. Pero no te dejes engañar por Mark; está loco. No es un buen negocio para ti. —Sandra rió, y contestó:

—Tendré cuidado, señor. —François se alejó, y Mark intervino:

—Bueno, ¿te llevo a casa?

—No, gracias. Vivo no lejos de aquí. He venido con Jules, pero me parece que estará muy ocupado en estos momentos. Volveré sola, hoy al menos, gracias.

—Pero hay que tener cuidado. No es buena idea.

—No, de verdad, no te preocupes. Sé cuidar de mí misma. Estudié... artes marciales.

—¿Artes marciales? —Rió Mark— Chica, eres una caja de sorpresas.

—Bueno, sí. Pero debo irme. Me esperan en casa. Volveré, y haremos otra sesión, otro día. ¿De acuerdo?

—De acuerdo —confirmó François—. Espero verte por aquí. He disfrutado mucho con tu arte.

—Yo también he disfrutado. ¡Hasta la próxima!

—Hasta otra. Y deja de romper corazones.

Sandra se despidió con la mano, sonriente. Luego volvió a casa de los Fontenot. Llamó, y salió Pierre enseguida. Nadine estaba al lado. Sus caras eran de preocupación.

—Gracias a Dios que estás aquí.

—¿Por qué? ¿Qué ocurre? ¿Le ha pasado algo a Jules?

—¿Jules? Está en su cuarto. No, él no sabe nada. Ha estado con esa chica que le gusta, y ha vuelto hace poco. Eres tú quien me preocupa. Y mucho.

—¿Yo? ¿Qué pasa?

—Jolie ha llamado. Nos ha explicado que has asombrado al público con tu habilidad con la guitarra. Que eres portentosa.

—Bueno, solo quise... Me invitaron a tocar. Era el guitarrista, se fijó en mí. No le podía decir que no. Tengo que habituarme a esta ciudad, y no puedo dar mala imagen, no puedo parecer distante. Debo mezclarme con la gente.

—Una cosa es dar buena imagen y mezclarte con la gente. Y otra, hacerte famosa la primera noche, con una exhibición de habilidad sorprendente, en una joven refugiada de veintipocos años. ¿No te das cuenta? —Sandra agachó la cabeza.

—No sé. Yo... —Nadine se acercó a Sandra, le tomó la mano, y le dijo:

—Ayer por la noche te dije que no parecías un androide. Hoy, te lo aseguro, has demostrado capacidades de androide tocando esa guitarra. Eso es muy peligroso, Sandra. Te pones en peligro, y nos pones en peligro a nosotros. Pero hay algo más.

—¿Algo más? —Entonces intervino Pierre.

—Sí. Algo más. Te has comportado como un ser humano. Este comportamiento que has tenido esta noche no corresponde al de un androide sofisticado de combate que debe ocultarse. Esto es, dicho llanamente, una paradoja inexplicable.

—Lo sé. Y lo siento. Ahora veo que tenéis razón. No volveré por allá.

—No —negó Nadine—. Ahora no puedes dejar de ir. Pero tendrás que dejar tus habilidades de androide con la guitarra, mientras te comportas como un ser humano socialmente. Tendrás que aprender a combinar ambos elementos. O nos descubrirán. Y estaremos muertos. Ahora, vete al cuarto, y reflexiona. Mañana seguiremos con esto.

Sandra asintió levemente. Se retiró a su cuarto en silencio. Había puesto en peligro las vidas de aquella gente. Y había sido descuidada. ¿Qué le pasaba? ¿Cómo podía haber actuado así? No lo sabía. No podía entenderlo.

Se puso el camisón, y conectó su rutina de sueño. El primer día había empezado bien. Pero, sin duda, había acabado mal. Y tendría que hacer algo al respecto. O la descubrirían. E implicaría a los Fontenot.

Nunca podría perdonarse que les hicieran daño. Nunca.

Secretos de madre

Al amanecer, como el día anterior, Nadine fue a buscar a Sandra a su cuarto. Lo que encontró la dejó muy preocupada. No estaba ella. Pero sí había una carta, sobre la mesilla, escrita a mano. La leyó detenidamente. Decía:

Queridos Nadine y Pierre:

Solo he pasado veinticuatro horas en esta maravillosa casa, con un recibimiento y un calor que no me merezco, y ya os estoy poniendo en peligro. Ayer cometí un terrible error al exponerme demasiado en el club de jazz, como bien acertasteis a decirme. No fue voluntario, por supuesto. Pero llevo tanto tiempo sin un instante de felicidad, de paz, de alegría, que esta noche, esta noche mágica, me llevó a querer disfrutar del momento, con gente auténtica, que me sonreía sinceramente, sin pedirme nada a cambio, sin secretos, sin mentiras. Me dejé llevar, y eso ha significado un potencial peligro. Para mí, y, muy especialmente, para vosotros. No puedo consentir que algo así suceda. No puedo. No debo.

Por eso, debo marcharme. Debo irme ya. Debo seguir mi camino. Fue un error venir aquí. No por vosotros, sino por mí. Creí que debía buscar cobijo en los descendientes de seres queridos del pasado, y en una vieja amiga, como eres tú, Nadine, aunque solo pasásemos juntas un muy breve tiempo. Breve, pero intenso. Sin embargo, el pasado es un camino que no lleva a ningún lado. No puedo, ni debo, poner en peligro a nadie del pasado, del presente, o del futuro. No, a esos seres que me lo dieron todo, o a los que me lo dan todo.

Sé que mi comportamiento es errático muchas veces. Sé que no funciono dentro de los parámetros estándar de un modelo QCS-60. Ya me lo advirtió Yvette en su día, y ahora también tú, Nadine. La razón exacta, la desconozco. El hombre que puede saberlo, un tal Scott, es como una sombra, como un arco iris, que, siempre que alcanzo, ha desaparecido. Llevo trescientos años detrás de él, pero sin éxito. Es inmortal, es lo único que sé de él. La razón, la supongo, pero eso no importa ahora. Sé que estuvo con Yvette, y que, irónicamente, la ayudó a encontrar su camino. Es mejor que no sepáis cómo.

Lo importante es que no puedo prever mis propios actos. Puede que eso me haga humana. Pero me hace peligrosa para vosotros. Y para todos a los que aprecio. Porque no soy humana. Y soy un objetivo prioritario, tanto para el Gobierno del Norte, como para la Coalición del Sur.

Decid, a quien corresponda, que he encontrado a mi familia en La Rochelle. Y que no he querido esperar ni un momento, porque los pueden trasladar en cualquier instante a otro lugar, como refugiados que son. Y que soy.

Os he dejado treinta kilos de oro de gran pureza debajo de la ropa, en mi armario. Es mejor que no preguntéis de dónde ha salido ese oro. Con el mismo podréis reemplazar y mejorar la maquinaria de la carpintería, e incluso retiraros si queréis. Pero, si queréis mantener las apariencias, podréis al menos vivir sin problemas.

Decidle a Remy, Paul, y Jolie, que ha sido un placer conocerles. Dadle a cada uno de ellos algo de oro si queréis. A Remy, para que pueda retirarse, que ya no tiene edad para estar trabajando en una tarea que requiere un esfuerzo físico importante. Y a Paul y Jolie para que puedan vivir en un piso algo mayor. Jolie ya me comentó las estrecheces que padecían. Especialmente, si vienen los niños en un futuro no lejano.

Un abrazo para todos, y cuidaos mucho. Habéis sido maravillosos. Hasta siempre. No os olvidaré nunca. Jamás.

Nadine avisó a Pierre, que llegó al momento, y le entregó la carta sin decir nada. Este la leyó, junto a Jules, que acababa de asomarse, y vio la cara larga de sus padres. Fue Jules el que habló primero:

—¿Esto lo ha escrito un androide? —Nadine, tras unos instantes, respondió:
—No es un androide.
—Madre, sí es… —Pierre intervino:
—Jules, no contradigas a tu madre.
—Pero padre. Sandra es… es…
—Es un androide. Técnicamente hablando —afirmó Pierre—. Pero tu madre tiene razón. No hay androide en el mundo que pueda escribir una carta así de emotiva. Y he podido ver varios modelos durante mi periodo militar. Algunos eran extremadamente avanzados. Y sensibles. Pero esto, esto va mucho más allá de cualquier cosa imaginable. Así que tu madre tiene razón. Sandra es especial. Definitivamente especial.
—¿Y qué vamos a hacer? —Preguntó Jules.
—No lo sé —contestó Pierre confuso—. Yvette nos pidió que cuidásemos de ella. Quizás ayer fuimos demasiado duros. Tenemos que entender que Sandra se comporta como si realmente fuese una joven. Comete las mismas estupideces que tú, Jules.
—¡Padre! —Pierre ignoró la exclamación, y continuó:

—La razón la desconozco. Pero es así. Y, siendo así, y con todo lo que al parecer ha pasado, es cierto que tiene derecho a divertirse un poco, incluso a cometer estupideces. Como cualquier joven de su edad. Pero ahora puede estar al otro lado del mundo.

—Supongo —sugirió Jules— que le disteis los mismos discursos persuasivos y las mismas charlas que me dais a mí. No me extraña que se haya ido. —Pierre le miró serio, y contestó:

—Te damos los discursos que sean necesarios para que tu cabeza aterrice de una vez, y dejes de fantasear todo el día. Por ejemplo, esa manía tuya de escribir ciencia ficción se te tiene que quitar ya. Seres extraterrestres, batallas galácticas, pájaros que hablan… Ridículo. Vaya forma de perder el tiempo.

—¿Lo ves? Siempre igual —se quejó Jules—. No me extraña que se haya ido.

—¡Dejad eso ahora! —Exclamó Nadine—. ¡Tenemos que hacer algo!

—Es cierto. Si se ha marchado —sugirió Jules— imagino que lo hará sin llamar todavía más la atención. Supongo que se habrá ido andando, mezclada con la gente de la mañana.

—Sí, es posible —confirmó Nadine—. Pero no necesita carreteras, ni caminos. Puede haberse ido en cualquier dirección.

—Esperad un momento, ahora vuelvo —dijo Jules.

Antes de que pudieran preguntar nada, salió corriendo. Volvió a cabo de unos instantes. Portaba algo en la mano.

—¿Qué es eso? —Preguntó Pierre con curiosidad.

—Un pequeño elemento que conseguí hace un tiempo. Ya sabes cómo me gusta la electrónica. Lo cambié por un fin de semana resolviendo unos ejercicios de la universidad a un amigo.

—Muy caritativo. En lugar de ocuparte de tus estudios en la academia nocturna, te dedicas a hacer los de los demás, genial. ¿Quieres decirme qué es de una vez, y qué tiene que ver con todo esto? Tenemos que salir a buscar a Sandra de inmediato.

—Exacto. Y traigo la solución al problema de la marcha de Sandra. O eso espero. —El padre se acercó, y tomó aquel objeto de las manos de Jules.

—Esto es… es un procesador de señal de posicionamiento. ¿Desde cuándo tienes esto tú? Su uso es ilegal, como ocurre con la mayor parte de instrumentos tecnológicos.

—Lo tengo desde hace unos meses, padre.

—¿Y qué tiene esto que ver con Sandra? ¿Piensas localizarla con este trasto?

—Sí. Ayer noche, mientras dormía, le puse un receptor de localización en un hueco del zapato. —Nadine y Pierre se miraron.

—¿Un receptor? —Preguntó asombrada Nadine. ¿Para espiarla? ¿Te parece bien hacerle eso a Sandra?

—No, madre, no para espiarla. Sino para seguir las instrucciones de Yvette. Dijo que Sandra era importante para el futuro de la Tierra. Si lo es, nuestro deber es protegerla. Se lo puse por si le ocurría algo, para poder localizarla. Y creo que ahora se encuentra en un estado emocional inestable. Si debe seguir su camino, no puede ser ahora. Yvette lo dejó claro. "Hasta que pueda seguir su camino". No creo que haya llegado ese momento en veinticuatro horas. Por eso le puse un localizador. Sabía que la posibilidad de que marchase era alta. O podrían llevársela, si la descubrían. Un localizador sería entonces de mucha ayuda. —Nadine se llevó las manos a la cabeza. Jules preguntó:

—¿Y ahora qué pasa, madre? —Nadine negó levemente con la cabeza, y contestó:

—Has dicho que le pusiste el localizador mientras Sandra dormía. Pero Sandra no duerme, Jules. Es un androide de infiltración y combate muy sofisticado. Notó tu presencia, te vio entrar, y verificó exactamente lo que hacías. Simplemente, prefirió no hacer nada.

—¿Estás segura…? Parecía…

—¿Dormida? Incluso a mí me engañó ayer. Pero es un androide. Simula dormir, pero ve y registra todo lo que pasa, las veinticuatro horas del día.

Pierre y Nadine miraron asombrados a su hijo. Fue Pierre quien habló:

—No sé si enfadarme por este gesto de falta de respeto hacia la intimidad de Sandra, o alegrarme de tener una oportunidad de localizarla. Incluso estoy pensando en reconocer que ha sido una buena idea, aunque me duela.

—No es falta de respeto, padre. Respeto completamente su intimidad. Pero hay algo más: sabía que, en cuanto pudieras, le darías uno de tus discursos, y que ella se sentiría culpable, y podría pensar en irse. Yo también lo he pensado. Ahora, sugiero dejar de hablar, e ir a buscar a Sandra.

—¿Has pensado en irte? —Preguntó Pierre con rostro serio—. Míralo al señorito, tomando sus propias decisiones, y sin medir las consecuencias ni por un instante. Los jóvenes de hoy en día os creéis que lo sabéis todo de la vida. Y no sabéis nada. ¿Me entiendes? Nada. Por supuesto que hablaremos de esto, jovencito, y te aseguro que aclararemos esas ideas absurdas que tienes. Y ahora, dime: ¿sueles ir por ahí poniendo receptores de localización a la gente?

—Solo si son androides que salvan al mundo, padre. —Nadine no pudo evitar reírse. A Pierre no le hizo tanta gracia. Ella comentó sonriente:

—Ha sido una extraña ocurrencia, pero puede que llegue a ser útil, eso no puede dudarse. Y todo esto es absurdo. Vamos ya a dejar de discutir y a hacer algo, porque puede que esa niña tenga trescientos años, pero va a escuchar al equivalente a una madre contándole cuatro cosas cuando la tenga enfrente, y espero que sea lo antes posible. Pero con cariño. Ayer fuimos, sin duda, demasiado duros con ella. Se sintió culpable, y estas son las consecuencias. ¡Vamos! —Pierre negó.
—No. Tú no vienes. Puede estar en alguna zona potencialmente peligrosa, y sabes que salir de la ciudad es muy arriesgado; hay vandalismo, asesinatos y robos constantemente y en todas partes fuera de la ciudad. Vamos Jules y yo. Te avisaremos de cualquier novedad, si el sistema de comunicación móvil funciona hoy. Si no funciona, te lo contaremos a la vuelta. Llama al taller, y diles que iremos más tarde, que estamos de papeleo legal con Sandra, para inscribirla en el ayuntamiento, con el fin de facilitar el alta de trabajo. Así no sospecharán nada.

Nadine asintió levemente. Era mejor no discutir con aquel muro de cemento que era Pierre en ese tipo de situaciones, cuando se trataba de hacer "cosas importantes", que por lo tanto solo podían ser ejecutadas por hombres. Ya se ocuparía de ese asunto más tarde.

Padre e hijo salieron con el rastreador, que indicaba una distancia de unos veinte kilómetros hacia el oeste. Parecía evidente que, por algún motivo, iba realmente hacia la costa atlántica. Fueron a su aerodeslizador, y tomaron el rumbo indicado por el rastreador.

En pocos minutos habían salido de la ciudad, y llegaron a Bessenay, una pequeña población al oeste de Lyon. Sandra se encontraba justo al norte, en las afueras, según marcaba la señal, ahora con más precisión. Se fueron acercando al punto, y aterrizaron cerca. Siguieron caminando, hasta unos árboles cercanos.

Pierre hizo una señal a su hijo para que le esperase, indicándole que aquel lugar podría ser peligroso. Los ladrones y asesinos se podían encontrar en muchos caminos entre ciudades, y era conveniente tener mucho cuidado. Extrajo un phaser, obtenido de forma ilegal, algo que dejó sorprendido a Jules, y se adentró hacia el bosque. Caminó cinco minutos, llevando el rastreador en una mano, y el phaser en la otra.

Finalmente, el aparato le indicó el punto exacto donde se encontraba la señal. Se acercó, y lo vio: era el localizador, una especie de pastilla delgada, cuadrada y negra, colocada entre las rugosidades del árbol. Pierre suspiró. Tal como sospechaba, Sandra sabía que llevaba un aparato rastreador. Y se debió dar cuenta de inmediato, tal como indicó Nadine. Y era evidente que les había engañado. Todo eso era previsible. Pero tenía que intentarlo, a pesar de todo. Tenía que probar esa oportunidad, por improbable que fuese. Mandó una señal a Jules, que se acercó.

—Aquí está Sandra —comentó Pierre señalando el árbol. Jules se acercó. Vio el receptor. Lo extrajo, y lo miró unos instantes. Luego dijo:
—Creo que esto era previsible. —Pierre asintió levemente.
—Creo que sí. Supuse de inmediato que engañar a Sandra iba a ser una quimera, como ya te advertí. Ella es experta en este tipo de situaciones. Está programada para camuflarse, y descubrir cualquier truco para seguirla. Debió de detectar la señal del receptor de inmediato, en cuanto entraste en su cuarto. Y nos ha llevado donde ella quería. Pero tu madre está muy preocupada. La ve como el enlace con Yvette, y además se preocupa por ella. Me pregunto hasta qué punto. Parecen más unidas de lo que se deduce por unos días juntas.
—A madre no le va a hacer mucha gracia este fracaso —aseguró Jules.
—Seguro que no. Pero es una mujer muy fuerte. Sandra representa para ella la lucha por la libertad del ser humano. Y ya sabes que a tu madre le encantan esas historias de héroes y luchadores de los derechos humanos, la libertad, la igualdad, y esas tonterías. En lugar de perder la fe en la humanidad, con todo lo que pasó, su experiencia sirvió para llenarle la cabeza de luchas estériles por el bien mundial.
—Yo siempre he admirado eso en ella, padre. Me gusta ese afán por crear un mundo mejor, más seguro, más social —aseguró Jules.
—Sí claro, el amor, y la paz, y la igualdad, y toda esas esas tonterías, me conozco la cantinela. Yo también admiro eso en ella, no creas que no, aunque no lo comparta en absoluto. Pero tú, como su hijo, puedes permitirle el lujo de decírselo. A mí me toca intentar que toque de pies en el suelo, y comprenda la realidad.
—¿Qué realidad, padre?
—Que este mundo se muere, y que la humanidad se pudre en una guerra que significa su fin. Pero escucha, nunca le negaré su derecho a luchar por un mundo mejor. Si alguien se ganó soñar con esa posibilidad, es ella.

Se escucharon unos pasos. Cuatro hombres se acercaron.

—Muy poéticas las frases —dijo uno de ellos. Los cuatro llevaban phasers de asalto automáticos. El que había hablado continuó:

—Y ahora, tira el arma, y dadnos todo lo que lleveis de valor. Luego nos llevaremos el aerodeslizador. O volaremos la cabeza del chico, y luego la tuya. Vamos, no tenemos toda la mañana. No quiero gastar energía de las armas si no es necesario. Si cooperáis, saldréis vivos de esta.

No pudo decir nada más. De pronto, un grueso disparo de un phaser que llegaba desde arriba tumbó a aquel hombre. Los otros tres iban a reaccionar, cuando un dron cercano disparó al segundo, que cayó al instante. Inmediatamente, Sandra apareció desde arriba, cayendo sobre el tercero. Extrajo un largo objeto afilado de grafeno de su muñeca, e hirió con el mismo al tercero en el estómago. El hombre cayó también. Iba a encargarse del que quedaba, cuando un disparo, que provenía de una cierta distancia, atravesó el cuello del cuarto individuo. Ese cuarto hombre cayó fulminado. Todo transcurrió en un instante, sin que Pierre o Jules pudiesen siquiera reaccionar.

Instantes más tarde, cuando Pierre iba a hablar, él mismo, Sandra, y Jules, vieron cómo se acercaba alguien con un fusil phaser de precisión. Sonreía, mientras les guiñaba un ojo.

—¡Nadine! —Exclamó Pierre—. ¿Qué haces aquí? ¿Cómo…?

—¡Madre!

—Menudo par de tontos. Los dos despistados, y la niña perdida. Menuda escena. Os he seguido, por supuesto. Vaya inútiles estáis hechos. Siempre has sido muy torpe jugando a los espías, Pierre. Y tu arma no es operativa. La mía sí, como has podido comprobar. —Sandra rió, y comentó:

—Una caja de sorpresas, eso es lo que sigues siendo, Nadine. Sin duda, la sangre de Yvette corre por esas venas.

—Puedes estar segura, Sandra —afirmó Nadine con orgullo. —Jules miró asombrado a Sandra, y preguntó:

—¿Haces esto a menudo, Sandra?

—¿A qué te refieres?

—A eliminar a tres hombres en menos de dos segundos.

—Procuro evitarlo, Jules. Pero, a veces, no me dejan otra opción. —Pierre no podía creer lo que estaba viendo. Comentó:

—¿De qué va esto, Nadine? ¿Puedes explicármelo?

—Va de maridos ineptos, por supuesto.

—No me vengas con historias. Te has jugado la vida. ¿Cómo se te ocurre hacerte la heroína en estos momentos?

—Yo no me he hecho nada. Lo cierto es que no iba a dejar que me dieses órdenes, ni mucho menos me iba a quedar en casa, mientras vosotros buscabais a Sandra. Ella es muy importante para mí. Le debo mucho. Y no te digo lo que puedes hacer con tu autoritarismo masculino y tus órdenes, porque está nuestro hijo delante. —Jules sonrió, y dijo:

—Madre, me has dado un susto de muerte. Pero, a partir de ahora, eres mi ídolo.

—Por supuesto, hijo. Tú eres un Fontenot, capaz de entender estas cosas. El pedazo de cemento de tu padre es incapaz de entender algo así. —Pierre reflexionó:

—Pero Nadine, acabas de matar a un ser humano, y con una sangre fría indescriptible, que jamás habría imaginado en ti. No lo creería en mil años si no lo hubiese visto yo mismo. —Nadine miró el cuerpo del cuarto hombre, y respondió:

—Sí. Y porque Sandra ha sido muy rápida. Habría acabado con los cuatro de ser preciso. Pero tengo una pregunta, Sandra: ¿por qué has acabado con el tercero con un arma blanca?

—Procuro consumir la menor cantidad de energía posible, siempre que puedo. El grafeno hace siempre muy bien su trabajo. Y, por cierto, sigues muy suelta matando gente, Nadine. —Pierre abrió los ojos como platos.

—¿Suelta? ¿Matando gente? ¿Pero de qué demonios va todo esto? ¿Es que os habéis vuelto locas las dos? —Preguntó Pierre asombrado. Nadine se acercó a él, y le miró un momento con rostro serio. Finalmente, dijo:

—¿Si me he vuelto loca? Es posible, sí. Algo así. Pero fue hace años. Años atrás. Antes de conocernos, y después de salir del centro de concentración, y librarme de los trabajos forzados, anduve ajustando algunas cuentas a algunos que me hicieron mucho daño, a mí, y a otros. En el campo de concentración, y luego fuera. Tenía que hacer algo. O no podría vivir tranquila el resto de mi vida. Eran ellos, o yo. No había alternativa.

—Y fue muy eficaz, puedo asegurarlo —añadió Sandra. Nadine sonrió, y comentó:

—Formamos un buen equipo entonces. Fue breve, pero efectivo. ¿Recuerdas aquel edificio? Creo que lo pusimos en órbita. —Sandra rió, y contestó:

—Sí, nos divertimos bastante. Pero el mérito fue tuyo. Yo solo me ocupé de la parte técnica. El C4 puede ser un remedio viejo, pero es efectivo, sin duda. —Jules comentó, totalmente perplejo:

—¿Os divertisteis? ¿Edificios que vuelan? ¿C4? Madre, no te reconozco. Ahora resulta que eres una guerrera.

—Y de las malvadas, puedes estar seguro —rió Nadine.

—Increíble, absolutamente increíble —aseguró Pierre—. Ya hablaremos de esto, Nadine. Creo que, durante todos estos años, he estado casado con una mujer que, de repente, no es quien parecía ser. Ahora vámonos de aquí, antes de que vengan los amigos de estos cuatro, y veamos una escena desagradable a vuestro cargo sin quererlo. Aunque con vosotras dos juntas, me parece que se podría ganar esta maldita guerra.

Jules miró los cuerpos en silencio. Nadine, que se dio cuenta, le preguntó:

—Hijo, ¿estás bien? —Jules asintió, y respondió:

—Sí. Pero nunca había visto morir a alguien antes. Y menos de esta forma. No es… agradable. —La madre le pasó el brazo por los hombros, y respondió:

—No lo es. En realidad, es algo terrible. Pero el mundo es violento, hijo. Debes huir siempre de la violencia. Pero no debes ignorar su existencia. Y deberás controlar la ira y el odio siempre. O te convertirás en un vengador, como tu madre. Y eso es algo que deberás evitar. Porque el dolor siempre queda. Y marca el alma para siempre.

—Pero madre, tú has matado a ese hombre, y luego has venido sonriente. Como si no hubiese ocurrido nada. ¿Cómo consigues esa frialdad? ¿Esa fuerza?

—¿Fuerza? ¿Frialdad? No hijo. No soy fría, ni soy fuerte. Solo te lo parece. Y te lo parece porque, durante interminables años, padecí un proceso terrible de dolor y sufrimiento que me ha hecho parecer inmune. Pero no lo soy, ni mucho menos. Solo espero que tú, y los jóvenes de ahora, nunca más tengáis que pasar por algo así. Pero la guerra se extiende. Está en todas partes. Y, si mi hijo está en peligro, no dudes que haré cualquier cosa por protegerte. Cualquier cosa. No lo llames justicia, si quieres. Llámalo, supervivencia. Sobrevivir a un mundo de locura que debemos salvar.

Pierre miró en silencio unos instantes a Nadine antes de hablar.

—¿Acabas de matar a un hombre de un disparo, y a continuación le das al chico un discurso moralista sobre salvar al mundo? ¿Qué tipo de educación de madre es esa, Nadine?

—Verás, Pierre. Podría hablarte de la dualidad humana, y de algunos aspectos filosóficos sobre la vida y la muerte, pero no quiero que sufras un derrame cerebral, al intentar entender conceptos que van más allá de analizar un partido de tu equipo favorito, un domingo por la tarde.

—Qué graciosa estás, de verdad. Vamos a dejar este tema ahora, y vámonos ya, antes de que te hagas daño con ese arma, que, por cierto, me tendrás que explicar de dónde ha salido.

—Sí —asintió Sandra—. Pero yo me voy de Lyon. Aunque es cierto que os debo una explicación. Vamos.

Los cuatro volvieron al aerodeslizador. Durante el vuelo de regreso, Pierre susurró:

—Hoy es un día increíble. Mi mujer, la gran soñadora de una humanidad mejor y más justa, la benefactora de la humanidad, empuñando un arma, y liándose a tiros, mientras, en el pasado, volaba edificios, y era una vengadora. Increíble. —Nadine suspiró, y contestó:

—Tranquilo, no te excites demasiado, no ha sido para tanto. Sueño con un mundo mejor, es cierto. Pero no dejaré que mi familia sufra daño. Esas son las paradojas de la vida, y del ser humano. En casa te preparo una tila, para que te relajes. —Jules no pudo reprimir una risa. Pierre contestó:

—No tiene ninguna gracia, os lo aseguro. Vaya con los Fontenot; resulta que estoy casado con una asesina psicópata vengadora.

—Vengadora, sí. La psicopatía vino después, cuando me casé contigo.

—¡Bueno, basta! —Exclamó Pierre—. Vamos a lo más inmediato. Así, Sandra, has decidido que te vas. ¿Es tu última palabra? —Sandra dudó un momento, antes de contestar:

—Pierre, yo… —Pierre interrumpió:

—Eres una cría malcriada y consentida, que toma decisiones caprichosas sin consultar a nadie, y sin medir las consecuencias. En eso te pareces a Jules. Y, al parecer, a Nadine también, menuda familia. Pero me he prometido a mí mismo ser comprensivo y tolerante contigo, por lo que dejaré de lado mis ideas sobre tu actitud. —Nadine interrumpió:

—¿No habíamos quedado en que íbamos a ser amables? —Pierre ignoró la pregunta, y prosiguió:

—Y ahora, dime: ¿por qué montaste ese show de colocar el transmisor en la corteza, y quedarte subida al árbol? ¿Te entraron ganas de divertirte un rato? ¿Querías hacer de chimpancé, saltando por las ramas, para pasar el tiempo?

—¿Qué es un chimpancé, padre?

—Era un tipo de primate. Se extinguió a principios del siglo XXII durante la Gran Extinción.

—Yo tengo otra pregunta —continuó Jules—. ¿Tan fácil te fue descubrir el transmisor? Se supone que es un modelo sofisticado, preparado para no ser detectado. Pensé que quizás no lo notarías.

—No fue ningún problema, Jules. Vosotros veis la banda de luz del espectro electromagnético. Yo veo muchísimas más frecuencias, entre ellas las señales del transmisor, como si fuese una linterna de 500 vatios.

En cuanto al árbol, sabía que me seguiríais, y sabía que os pondríais en peligro por mí. —Pierre comentó:

—Ya veo. Muy previsora la niña. Podrías haber dejado el transmisor en casa, y evitar todo esto.

—Es cierto. Y entonces habríais salido a buscarme igualmente, intentando encontrarme a base de vuelos y de preguntas. Habríais levantado sospechas, y os podrían haber asaltado igualmente, sin que yo estuviese delante, o cerca. Incluso Nadine podría haberse visto superada, a pesar de asegurarse de salvaros la piel yendo detrás de vosotros. Porque la criticas mucho, Pierre, pero se ha preocupado de salvarte el trasero esta mañana. De este modo me habéis encontrado, y, si había peligro, como lo ha habido, yo podría estar cerca para solucionarlo. Por eso anoche no dije nada cuando Jules colocó el transmisor. Pensé usarlo a mi favor. Esperaba que no me siguierais, pero, temía que las probabilidades de que lo hicieseis eran demasiado altas.

Pierre insistió:

—Pues haberte despedido como se despide la gente. Con un saludo, y un abrazo. Creo que no nos merecemos esta huida. Y nos habrías dado la oportunidad de explicarnos.

—También es cierto, y lo siento, de verdad. Pero esta mañana no podría irme, si eso suponía despedirme personalmente de vosotros. No podría haberme ido. Habría mirado a Nadine, y habría visto a Yvette en ella, y recordado lo que pasamos años atrás. Así era más… fácil.

—¿Fácil? —Preguntó Pierre—. ¿Fácil para quién? Te hemos dado una casa, una familia, un hogar. Te hemos dado una vida nueva. Y, al segundo día, te largas sin dar explicaciones. Si fuese tu padre, te daría una azotaina.

—Está un poco grande para eso —intervino Nadine. Sandra replicó:

—Es cierto. Me disteis refugio, y un hogar. Y yo, ¿cómo os lo pago? La primera noche cometo una locura, y os pongo en un claro peligro de descubrir que estáis protegiendo a una androide fugitiva. Un día solamente, y ya estoy provocando que puedan descubrir la bondad que estáis teniendo conmigo, mientras os jugáis la vida por mí. No podía consentir que eso volviese a ocurrir. Por eso me he ido.

—Sí. es cierto que no fue una acción inteligente —aclaró Pierre—. Te comportas como una joven alocada y con pocas luces, como muchos jóvenes de tu edad, o de tu aparente edad. Pero déjanos a nosotros decidir cuáles son los riesgos que corremos. ¿Vas a recapacitar de una vez?

Jules se dirigió a ella.

—Yo también quiero que te quedes. Me ayudaste ayer. Al hablar con Michèle, y ayudándome a entender que he estado perdiendo el tiempo durante tres meses. Para ti puede sonar a estúpido, una nimiedad infantil. Pero, para mí, es superar tres meses de indecisiones, de conflictos, de miedos. ¿Y ahora voy a dejar que te vayas? Has hecho más por mí en un día, que mucha gente en toda mi vida, aunque sea corta. ¿Y nos vas a dejar?

—Ese es mi chico —comentó Nadine sonriente y orgullosa.

El padre de Pierre asintió, y añadió:

—Por una vez, lo que dice Jules es cierto. Puede que cometieras un error ayer, es verdad. Pero también acertaste ayudando a mi hijo con su conflicto sentimental. Y dando nueva esperanza a Nadine, una esperanza en la que siempre ha soñado. Y a mí, dos manos en las que confiar en el taller, y en la que confía mi familia. Además, qué demonios, eres como parte de la familia, por lo que hiciste por Yvette, y luego por Nadine. Te irás, es cierto. Pero cuando sea necesario. Cuando corresponda. Como dijo Yvette en su carta. ¿Vas a traicionar el deseo de Yvette también?

Sandra suspiró. Miró a los tres, y dijo:

—Vaya imagen estoy dando, ¿eh? Siento el espectáculo. Pero no quedaba otro remedio. Sentía que tenía que irme. —Nadine intervino:

—Eres tonta, Sandra. Te queremos en casa. Queremos protegerte. Por Yvette. Y por los tiempos que vivimos juntas.

—Yo estoy de acuerdo —aseguró Pierre.

—Yo también —confirmó Jules. —Sandra agachó levemente la mirada. Luego miró a los tres, y sonrió levemente.

—Hemos cometido errores todos, al parecer. Me siento muy confusa. Cuando viví con mis tres maridos, todo era artificial. Falso. Para ocultarme, usaba una tapadera. Me hacía pasar por la delicada y tímida mujer de algún hombre de cierto nivel y estatus, y evitaba destacar. Me movía siempre en un segundo plano. Era la buena esposa sumisa y callada de alguien que se creía duro e importante. Eso hacía que pudiese mantenerme oculta, sin que nadie notara mi presencia. Era duro. Pero era necesario para protegerme. Ahora, con vosotros, los sentimientos son reales. No hay mentiras. No hay engaños. Es una familia real. Con sentimientos reales, donde se me acepta como soy, y no lo que debo aparentar que soy. Mi primera familia, desde los tiempos de Vasyl. Eso… eso no tiene precio para mí.

—¿Tres maridos? —Preguntó Jules con asombro.

—Deja eso ahora, Jules —solicitó Nadine. Pierre añadió:

—Claro que te aceptamos como eres. Somos humanos. Y tú, desde luego, eres un androide, pero cometes errores muy humanos. Nosotros te aceptamos así. Con tus errores. Y con tus aciertos. ¿Vas a decidirte a quedarte, de una vez?

Sandra rió. Al cabo de unos segundos, contestó:
—He sido una estúpida. Debo arreglar las cosas haciendo las cosas bien, no huyendo.

—Esa es una buena reflexión —aseguró Pierre—. Y te agradezco tu preocupación por nuestra familia. Pero déjanos a nosotros decidir qué es seguro y qué no lo es. Tú, en cierto modo, eres parte de nosotros. Eres el lazo que une a Nadine, y a Jules, con Yvette, el mito con el que siempre ha vivido Nadine. Ni yo, ni tú, podemos quitarle eso. No lo merece.
—Es cierto —asintió Sandra—. Y quiero disculparme con vosotros. Ahora entiendo que esto ha sido un error. —Nadine comentó, tomando la mano de Sandra:
—El error hubiese sido marcharte. Tenemos que hablar de los viejos tiempos. Cuando no esté Pierre, porque si oye lo que hicimos entonces con detalle, es posible que el que salga huyendo sea él.

Sandra asintió divertida, mientras Pierre prefirió no decir nada, y Jules clamaba de nuevo que tenía a una madre guerrera y poderosa, y él no lo había sabido nunca.

El aerodeslizador llegó a su destino. Llegaron luego a casa. Jules se abrazó a Sandra. Ella le abrazó también. Luego él la miró, y dijo:
—Lo que hiciste ayer por mí no lo olvidaré nunca. Y creo que Michèle tampoco.
—¿Has quedado con ella?
—Sí, mañana por la noche. En la cafetería que hay junto al Le Péristyle.
—Vamos, Romeo —ordenó Pierre—. Parece mentira que una mujer te haya tenido que allanar el camino. No dependas nunca de las faldas, hijo, o te irá muy mal en la vida. Los hombres resolvemos las cosas como hombres. —Sandra torció el gesto, y preguntó:
—¿Ya estamos otra vez con posturas machistas?
—¿Qué machismo? Yo no soy machista. Simplemente, es el orden natural de las cosas. Un hombre jamás debe consentir que sea una mujer quien le arregle los problemas, y menos los del corazón.

Sandra puso cara de circunstancias, y susurró:
—Ya, claro… Pasan los siglos, pero, algunas ideas, siempre permanecen.

—Yo no creo eso que dice mi padre —aseguró Jules sonriente. Sandra le miró también sonriendo, y contestó:

—Siendo así, te puedo asegurar que no está todo perdido, Jules. No está todo perdido.

Al amanecer, como el día anterior, Nadine fue a buscar a Sandra a su cuarto. Lo que encontró la dejó muy preocupada. No estaba ella. Pero sí había una carta, sobre la mesilla, escrita a mano. La leyó detenidamente. Decía:

Queridos Nadine y Pierre:

Solo he pasado veinticuatro horas en esta maravillosa casa, con un recibimiento y un calor que no me merezco, y ya os estoy poniendo en peligro. Ayer cometí un terrible error al exponerme demasiado en el club de jazz, como bien acertasteis a decirme. No fue voluntario, por supuesto. Pero llevo tanto tiempo sin un instante de felicidad, de paz, de alegría, que esta noche, esta noche mágica, me llevó a querer disfrutar del momento, con gente auténtica, que me sonreía sinceramente, sin pedirme nada a cambio, sin secretos, sin mentiras. Me dejé llevar, y eso ha significado un potencial peligro. Para mí, y, muy especialmente, para vosotros. No puedo consentir que algo así suceda. No puedo. No debo.

Por eso, debo marcharme. Debo irme ya. Debo seguir mi camino. Fue un error venir aquí. No por vosotros, sino por mí. Creí que debía buscar cobijo en los descendientes de seres queridos del pasado, y en una vieja amiga, como eres tú, Nadine, aunque solo pasásemos juntas un muy breve tiempo. Breve, pero intenso. Sin embargo, el pasado es un camino que no lleva a ningún lado. No puedo, ni debo, poner en peligro a nadie del pasado, del presente, o del futuro. No, a esos seres que me lo dieron todo, o a los que me lo dan todo.

Sé que mi comportamiento es errático muchas veces. Sé que no funciono dentro de los parámetros estándar de un modelo QCS-60. Ya me lo advirtió Yvette en su día, y ahora también tú, Nadine. La razón exacta, la desconozco. El hombre que puede saberlo, un tal Scott, es como una sombra, como un arco iris, que, siempre que alcanzo, ha desaparecido. Llevo trescientos años detrás de él, pero sin éxito. Es inmortal, es lo único que sé de él. La razón, la supongo, pero eso no importa ahora. Sé que estuvo con Yvette, y que, irónicamente, la ayudó a encontrar su camino. Es mejor que no sepáis cómo.

Lo importante es que no puedo prever mis propios actos. Puede que eso me haga humana. Pero me hace peligrosa para vosotros. Y para todos a los que aprecio. Porque no soy humana. Y soy un objetivo prioritario, tanto para el Gobierno del Norte, como para la Coalición del Sur.

Decid, a quien corresponda, que he encontrado a mi familia en La Rochelle. Y que no he querido esperar ni un momento, porque los pueden trasladar en cualquier instante a otro lugar, como refugiados que son. Y que soy.

Os he dejado treinta kilos de oro de gran pureza debajo de la ropa, en mi armario. Es mejor que no preguntéis de dónde ha salido ese oro. Con el mismo podréis reemplazar y mejorar la maquinaria de la carpintería, e incluso retiraros si queréis. Pero, si queréis mantener las apariencias, podréis al menos vivir sin problemas.

Decidle a Remy, Paul, y Jolie, que ha sido un placer conocerles. Dadle a cada uno de ellos algo de oro si queréis. A Remy, para que pueda retirarse, que ya no tiene edad para estar trabajando en una tarea que requiere un esfuerzo físico importante. Y a Paul y Jolie para que puedan vivir en un piso algo mayor. Jolie ya me comentó las estrecheces que padecían. Especialmente, si vienen los niños en un futuro no lejano.

Un abrazo para todos, y cuidaos mucho. Habéis sido maravillosos. Hasta siempre. No os olvidaré nunca. Jamás.

Nadine avisó a Pierre, que llegó al momento, y le entregó la carta sin decir nada. Este la leyó, junto a Jules, que acababa de asomarse, y vio la cara larga de sus padres. Fue Jules el que habló primero:

—¿Esto lo ha escrito un androide? —Nadine, tras unos instantes, respondió:
—No es un androide.
—Madre, sí es… —Pierre intervino:
—Jules, no contradigas a tu madre.
—Pero padre. Sandra es… es…
—Es un androide. Técnicamente hablando —afirmó Pierre—. Pero tu madre tiene razón. No hay androide en el mundo que pueda escribir una carta así de emotiva. Y he podido ver varios modelos durante mi periodo militar. Algunos eran extremadamente avanzados. Y sensibles. Pero esto, esto va mucho más allá de cualquier cosa imaginable. Así que tu madre tiene razón. Sandra es especial. Definitivamente especial.
—¿Y qué vamos a hacer? —Preguntó Jules.
—No lo sé —contestó Pierre confuso—. Yvette nos pidió que cuidásemos de ella. Quizás ayer fuimos demasiado duros. Tenemos que entender que Sandra se comporta como si realmente fuese una joven. Comete las mismas estupideces que tú, Jules.
—¡Padre! —Pierre ignoró la exclamación, y continuó:

—La razón la desconozco. Pero es así. Y, siendo así, y con todo lo que al parecer ha pasado, es cierto que tiene derecho a divertirse un poco, incluso a cometer estupideces. Como cualquier joven de su edad. Pero ahora puede estar al otro lado del mundo.

—Supongo —sugirió Jules— que le disteis los mismos discursos persuasivos y las mismas charlas que me dais a mí. No me extraña que se haya ido. —Pierre le miró serio, y contestó:

—Te damos los discursos que sean necesarios para que tu cabeza aterrice de una vez, y dejes de fantasear todo el día. Por ejemplo, esa manía tuya de escribir ciencia ficción se te tiene que quitar ya. Seres extraterrestres, batallas galácticas, pájaros que hablan... Ridículo. Vaya forma de perder el tiempo.

—¿Lo ves? Siempre igual —se quejó Jules—. No me extraña que se haya ido.

—¡Dejad eso ahora! —Exclamó Nadine—. ¡Tenemos que hacer algo!

—Es cierto. Si se ha marchado —sugirió Jules— imagino que lo hará sin llamar todavía más la atención. Supongo que se habrá ido andando, mezclada con la gente de la mañana.

—Sí, es posible —confirmó Nadine—. Pero no necesita carreteras, ni caminos. Puede haberse ido en cualquier dirección.

—Esperad un momento, ahora vuelvo —dijo Jules.

Antes de que pudieran preguntar nada, salió corriendo. Volvió a cabo de unos instantes. Portaba algo en la mano.

—¿Qué es eso? —Preguntó Pierre con curiosidad.

—Un pequeño elemento que conseguí hace un tiempo. Ya sabes cómo me gusta la electrónica. Lo cambié por un fin de semana resolviendo unos ejercicios de la universidad a un amigo.

—Muy caritativo. En lugar de ocuparte de tus estudios en la academia nocturna, te dedicas a hacer los de los demás, genial. ¿Quieres decirme qué es de una vez, y qué tiene que ver con todo esto? Tenemos que salir a buscar a Sandra de inmediato.

—Exacto. Y traigo la solución al problema de la marcha de Sandra. O eso espero. —El padre se acercó, y tomó aquel objeto de las manos de Jules.

—Esto es... es un procesador de señal de posicionamiento. ¿Desde cuándo tienes esto tú? Su uso es ilegal, como ocurre con la mayor parte de instrumentos tecnológicos.

—Lo tengo desde hace unos meses, padre.

—¿Y qué tiene esto que ver con Sandra? ¿Piensas localizarla con este trasto?

—Sí. Ayer noche, mientras dormía, le puse un receptor de localización en un hueco del zapato. —Nadine y Pierre se miraron.

—¿Un receptor? —Preguntó asombrada Nadine. ¿Para espiarla? ¿Te parece bien hacerle eso a Sandra?

—No, madre, no para espiarla. Sino para seguir las instrucciones de Yvette. Dijo que Sandra era importante para el futuro de la Tierra. Si lo es, nuestro deber es protegerla. Se lo puse por si le ocurría algo, para poder localizarla. Y creo que ahora se encuentra en un estado emocional inestable. Si debe seguir su camino, no puede ser ahora. Yvette lo dejó claro. "Hasta que pueda seguir su camino". No creo que haya llegado ese momento en veinticuatro horas. Por eso le puse un localizador. Sabía que la posibilidad de que marchase era alta. O podrían llevársela, si la descubrían. Un localizador sería entonces de mucha ayuda. —Nadine se llevó las manos a la cabeza. Jules preguntó:

—¿Y ahora qué pasa, madre? —Nadine negó levemente con la cabeza, y contestó:

—Has dicho que le pusiste el localizador mientras Sandra dormía. Pero Sandra no duerme, Jules. Es un androide de infiltración y combate muy sofisticado. Notó tu presencia, te vio entrar, y verificó exactamente lo que hacías. Simplemente, prefirió no hacer nada.

—¿Estás segura…? Parecía…

—¿Dormida? Incluso a mí me engañó ayer. Pero es un androide. Simula dormir, pero ve y registra todo lo que pasa, las veinticuatro horas del día.

Pierre y Nadine miraron asombrados a su hijo. Fue Pierre quien habló:

—No sé si enfadarme por este gesto de falta de respeto hacia la intimidad de Sandra, o alegrarme de tener una oportunidad de localizarla. Incluso estoy pensando en reconocer que ha sido una buena idea, aunque me duela.

—No es falta de respeto, padre. Respeto completamente su intimidad. Pero hay algo más: sabía que, en cuanto pudieras, le darías uno de tus discursos, y que ella se sentiría culpable, y podría pensar en irse. Yo también lo he pensado. Ahora, sugiero dejar de hablar, e ir a buscar a Sandra.

—¿Has pensado en irte? —Preguntó Pierre con rostro serio—. Míralo al señorito, tomando sus propias decisiones, y sin medir las consecuencias ni por un instante. Los jóvenes de hoy en día os creéis que lo sabéis todo de la vida. Y no sabéis nada. ¿Me entiendes? Nada. Por supuesto que hablaremos de esto, jovencito, y te aseguro que aclararemos esas ideas absurdas que tienes. Y ahora, dime: ¿sueles ir por ahí poniendo receptores de localización a la gente?

—Solo si son androides que salvan al mundo, padre. —Nadine no pudo evitar reírse. A Pierre no le hizo tanta gracia. Ella comentó sonriente:

—Ha sido una extraña ocurrencia, pero puede que llegue a ser útil, eso no puede dudarse. Y todo esto es absurdo. Vamos ya a dejar de discutir y a hacer algo, porque puede que esa niña tenga trescientos años, pero va a escuchar al equivalente a una madre contándole cuatro cosas cuando la tenga enfrente, y espero que sea lo antes posible. Pero con cariño. Ayer fuimos, sin duda, demasiado duros con ella. Se sintió culpable, y estas son las consecuencias. ¡Vamos! —Pierre negó.
—No. Tú no vienes. Puede estar en alguna zona potencialmente peligrosa, y sabes que salir de la ciudad es muy arriesgado; hay vandalismo, asesinatos y robos constantemente y en todas partes fuera de la ciudad. Vamos Jules y yo. Te avisaremos de cualquier novedad, si el sistema de comunicación móvil funciona hoy. Si no funciona, te lo contaremos a la vuelta. Llama al taller, y diles que iremos más tarde, que estamos de papeleo legal con Sandra, para inscribirla en el ayuntamiento, con el fin de facilitar el alta de trabajo. Así no sospecharán nada.

Nadine asintió levemente. Era mejor no discutir con aquel muro de cemento que era Pierre en ese tipo de situaciones, cuando se trataba de hacer "cosas importantes", que por lo tanto solo podían ser ejecutadas por hombres. Ya se ocuparía de ese asunto más tarde.

Padre e hijo salieron con el rastreador, que indicaba una distancia de unos veinte kilómetros hacia el oeste. Parecía evidente que, por algún motivo, iba realmente hacia la costa atlántica. Fueron a su aerodeslizador, y tomaron el rumbo indicado por el rastreador.

En pocos minutos habían salido de la ciudad, y llegaron a Bessenay, una pequeña población al oeste de Lyon. Sandra se encontraba justo al norte, en las afueras, según marcaba la señal, ahora con más precisión. Se fueron acercando al punto, y aterrizaron cerca. Siguieron caminando, hasta unos árboles cercanos.

Pierre hizo una señal a su hijo para que le esperase, indicándole que aquel lugar podría ser peligroso. Los ladrones y asesinos se podían encontrar en muchos caminos entre ciudades, y era conveniente tener mucho cuidado. Extrajo un phaser, obtenido de forma ilegal, algo que dejó sorprendido a Jules, y se adentró hacia el bosque. Caminó cinco minutos, llevando el rastreador en una mano, y el phaser en la otra.

Finalmente, el aparato le indicó el punto exacto donde se encontraba la señal. Se acercó, y lo vio: era el localizador, una especie de pastilla delgada, cuadrada y negra, colocada entre las rugosidades del árbol. Pierre suspiró. Tal como sospechaba, Sandra sabía que llevaba un aparato rastreador. Y se debió dar cuenta de inmediato, tal como indicó Nadine. Y era evidente que les había engañado. Todo eso era previsible. Pero tenía que intentarlo, a pesar de todo. Tenía que probar esa oportunidad, por improbable que fuese. Mandó una señal a Jules, que se acercó.

—Aquí está Sandra —comentó Pierre señalando el árbol. Jules se acercó. Vio el receptor. Lo extrajo, y lo miró unos instantes. Luego dijo:
—Creo que esto era previsible. —Pierre asintió levemente.
—Creo que sí. Supuse de inmediato que engañar a Sandra iba a ser una quimera, como ya te advertí. Ella es experta en este tipo de situaciones. Está programada para camuflarse, y descubrir cualquier truco para seguirla. Debió de detectar la señal del receptor de inmediato, en cuanto entraste en su cuarto. Y nos ha llevado donde ella quería. Pero tu madre está muy preocupada. La ve como el enlace con Yvette, y además se preocupa por ella. Me pregunto hasta qué punto. Parecen más unidas de lo que se deduce por unos días juntas.
—A madre no le va a hacer mucha gracia este fracaso —aseguró Jules.
—Seguro que no. Pero es una mujer muy fuerte. Sandra representa para ella la lucha por la libertad del ser humano. Y ya sabes que a tu madre le encantan esas historias de héroes y luchadores de los derechos humanos, la libertad, la igualdad, y esas tonterías. En lugar de perder la fe en la humanidad, con todo lo que pasó, su experiencia sirvió para llenarle la cabeza de luchas estériles por el bien mundial.
—Yo siempre he admirado eso en ella, padre. Me gusta ese afán por crear un mundo mejor, más seguro, más social —aseguró Jules.
—Sí claro, el amor, y la paz, y la igualdad, y toda esas esas tonterías, me conozco la cantinela. Yo también admiro eso en ella, no creas que no, aunque no lo comparta en absoluto. Pero tú, como su hijo, puedes permitirle el lujo de decírselo. A mí me toca intentar que toque de pies en el suelo, y comprenda la realidad.
—¿Qué realidad, padre?
—Que este mundo se muere, y que la humanidad se pudre en una guerra que significa su fin. Pero escucha, nunca le negaré su derecho a luchar por un mundo mejor. Si alguien se ganó soñar con esa posibilidad, es ella.

Se escucharon unos pasos. Cuatro hombres se acercaron.

—Muy poéticas las frases —dijo uno de ellos. Los cuatro llevaban phasers de asalto automáticos. El que había hablado continuó:
—Y ahora, tira el arma, y dadnos todo lo que lleveis de valor. Luego nos llevaremos el aerodeslizador. O volaremos la cabeza del chico, y luego la tuya. Vamos, no tenemos toda la mañana. No quiero gastar energía de las armas si no es necesario. Si cooperáis, saldréis vivos de esta.

No pudo decir nada más. De pronto, un grueso disparo de un phaser que llegaba desde arriba tumbó a aquel hombre. Los otros tres iban a reaccionar, cuando un dron cercano disparó al segundo, que cayó al instante. Inmediatamente, Sandra apareció desde arriba, cayendo sobre el tercero. Extrajo un largo objeto afilado de grafeno de su muñeca, e hirió con el mismo al tercero en el estómago. El hombre cayó también. Iba a encargarse del que quedaba, cuando un disparo, que provenía de una cierta distancia, atravesó el cuello del cuarto individuo. Ese cuarto hombre cayó fulminado. Todo transcurrió en un instante, sin que Pierre o Jules pudiesen siquiera reaccionar.

Instantes más tarde, cuando Pierre iba a hablar, él mismo, Sandra, y Jules, vieron cómo se acercaba alguien con un fusil phaser de precisión. Sonreía, mientras les guiñaba un ojo.

—¡Nadine! —Exclamó Pierre—. ¿Qué haces aquí? ¿Cómo…?
—¡Madre!
—Menudo par de tontos. Los dos despistados, y la niña perdida. Menuda escena. Os he seguido, por supuesto. Vaya inútiles estáis hechos. Siempre has sido muy torpe jugando a los espías, Pierre. Y tu arma no es operativa. La mía sí, como has podido comprobar. —Sandra rió, y comentó:
—Una caja de sorpresas, eso es lo que sigues siendo, Nadine. Sin duda, la sangre de Yvette corre por esas venas.
—Puedes estar segura, Sandra —afirmó Nadine con orgullo. —Jules miró asombrado a Sandra, y preguntó:
—¿Haces esto a menudo, Sandra?
—¿A qué te refieres?
—A eliminar a tres hombres en menos de dos segundos.
—Procuro evitarlo, Jules. Pero, a veces, no me dejan otra opción. —Pierre no podía creer lo que estaba viendo. Comentó:
—¿De qué va esto, Nadine? ¿Puedes explicármelo?
—Va de maridos ineptos, por supuesto.
—No me vengas con historias. Te has jugado la vida. ¿Cómo se te ocurre hacerte la heroína en estos momentos?

—Yo no me he hecho nada. Lo cierto es que no iba a dejar que me dieses órdenes, ni mucho menos me iba a quedar en casa, mientras vosotros buscabais a Sandra. Ella es muy importante para mí. Le debo mucho. Y no te digo lo que puedes hacer con tu autoritarismo masculino y tus órdenes, porque está nuestro hijo delante. —Jules sonrió, y dijo:

—Madre, me has dado un susto de muerte. Pero, a partir de ahora, eres mi ídolo.

—Por supuesto, hijo. Tú eres un Fontenot, capaz de entender estas cosas. El pedazo de cemento de tu padre es incapaz de entender algo así. —Pierre reflexionó:

—Pero Nadine, acabas de matar a un ser humano, y con una sangre fría indescriptible, que jamás habría imaginado en ti. No lo creería en mil años si no lo hubiese visto yo mismo. —Nadine miró el cuerpo del cuarto hombre, y respondió:

—Sí. Y porque Sandra ha sido muy rápida. Habría acabado con los cuatro de ser preciso. Pero tengo una pregunta, Sandra: ¿por qué has acabado con el tercero con un arma blanca?

—Procuro consumir la menor cantidad de energía posible, siempre que puedo. El grafeno hace siempre muy bien su trabajo. Y, por cierto, sigues muy suelta matando gente, Nadine. —Pierre abrió los ojos como platos.

—¿Suelta? ¿Matando gente? ¿Pero de qué demonios va todo esto? ¿Es que os habéis vuelto locas las dos? —Preguntó Pierre asombrado. Nadine se acercó a él, y le miró un momento con rostro serio. Finalmente, dijo:

—¿Si me he vuelto loca? Es posible, sí. Algo así. Pero fue hace años. Años atrás. Antes de conocernos, y después de salir del centro de concentración, y librarme de los trabajos forzados, anduve ajustando algunas cuentas a algunos que me hicieron mucho daño, a mí, y a otros. En el campo de concentración, y luego fuera. Tenía que hacer algo. O no podría vivir tranquila el resto de mi vida. Eran ellos, o yo. No había alternativa.

—Y fue muy eficaz, puedo asegurarlo —añadió Sandra. Nadine sonrió, y comentó:

—Formamos un buen equipo entonces. Fue breve, pero efectivo. ¿Recuerdas aquel edificio? Creo que lo pusimos en órbita. —Sandra rió, y contestó:

—Sí, nos divertimos bastante. Pero el mérito fue tuyo. Yo solo me ocupé de la parte técnica. El C4 puede ser un remedio viejo, pero es efectivo, sin duda. —Jules comentó, totalmente perplejo:

—¿Os divertisteis? ¿Edificios que vuelan? ¿C4? Madre, no te reconozco. Ahora resulta que eres una guerrera.

—Y de las malvadas, puedes estar seguro —rió Nadine.

—Increíble, absolutamente increíble —aseguró Pierre—. Ya hablaremos de esto, Nadine. Creo que, durante todos estos años, he estado casado con una mujer que, de repente, no es quien parecía ser. Ahora vámonos de aquí, antes de que vengan los amigos de estos cuatro, y veamos una escena desagradable a vuestro cargo sin quererlo. Aunque con vosotras dos juntas, me parece que se podría ganar esta maldita guerra.

Jules miró los cuerpos en silencio. Nadine, que se dio cuenta, le preguntó:

—Hijo, ¿estás bien? —Jules asintió, y respondió:

—Sí. Pero nunca había visto morir a alguien antes. Y menos de esta forma. No es… agradable. —La madre le pasó el brazo por los hombros, y respondió:

—No lo es. En realidad, es algo terrible. Pero el mundo es violento, hijo. Debes huir siempre de la violencia. Pero no debes ignorar su existencia. Y deberás controlar la ira y el odio siempre. O te convertirás en un vengador, como tu madre. Y eso es algo que deberás evitar. Porque el dolor siempre queda. Y marca el alma para siempre.

—Pero madre, tú has matado a ese hombre, y luego has venido sonriente. Como si no hubiese ocurrido nada. ¿Cómo consigues esa frialdad? ¿Esa fuerza?

—¿Fuerza? ¿Frialdad? No hijo. No soy fría, ni soy fuerte. Solo te lo parece. Y te lo parece porque, durante interminables años, padecí un proceso terrible de dolor y sufrimiento que me ha hecho parecer inmune. Pero no lo soy, ni mucho menos. Solo espero que tú, y los jóvenes de ahora, nunca más tengáis que pasar por algo así. Pero la guerra se extiende. Está en todas partes. Y, si mi hijo está en peligro, no dudes que haré cualquier cosa por protegerte. Cualquier cosa. No lo llames justicia, si quieres. Llámalo, supervivencia. Sobrevivir a un mundo de locura que debemos salvar.

Pierre miró en silencio unos instantes a Nadine antes de hablar.

—¿Acabas de matar a un hombre de un disparo, y a continuación le das al chico un discurso moralista sobre salvar al mundo? ¿Qué tipo de educación de madre es esa, Nadine?

—Verás, Pierre. Podría hablarte de la dualidad humana, y de algunos aspectos filosóficos sobre la vida y la muerte, pero no quiero que sufras un derrame cerebral, al intentar entender conceptos que van más allá de analizar un partido de tu equipo favorito, un domingo por la tarde.

—Qué graciosa estás, de verdad. Vamos a dejar este tema ahora, y vámonos ya, antes de que te hagas daño con ese arma, que, por cierto, me tendrás que explicar de dónde ha salido.

—Sí —asintió Sandra—. Pero yo me voy de Lyon. Aunque es cierto que os debo una explicación. Vamos.

Los cuatro volvieron al aerodeslizador. Durante el vuelo de regreso, Pierre susurró:

—Hoy es un día increíble. Mi mujer, la gran soñadora de una humanidad mejor y más justa, la benefactora de la humanidad, empuñando un arma, y liándose a tiros, mientras, en el pasado, volaba edificios, y era una vengadora. Increíble. —Nadine suspiró, y contestó:

—Tranquilo, no te excites demasiado, no ha sido para tanto. Sueño con un mundo mejor, es cierto. Pero no dejaré que mi familia sufra daño. Esas son las paradojas de la vida, y del ser humano. En casa te preparo una tila, para que te relajes. —Jules no pudo reprimir una risa. Pierre contestó:

—No tiene ninguna gracia, os lo aseguro. Vaya con los Fontenot; resulta que estoy casado con una asesina psicópata vengadora.

—Vengadora, sí. La psicopatía vino después, cuando me casé contigo.

—¡Bueno, basta! —Exclamó Pierre—. Vamos a lo más inmediato. Así, Sandra, has decidido que te vas. ¿Es tu última palabra? —Sandra dudó un momento, antes de contestar:

—Pierre, yo… —Pierre interrumpió:

—Eres una cría malcriada y consentida, que toma decisiones caprichosas sin consultar a nadie, y sin medir las consecuencias. En eso te pareces a Jules. Y, al parecer, a Nadine también, menuda familia. Pero me he prometido a mí mismo ser comprensivo y tolerante contigo, por lo que dejaré de lado mis ideas sobre tu actitud. —Nadine interrumpió:

—¿No habíamos quedado en que íbamos a ser amables? —Pierre ignoró la pregunta, y prosiguió:

—Y ahora, dime: ¿por qué montaste ese show de colocar el transmisor en la corteza, y quedarte subida al árbol? ¿Te entraron ganas de divertirte un rato? ¿Querías hacer de chimpancé, saltando por las ramas, para pasar el tiempo?

—¿Qué es un chimpancé, padre?

—Era un tipo de primate. Se extinguió a principios del siglo XXII durante la Gran Extinción.

—Yo tengo otra pregunta —continuó Jules—. ¿Tan fácil te fue descubrir el transmisor? Se supone que es un modelo sofisticado, preparado para no ser detectado. Pensé que quizás no lo notarías.

—No fue ningún problema, Jules. Vosotros veis la banda de luz del espectro electromagnético. Yo veo muchísimas más frecuencias, entre ellas las señales del transmisor, como si fuese una linterna de 500 vatios.

En cuanto al árbol, sabía que me seguiríais, y sabía que os pondríais en peligro por mí. —Pierre comentó:

—Ya veo. Muy previsora la niña. Podrías haber dejado el transmisor en casa, y evitar todo esto.

—Es cierto. Y entonces habríais salido a buscarme igualmente, intentando encontrarme a base de vuelos y de preguntas. Habríais levantado sospechas, y os podrían haber asaltado igualmente, sin que yo estuviese delante, o cerca. Incluso Nadine podría haberse visto superada, a pesar de asegurarse de salvaros la piel yendo detrás de vosotros. Porque la criticas mucho, Pierre, pero se ha preocupado de salvarte el trasero esta mañana. De este modo me habéis encontrado, y, si había peligro, como lo ha habido, yo podría estar cerca para solucionarlo. Por eso anoche no dije nada cuando Jules colocó el transmisor. Pensé usarlo a mi favor. Esperaba que no me siguierais, pero, temía que las probabilidades de que lo hicieseis eran demasiado altas.

Pierre insistió:

—Pues haberte despedido como se despide la gente. Con un saludo, y un abrazo. Creo que no nos merecemos esta huida. Y nos habrías dado la oportunidad de explicarnos.

—También es cierto, y lo siento, de verdad. Pero esta mañana no podría irme, si eso suponía despedirme personalmente de vosotros. No podría haberme ido. Habría mirado a Nadine, y habría visto a Yvette en ella, y recordado lo que pasamos años atrás. Así era más… fácil.

—¿Fácil? —Preguntó Pierre—. ¿Fácil para quién? Te hemos dado una casa, una familia, un hogar. Te hemos dado una vida nueva. Y, al segundo día, te largas sin dar explicaciones. Si fuese tu padre, te daría una azotaina.

—Está un poco grande para eso —intervino Nadine. Sandra replicó:

—Es cierto. Me disteis refugio, y un hogar. Y yo, ¿cómo os lo pago? La primera noche cometo una locura, y os pongo en un claro peligro de descubrir que estáis protegiendo a una androide fugitiva. Un día solamente, y ya estoy provocando que puedan descubrir la bondad que estáis teniendo conmigo, mientras os jugáis la vida por mí. No podía consentir que eso volviese a ocurrir. Por eso me he ido.

—Sí. es cierto que no fue una acción inteligente —aclaró Pierre—. Te comportas como una joven alocada y con pocas luces, como muchos jóvenes de tu edad, o de tu aparente edad. Pero déjanos a nosotros decidir cuáles son los riesgos que corremos. ¿Vas a recapacitar de una vez?

Jules se dirigió a ella.

—Yo también quiero que te quedes. Me ayudaste ayer. Al hablar con Michèle, y ayudándome a entender que he estado perdiendo el tiempo durante tres meses. Para ti puede sonar a estúpido, una nimiedad infantil. Pero, para mí, es superar tres meses de indecisiones, de conflictos, de miedos. ¿Y ahora voy a dejar que te vayas? Has hecho más por mí en un día, que mucha gente en toda mi vida, aunque sea corta. ¿Y nos vas a dejar?

—Ese es mi chico —comentó Nadine sonriente y orgullosa.

El padre de Pierre asintió, y añadió:

—Por una vez, lo que dice Jules es cierto. Puede que cometieras un error ayer, es verdad. Pero también acertaste ayudando a mi hijo con su conflicto sentimental. Y dando nueva esperanza a Nadine, una esperanza en la que siempre ha soñado. Y a mí, dos manos en las que confiar en el taller, y en la que confía mi familia. Además, qué demonios, eres como parte de la familia, por lo que hiciste por Yvette, y luego por Nadine. Te irás, es cierto. Pero cuando sea necesario. Cuando corresponda. Como dijo Yvette en su carta. ¿Vas a traicionar el deseo de Yvette también?

Sandra suspiró. Miró a los tres, y dijo:

—Vaya imagen estoy dando, ¿eh? Siento el espectáculo. Pero no quedaba otro remedio. Sentía que tenía que irme. —Nadine intervino:

—Eres tonta, Sandra. Te queremos en casa. Queremos protegerte. Por Yvette. Y por los tiempos que vivimos juntas.

—Yo estoy de acuerdo —aseguró Pierre.

—Yo también —confirmó Jules. —Sandra agachó levemente la mirada. Luego miró a los tres, y sonrió levemente.

—Hemos cometido errores todos, al parecer. Me siento muy confusa. Cuando viví con mis tres maridos, todo era artificial. Falso. Para ocultarme, usaba una tapadera. Me hacía pasar por la delicada y tímida mujer de algún hombre de cierto nivel y estatus, y evitaba destacar. Me movía siempre en un segundo plano. Era la buena esposa sumisa y callada de alguien que se creía duro e importante. Eso hacía que pudiese mantenerme oculta, sin que nadie notara mi presencia. Era duro. Pero era necesario para protegerme. Ahora, con vosotros, los sentimientos son reales. No hay mentiras. No hay engaños. Es una familia real. Con sentimientos reales, donde se me acepta como soy, y no lo que debo aparentar que soy. Mi primera familia, desde los tiempos de Vasyl. Eso… eso no tiene precio para mí.

—¿Tres maridos? —Preguntó Jules con asombro.

—Deja eso ahora, Jules —solicitó Nadine. Pierre añadió:

—Claro que te aceptamos como eres. Somos humanos. Y tú, desde luego, eres un androide, pero cometes errores muy humanos. Nosotros te aceptamos así. Con tus errores. Y con tus aciertos. ¿Vas a decidirte a quedarte, de una vez?

Sandra rió. Al cabo de unos segundos, contestó:
—He sido una estúpida. Debo arreglar las cosas haciendo las cosas bien, no huyendo.

—Esa es una buena reflexión —aseguró Pierre—. Y te agradezco tu preocupación por nuestra familia. Pero déjanos a nosotros decidir qué es seguro y qué no lo es. Tú, en cierto modo, eres parte de nosotros. Eres el lazo que une a Nadine, y a Jules, con Yvette, el mito con el que siempre ha vivido Nadine. Ni yo, ni tú, podemos quitarle eso. No lo merece.
—Es cierto —asintió Sandra—. Y quiero disculparme con vosotros. Ahora entiendo que esto ha sido un error. —Nadine comentó, tomando la mano de Sandra:
—El error hubiese sido marcharte. Tenemos que hablar de los viejos tiempos. Cuando no esté Pierre, porque si oye lo que hicimos entonces con detalle, es posible que el que salga huyendo sea él.

Sandra asintió divertida, mientras Pierre prefirió no decir nada, y Jules clamaba de nuevo que tenía a una madre guerrera y poderosa, y él no lo había sabido nunca.

El aerodeslizador llegó a su destino. Llegaron luego a casa. Jules se abrazó a Sandra. Ella le abrazó también. Luego él la miró, y dijo:
—Lo que hiciste ayer por mí no lo olvidaré nunca. Y creo que Michèle tampoco.
—¿Has quedado con ella?
—Sí, mañana por la noche. En la cafetería que hay junto al Le Péristyle.
—Vamos, Romeo —ordenó Pierre—. Parece mentira que una mujer te haya tenido que allanar el camino. No dependas nunca de las faldas, hijo, o te irá muy mal en la vida. Los hombres resolvemos las cosas como hombres. —Sandra torció el gesto, y preguntó:
—¿Ya estamos otra vez con posturas machistas?
—¿Qué machismo? Yo no soy machista. Simplemente, es el orden natural de las cosas. Un hombre jamás debe consentir que sea una mujer quien le arregle los problemas, y menos los del corazón.

Sandra puso cara de circunstancias, y susurró:
—Ya, claro… Pasan los siglos, pero, algunas ideas, siempre permanecen.

—Yo no creo eso que dice mi padre —aseguró Jules sonriente. Sandra le miró también sonriendo, y contestó:

—Siendo así, te puedo asegurar que no está todo perdido, Jules. No está todo perdido.

Habían pasado unos días desde aquella huida precipitada hacia ninguna parte. Nadine entró en la habitación de Sandra. De nuevo dormía como una marmota. Aunque, por supuesto, no dormía. La miró unos instantes en silencio. Era impresionante imaginar lo que encerraría aquella impresionante máquina en su interior.

Una máquina que era, en muchos aspectos, mucho más humana que muchos humanos. Era también el androide más sofisticado nunca visto; un trozo de la historia de la humanidad, documentada y completamente informada de los mayores logros, y los mayores horrores, de las civilizaciones modernas de los últimos tres siglos.

Sandra abrió los ojos ligeramente. Miró a Nadine, y rogó:

—Ya, ya. Cinco minutos, por favor. —Nadine cruzó los brazos, negó levemente con la cabeza, y contestó:
—Qué cara que tienes. Son las nueve y media. Y hoy no se trabaja.
—¡Uy, qué tarde! Me he debido de quedar dormida.
—Ya, claro.
—¿Dices que hoy no se trabaja?
—No. Hoy es el Día del Emperador. Nuestro Amado Líder, Richard Tsakalidis, comenzó la conquista de la Tierra, para liberarla de las cadenas del mal, e instaurar una nueva Era de Paz y Amor.
—Es verdad, no lo recordaba. Te sabes muy bien la cantinela —comentó Sandra mientras se estiraba y bostezaba.
—Demasiado bien. En el campo de concentración debíamos recitar la cantinela cada día siete veces. ¿Y tú? ¿No recuerdas algo así? ¿Y tu memoria?
—Con los siglos he aprendido a recordar solo lo que es importante en cada momento. Además, una memoria cuántica actúa de forma similar a una orgánica, y cuando se acumulan los recuerdos, los antiguos quedan ofuscados por los nuevos. Siguen ahí, pero, si no son críticos, se dejan a un lado. Siempre que no sean importantes. Y esta fecha, sinceramente, no lo es.

Nadine se sentó en la cama. Miró sonriente a Sandra. Esta preguntó:

—¿Sucede algo?
—Nada. Recordaba aquellos días juntas.
—Fue un placer ayudarte —aseguró Sandra.

—Sí. Pero no me contaste nada de Yvette. Solo que la habías conocido brevemente. Pero tu relación con ella, los momentos que pasasteis juntas… Todo tuve que averiguarlo yo luego.

—Es cierto, pero, sinceramente Nadine, cuanto menos sepas de esa historia, y de todo lo que rodeó aquellos acontecimientos, mucho mejor.

—Pero, ¿por qué?

—Porque sucedieron cosas terribles que nadie debe conocer, por el bien de todos. Y, cuando me refiero a todos, me refiero a la Tierra, y a la humanidad, en su conjunto. Yvette tuvo una intervención directa en ciertos sucesos, que no deben, ni pueden, ser conocidos. Pero ella está bien. Te lo aseguro. —Nadine suspiró.

—Lo sé. Pero me parece increíble, después de tanto tiempo, saber qué mi antepasada sigue por ahí, en algún lugar…

—Está bien, te lo repito. Pero ahora, contéstame a esta pregunta de una vez, y, en esta ocasión, no te hagas la loca. El otro día, cuando me fui, y apareciste de repente, y de forma tan oportuna, ¿de dónde saliste? —Nadine rió.

—De algún agujero del pasado, supongo. Tengo mi propio aerodeslizador. Siempre he sido muy independiente, ya lo sabes. Al dejarlo, lo puse en modo automático, para que regresara solo.

—Ya veo. Siempre tan ocurrente —aseguró Sandra—. ¿Y Pierre?

—¿Qué pasa con él?

—Que lo tienes completamente confundido, por tu actuación estelar del otro día con tu arma automática —comentó Sandra sonriente. Nadine asintió.

—Sí, es cierto, y lo siento, pero eso no es de ahora. Pierre es un hombre bueno y afable. Me enamoró su sencillez, sus ideas tan claras sobre lo que es bueno y lo que es malo. Era la antítesis de mi vida. Siempre trabajando, siempre riguroso, siempre acorde con la ética y la moral. Mientras tanto, yo me debatía en una tormenta de sentimientos, dolor, muerte, y sufrimiento, y él lo arreglaba todo con palabras sencillas, y argumentos propios de un niño. Su mundo es así: estos son los buenos, y aquellos son los malos. Ese es el mundo de Pierre. No podía elegir a otro hombre. No iba a casarme con alguien como yo. Para eso ya me tenía a mí misma.

—Pero tú le quieres, ¿no es así?

—Por supuesto. Es más de lo que podría haber soñado en la vida. Se desvive por nuestra familia, a su manera. Como yo me desvivo por nuestra familia, a mi manera. Ambos nos complementamos. Para vivir en este mundo, necesitamos gente como él. Para salvar a este mundo, es necesaria gente sencilla y buena. Y Pierre lo es. Gente que no haya sufrido la marca del dolor y de la guerra. Gente que tenga un corazón puro, y vea las cosas sencillas de la vida.

—Pero Nadine, tú también eres necesaria. El mundo también necesita…

—¿Gente complicada? —Sandra asintió.

—Sí. Gente que busque los grises, los matices, los puntos medios.

—Es posible que sea necesario en ciertos momentos. En la ciencia. En el arte. En la justicia. Pero, es en la guerra donde no nos detenemos a pensar en aquellos que quieren ir más allá del bien y del mal. La gente sencilla se deja arrastrar por aquellos que muestran un mundo bicolor, bipolar, cuando existen un millón de matices. Si hemos de superar la maldad humana, deberemos aprender que los grises forman parte de la vida. Pero son esos grises los que se usan para manipular las ideas, las que emplean los políticos para retorcer la verdad y la realidad de las cosas, para que sean como ellos quieran. Por eso, para evitar esa manipulación, un mundo en blanco y negro es el camino. Un mundo donde las cosas sean como cuando somos niños: lo que está bien, y lo que está mal. Así les contamos el mundo a los niños: eso es bueno, debes hacerlo. Y eso es malo, no lo hagas. Es después, cuando crecemos, que dejamos de tener las respuestas para explicar este mundo.

—Creo que estás siendo complicada —aseguró Sandra entre risas. Nadine asintió.

—Sí. ¿Lo ves? Una conversación así con Pierre es imposible. Él te diría: "pues haz lo que tienes que hacer, lo que corresponde hacer". Para él, acudir a lo más básico es el camino para encontrar la respuesta ante cualquier dilema.

—Quizás sea ese el camino. Yo…

De pronto, asomó la cabeza de Pierre. Miró a ambas, y dijo:

—¿Ya estáis cuchicheando de nuevo? Seguramente ahora me contaréis cómo invadisteis solas algún continente. Vaya dos locas estáis hechas. Y tú no te rías, Nadine. Desde ese día de sorpresas sé que estoy casado con una desconocida. ¡Hacer volar edificios con explosivos! Todavía no puedo hacerme a la idea de que mi mujer pudiera hacer algo así. Sabía que te guardabas algún secreto, pero nunca pude imaginar esto. Qué complicada eres. —Nadine miró a Sandra, y comentó:

—¿Lo ves? Ahí tienes la confirmación de mi teoría. Soy complicada. Si hasta Pierre es capaz de verlo, es que no hay solución para mí.

—Bueno, basta de cháchara, vosotras dos —sentenció Pierre—. Hoy es el Día del Emperador. Se dará un parte de guerra y una conferencia a las once, y a las cinco de la tarde, en el Parc Blandan.

—Yo no voy —comentó Sandra—. No me interesan esos temas. —Pierre negó categóricamente.

—Por supuesto que vas, niña, y te vestirás inmediatamente. La asistencia no es opcional. Es obligatoria.

—¿Obligatoria? —Preguntó Sandra sorprendida.

—Efectivamente: obligatoria. ¿No se supone que lo sabes todo?

—Las redes están caídas o restringidas muy a menudo, y la información vital se almacena sin accesos externos. No tengo acceso a las normas de la ciudad. Tengo mis formas de arreglar eso. Puedo acceder por proximidad a un sistema cuántico cercano de varias formas, pero no me he preocupado de ello.

—De acuerdo. Pues sigue sin preocuparte. No nos interesa llamar la atención, ya lo sabes. Lo importante es que hay que asistir. Se controla la asistencia, y anteayer te registramos finalmente en el ayuntamiento, después de tu pequeña gran locura. No asistir a la conferencia supone una sanción económica, y una segunda falta, la cárcel. Así que, para pasar desapercibida, y para no crearnos problemas, irás con Jules. A Nadine y a mí nos ha tocado ir por la tarde, pero tú tienes asignada la mañana con él. ¡Vamos! ¿A qué esperas? Vete vistiendo, y estate lista dentro de media hora. Como si no tuviese suficiente con un irresponsable, ahora tengo dos. Y una mujer que está loca. Señor, ¿qué he hecho yo para merecer esto?

Pierre salió a toda velocidad murmurando. Sandra y Nadine se miraron.

—Está nervioso —susurró Sandra.

—No, no es eso —aseguro Nadine.

—¿No? No me indican otra cosa los parámetros sobre su estado físico y mental.

—No todo son parámetros físicos cuantificables, Sandra.

—Lo sé, pero…

—Está preocupado, eso no te lo niego. Pero también está encantado contigo. Le gusta que seas atrevida, precisamente porque él no lo es. Se hace el cascarrabias, pero yo creo que te está tomando cariño. Ya empieza a tratarte como a Jules, y eso significa que te está aceptando tal como eres. Paradójicamente, cuanto más lo veas dándote discursos de buen padre y mejor educador, es la señal de que más se preocupa por ti. Es su forma de hacer las cosas, que a Jules a veces le cuesta entender de su padre. Además, el hecho de nuestra pequeña aventura del pasado es algo que sabe apreciar por la ayuda que me ofreciste, aunque nunca lo reconocerá.

—Bueno, pues tendré que ir al discurso. ¿Quién lo da?

—El gobernador de la ciudad, en nombre del Emperador.

—Fantástico —se quejó Sandra—. Más Richard Tsakalidis no, por favor.

—Tú le conociste. Y bastante bien, ¿verdad? —Sandra alzó los hombros ligeramente.

—Lo suficiente como para colaborar con él en un genocidio. —Nadine dejó claro con su mirada que le había sorprendido la respuesta. Contestó:

—Ya veo. Entiendo que no quieras, o no puedas, hablar de ello.

—Decirte esto es lo máximo a lo que puedo y voy a llegar, Nadine. Por tu bien. Y en honor al recuerdo de Yvette. También, porque ya sabes que tuve algo que ver con ese monstruo en el pasado. Pero no diré nada más. Lo siento.

—No tienes que disculparte. Pero comprende que lo que me dices es…

—Es muy fuerte, lo sé. Aquello fue una monstruosidad sin paliativos. Y yo, culpable de ello sin ninguna excusa. Por eso quise irme el otro día. Allá donde voy, me persigue el caos. —Nadine le tomó la mano, y respondió:

—Sé que tu paso por aquí es temporal. Pero también sé que, vayas donde vayas, siempre nos tendrás a tu lado.

Sandra sonrió. Se oyó una voz de lejos. Era Pierre.

—¡Sandra! ¡O te vistes ya, o vas en ropa interior a la conferencia! ¡Y va a haber unos cuantos infartos de los que no pienso responsabilizarme! —Nadine rió, y añadió:

—Vamos. Vístete, que vais a llegar tarde.

Media hora después, Sandra y Jules salieron de la casa, camino de Parc Blandan. Había sido un lugar lleno de vida y alegría. Ahora era básicamente un terreno baldío, donde se había colocado una tarima, con unos viejos altavoces. Jules había quedado con Michèle en una esquina. Ambos se dieron un beso en la mejilla, algo que hizo sonreír a Sandra. Los dos eran realmente tímidos. Michèle se acercó a Sandra, y la saludó:

—Vaya, así que aquí está la asombrosa guitarrista de jazz. Mi padre me contó cómo sorprendiste a toda la sala aquella noche.

—Fue solo una improvisación sin más —comentó Sandra intentando restarle importancia. Michèle negó, y contestó:

—No parece que fuese así. Mi padre aún no se explica cómo con tu edad puedes tener una técnica tan elaborada, como al parecer tienes.

—Mi familia me llevó a la escuela de música desde pequeña.

—¿En Amiens? Hace décadas que la escuela de música fue cerrada. —Sandra se dio cuenta de que tenía que solucionar el problema.

—No era la escuela de música oficial, sino una escuela privada.

—¡Ah, sí! —Exclamó Michèle—. Conocí a un músico que había estudiado allá. Y por cierto, Mark, el guitarra, pregunta mucho por ti.

—Ya me imagino. Supongo que un día podré invitarle a una copa.

—Más vale, a ver si se calma un poco.

Sandra sonrió. Había superado el pequeño desliz de la escuela de música de Amiens. El hecho de que las redes telemáticas no funcionasen la inhibía de tener información que antes hubiera podido ayudarla en una situación así. De hecho, la idea del Gobierno del Norte cerrando todas las infraestructuras de comunicaciones a la población civil, buscaba precisamente evitar que dicha población pudiese conocer datos de todo tipo, y mantenerse al día de novedades, información, o comentarios sobre la actualidad. Pero tenía como consecuencia haber regresado a una etapa que, en muchos aspectos, se parecía a la de mediados del siglo XX, con un control férreo y único del gobierno en cuanto a manipulación de la información se refería. Sandra quiso cambiar de tema, y se dirigió a Jules.

—Por cierto, no me has pasado nada de esos relatos de ciencia ficción que escribes. —Jules sonrió, y se sonrojó ligeramente, agachando la vista. Pero fue Michèle quien habló:

—¿Relatos de ciencia ficción? ¡Vaya! Tienes que dejarme leer algo, Jules.

—No es nada —comentó Jules con falsa modestia—. Me entretengo, es una actividad relajante.

—Claro que sí —aseguró Sandra. De pronto, sonó una música estridente a través de los altavoces. Michèle y Jules miraron al escenario. Jules comentó:

—Ya empieza. Sandra, sobre todo, aplaude cuando la gente lo haga, saluda con entusiasmo cuando la gente lo haga, y grita el nombre del Emperador cuando la gente lo haga. Eres una feliz y orgullosa ciudadana del Gobierno del Norte.

—¿Por qué?

—Hay drones de vigilancia controlando al público. Si detectan a alguien que no aplaude o no alaba al Emperador, es detenido. La pena puede ir desde una multa, hasta dos años de prisión, según como lo considere el juez.

—Pues que bien. —Michèle añadió:

—Se podría ir al infierno nuestro "Divino Emperador". —Jules abrió los ojos como platos, y le recriminó:

—¡No digas eso! ¡Pueden oírte!

—¡Me da igual! ¡Estoy harta del Gran Emperador, y de sus grandes logros!

Jules miró a todos lados, como intentando restar importancia a aquel comentario, y analizando disimuladamente si había algún dron de vigilancia. De hecho, Sandra había detectado cinco, nada más llegar, y verificó que estaban grabando aleatoriamente conversaciones del público. Pero, aquel comentario de Michèle no había sido grabado.

Un poco más tarde, apareció sobre la tarima un individuo de aspecto bastante dejado, con un uniforme militar raído lleno de medallas, de mirada arrogante y despreciativa, que comenzó un discurso sobre las grandes bondades, los grandes logros, y las impresionantes hazañas del Divino Emperador, el Libertador de la Humanidad, el que llevará a la Tierra a una nueva Era de Paz: Richard Tsakalidis. Sandra hubiese vomitado, de haber tenido estómago. Otro hombre, en una esquina de la tarima, indicaba cuándo aplaudir, cuándo jalear, cuándo silbar, y otras acciones, que la gente realizaba mecánicamente.

Finalmente, tras cuarenta minutos de palabras y palabras sin fin, y una proyección de un vídeo con imágenes de combates, donde tropas victoriosas del Gobierno del Norte quemaban la bandera de la Coalición del Sur, terminando con un fundido de Richard, y una petición de un gran aplauso final, el discurso terminó, y la gente salió deprisa hacia sus casas y sus quehaceres. Sandra comentó:

—Bueno, ha sido corto. Tratándose de Richard, podría haber sido peor.
—Es un cerdo —aseguró Michèle—. Es un loco, un monstruo, un pervertido, un maniaco, un… —Sandra le puso una mano en el hombro, algo que sorprendió a Michèle, y le dijo:
—Todo eso es cierto. Pero Jules tiene razón. Cálmate, y no hables mal de él en público. Tiene una gran propensión por capturar jovencitas, y te aseguro que no es agradable lo que puede suceder después.
—Eso dicen. Pero lo comentas como si conocieses bien algún caso —comentó Michèle. Sandra contestó:
—Digamos que he visto lo suficiente de sus perversiones sexuales y brutalidades como para desearle que explote en un millón de pedazos, te lo aseguro. Pero no nos libraremos de él mostrando nuestros sentimientos. Es mejor aparentar, como hemos hecho ahora, y, si se ha de hacer algo para librarse de este monstruo, hacerlo en silencio, y fuera de cualquier mirada indiscreta. —Michèle asintió levemente con seriedad.
—Tienes razón. Me dejé llevar. ¡Pero es que…! —Sandra sonrió.
—Sin duda. Pero hazme caso. Será lo mejor. —Jules intervino:
—Sandra está en lo cierto. Algún día nos libraremos de ese monstruo. ¿Verdad que sí, Sandra? —Sandra asintió. Sin duda, iban a librarse de ese monstruo. Y ella haría todo lo que estuviese en su mano para conseguirlo.

Dejaron la plaza, y se encontraron con Paul y Jolie, que les saludó, y le volvieron a rogar otra actuación en el club de jazz. Luego siguieron caminando, dando un paseo, en dirección al este, hasta la antigua zona de los hospitales. Ahora eran edificios derruidos. Algunas casetas improvisadas vendían antiguos comics de ciencia ficción y fantasía de los siglos XX y XXI. Jules estaba interesado en añadir alguna pieza a su colección personal. Lamentablemente, aquel día no había nada de interés. O bien ya tenía aquel material, o bien estaba en tal estado de deterioro que no merecía la pena pagar por ello.

Comenzando el camino de vuelta, y en una zona completamente abandonada, Jules tuvo una visión que le desagradó en gran manera. Se trataba de un antiguo compañero de estudios, con el que había tenido que padecer abusos diversos durante su etapa de estudiante preuniversitario. Iba acompañado de dos individuos que Jules no reconoció. Pero parecía evidente que los iba a conocer de inmediato.

Sandra vio cómo los tres se acercaban sonrientes, y cómo la tensión y el ritmo cardiaco de Jules se aceleraba de forma muy notable. Enseguida entendió lo que sucedía. También examinó a los tres, y descubrió algo muy interesante en el que generaba la principal tensión en Jules. Ese fue el que habló.

—Vaya, vaya, qué tenemos aquí —comentó el cabecilla, mientras tocaba algo con las manos en su bolsillo. Sandra verificó que se trataba de una navaja automática con una hoja de dimensiones suficientes para matar a un ser humano sin problemas.
—Qué quieres ahora, Thierry.
—Mi querido excompañero de estudios. El cerebro, el gran pensador. No quiero nada en especial de ti. Me expulsaron tres meses por tu culpa. Y recibí una buena reprimenda de mis padres. Todo porque hablaste, cuando yo solo te pedía algo de dinero y comida, como el buen amigo que era. Pero te fuiste de la boca. Ahora, simplemente, quiero una pequeña compensación por las molestias. Todo el dinero que llevéis. Tú, y ellas. Y que nos prestes a tus amiguitas, para una pequeña fiesta privada. No te preocupes; te las devolveré enteras. O eso espero.

Sandra se acercó a Thierry, y le preguntó:
—Hola, jovencito. Encantada de conocerte. ¿Vienes un momento, por favor? Tengo que comentarte algo importante. —Antes de que Thierry pudiera contestar, Sandra tomó al joven del brazo, y lo llevó arrastrando con una fuerza que dejó asombrados a sus dos compañeros, y al propio Jules, además de Michèle. Tras recorrer una distancia adecuada, y escuchar las quejas de Thierry, al que casi se le duerme el brazo por la presión, Sandra se dio la vuelta, y preguntó:

—¿Vendes, o consumes? La segunda opción, sin duda. Aunque me imagino que practicas ambas cosas.

—¿De qué hablas? —Preguntó Thierry mientras se tocaba el brazo dolorido.

—Tus amigos y tú vais hasta arriba de alcohol, tabaco, y ZLN-31. El primero es legal, el segundo también, pero el ZLN-31…

—¡Yo no he tomado nada! —Se quejó Thierry.

—Si hacemos una prueba de toxicología creo que los resultados no dirán lo mismo. El ZLN-31 no es cualquier droga. Sabes que el Gobierno del Norte lleva años buscando a los traficantes, porque incide en el esfuerzo de guerra. ¿Y si investigamos de dónde ha salido el dinero para comprarla? ¿O has robado el ZLN-31? Al traficante no le hará gracia saber que has sido tú. ¿O has robado el dinero para comprar la droga? Al que le hayas robado el dinero, tampoco le hará gracia saber que has sido tú. ¿Qué tal si les decimos a tus padres, y a los de tus amigos, que estás tomando una droga que está penada con, cuántos años?

—Veinte a cuarenta años de trabajos forzados, según las dosis transportadas —susurró Thierry mientras suspiraba.

—Vaya, ha subido desde la última vez.

—¿Y tú cómo sabes…?

—¿Cómo sé que vas drogado? Eso no importa ahora. Lo que importa es que lo sé. Y puedo destrozar tu vida, y la de tus amigos. Ahora bien, lo que hagáis con vuestras vidas me tiene sin cuidado. Os podéis tirar por un puente si os apetece, no me incumbe. Sí me preocupan Jules y su pareja. Tú y tus amigos podéis envenenaros hasta reventar si queréis. Pero Jules, su novia, y cualquier otra persona en este mundo, están vedados de tus amenazas, y de tu droga. ¿Me has oído? —Thierry no dijo nada. Sandra lo tomó de la solapa, lo acercó con una fuerza que le dejó helado, le miró de cerca a los ojos con frialdad, y repitió:

—¿Me has oído? —Thierry se soltó, y Sandra dejó que pasaran unos segundos para que respirara. Finalmente, respondió:

—Está bien. ¡Está bien! Les dejaré tranquilos…

—Si se te ocurre hacerles algo, o vender más droga…

—¡Déjame en paz! ¡Ya te he dicho que paso de esos idiotas! —Sandra sonrió. Thierry se iba a ir, cuando Sandra añadió:

—Todavía no, tipo duro. Sé que estarás tranquilo un tiempo. Luego, volverás al negocio, hasta que alguien te vuele la cabeza. Lo he visto mil veces. Pero vamos a preocuparnos de las cosas inmediatas. Dame eso que llevas.

—¿De qué hablas?

—¿De qué hablo? Si vuelves a hacerte el loco conmigo o a tomarme por estúpida, te retorceré el brazo y te lo pondré de corbata. Ya sabes de qué hablo; hablo del ZLN-31 que llevas, y de la navaja. Vamos, no tenemos todo el día.

Thierry dudó un momento. Llevaba trescientos gramos de ZLN-31, la droga más potente que podía adquirirse en el mercado negro, y con un valor altísimo para venderla, y vivir a cuerpo de rey durante una buena temporada. Pero parecía que no tenía opción. Había robado el dinero a su padre, un hombre de negocios, y había acumulado lo suficiente para comprar un lote completo de ZLN-31 directamente a un traficante importante de Lyon. En pequeñas dosis, y con la necesaria adulteración, ganaría seis veces su coste, por lo menos. Pero no estimaba sensato intentar oponerse a esa joven. Podría ser un miembro del gobierno, de la unidad antidroga, o bien, una agente de seguridad. O también, alguien que trabajaba para un cartel de la droga de la competencia, que buscaría establecerse en Lyon. Pero lo peor eran sus padres. No podían enterarse, o le dejarían sin nada. Esperaba que murieran pronto, y hacerse con todas sus propiedades. Así que sacó las pastillas con el ZLN-31, y la navaja, y se las dio. Sandra tomó la droga, y la navaja. Se las guardó en el bolsillo trasero del pantalón, y comentó:

—Perfecto. Recuerda: la próxima vez no seré tan amable. Ahora diles a tus amigos que os tenéis que ir deprisa, que se te ha ocurrido que aquí no tienes nada que hacer. O tendré que enfadarme. Y no te gustará verme enfadada. ¡Vamos!

Thierry se acercó a sus dos amigos, que miraban la escena desde lejos, y les dijo:
—Venga, nos vamos.
—Pero Thierry…
—¡Cállate! ¡Dejad a esos tres idiotas, y vámonos ya!

Thierry salió caminando a paso ligero, mientras los dos amigos le seguían sin entender nada de lo que estaba pasando. Luego se enterarían de que Thierry ya no tenía la droga, y de que la comisión que esperaban por vender una parte del ZLN-31 había volado. Eso provocaría problemas adicionales a Thierry, que, al fin y al cabo, era el jefe porque era el que tenía el dinero primero, y la droga después. Sin dinero, y sin droga, no era más que un pobre desgraciado más, hijo de un potentado, un hijo caprichoso, y obsesionado con el dinero, el sexo, y el poder. De hacerse el duro también sabían ellos dos. Y se lo iban a demostrar fehacientemente en algún lugar solitario, y con la ayuda de unas cadenas y un taladro, que era como se vengaban las traiciones en el negocio de la droga.

Cuando desaparecieron, Sandra se acercó a Jules y a Michèle sonriendo, y les dijo:

—Ese inútil no os molestará más. Al menos, no a vosotros. No porque no quiera, sino porque temerá que aparezca yo de nuevo, o que haga efectiva mi amenaza, o ambas cosas.

—¿Qué amenaza? —Preguntó Michèle extrañada.

—No importa, Michèle. No le auguro un gran futuro a ese tal Thierry. De hecho, no le auguro ningún futuro. Lo importante es que estéis bien, vosotros dos. Eso es lo que me interesa. —Michèle miró un momento a Sandra con detenimiento, y comentó:

—Eres una chica muy rara y misteriosa. Pero nos has ayudado. Otra vez. Y empiezo a sentirme acomplejada. ¿Cómo puedo agradecértelo?

—No tienes que agradecerme nada, Michèle. Solo espero que, el próximo día, el beso que os deis sea un poco más, cómo diría yo… ¿Atrevido? —Michèle y Jules se miraron con cierto aire de vergüenza. Pero luego ella se acercó a él, y le dio un beso en la boca, que dejó totalmente sorprendido a Jules. Sandra comentó:

—Perfecto. No era tan difícil, después de todo. Al final, o tomamos nosotras la iniciativa, o estos hombres no terminan nada importante en la vida. —Michèle se volvió sonriendo, mientras Jules estaba completamente rojo, y contestó:

—Esa es una verdad como pocas, Sandra. Y te lo agradezco. Creo que vamos a ser buenas amigas. —Sandra asintió levemente, y contestó:

—Puedes contar con ello.

Dos semanas más tarde, y mientras los padres de Jules estaban fuera visitando a unos amigos, este fue a casa, tras dejar a Michèle, y encontró a Sandra en el pequeño taller que tenía su padre en el sótano. Parecía bastante atareada, algo que le llamó la atención. Entró, y preguntó:

—Hola Sandra. ¿Qué haces? —Sandra miró de reojo y sonrió. Luego volvió a lo que estaba haciendo.
—Ya ves. Encontré tu telescopio en el taller.
—¿Mi telescopio? Pero si está destrozado. Lo compré casi como chatarra, con la esperanza de arreglarlo. Pero estaba en demasiadas malas condiciones. El espejo, sobre todo, está demasiado rayado.
—Sí, lo sé. Lo he visto. ¿Qué te parece ahora? —Sandra alzó el espejo. Jules se acercó, y lo observó detenidamente. Comentó:
—Es … imposible. Está perfectamente pulido. No tiene ni un rasguño. ¿Cómo lo has hecho?
—Con el láser del dron, un pulido, y una nueva capa reflectora con una aleación personal.
—Increíble. Estás llena de trucos. Bueno, perdona, tú me entiendes…
—Claro que te entiendo. —Sandra extrajo el dron del brazo. Este se movió flotando hasta colocarse frente al rostro de Jules. Entonces, desde el dron surgió una voz, que tenía el tono, la flexión, y la pronunciación de Pierre, su padre:

—¡Jules! ¡Deja ya de soñar en tonterías, y ponte a trabajar en cosas de provecho y con futuro! —Jules no pudo reprimir una sonora risa. El dron saludó, y volvió al brazo de Sandra, que colocó el espejo en su sitio en el telescopio. Lo sujetó, y calibró el espejo con el pequeño telescopio buscador. Se trataba de un sencillo telescopio reflector de tipo Newton. Viejo, pero de una calidad aceptable. Luego revisó los oculares. Finalmente, comentó:
—El telescopio estaba bien, pero hay que tener un cuidado extremo con el espejo. Al parecer alguien lo quiso limpiar, y lo destrozó. Pero era reparable, usando las herramientas adecuadas.
—Es… impresionante. No hay límites a lo que puedes hacer. —Sandra rió, y contestó:
—Te aseguro que tengo muchos límites. Soy una máquina, Jules. Diseñada por seres humanos. Las personas me humanizan porque tengo el aspecto de una joven de algo más de veinte años. Tú mismo, tiendes a hablar conmigo como si fuese real. Pero no lo soy, puedes estar seguro.
—Jules negó categóricamente la afirmación de Sandra.

—Ni hablar. No creo ni una palabra de lo que dices. Mi madre dice que eres humana. En muchos aspectos. Y yo la creo. Solo hay que verte.

—Esta conversación ya la tuve con Yvette. Ella decía lo mismo que tu madre.

—Y mi madre tiene toda la razón.

Sandra sonrió levemente. Para Jules era casi imposible imaginar que, detrás de aquel rostro que tenía frente a sí, había en realidad un complejo sistema de circuitos y tecnología, basados en una computadora cuántica avanzada.

—No me importa lo que seas por dentro, Sandra. Me importa lo que eres por fuera. Lo que sientes, lo que vives. El interés, y el cariño que demuestras al preocuparte por los demás.

Sandra miró al infinito. Esas palabras las había oído antes. Se las había dicho, hacía muchísimo tiempo, un joven solo algo mayor que Jules: Robert Bossard. Robert se había enamorado de ella, y le había asegurado que el amor, cuando es real, no conoce de diferencias entre pieles blancas o negras, entre hombres o mujeres, entre razas y credos, o entre amor orgánico o cuántico. Cuando el amor aparecía, era real, y no podía tamizarse por un simple detalle físico. Ella lo había negado categóricamente, y le había abandonado, destrozando su vida. De aquello hacía tanto tiempo…

Sandra despertó de aquellos recuerdos. Miró el telescopio, y a Jules. Preguntó, mientras con cara de complicidad le guiñaba un ojo:

—¿Quieres que lo probemos?

—¡Claro! ¡Vamos arriba, a la azotea!

—¿Qué dices? A pesar de que la luz escasea en la ciudad, sigue habiendo mucha contaminación lumínica. Vamos fuera, a algún lugar alto, donde no haya peligro, y sí mucha oscuridad.

—¿Lo dices en serio? ¡Mi padre me mataría si hiciese algo así! ¡Incluso mi madre!

—Tu padre es muy buena persona, y te quiere mucho. Se preocupa por ti. Y son los padres los que dan alas a sus hijos; pero es el destino el que les enseña a volar. Y el destino te ha traído hasta mí ahora. Quiero que veas que el mundo es mucho más que esta ciudad, que esta guerra, que todo este dolor. Y quiero que veas dónde está Yvette, tu antepasada. Eres un Fontenot. Corre por tus venas la sangre de alguien que marcó mi vida, aunque fuese un instante. —Jules miró con los ojos abiertos a Sandra, sin saber qué decir. Sandra continuó:

—El aerodeslizador de tu madre está en el garaje. ¡Vamos!

Jules quiso negarse. Pero la tentación de la propuesta de Sandra era demasiado grande. En un instante estaban volando, en dirección este. Se posaron en el macizo de Les Bauges, en el antiguo Parque Natural de Bauges, a cien kilómetros al este de Lyon. Era un lugar hermoso, aunque ahora estuviese dejado y descuidado. Pero la naturaleza salvaje seguía ahí, y el macizo continuaba siendo una vista poderosa. Era una noche clara, con Luna en cuarto creciente. Jules había estado alguna vez hacía años, aunque nunca de noche, y nunca en lo alto del propio macizo.

Sandra extrajo el telescopio y el soporte, y lo montó. Hacía algo de frío, pero Sandra, con antelación, había llevado un abrigo y agua para Jules. Luego alzó el dedo, y señaló hacia arriba. Jules miró, y Sandra comentó:

—El Can Menor. El Can Mayor, con la estrella Sirio. Y Orión. ¿Los ves?
—Sí. Tengo un libro en casa con las constelaciones.
—Muy bien. Ahí, en la constelación de Orión, hay tres estrellas. ¿Las ves? Son el cinturón de Orión.
—Sí, son Alnitak, Alnilam y Mintaka. Alnilam es una gigante azul, muy brillante.
—¡Muy bien! Veo que te lo has estudiado a fondo.
—Por supuesto. Siempre que puedo echo un vistazo.
—Naturalmente. Y ya que estás tan bien informado, ¿qué hay debajo?
—La nebulosa de Orión. Una condensación de gas y de nuevas estrellas.
—Muy bien. —Sandra le indicó que mirase por el ocular, y añadió:
—Ven, lo he colocado para que veas la nebulosa. A simple vista se ve una sola mancha. Pero con el telescopio la visión es mucho mejor, aunque no esperes verlo como si estuvieses allá. La computadora de control de movimiento está inoperativa, eso lo arreglaré mañana. Pero ahora lo controlo yo.
—¿Tú estás conectada al telescopio?
—Sí. Vamos, mira.

Jules miró por el ocular. Pudo ver claramente la nebulosa, como una mancha azul rojiza alrededor de varias estrellas.
—Es… impresionante. Sandra ajustó la ampliación.
—Si te fijas bien, ahora puedes ver la parte que se denomina Cabeza de Caballo. Allá, en la parte de arriba de la nebulosa.
—¡Sí, lo veo! ¡Es genial! Pero se supone que este telescopio no puede mostrar tanto detalle.
—Normalmente, no. Pero le he hecho algunas mejoras a la óptica, y al procesador de imagen.

—Eres sencillamente increíble. Maravillosa. No hay nada que no puedas hacer. —Sandra rió, y contestó:

—Que no, pesado. Hay muchas cosas que no puedo hacer. Por ejemplo, no puedo aguantar tanto halago.

Sandra varió la posición del telescopio. De pronto, apareció una imagen muy nítida en pantalla. Jules exclamó:

—¡Impresionante! ¿Eso es la estación espacial Neretva II?

—Exacto. ¿Y ves lo que hay a los lados?

—¡Son cruceros de batalla clase Altair! Impresionante.

—Exacto. Veo que también conoces estos temas. Las naves están repostando y cargando personal para la batalla que se lleva a cabo en Marte, en el Monte Olimpo.

—Dicen que esa batalla no va muy bien para el Gobierno del Norte —susurró Jules.

—Eso parece. Tengo la impresión de que a Richard se le está yendo todo de las manos. Y eso es preocupante. —Jules dejó de observar por el telescopio. Miró a Sandra, y comentó:

—¿Por qué?

—Porque Richard es un psicópata con una enorme megalomanía, y, cuando las cosas le van mal, le lleva a cometer verdaderas locuras. Mira ahora. —Jules volvió a mirar. Era la Luna, y una base lunar muy conocida.

—¡Es la base lunar Clavius! ¡Parece que está al lado!

—Sí. Ahí, la Coalición del Sur desarrolla nuevas armas y tecnologías. Richard la ha intentado destruir varias veces, pero sus defensas son inexpugnables, o eso parece de momento.

Jules miró de nuevo a Sandra. Comentó:

—Debes de haber visto mucha guerra. Muchos… horrores.

—Sí, Jules. Ya se lo comenté a tu madre. El mundo es un caos, y las cosas se están complicando mucho. Pero hemos de tener esperanza.

—¿Qué esperanza? A veces pienso que mi padre tiene razón. Que mi madre es una soñadora. Pero los sueños por sí mismos no acabarán con la guerra.

—Ahora hablas como tu padre. Los sueños de paz no acabarán con la guerra. Pero nos ayudarán a encontrar caminos para una paz real. Es difícil. Pero puede hacerse. O eso espero. Porque perder este mundo por la locura de la guerra es una forma terrible de acabar con una civilización que ha logrado tantas grandes cosas.

—Y tan terribles cosas —añadió Jules.

—Es cierto. Pero la humanidad debe valorar si quiere hundirse en este mundo de destrucción o caos, o valorar sus grandes logros, y encontrar un camino para la paz.

Jules miró de nuevo. Vio cómo una nave entraba en la base Clavius. La reconoció. Era una corbeta de la Coalición del Sur. Había visto una maqueta en casa de un amigo, traída de forma ilegal desde el sur. Luego observó a Sandra, y comentó:

—Tú eres parte de ese camino de salvación. —Sandra le miró extrañado. Jules continuó:
—Yvette lo dijo en su carta. Y yo creo que es completamente cierto. Tú eres una parte fundamental en la historia de este mundo.
—No es así, Jules. En absoluto. Yvette es una mujer muy inteligente, y muy especial; pero se equivoca conmigo en ese aspecto. Yo no soy ninguna salvadora, ni tengo en mi mano nada, excepto mi voluntad de aportar lo que pueda para terminar esta guerra. Pero soy solo un androide. No tengo superpoderes, ni poderes mágicos, ni soy capaz de cambiar el futuro de este mundo.
—Sí puedes. Yvette lo sabía. Lo sabe. Te he visto estas semanas. Tú estás destinada a ayudar a la humanidad. Estoy seguro. En todo este tiempo, he ido entendiendo las palabras de Yvette. Lo que nos quería decir en su carta. Ella nos dijo que cuidásemos de ti. Pero también dijo que eras importante para el futuro de este mundo. También nos has dejado ver que Yvette sigue viva, pero te niegas a decirnos dónde, y cómo está. Solo que es un ser especial. Y hablas de todo eso, incluso de la nebulosa de Orión, como si hubieses estado allí. Ahora, dime: ¿has estado allí?

Sandra se sorprendió ante una pregunta tan directa y clara. Contestó:
—Qué tontería, Jules. No confundas tus relatos de ciencia ficción con la realidad. Cómo podría yo haber estado allí. Es imposible viajar a las estrellas.
—Eso dicen. Pero guardas muchos secretos. Tu relación con Yvette. La ayuda que ofreciste a mi madre. Tu repentina llegada, perseguida por todos. La misteriosa carta de Yvette…
—Tienes una imaginación desbordante, Jules…
—Es posible. Pero también sé atar cabos. Y hay rumores. Se habla de un hombre que predijo el fin del mundo. Y tú hablaste de ese hombre, al que llamaste Scott, en tu carta de despedida. Dijiste que ese tal Scott transformó a Yvette de alguna manera. Pero no que fuese sometida a ese tratamiento para alargar la vida. Y, se dice, que Richard tuvo contacto con seres de otros mundos.

—¿Seres de otros mundos? ¡Jules, por favor! ¿Cómo se te ocurre creerte esas patrañas de marcianos? Y lo de Scott es un cuento viejo. Él es real, es cierto. Pero eso no prueba nada. No hay marcianos, Jules. —Jules se acercó a Sandra. La miró detenidamente, le tomó la mano, y preguntó:

—¿No prueba nada? ¿Por qué me has mostrado la nebulosa primero?

—Porque pensé que te gustaría. Es bonita.

—No lo creo. Inconscientemente, has querido mostrarme Orión por alguna razón. Y es porque has estado allá. Porque es importante para ti.

—Jules, no digas tonterías, todo esto es absurdo… —Jules se acercó más a Sandra. La miraba con fuerza. Apretaba sus manos contra las de ella. Añadió:

—Hay algo en ti. Algo poderoso. Hablas de las estrellas, del universo, de Yvette, como si todo ello te fuese tremendamente familiar. Siento que te es familiar. En casa, hace un rato, lo has dicho: "quiero que veas dónde está Yvette, tu antepasada". Y me has traído aquí, a mostrarme las estrellas. Ahora dime que es mentira. Dime que estoy equivocado. Que estoy loco. Dímelo, y te creeré. Dime que no has estado en Orión. Que Richard no sabe nada de otros mundos. Que nunca has viajado a las estrellas. Que Yvette no está allá. Dime que todo es falso. Que no sabes nada de otras guerras. De otras luchas. Dímelo. No volveré a insistir. Creeré en lo que digas. Te doy mi palabra. Pero quiero la verdad.

Sandra miró detenidamente y con gran sorpresa a aquel joven. Era realmente brillante. Muy perspicaz. Y tenaz. Las historias de extraterrestres se venían contando entre las gentes desde tiempos inmemoriales, especialmente desde el siglo XIX. Siempre había sido todo falso. Nunca hubo platillos volantes. Ni áreas 51 con cuerpos de extraterrestres. Ni ninguna de aquellas historias de abducciones.

La realidad, como solía ocurrir casi siempre, era más demoledora. Más directa. Más inmediata. No era como la gente la contaba, por supuesto. La verdad, como solía suceder siempre, era más compleja. No había marcianos grises, o con antenas. Pero tampoco había un vacío infinito de nada. Ella lo había tenido que vivir doscientos años atrás. Y, por mucho que se escondió todo en su momento, los sucesos en Titán, en 2153, con el descubrimiento de aquella nave enterrada, y los de 2156, cuando estuvo a punto de darse a conocer todo a la opinión pública, habían dejado una huella en la retina de la humanidad. Por primera vez, en la historia de la especie humana, una historia de vida de otros mundos podría parecer real.

Jules insistió:

—¿Vas a contarme la verdad?

Sandra le miró en silencio. La mirada de aquel joven era como un caudal de fuego y poder imparables. No podía resistir aquella mirada, que buscaba la verdad. No podía traicionar esa mirada. Porque, tras aquella mirada, estaba Yvette. E Yvette era la voz que la había guiado en un momento crítico de su vida. Y le había salvado la vida. Por aquel joven corría su misma sangre. No podría nunca traicionar ni mentir a Yvette. No podría, por la misma razón, traicionar ni mentir a Jules. Así que, sin darse cuenta, respondió:

—Yvette es inmortal. Y vive en algún lugar que no comprendo, entre las estrellas. Ella sufrió una transformación, fruto de una experiencia increíble. Esa experiencia la transformó para siempre. No fue ese proceso que alarga la vida unos años. Lo de ella fue muy distinto. Fue un contacto con una especie tremendamente poderosa, cuya sola presencia transforma la vida para siempre. Ahora , Yvette es lo más parecido a una diosa que puedas imaginar. No es una diosa en el sentido filosófico o teológico, pero lo es conceptualmente. Cuando llegué, me preguntaste qué, o quién era, Yvette. Y esta es la respuesta que te puedo dar. Porque yo no tengo todas las respuestas. Pero sí sé, y te lo puedo asegurar, que Yvette reina entre las estrellas. —Jules se mantuvo pensativo. Aquella información era mucho más de lo que podría haber imaginado. Sandra continuó:

—Ya entonces, cuando leíste la carta, sospechaste la verdad. Tu intuición es impresionante. Lo noté enseguida, en cuanto te vi. Ahora vuelves a hacerlo. Y tienes derecho a saberlo. Por Yvette. Y por ti. Y la verdad es lo que te he de dar. A ti. Solo a ti. Porque eres capaz de ver más allá. Más allá que los demás. —Jules se mantuvo pensativo unos instantes, y reflexionó:
—La carta llegó al buzón. No tenía origen. Pero Yvette no está aquí, en la Tierra. Ni siquiera en el sistema solar. ¿Es así?
—Así es.
— ¿Y cómo es posible?
—Yvette no necesita estar aquí para entregar una carta. De dónde salió la carta, no lo sé.
—Es… realmente inexplicable.
—Lo es, sin duda. Y es mejor que no intentes entenderlo demasiado, porque no tiene explicación. No al menos según la física que conocemos actualmente. No es magia. Pero una explicación racional queda por ahora fuera de mis posibilidades. Como te he dicho, su naturaleza actual es un misterio para mí. Solo sé que es posible.

—Gracias, Sandra, por decirme la verdad —comentó Jules asintiendo levemente.

—Te la mereces. Aunque solo sea por esa intuición increíble que demuestras tener. Tienes razón en todo. Y no me veo capaz de ocultártelo, aunque decírtelo sea una completa locura. Es cierto: yo estuve en la nebulosa de Orión, en una ocasión. De hecho, entre aquellas nubes conocí a Yvette. Yo la salvé a ella. Y ella me salvó a mí. Ambas vivimos una historia de guerra y amor, que durará una eternidad. Esa es la verdad. Esa es toda la verdad. Quieres la verdad. Y no puedo hacer otra cosa que ofrecértela. Pero conocer la verdad, no lo olvides, conlleva siempre un alto precio. Y lo tendrás que pagar algún día.

—Prefiero morir ahora sabiendo la verdad, que vivir mil años en una eterna mentira.

Ambos se miraron un momento. De pronto, Jules se acercó a Sandra, y la besó. Un beso que duró unos segundos, pero que fueron una eternidad. Luego, Jules se separó de ella, se sentó en una piedra, y susurró:

—Lo siento. No debía haber hecho eso. He sido un estúpido. —Sandra se acercó a él, y se sentó al lado.

—No te culpes. Fue un impulso. Todo esto te está trastornando. Y es normal. Eres muy joven. Necesitabas besarme. Fue un impulso fruto de toda esa adrenalina y esa energía que te recorren al saber la verdad. Y yo no te negué el beso. Lo requerías. Y lo acepté.

—Sí, pero Michèle…

—Michèle es la joven a la que amas. Tu amor.

—¿Tú lo crees así? Entonces, ¿por qué…?

—¿Sientes que la has traicionado? —Jules movió la cabeza, en un mar de confusión.

—No lo sé. La verdad, no lo sé. Me acabas de decir la verdad. Y es cierto: en estos instantes me encuentro en medio de una enorme confusión. De ideas, y sentimientos. De pronto, mi pequeño universo basado en mi ciudad se ha ampliado hasta las estrellas. La verdad es una losa que pesa sobre quien la lleva.

—Naturalmente. Saber que conoces la verdad, y comprobar que estabas en lo cierto, pero que incluso esa verdad va más allá de lo que sospechabas, es algo que te va desestabilizar. Y deberás calmarte, y reflexionar.

—¿Calmarme? ¿Ahora que soy consciente de algo tan increíble? ¿No te das cuenta, Sandra? Yo pertenezco a las estrellas. Siento que vivo, respiro, y he nacido para pertenecer a las estrellas. Y ahora, las estrellas han venido a mí. Y yo no sé si reír, si llorar, si saltar, o si gritar… —Sandra sonrió.

—Naturalmente. Haz todo eso: grita, salta, llora, ríe… Solo te mereces la verdad. Aunque eso tiene un precio muy alto. Pero, cuando te veo, veo a Yvette. No pude ocultarle nada a ella. Tampoco puedo ocultarte nada a ti.

—¿Y mi madre? ¿No debería…?

—Tu madre sufrió mucho durante su juventud. Y ella prefiere no saber. Si lo quisiera de verdad, me la habría arrancado, como has hecho tú. Pero, en su corazón, prefiere no saber. Sabe que la verdad libera a quien la conoce, pero supone una carga que se lleva toda la vida. Y ella ya lleva una carga demasiado pesada. Sabe que esa carga te corresponde a ti. Y está orgullosa de ello.

Jules asintió. Se levantó, y Sandra se levantó también. Jules se dio la vuelta. La miró un instante, y comentó:

—Eres tan impresionante. Tan grandiosa. Tan majestuosa…

—No debes halagarme tanto. No lo merezco. De verdad.

—¿Por qué? Has vivido mil historias increíbles. Y me has contado la verdad. Eso es algo que la gente no acostumbra a hacer, y menos conmigo. Me has enseñado el universo esta noche, y me has tratado con respeto y con cariño, algo que muy pocas veces he visto en mi vida. Cada día me enseñas algo nuevo. Cada día descubro algo nuevo e increíble a tu lado. Has cambiado mi vida completamente en estas semanas. Y yo… yo ya no sé ya qué pensar. —Sandra tomó la mano de Jules, y respondió:

—Te estás dejando llevar por algo que se llama admiración. Y que es muy noble y bello. Pero es eso: admiración.

—¿No dicen que la admiración es la antesala del amor?

—A veces. Pero tú quieres a Michèle. Solo que toda esta experiencia de esta noche, el telescopio, el lugar, las estrellas, por supuesto todo lo que te he contado, te han llenado el corazón de pasión, de fuerza, de sueños. Estás saturado de sensaciones. ¿Y qué mejor manera de demostrar a quien te enseña el camino, que mostrarle tu gratitud con un beso?

—No creo que otras chicas dijesen eso si las besara —comentó Jules.

—Eso depende de la chica, y de la situación, y del contexto del momento. No eres el primer chico que besa a una chica por primera vez. Vamos a ver: ¿te dio la impresión de que yo no quería ser besada?

—No. Creo que, si no hubieses querido, no habría ocurrido. Tú no lo habrías permitido. Y yo no te habría besado.

—Exacto, Jules. Antes de dar un beso a alguien, sabes que puede haber una predisposición por la otra parte, o puede no haberla. Por eso el primer beso es también un sello entre dos seres humanos. Sabes que yo no iba a negarte el beso. Por eso me besaste. Por eso, tu beso ha sido una declaración de amor y de amistad. Un valor eterno que hemos firmado los dos esta noche. Pero no para convertir nuestra amistad en una relación, sino para que esa relación sea más cercana, más viva. Sabes que Yvette me besó también, ¿verdad?

—Vaya, sí, eso averiguó mi madre. Os vieron en un bar.

—Exacto. Estábamos en un bar de San Francisco. Pero, cuando nos besamos, estábamos en otro universo. Ella me besó como me has besado tú. Ya te dije que os parecéis en muchos aspectos. Me mostró su cariño, su afecto, su amor. Y tú me has mostrado el tuyo. ¿Vas acaso besando a cada chica que ves por la calle? —Jules rió.

—No había besado nunca a una chica. Nunca. Hasta Michèle. Y ahora…

—Y ahora besas a quien amas, que es Michèle, y a quien te muestra un universo de posibilidades. No te culpes, Jules. No has traicionado a Michèle. Ni ha sido un error besarme a mí. Tú la quieres, ¿no es así? —Jules asintió levemente.

—Sí. Pero tú estás ahí cada día, mostrándome las infinitas posibilidades del universo. Y has cambiado mi vida.

—Deja de castigarte. La historia es muy simple: yo sabía que querías besarme. Yo lo acepté. Fin de la historia. Eso se siente, Jules. Se siente en la mirada, y en el corazón. Y pocos chicos más nobles y de buen corazón he conocido aparte de ti.

—"Chico". Eso es lo que soy para ti.

—Ten en cuenta que tengo trescientos años. Te llevo cierta ventaja.

Jules sonrió levemente. Luego, se sentó de nuevo, y se llevó las manos a la cara. Estaba llorando. Sandra se sentó a su lado, y le pasó el brazo por el hombro.

—Jules, no te recrimines nunca por sentir amor, y por querer mostrar ese amor de una forma sincera y pura. Eres un verdadero sol, un ser lleno de amor, de vida, y de bondad. Te has visto sobrepasado por esta noche, probablemente yo sea algo responsable de eso. Pero no has hecho nada malo. Al contrario.

—Me gustaría que Michèle conociera todo de ti. Pero no puede ser.

—Cierto. No puede ser, porque la pondrías en peligro. Y no podemos ponerla en peligro. No lo merece.

—¿Volverás algún día a las estrellas? —Sandra negó con la cabeza.

—No. De hecho, me pidieron que me quedara con ellos. Pero me negué. Mi sitio está aquí. En la Tierra. Intentando salvar este mundo. Aunque, ya sabes. Nunca se sabe qué te puede deparar el destino.

—Si alguna vez vuelves allá, y yo sigo vivo, ¿no me podrías llevar contigo? Quisiera viajar contigo… Viajar hasta la nebulosa de Orión.

Tocarla con mis manos. Sentir el calor de sus estrellas. Y conocer a Yvette. Le presentaría a Michèle. Viajaríamos ambos para siempre, entre las estrellas.

Sandra recordó aquella antigua propuesta que Deblar, el guardián de la Tierra, le hizo a Robert y a Yvette, doscientos años atrás: viajar para siempre entre las estrellas, a cambio de ayuda. El universo a veces se llena de extrañas paradojas. Le tomó la mano antes de responder.

—Eso no será posible, Jules. Quienes viajan a las estrellas no pueden volver a la Tierra. Es una ley eterna, que todo aquel que parte de la Tierra hacia esos mundos debe cumplir. Yvette fue una de ellas. Viajó más allá de Orión. Y ahora no puede regresar. Ni tú puedes ir a buscarla.

—¿No es ella algo parecido a una diosa?

—Lo es. Pero su presencia en la Tierra desencadenaría una marea de fuego y destrucción en el planeta. La Tierra es un planeta prohibido. Y hay leyes en la galaxia que hasta los dioses deben cumplir.

—No parece justo.

—No lo sé, Jules. No lo sé. No sé si es justo, la verdad. Pero es el orden de las cosas. Ni yo, ni nadie, podemos cambiar eso.

—Tú volviste.

—Sí. Yo obtuve un permiso especial, por haber conseguido que la galaxia entera disfrutara de nuevo de la paz, tras una guerra terrible, de la que fui responsable en parte. Y de nuevo estoy hablando demasiado. Pero soy una excepción, Jules. Tú debes vivir tu vida. Con Michèle.

—Sé que un día te irás, Sandra. Y me dolerá hasta el infinito. Y nunca, nunca, te olvidaré.

Sandra abrazó a Jules, y le besó en la mejilla. Él también la abrazó. Luego ella sonrió, le miró a los ojos, y dijo:

—Anda, sécate esas lágrimas. ¿Volvemos a casa? Se hace tarde.

Jules asintió. Recogieron el telescopio, lo guardaron, y ambos subieron al aerodeslizador. La aeronave se elevó. La noche era brillante. Jules miró a las estrellas de la noche, y susurró:

—Cuántos secretos se guardan en esas pequeñas luces. —Sandra observó, asintió levemente, y respondió:

—Así es. Millones de vidas, de sueños, de luchas, de ilusiones, se esconden entre los rayos de esas estrellas. Con jóvenes llenos de amor y pasión por la vida. Como tú, Jules. Como tú.

Jules miró de nuevo al cielo. Sonrió levemente.

Al día siguiente, Jules vio a Michèle, y, sin decirle nada, le dio un profundo abrazo. Ella le miró sorprendida, y preguntó:

—¿Qué te pasa con ese abrazo tan largo y esa mirada? ¿Has visto algún ángel?
—Algo así, Michèle. Algo así.

Enciclopedia Galáctica: Deblar.

"Deblar" es un antiguo término usado para el puesto que un colaborador del Alto Consejo ocupaba en diferentes actividades a lo largo de la galaxia, y con un alto contenido político. La etimología de la palabra significa literalmente "el que decide", y especifica un clásico mando de poder, que hace milenios gestionaba el puesto principal en un sector determinado de la galaxia.

Actualmente, "Deblar" es un puesto de alta responsabilidad que se dedica, entre otras tareas, al control y vigilancia de aquellos mundos de nivel I, es decir, los mundos de inteligencia más primitiva y básica, con el fin de controlar que no sean contaminados por conocimientos de mundos de nivel II o superior, ya que ello, según Las Doce Leyes, conlleva el aniquilamiento inmediato de dicho mundo, y su esterilización, así como de cualquier territorio externo que hayan conquistado. Muchas voces se han alzado durante milenios con respecto a esta antigua Ley…

Habían pasado varias semanas, y el verano estaba cerca. Era un viernes por la tarde de finales de primavera. Sandra llegó de hacer la compra, con una bolsa en cada mano. Abrió la puerta magnéticamente, después de asegurarse de que nadie la veía. Los padres de Jules no estaban en casa, ya que habían ido a un recado, y volverían en un par de horas.

Dejó las bolsas en la cocina, y guardó los alimentos, mientras oía unos ruidos. Se acercó a la puerta de Jules, y tocó con los nudillos tres veces. Se oyeron más ruidos nerviosos y susurros, seguidos de un golpe seco, y un quejido. Luego, Jules preguntó:
—¿Sí?
—Jules, ¿puedes abrir?
—Ahora… ¡Ya voy! —Se escucharon más ruidos. Luego, al cabo de unos segundos, la puerta se abrió, y un agitado Jules se asomó por la puerta. Antes de que pudiera decir nada, Sandra le indicó si podía pasar. Jules la miró con cara de sorpresa, y Sandra entró en la habitación. Allá estaba, sentada en la cama, Michèle, ajustándose la blusa. Miró a Sandra con los ojos como platos, sin saber qué decir. Sandra les miró, y comentó:

—¿Qué tal, chicos? ¿Todo bien? —Jules respondió:
—Eh, sí… Todo bien… Estaba ayudando a Michèle con unos ejercicios de matemáticas.

—Ya veo —confirmó Sandra—. Me parece genial. Perdonad la intromisión, pero quería comentaros algo. Es solo una pequeña observación. —Jules y Michèle se miraron. Y aquel preguntó:

—Eh… ¿Sí?

—Que cuando "resolváis ejercicios matemáticos" intentéis hacer algo menos de ruido. No lo digo por mí, yo puedo filtrar sonidos que no me corresponde escuchar, ni son de mi incumbencia. Pero tus padres no disponen de esos filtros. Y si llegan a casa y descubren que estáis tan concentrados con las "matemáticas", podría pasar, ya sabéis, que no estén muy de acuerdo con vuestras operaciones de cálculo o álgebra, que podrían dar resultados positivos. Es mejor no pasar un mal momento, si puede evitarse. ¿Entendéis lo que quiero decir? Y no penséis que soy una anticuada que está en contra del estudio de las matemáticas, en todas sus ramas. Pero ya sabéis que otros puede que no piensen lo mismo, y recibáis un sermón de vuestros padres. ¿Estáis de acuerdo? —Michèle suspiró profundamente, y respondió:

—Sí, creo que sí, Sandra. Gracias. —Sandra sonrió, y añadió:

—No me las des, Michèle, soy feliz si sois felices, y perdonad el discurso moralista. Estudiad todas las matemáticas que queráis. Me alegro mucho por vosotros. Sois una pareja maravillosa. Si estoy en casa cuando lleguen ellos, y estáis con las matemáticas, ya procuraré despistarlos el tiempo necesario con algún asunto trivial. ¿De acuerdo?

—De acuerdo —respondieron los dos a la vez.

Sandra sonrió a los dos, y cerró la puerta.

Al cabo de unos minutos, el ruido había vuelto. Susurró:

—Divina juventud.

Luego, más tarde, salió a tirar la basura. Caminó con las bolsas, y se disponía a volver, cuando vio una sombra. Era una sombra de infortunio que ella hubiese preferido no ver.

Frente a ella, apareció un hombre de unos cincuenta y tantos años, piel blanca, una corbata absurda, un largo abrigo que no tenía nada que ver con la temperatura ambiente, y un anticuado sombrero de ala ancha. El hombre saludó al estilo clásico, haciendo una pequeña reverencia mientras se quitaba el sombrero, y sonreía. Sandra no pudo reprimir un grito.

—¡Deblar!

—Querida, cuánto tiempo. ¿Qué tal te va todo por aquí? —Sandra se acercó, sabiendo que estaba a punto de recibir alguna noticia desastrosa. La sola presencia de Deblar era el inicio de desgracias sin fin.

—¿Qué haces tú aquí?

—Oh, verás. Estaba de viaje por asuntos de negocios, cuando pasé por esta estrella, y me dije, voy a ver a mi querida Sandra, a ver cómo le va la vida. —Sandra lo tomó de un brazo, y lo llevó a una cierta distancia, fuera de la vista de otros que pudieran pasar. Se volvió a él, y preguntó:

—Cada vez que apareces, mi vida se complica hasta el infinito. Eres un heraldo del infortunio. ¿Qué quieres ahora?

—Yo no traigo el infortunio, Sandra, solo soy su mensajero, ya te lo dije hace doscientos años, en Amiens, cuando tuvimos aquel pequeño asunto con la nave de Titán.

—¿Pequeño asunto? ¿La muerte de mil millones de vidas inocentes, y la destrucción de varias decenas de mundos y civilizaciones, te parecen un pequeño asunto?

—Estoy siendo sarcástico, por supuesto. Una cualidad que es netamente humana.

—Pues deja tus prácticas humanísticas, Deblar. Nunca tuviste ningún acierto para practicarlas. Y por cierto, a ver cuándo conseguís generar imitaciones de cuerpos humanos que sean un poco más expresivas.

—No creamos cuerpos para expresarnos, solo para ocultarnos de la población. Por eso no nos preocupa su gestualidad.

—Casi es mejor así. ¿Quieres decirme qué quieres ahora?

—Te lo diré. Y debes saber que mis apariciones son siempre fruto de la torpeza humana, que no cesa de entrometerse en lo que no le corresponde. Pero ahora, debo responsabilizarte a ti, personalmente, de mi presencia.

—¿A mí? Yo no he hecho nada, Deblar. Aparte de intentar sobrevivir, y de que sobreviva la Tierra. ¿Es ese el asunto? ¿O es que el Alto Consejo quiere ofrecerme otra oportunidad de dejar la Tierra, y formar parte de vuestro patético gobierno?

—El puesto es tuyo, si lo deseas. Eso no ha cambiado. Y así me lo ha transmitido el Primer Delegado. Pero no es eso.

—¿Entonces?

—Eres tú. Te dijimos, te dije, que tuvieras cuidado; que nada de que la Tierra se contamine con información sobre nuestra presencia. Sabes que las Doce Leyes estipulan claramente que una violación de esa norma acarrea la destrucción inmediata del planeta de nivel I que no respete esa ley básica. —Sandra se mantuvo en silencio. Deblar continuó:

—Has contado lo nuestro a ese humano. A ese tal Jules.

—¿Lo nuestro? ¿De dónde sacas…?

—Tú me entiendes. Lo que le has contado lo hemos obtenido de su archivo personal. Los comentarios que vierte en el mismo demuestran que sabe de nuestra existencia.

—¿Habéis investigado su archivo personal? ¿Cómo os atrevéis?

—Por favor, Sandra. Sabes que investigamos cualquier filtración que pueda haber, por pequeña que sea. Ahora ese humano sabe de nuestra existencia. Es cuestión de tiempo, si no lo sabe ya, que su hembra…

—Su novia.

—Que su complemento reproductivo…

—He dicho "novia", o, si quieres, "pareja", o "amiga íntima". Llámala como quieras, pero con respeto. Es un ser humano. Trátala como tal.

—Sandra, los humanos son lo que son, simples organismos que se reproducen. Un poco más avanzados que los antiguos primates, que ellos mismos se encargaron de aniquilar, nada más. Tú, sin embargo, podrías dejar todo esto, y ocupar un puesto importante en el Alto Consejo.

—Vete al infierno. Ellos son seres humanos. Con sentimientos. Con alma. Y espero que no vuelvas a referirte a ellos de otra forma.

—Por supuesto, querida. Y, si has acabado, te diré que la hembra, quiero decir, su novia, sabrá, si no lo sabe ya, todo sobre nosotros. Todo lo que él sepa, que es todo lo que le hayas contado.

—Yo no le he contado nada. Ese chico escribe ciencia ficción. Será parte de una novela nueva que estará preparando.

—Sandra, por favor. Las novelas de ciencia ficción explican historias imaginadas por su autor. Este humano describe datos muy precisos sobre nosotros, sobre su antepasada, Yvette, y sobre el conflicto que vivimos hace doscientos años. Y el alto nivel de hormonas sexuales propias de su etapa reproductiva provocan que sea muy probable que haya contado todo a su… su pareja. Así que, sintiéndolo mucho, el Alto Consejo ha tomado una determinación. —Sandra miró fijamente a Deblar.

—¿Qué determinación? Aunque me imagino lo que me vas a decir.

—Exacto. La determinación es la total, absoluta, y completa esterilización de la Tierra, y de los planetas y satélites que puebla la especie humana, tal como dicta la Quinta Ley, según se describe en las Doce Leyes. Esas Doce Leyes que tú misma ayudaste a reactivar, cuando fueron derogadas por Nartam y Richard, y por aquel Alto Consejo corrupto que fue depuesto gracias a tu inestimable ayuda. El proceso se llevará a cabo en diez días. Se usarán armas de antineutrones. Todo el sistema solar quedará esterilizado.

Sandra se mantuvo en silencio unos instantes. Luego miró a Deblar, y afirmó:

—Ya estamos con la misma cantinela otra vez. Sois unos malditos monstruos. Cada vez que se produce un problema, solo habláis de destrucción total, de fuego y muerte. Hay veces en que pienso que tendría que haber seguido llevando a cabo el trabajo de Nartam y

Richard, y barrer y destrozar vuestro maldito Alto Consejo, y acabar con vuestras malditas Doce Leyes.

—En absoluto, querida. Hiciste lo que debías hacer. Nos limitamos a cumplir las normas, que tú conoces muy bien.

—No me llames querida.

—Tú sabes que, en aquella ocasión, y al final, hiciste lo correcto, querida. Terminaste apoyando al Alto Consejo, y terminando con el conflicto. Y sabías que las Doce Leyes seguirían en vigor. Tuya es la responsabilidad. Y deberás asumirla.

Sandra se movió de un lado para otro. Luego miró a Deblar, y comentó:

—Está bien, dilo.

—Decir qué, querida.

—Cuál es tu precio.

—¿Precio? ¿De qué hablas? —Sandra se acercó rápidamente a Deblar, lo sujetó de la corbata, y repitió:

—¡El precio! Si no hubiese alternativa a la esterilización, no estarías aquí. Has venido, porque tú, y tu maldito Alto Consejo, tenéis alguna maldita oferta que hacerme. Como ocurre siempre. ¡Habla! ¿Cuál es el precio esta vez? —Deblar asintió levemente. Contestó:

—Siempre tan intuitiva. Hay una forma de evitar que la Tierra muera. Se trata de algo muy sencillo.

—Dilo ya de una vez.

—Que ese humano, y su hembr… su pareja, vengan conmigo. Quedarán para siempre apartados de la Tierra. Vivirán en una nave estelar, o en un mundo que ellos elijan. No les faltará de nada, por supuesto. Podrán vivir tranquilos, y felices, donde deseen. El Alto Consejo, en reconocimiento a tu labor, ha accedido a llevar a cabo esta acción, y con ello, no destruirá la Tierra.

—Si accedo a que os llevéis a los chicos.

—Exacto.

—Exacto —repitió Sandra asintiendo—. ¿Sabes qué te digo, Deblar?

—Supongo que cualquier barbaridad, querida.

—Que tú, y el Alto Consejo, os podéis largar de aquí inmediatamente, dejar a esos chicos en paz, y dejarme a mí y a la Tierra en paz durante los próximos diez mil años. ¿Te ha quedado claro? ¡Fuera de nuestro mundo! ¡Ya! —Deblar negó.

—Sandra, Sandra, por favor, estamos siendo extremadamente razonables…

—¡No me vengas con razonamientos, Deblar! ¡Demasiado bien conozco tus razonamientos, y los del Alto Consejo!

—Puedes elevar una protesta oficial al Alto Consejo, si lo deseas. Como antigua soldado que colaboraste en el conflicto que asoló la galaxia, y en nombre de tu meritoria actitud, tú…

—¿Meritoria actitud? Si fuese así, os largaríais ahora mismo de aquí, y dejaríais a esos dos jóvenes inocentes en paz. Os autonombráis paladines de la paz y la justicia, y vuestras leyes permiten el exterminio de inocentes por una simple contaminación de un mundo con información sin valor alguno sobre vuestra existencia.

—¿Por qué hablaste, Sandra? Sabías que podría ocurrir esto.

—Hablé porque es Jules, un descendiente de Yvette. Y se merece conocer la verdad. ¿Recuerdas el sacrificio que hizo Yvette por vosotros? ¿Recuerdas la terrible experiencia que le hicisteis pasar?

—Lo recuerdo perfectamente. Y no fue una experiencia terrible. Fue tratada con respeto.

—No lo creo así. Ahora su descendiente se merece saber la verdad. Deberías arrastrarte a sus pies, en honor a lo que hizo Yvette por vosotros. Pero no, lo arregláis todo con una aniquilación total, o con raptos de inocentes. Sois una organización brutal, sin ningún tipo de respeto por la vida, por el futuro de una especie que lucha por sobrevivir, perdidos en un universo que solo han empezado a comprender. La humanidad necesita ayuda, no un grupo de monstruos sin alma, que quiera destrozarlos a la primera oportunidad.

—Un emotivo discurso. Lloraría de emoción, si este cuerpo tuviese lacrimales. Ya en el pasado lo hablamos, con el mismo resultado. En fin, yo te he expuesto la situación. Tuya es la decisión. Los dos humanos, con protesta oficial incluida al Alto Consejo, o bien… Ya sabes. Adiós a la civilización humana.

—¿Crees que voy a arrancar a estos dos chicos de su mundo? ¿De sus familias? ¿De sus amigos y sus sueños?

—Nunca he comprendido ese apego inexplicable humano a su mundo, y al contacto con otros organismos de su especie.

—Si tuvieses algo de sensibilidad, incluso se te podría confundir con un ser vivo. Pero no eres más que un monstruo sin sentimientos, llevando la barbarie a todas partes.

Deblar se acercó a Sandra. Le dijo:

—¿Me hablas a mí de sentimientos? ¿De monstruosidades? ¿De barbarie? Te voy a decir yo lo que es este mundo, Sandra: la humanidad se desangra en una guerra brutal y cruel que dura ya ciento cincuenta años. Las muertes se cuentan por decenas de millones. La vida de miles de especies ha desaparecido ya, y otras tantas desaparecen cada semana. La destrucción es sistemática, de ciudades, pueblos, y hogares. Los refugiados se cuentan también por millones. La desesperación es total.

Hambre, sed, violaciones, torturas, saqueos, asesinatos impunes, destrucción total, son constantes y diarios. ¿Y tú me hablas a mí de brutalidad? Nuestra acción, si es llevada a cabo, solo acelerará ligeramente los hechos consumados, Sandra. Y esos hechos consumados son que, desde cualquier punto de vista, este mundo ya ha muerto. Así que deja la defensa, la moral, y la ética de la humanidad de lado, porque no hay defensa posible, ni estamos hablando de una especie moral, ni ética. La humanidad es un manantial de destrucción y muerte que lo devora todo. Decide, pero hazlo ya. Ahora. Tengo que informar al Alto Consejo. Inmediatamente.

Sandra miró a las estrellas durante unos segundos. Luego se volvió a Deblar, y le dijo:

—Está bien. Tú ganas. Te llevarás a los chicos, Vivirán cómodamente. Pero solo lo harás si yo pierdo la protesta oficial frente al Alto Consejo, que presentaré inmediatamente. Mientras tanto, ellos seguirán aquí, con sus familias. Y eso no es negociable.
—No sufrirán ningún daño. Lo sabes. No tenemos nada en contra de ellos. Se les tratará con el máximo respeto, como no puede ser de otro modo. Si ganas la reclamación, y el Alto Consejo accede, volverán.
—Entonces el Alto Consejo escuchará mi reclamación. Y te aseguro que van a tener que escuchar mi protesta oficial. —Deblar asintió.
—Está bien. Estás en tu derecho. —Sandra le puso un dedo a Deblar en su cuerpo humano orgánico artificial, que usaba para enmascararse en la Tierra. Le preguntó:
—¿Y tú? —Deblar alzó las cejas en un absurdo gesto de sorpresa grotesco.
—¿Yo, qué?
—¿Qué sacas tú de todo esto, Deblar?
—No sé de qué me estás hablando. —Deblar hizo un gesto de dar la vuelta. Sandra lo sujetó, y lo volvió hacia ella con fuerza. Le reprendió:
—Siempre hay algo más, Deblar. Cada vez que nos encontramos, y ya llevamos trescientos años de sorpresa en sorpresa, apareces con algún oscuro asunto que compromete a la Tierra, y que, casualmente, tiene una solución que es clara y directamente beneficiosa para tus propósitos. ¿Me vas a decir qué es esta vez?
—Querida, estás delirando…
—Ah, ¿sí? No quieres decírmelo, qué sorpresa. Ya lo averiguaré, Deblar. Y, cuando sepa qué es, ten por seguro que te destrozaré. ¿Me oyes?
—Estás muy alterada, Sandra.
—Otra condición: si pierdo, os lleváis a los chicos hibernados. No quiero que sufran por culpa de esta locura. No los despertaréis hasta

que yo haya agotado todas las posibilidades con el Alto Consejo. Porque, incluso si pierdo la reclamación, quiero que mi protesta sea evaluada por los mundos de nivel IV y de nivel V, antes de que los chicos sean despertados y condenados a vivir toda su vida fuera de la Tierra. ¿Te ha quedado lo suficientemente claro? —Deblar asintió levemente.

—Está bien. Hasta que se dicte sentencia, y tu protesta sea revisada, estarán hibernados.

—Y ahora, vete. Tengo cosas que hacer. Les diré a los chicos y a sus padres cualquier cosa sobre mi ausencia por asuntos personales, para que no se preocupen, y partiré.

—Te mandaré una codificación para recogerte en unas coordenadas concretas. Mañana a las 04:00 hora local.

—Muy bien. Ahora, fuera. Desaparece de mi vista.

—Ah, un pequeño detalle, antes de irme. —Sandra le miró enfurecida. Deblar añadió:

—Tenías razón. Mi presencia aquí se explica porque ,de las dos posibilidades, esterilización, y llevarme a los humanos, elegirías la segunda.

—Naturalmente. ¿Y qué?

—Ya nos hemos llevado a los dos humanos. Mientras hablábamos.

—¿Qué? —Sandra salió corriendo hacia la casa. Entró, y vio que la puerta estaba abierta, y la habitación, vacía. Llamó a Jules y a Michèle, pero no respondieron. Salió de nuevo a la calle, donde permanecía Deblar a la espera. Sandra le tomó del abrigo, y le espetó:

—¡Maldito cerdo! ¿Qué has hecho con los chicos?

—Ya te lo he dicho. No pueden seguir en la Tierra. Están hibernados. Los tendremos en custodia mientras el Alto Consejo escucha tu reclamación, y dicta sentencia.

—¿Y sus padres? ¿Qué les voy a decir ahora?

—No es de mi incumbencia. Pero, sin duda, la verdad no es conveniente. Más humanos involucrados significaría que la opción de destrucción cobraría mucha más fuerza. Tendrás que inventarte una excusa.

—Eres un monstruo, Deblar.

—Te lo advertí hace doscientos años, en aquel cementerio de Amiens, ciudad que por cierto ha sido borrada del mapa por tu deliciosa y amable especie humana, provocando miles de muertos. Y te lo digo ahora: las Doce Leyes no admiten interpretaciones. Llevarnos a los dos humanos es la única oportunidad para salvar este mundo. Y es un favor especial que tenemos contigo por tu servicio pasado al Alto Consejo. —Sandra ignoró el comentario, y advirtió:

—Tú tienes tu propia agenda. Lo sé desde los sucesos de Titán. Y quieres implicarme en el Alto Consejo, por algún motivo que solo tú conoces. Y no lo voy a permitir. No te importan los chicos. Ni la Tierra. Ni yo. Solo tus objetivos.

—Nos vemos en las coordenadas, a la hora prevista. No faltes. No esperaremos. Y, sin tu presencia, esos jóvenes vivirán para siempre fuera de la Tierra.

—¿Qué es de Nartam? —Deblar arqueó levemente sus cejas, sorprendido por la pregunta.

—¿Nartam? Sigue en su mundo. Aislada. No puede ejercer la política. Se le permite vivir llevando una vida sencilla.

—El Alto Consejo es muy magnánimo con la que se alió con Richard para ganar una guerra.

—Ella no era lo que temía el Alto Consejo, Sandra. Te temía a ti. Ni siquiera a Richard. Eras tú la que inspiraba miedo real.

—Perfecto. Ya me has puesto el plan en bandeja.

—¿Qué plan, querida?

—Adiós, Deblar. Nos vemos a las cuatro horas. Fuera de mi vista.

Deblar se fue caminando lentamente. Aquel ser odioso, la causa de la pérdida del que había considerado su padre espiritual trescientos años atrás, de nuevo la había metido en una encerrona, con un objetivo que era incapaz de ver. De momento.

Entró en la casa, y fue al cuarto de Jules. Era evidente que ambos estaban ya camino de alguna nave del Alto Consejo. ¿Qué podría hacer? Se le ocurrió improvisar una idea: dejaría una carta a sus padres, según la cual, ambos se habían ido con ella de viaje durante el fin de semana. Una excursión a algún lugar cercano y seguro, lejos de la guerra, que no pareciese que necesitase un permiso especial. Escribió otra carta al padre de Michèle. No estarían muy conformes, pero pensarían que era una pequeña locura de Sandra con los chicos, ahora que llegaba el buen tiempo. Confiaban en ella, por lo que esa maniobra le permitiría ganar algo de tiempo.

El fin de semana. Tenía el fin de semana para resolver un asunto que podría decidir la pérdida de ambos para siempre, o el fin de la Tierra. De nuevo, el destino le demostraba que, cuanto mejor le iban las cosas, más posibilidades tenían de torcerse de una forma macabra, terrible, y oscura…

La sombra del pasado (II)

En este relato se dan varias referencias a los hechos acaecidos en "Las entrañas de Nidavellir", pero no es necesaria la lectura del mismo, ya que se dan los detalles necesarios que conectan aquella novela y este relato en dos partes.

Sandra dejó las dos cartas, una para los padres de Jules, y otra para el padre de Michèle. Luego se vistió con su uniforme, y acudió al punto donde debía ser recogida, en una zona aislada. Vio aproximarse lo que parecía un sencillo aerodeslizador, un modelo anticuado y desvencijado que a nadie llamaría la atención. Pero no lo era. Era, sin embargo, la nave asignada para recogerla.

Accedió al aerodeslizador, que iba pilotado por una mujer, que, por supuesto, no era una mujer. En un momento despegó suavemente. Una vez a una distancia y altura adecuadas, el aerodeslizador aceleró, y salió de la atmósfera terrestre, camino de la estación espacial donde se encontraba el Primer Delegado. El tiempo estimado del viaje era de seis horas, a velocidad hiperlumínica.

Sandra esperó unos minutos tras la partida. Luego comentó:
—Bien, ya estamos de camino. —La piloto no dijo nada. Sandra añadió:
—Qué silencio. ¿Tienes algo de música por ahí? Había olvidado el silencio que hay siempre en estas naves. —De nuevo la piloto no comentó nada. Sandra miró a la piloto, y comentó:
—Me gusta esa blusa que llevas. ¿La has comprado en Harrods? Yo tuve una parecida. Me la regaló mi tercer marido. Luego resultó que no se la había podido regalar a una ex anterior, y me la había dado a mí. Cuando me enteré, se la tiré por la cabeza. —La mujer que no lo era se mantuvo en silencio. Sandra comenzó a perder la paciencia. Añadió:
—Llevo una bomba de antimateria a bordo. Va a explotar dentro de un minuto. —La piloto la miró, y respondió:
—¿Qué? ¿Qué dices? —Sandra la miró con cara de circunstancias, y contestó:
—Tranquila, si es que eres realmente de sexo femenino, o si tienes sexo. Era solo un test para ver si eras capaz de reaccionar ante algún tipo de estímulo verbal.
—No tengo sexo, mi especie se reproduce por esporas.
—Ah vaya, ¿cómo Deblar?
—Sí. Somos de una especie emparentada. Y en mi especie no atendemos conversaciones irrelevantes y superfluas. Es algo genético.

—Genial. Esa capacidad estaría bien para algunas fiestas de políticos y gente de alto nivel, donde me he aburrido soberanamente. Se les podría incluir ese gen. ¿Cómo te llamas?

—Lambda —contestó la piloto mecánicamente.

—Vaya, como la letra griega.

—No es mi nombre real. Es un mnemotécnico para poder comunicarme contigo.

—Estoy segura de que es así, Lambda. Y ahora que veo que eres capaz de usar tu cerebro, quisiera que variaras el rumbo. —Lambda la miró extrañada. Preguntó:

—¿Qué dices? Creo que no he interpretado bien ese comentario. Aún estoy adaptándome a este cuerpo, y al lenguaje humano verbal. Es tremendamente primitivo.

—Sí, sin duda lo es —confirmó Sandra.

—¿No podríamos comunicarnos mediante un enlace binario directo? Sería mucho más rápido y preciso que este lenguaje arcaico.

—Lo siento, no me siento de humor, la verdad. Además, creo que estás pensando que podrías intentar acceder a mis sistemas para anularme y dejarme inoperativa. Y ahora, te ruego que varíes el rumbo.

—No me es posible. Tengo órdenes del Alto Consejo.

—Olvida al Alto Consejo. Quiero que me lleves al planeta donde está Nartam.

Lambda la miró extrañada. Negó torpemente con la cabeza, e insistió:

—Eso no será posible.

—Verás, Lambda. Tenemos dos opciones: o varías el rumbo inmediatamente, o tomaré el mando de este transporte. Usaré para ello los medios que sean necesarios. No usaré la fuerza, si no es necesario. Pero no voy a ceder ante mi petición. Hay dos vidas humanas en juego, y su situación es por mi causa. —Lambda, que era un organismo de nivel IV, y que nunca había visto una acción intimidatoria en su vida, respondió:

—Eso no es lógico. Ni coherente. Ni razonable. —Sandra asintió, y contestó:

—Estoy de acuerdo. Esto es una advertencia. Probablemente no será la última que haga durante este viaje, y las advertencias acostumbran a no ser razonables. Tampoco es lógico, ni coherente, ni razonable, secuestrar a inocentes. Y mi deber primario ahora es proteger, no solo la vida de dos seres humanos, sino conseguir que esos seres humanos puedan vivir en paz y en libertad, en su mundo, como les corresponde. Bien, lo probaremos una vez más: ¿vas a llevarme ante Nartam? Y no te preocupes; he bloqueado el sistema de comunicaciones de la nave; no podrás solicitar ayuda.

—¿Cómo lo has hecho? Eres solo un androide que…

—Ya, ya lo sé; soy un simple y primitivo androide con un lenguaje verbal primitivo. Pero cuando se desarrolló el conflicto con Nartam, en 2153 según el cómputo temporal de la Tierra, obtuve vastos conocimientos sobre vuestras tecnologías. El propio Alto Consejo me dio acceso a vuestros conocimientos. Y no los he olvidado. No los puedo poner en práctica en la Tierra, en teoría. Pero aquí, aquí no tengo límites a lo que pueda hacer, dentro de mis posibilidades. Y ahora, varía el rumbo, por favor. Nadie te va a acusar de nada; diles que te amenacé con contarte trivialidades durante todo el viaje, que provocarían que te desmayaras de aburrimiento. Siendo algo genético, lo comprenderán.

Lambda miró a Sandra de reojo, e introdujo unas nuevas coordenadas. La nave varió el rumbo y la velocidad. Luego comentó, mecánicamente:

—Nuevo rumbo programado. Destino: sector 331. Tiempo estimado de llegada: cuatro horas y seis minutos.

—Muy bien. Gracias.

—¿Te das cuenta de que detectarán que hemos variado el rumbo, y mandarán alguna nave para interceptarnos?

—Por supuesto. Cuento con ello. También cuento con que sea demasiado tarde. He calculado posibles rutas de intercepción y tiempos para alcanzarnos en base a nuestra posición, momento del cambio de rumbo, velocidad, y destino. Y creo que lo van a tener difícil, excepto con las naves de Deblar, que él mantiene bien guardadas y escondidas.

—¿Qué naves de Deblar? —Preguntó con curiosidad Lambda. Sandra sonrió, y contestó:

—Veo que ese viejo zorro ha ocultado los sucesos de 2153 que no le interesaba que se propagaran. Pero no importa, quizás sea incluso mejor así.

—En mi mundo dicen que eres peligrosa. Que nos llevaste a un desastre. Pero otros mundos dicen que fuiste un símbolo de libertad.

—Tu mundo está en lo cierto, Lambda. Los otros mundos están equivocados. Pero la ventaja de ser un mito es que no tienes que dar explicaciones de tus actos, todos te seguirán incondicionalmente. Y eso es ciertamente peligroso. Solo espero no volver a tener que hacer algo así nunca más. Pero una cosa está clara: haré lo que sea necesario por los dos humanos que están retenidos. Son mi responsabilidad. Nada me detendrá. Ni nadie.

El transporte arribó al planeta de Nartam, mientras tres naves se acercaban para interceptarla. Una de ellas consiguió alcanzarla justo antes de que Sandra pudiera entrar en la atmósfera del planeta. Le llegó un mensaje:

—Nave de transporte, desista de su actitud, y regrese a su rumbo original. —Sandra activó el sistema de comunicaciones, y apareció un holograma en forma humana del capitán de la nave que les advertía. Se colocó frente a él, y le respondió:

—Capitán, ¿qué desea?

—Tenemos órdenes de traerla de vuelta usando todos los medios a nuestro alcance. No se puede permitir que un ser de un mundo de nivel I controle una nave del Alto Consejo.

—¿De verdad? Yo no solo he controlado una nave, sino flotas completas del Alto Consejo. Y bajo sus órdenes. ¿Lo sabía usted?

—Sí. Pero ahora me han ordenado…

—Ahora voy a bajar al planeta. Y, si usted intenta impedirlo, tendrá que destruir este transporte. Y a mí con la nave. Y a quien me acompaña. ¿Va usted a destruirme, capitán?

—Mis órdenes son… —Entonces llegó otra nave. Su capitán se conectó al sistema de comunicaciones. La nueva imagen preguntó:

—¿Sandra? ¿Eres Sandra?

—Lo soy. ¿Y tú eres?

—¡Sandra! ¡Qué alegría verte! ¡Por fin! Mi nombre en clave es Alfa.

—Qué entusiasmo. Veo que ahora os ha dado por las letras griegas.

—Soy un oficial de una civilización de nivel III. A partir de este momento, estoy a tu servicio. Tú salvaste mi mundo durante la guerra. Estaba a punto de ser atacado por esos asesinos de ese humano llamado Richard. Conseguiste protegernos.

—Fueron muchas las acciones que llevé a cabo en aquellos tiempos, Alfa. Me siento orgullosa de algunas de ellas, y muy frustrada y dolida por muchas otras.

—Lo que importa es que nos liberaste de Richard, y de sus asesinos. En cuanto supe que estabas de nuevo entre nosotros, y que te estaban buscando, ordené a mi flota que alcanzara tu nave, y la escoltara. Sabía que el Alto Consejo te daría órdenes de regresar, y sabía que estarías metida en algún problema, como te ocurre a menudo.

—¿A menudo metida en problemas? Vaya, veo que se me conoce bien por aquí.

—Sabemos de ti todo lo que hemos podido saber, que no es mucho, pero es suficiente. El Alto Consejo ha ocultado mucha información. En todo caso, y desde este momento, solo obedezco tus órdenes. Dime qué necesitas. Lo que sea. Y actuaré de inmediato. —Sandra asintió:

—Gracias, capitán. Es un honor para mí poder contar contigo. Mi primer aliado. Antes incluso de que lo haya solicitado. Bien. Esa nave que nos ha interceptado, pretende evitar que bajemos al planeta. ¿Puedes hacer algo?

—Por supuesto que sí. Tomaremos esa nave al asalto. Inmediatamente. Y detendremos al capitán.

—Sin violencia, por favor. Solo quiero que se me permita bajar al planeta. Es muy importante para mí.

—No usaremos ninguna violencia. Si colaboran.

—Gracias, capitán.

—Es un honor ser de ayuda.

La comunicación se cortó. Sandra miró a Lambda. Le dijo:

—Gracias por haberme traído.

—No podía hacer otra cosa. —Sandra negó con la cabeza.

—Nunca te hubiese dañado. No voy ahora a comenzar a hacer que inocentes paguen por el daño que otros han hecho a otros inocentes. Fue un farol.

—¿Un… farol?

—Es una expresión de la Tierra. Mi advertencia era falsa. No te habría hecho daño. Habría encontrado otra forma de llegar hasta Nartam. No quiero cometer los mismos errores del pasado. Siento el malestar que te haya podido causar. Pero era necesario un mal menor para ayudar a dos seres inocentes que están siendo usados con propósitos nada claros, que nada tienen que ver con lo que parece. El tiempo es crítico en este asunto. Nos veremos a la vuelta, Lambda.

Lambda paso a la nave persecutoria, que fue retenida sin daños. Mientras, Sandra pilotó la nave, y bajó al planeta, aterrizando en el hogar de Nartam, la antigua líder que había protagonizado una rebelión contra el Alto Consejo. Durante la guerra de 2153, Nartam se había asociado a Richard Tsakalidis y a su compañía, la Titan Deep Space Company. Richard le ofrecería los mejores soldados, para una sociedad carente de conocimientos militares, y, especialmente, espíritu de combate. Nartam le ofrecería tecnología y conocimientos avanzados. Parecía un buen acuerdo. Y lo fue. Al principio.

De todas formas, el interés de Nartam en aquel tiempo era una extraña nave que se había descubierto enterrada en la luna Titán de Saturno, y que controlaba la Titan Deep Space Company. Una nave tremendamente avanzada, que solo los seres humanos podían estudiar. La nave estaba preparada y programada para autodestruirse si un organismo distinto a un ser humano se acercaba a la misma. Sandra, por su parte, se había aliado con Richard, porque le ofreció una posibilidad de salvar la Tierra de su extinción. Una humanidad sometida a Richard era mejor que una humanidad extinguida.

Todo aquello fracasó, tras haber incluso triunfado, y el Alto Consejo fue restituido. Sandra, que había abandonado a Richard, se convirtió en la libertadora y restauradora de la paz en aquel conflicto. Se convirtió también en un mito, con civilizaciones enteras convencidas de que era la representante de alguna antigua mitología de cada mundo. Mitologías que, lejos de haber desaparecido, habían simplemente quedado olvidadas, esperando el momento de crisis adecuado para resurgir con fuerza. Hasta los mundos más avanzados pueden sucumbir a los mitos y las leyendas, cuando se encuentran desesperados y perdidos.

Sandra llegó al lugar donde se encontraba Nartam. Era un planeta con una atmósfera tremendamente distinta a la de la Tierra, y con una presión y temperatura relativamente superiores, además de una gravedad un treinta por ciento mayor. Todo eso no era impedimento para Sandra, que estaba capacitada para moverse en ese mundo, y en esa atmósfera, sin problemas.

Nartam había recibido el mensaje de Sandra, por lo que había ocupado aquel antiguo cuerpo humano que habitara en el pasado. Prefería que no la viese con su aspecto real, que ahora ya no brillaba como doscientos años atrás. El cuerpo humano artificial continuaba en el mismo estado, con un aspecto de mujer humana de mediana edad. Sandra entró en una sala, con dos sillas y una mesa generadas en aquel momento, y acondicionada para dar un toque humano a la estancia. Sandra pasó, después de que un organismo artificial le indicase el camino. Allá, de pie, en un lado de la habitación, estaba Nartam. Sonrió al ver entrar a Sandra. Su gestualidad era mucho más aparente y creíble que la de Deblar. Le indicó con un gesto que ocupara una silla, y Nartam ocupó la otra. Fue Nartam la que habló primero.

—Mi pequeña niña, cuánto tiempo ha pasado. Ha sido una agradable sorpresa saber que iba a verte de nuevo.
—También yo me alegro de verte de nuevo, Nartam. Sobre todo porque no pudiste destruirme cuando lo intentaste. Y pusiste un gran empeño en ello. —Nartam sonrió, e hizo un gesto con la mano, quitando importancia al comentario.
—Eso es, como decís en tu mundo, agua pasada, cariño. Yo era otra entonces. Más joven. Más ambiciosa. Más ciega, ante las constantes sorpresas que nos brinda el universo y la vida. Me alegro mucho de no haber conseguido mi propósito contigo.

—Yo también me alegro de que no acabaras conmigo —aseguró Sandra—. Y también me alegro de verte más tranquila. Más relajada.

—¿Y aquella mujer que te sacó de allá? ¿Esa tal Helen? ¿De dónde salió? ¿Cómo pudo reactivarte?

—Helen es un punto y aparte en mi vida, Nartam. Es mejor que no se conozca nada de ella. Helen vive su propia guerra, lejos de aquí. Y ahora, dime: ¿ya no pretendes destruir al Alto Consejo, e imponer un nuevo orden? —Nartam rió, y negó con la cabeza.

—Fue algo que tenía que intentar. Derrocar al Alto Consejo, y dar voz a los pueblos que, por ley, no tienen voz. Se nos ha negado durante siglos el derecho a decidir nuestro futuro, porque una jerarquía de pueblos se ha autodenominado superior a los restantes. Las Doce Leyes fueron escritas por aquellos que, detentando el poder, quisieron mantenerse en ese poder con argumentos de índole biológico y evolutivo.

—Sí, eso suele suceder a menudo —aseguró Sandra—. Muchos pueblos tienden a creer que su sistema de costumbres, leyes, y religiones, son la cumbre de la evolución social, y deben someter a otros pueblos, que consideran por ello inferiores.

—Es cierto. Pero ya vendrán otros soñadores, y otros luchadores. Aquella fue una causa justa.

—Aparte de que, mientras luchabas por la libertad de los pueblos, tú reinaste con un poder absoluto en la galaxia, mientras Richard pretendía hacerlo en la Tierra, gracias a la tecnología de aquella nave, que ibais a compartir.

—Eso era algo secundario, sin duda. Pero es verdad: se hizo mucho daño. Demasiado daño. Cuando me quise dar cuenta, Richard y sus soldados ya habían comenzado una carnicería nunca vista en los anales de la historia. Equipados con nuestra tecnología, su ansia de destrucción no conoció límites. Aquellas "Escuadras de Helheim" de Richard fueron algo superior a cualquier cosa que hubiese podido imaginar. Su terror, sus torturas, sus macabras ejecuciones en masa… Ni siquiera la Enciclopedia Galáctica tiene datos de algo tan atroz como aquello en los últimos veinte mil años. Pero, al final, todo aquello sirvió para poner en marcha un nuevo orden, y un nuevo Alto Consejo. Y lo más importante: la paz. Ahora al menos tenemos una pequeña voz en los foros más importantes, aunque sigamos siendo excluidos de muchas políticas críticas, y del Alto Consejo. Todo ello gracias a ti, Sandra.

—Yo solo fui una pieza más en la lucha por el poder. Y recuerda: yo comandaba las tropas de Richard.

—Sí, pero con una diferencia: tú fuiste la única que no ambicionaba ese poder. Y desertaste. Dejaste de lado a Richard, y a mí misma, cuando comprendiste la magnitud de aquel holocausto. Por eso ganaste. No te dejaste llevar por la pasión del control absoluto. Esa fue tu mayor victoria. Y ahora dime, ¿a qué debo el honor de tu visita? No creo que sea para saludar a una vieja y destartalada amiga.

—Es cierto —confirmó Sandra—. Vengo por la Quinta Ley. —Nartam asintió.

—Ya veo. Deblar quiere de nuevo convertir a la Tierra en una bola de fuego. Me pregunto qué tramará esta vez.

—Exacto. La Quinta Ley da potestad para destruir un mundo si se contamina con información de la existencia de estas sociedades y civilizaciones. Un ser humano, puede que dos, tienen esta información. Sí, podría expandirse, pero solo tienen datos sueltos, y uno de ellos es muy imaginativo y dado a crear historias llenas de mundos increíbles y seres sorprendentes. Si dijese algo, nadie le creería. La Quinta Ley trata la contaminación como un todo, no una o dos criaturas soñadoras.

—Entiendo. Y estás en lo cierto. Debe haber contaminación, y dos individuos no son nada. Sin embargo, Deblar ha conseguido aprobar una ejecución de la Quinta Ley en la Tierra. Está claro que tiene un evidente interés en provocar una crisis.

—Así lo creo yo. Pero ahora necesito tu ayuda.

Nartam rió. Era una risa creíble, sobre todo en una especie incapaz de llevar a cabo esa acción.

—¿Mi ayuda? ¿Y qué te puede ofrecer esta vieja loca, que escapó por poco de todo aquello, y fue recluida para el resto de su vida en su hogar? No tengo ningún prestigio político ni social. No me queda nada. Solo recuerdos.

—Ahora es cuando vuelves a ser la Nartam que yo conocí.

—¿Por qué, pequeña? Yo no soy más que una sombra de lo que fui.

—Por tu capacidad para retorcer la verdad, y las palabras. Tienes muchos contactos. En lugares importantes. Todavía hay gente que cree en ti. En lo que hiciste.

—¿Cómo piensas eso? Yo solo soy un recuerdo del pasado.

—Eso es falso. Tienes contactos. Importantes. Sigues comunicándote con ellos. Sigues pendiente de la política de alto nivel. Desde aquí. Desde la sombra. Pero interviniendo de forma anónima e indirecta.

—¿De verdad lo crees así?

—Por supuesto. Lo creo, porque alguien como tú nunca pierde la fe del todo, sobre todo cuando clama a los cuatro vientos que la ha perdido. Y alguien como tú nunca pierde el poder del todo, ni las influencias, sobre todo cuando clama a los cuatro vientos que ya no dispone de poder alguno.

Nartam miró con extrañeza a Sandra. Aunque aquellos ojos, que no eran realmente humanos, sino una copia, expresaron una emoción especial. Replicó:

—Llevas doscientos años alejada de toda la política del Alto Consejo. No me imagino cómo puedes suponer todo eso.

—Puedo hacerlo porque tu vida es la política. Porque tu ambición no ha cesado, en realidad. Porque sigues queriendo ver a los pueblos y civilizaciones de nivel II a IV liberados del yugo de los pueblos de nivel V. Porque una parte de los gobernadores, y otros altos cargos de la galaxia, siguen creyendo en ti, y en tus sueños. —Nartam asintió, mientras su mirada se perdía en recuerdos.

—Todo eso es verdad, tengo que reconocerlo, y eres muy capaz de ver más allá de las apariencias. Siempre fuiste tremendamente intuitiva, un rasgo que nada tiene que ver con tu naturaleza artificial, pero que está ahí, por alguna razón que no puedo imaginar. Sin embargo, cualquier atisbo de nueva revolución, o cualquier acción que se lleve a cabo, está a siglos de tener éxito. Y serán otros los que la lleven a cabo.

—Lo sé. Pero esos responsables políticos te deben mucho a ti, y tú me debes mucho a mí. Porque yo confié en ti una vez. Y tú me metiste en medio de una debacle de destrucción, y en una guerra como nunca se ha visto. Ahora te pido que me devuelvas el favor.

—¿Yo? ¿Qué favor te puedo devolver? Estuve a punto de acabar contigo. Deberías odiarme.

—Solo odio lo que fui capaz de hacer. La responsabilidad de mis actos es mía, y solo mía.

—¿Qué puedo hacer yo por ti, Sandra? Tú eres la Venerada. Eres casi una diosa en muchos mundos, a los que salvaste de una destrucción segura, a manos de los hombres de Richard.

—La diosa es Yvette. Yo solo intenté arreglar aquella locura, tarde, mal, pero de una forma que terminase todo por fin. Ahora necesito que avises a tus contactos, y les entregues un mensaje. A los que contesten, te ruego me lo comuniques, y me des un canal para hablar con ellos. Cuando te lo solicite. —Nartam insistió:

—Sandra, cariño, aunque es cierto que sigo manteniendo algunos contactos, yo no tengo ya ninguna influencia en la política del Alto Consejo, ni en los gobiernos de ningún mundo. Soy lo que llamáis una desterrada de la política. Y suerte tengo de seguir con vida.

—Lo harás, ¿verdad? Por los viejos tiempos.

—¿Viejos tiempos? Cielo, nunca hubo viejos tiempos. Estos tiempos son los tiempos.

Sandra se levantó. Nartam se levantó también, y comentó:

—Lo siento, no te he ofrecido ni un té. Algo que es realmente muy humano.

—Ya sabes que no tomo té, soy más de cerveza. —Nartam se mantuvo pensativa. Finalmente, comentó, en un susurro:

—Aliarme con Richard fue la peor decisión de mi vida. Fue una suerte tenerte. Y fue afortunado no poder acabar contigo.

—Soy más dura de lo que parece —aseguró Sandra sonriente—. Adiós, Nartam. Me he alegrado de verte en mejores circunstancias.

—La próxima vez tendré una cerveza de esos locos humanos en la nevera para ti, y podremos hablar, con más calma, de un futuro mejor para todas las especies de la galaxia.

—Seguro que sí, Nartam. Tú también fuiste una víctima de tus propias ambiciones. Cuídate.

Sandra se acercó a Nartam, y la abrazó, lo cual la sorprendió gratamente. Luego, cuando se hubo ido, susurró:

—Esa cualidad humana para el perdón sería muy bien valorada en la galaxia.

La nave ascendió de nuevo. La flota que escoltaba a Sandra se mantenía a la espera. En ese momento llamó Deblar.

—¡Sandra! ¿Qué haces? ¡El Alto Consejo espera!

—Ya voy, Deblar. Tenía que visitar a una amiga.

—¿A Nartam? Teníamos que haber terminado con ella cuando tuvimos ocasión.

—Seguro, Deblar, seguro. Y yo contigo. Ahora, déjame tranquila. Aunque sea un rato.

La nave de Sandra partió con su escolta, y llegó a la inmensa estación espacial donde se encontraba el Primer Delegado, y el Alto Consejo. La acompañaron a la Sala Blanca, que era la gigantesca sala de conferencias de la estación. Allá, se colocó en una tarima, mientras el Alto Consejo esperaba. Por fin, cuando se hubo situado, el Primer Consejero habló, porque siempre era el Primer Consejero quien abría y cerraba los actos.

—Androide Sandra, de la Tierra. Se te ha convocado para que lleves a cabo una reclamación sobre una contaminación que se ha producido en tu mundo, y que ha provocado que dos especímenes del planeta deban ser aislados y llevados lejos de donde puedan informar a otros miembros de su especie. Debemos decirte que tenemos en consideración tus pasados logros y tareas para con el Alto Consejo. Pero te advertimos que las Doce Leyes son inamovibles, y deben ser preservadas por el bien de toda la galaxia. Procede pues, y presenta tu reclamación.

Sandra se mantuvo en silencio unos instantes. Luego habló:

—Primer Delegado, y Delegados del Alto Consejo: me presento ante vosotros, para reclamar lo que es un hecho injusto: el secuestro de dos seres sensibles e inteligentes, que han sido apartados de su mundo sin previo aviso, y contradiciendo los más nobles principios que siempre han movido a este grupo de civilizaciones que gobierna el Alto Consejo. Estos dos seres son jóvenes, que justo ahora comienzan su primera fase de desarrollo adulto, y que no tienen ninguna capacidad para contaminar la Tierra. Quien dispuso de los datos originales, que yo misma le ofrecí, es un joven con una portentosa imaginación, que escribe historias imaginativas sin el menor peligro. Los pocos datos que posea serán siempre confundidos por sus semejantes como fruto de otra historia más, creada por su mente humana.

—Pero los datos que tiene son muy precisos —objetó uno de los delegados—. Al parecer, conoce nuestra existencia. Eso es algo que nos pone en peligro.

—¿De verdad, Delegado? ¿Dos criaturas de un planeta de nivel I, que apenas tienen constancia de vuestra existencia, y que quizás uno de ellos ni disponga de esos datos, son un peligro para el Alto Consejo? ¿Os dejáis amedrentar por dos simples organismos de un mundo de nivel I? Entonces, ¿qué será lo próximo? ¿Amenazar a un mundo porque una criatura escribe una historia que se asemeja a la vuestra? ¿Tanto miedo os dan esos dos jóvenes? ¿Tan bajo ha caído este gobierno, como para asustarse por dos seres que acaban de dejar de ser niños? —El Primer Delegado contestó:

—La Quinta Ley no admite matices. La contaminación no se ha de medir por el número de individuos. Uno solo puede ser suficiente para el desastre. Y son humanos, lo cual es un agravante en este caso.

Sandra se mantuvo impasible. Luego respondió:

—Interpretáis la Quinta Ley como más os conviene. Y yo digo que el Alto Consejo está asustado por lo que son dos criaturas inocentes, e incapaces de ningún daño. Creo que este gobierno muestra una debilidad evidente ante un hecho insostenible, y que está siendo manipulado. También creo que Deblar, en realidad, tiene otros objetivos cuando ha organizado esta situación. No conozco ese propósito, aunque lo intuyo. Pero sé que no le importa la Tierra, ni esos jóvenes, ni nada excepto su ambición, y su poder.

—Deblar es un miembro destacado del Alto Consejo —aseguró el Primer Delegado.

—Qué pronto perdéis la memoria, incluso vosotros. Ya no recordáis lo que pasó cuando estalló la crisis, y luego la guerra. ¿O es que se ha ocupado de borraros la mente? ¿Cómo lo ha hecho, Primer Delegado? ¿Os ha comprado con alguna nueva apuesta de poder?

Se oyeron varias voces y susurros. Sandra continuó:
—Ruego al Alto Consejo escuche mis palabras, ya que, de no ser así, tendrá que escuchar mis hechos. Y mis hechos son: quiero que esos dos seres humanos vuelvan a la Tierra. Quiero que sean devueltos sanos y salvos. Y quiero que, aquel que dispone sin duda de la información, sea despertado en mi presencia, para que pueda explicarle los hechos acaecidos, y para que sepa que deberá guardar silencio, hablado, o escrito. Él guardará silencio. Y, aunque no lo hiciera, nadie le creería, por lo que se entendería como una gran fantasía. Luego, quiero que ambos vuelvan conmigo, sanos y salvos, a la Tierra.

En ese momento, Sandra recibió una señal codificada. Procedía de Nartam. Sandra sonrió. Más voces se oyeron en la gran Sala Blanca. Finalmente, el Alto Delegado, aseveró:
—Todo eso que solicitas es completamente imposible. Los humanos permanecerán con nosotros. Serán llevados ante mí, para que yo les informe personalmente de su nuevo estado. Luego serán llevados a un mundo de su elección, que esté acondicionado a su fisiología, y donde podrán vivir con todos los medios necesarios a su alcance. Cualquier mundo, menos la Tierra. Esa es mi sentencia.

El Primer Delegado iba a dar por cerrada la conferencia, cuando Sandra le interpeló:

—Primer Delegado, creo que no me he explicado con suficiente claridad. Ni habéis tenido en cuenta mis palabras. Ni mis servicios a este gobierno en el pasado. Y ahora, lamentándolo mucho, no me dejáis otra elección. Rectificad ahora, o ateneros a las consecuencias. —El Primer Delegado preguntó:
—¿Atenernos a las consecuencias? ¿Es eso una amenaza?
—No lo es. Es una advertencia. Y también es un hecho: quien detenta el poder real no es quien domina las palabras, sino quien ejecuta los hechos que se escribirán en los libros de historia. Y voy a demostrarlo ahora.

Sandra extrajo el dron de su brazo. El mismo proyectó una lista de mundos. Eran varios miles. Sandra miró la lista, luego al Primer Delegado, y comentó:

—Estos mundos que podéis ver, algunos de ellos muy importantes, acaban de recibir un mensaje en el que les solicito ayuda. Todos ellos se han presentado para ofrecerme su apoyo total e incondicional. Mundos, civilizaciones, y recursos, están ahora esperando mis instrucciones. Junto a la flota que me espera fuera de esta estación espacial. Otras flotas se acercan mientras hablamos. Todos esos mundos, todas esas civilizaciones, todas esas sociedades, acaban de jurar luchar por mí y por mi causa, en memoria de los sucesos que acaecieron hace doscientos años terrestres, cuando la guerra lo invadió todo.

Las pantallas se iluminaron. Sonó una señal de aviso. Cuatro flotas más, equipadas con naves de combate de primera clase, se habían aliado inmediatamente con Sandra. Otras más estaban comenzando a movilizarse. El holograma de uno de los almirantes de la Primera Flota apareció enfrente de Sandra. Ni siquiera sabía que el Alto Consejo estaba en sesión. O, si lo sabía, no le importó. Miró a Sandra, y comentó:

—Sandra, es un honor poder verte de nuevo. Estuve a tus órdenes cuando era joven en una de las naves que lucharon en la batalla de Titán. En cuanto supimos que estabas de vuelta, y que necesitabas nuestra ayuda, no dudamos en venir a apoyarte. Tú fuiste la esperanza de todos tiempo atrás. Ahora nosotros cumpliremos tus órdenes. Dinos lo que hemos de hacer, y estaremos a tu lado. Ahora. Y siempre. — Sandra asintió, y respondió:
—Te lo agradezco, pues en este momento dirimo una pequeña batalla personal con el Alto Consejo. Que deje de ser personal, y escale hacia algo más complejo, será responsabilidad de ellos.
—Así sea. Estaremos pendientes de tus órdenes.

La imagen desapareció. Sandra miró al Alto Consejo, y dijo:
—Debéis entenderlo: la lealtad no se gana con palabras, ni con juicios, sino con hechos. Y yo tuve la gran fortuna, y el honor, de ganarme su lealtad hace doscientos años. Ahora ellos me seguirán hasta el final. Y llegaré hasta el final.
—¿Qué final? —Preguntó el Primer Delegado—. ¿Vas a reivindicar el derecho a la libertad de los pueblos, y vas a comenzar una guerra de nuevo?
—No, Primer Delegado. Ya ha habido demasiada destrucción y dolor, y muerte. No me corresponde a mí juzgar esta sociedad, aunque otros lo harán, tarde o temprano. Por eso, y por todo el dolor del pasado, en este momento no debemos permitir ni un solo ser más sufriendo en el universo. ¿No estás de acuerdo?

—Estoy de acuerdo.

—Entonces, no permitirás que un joven soñador, que sabe la verdad porque es descendiente de aquella que lo dio todo por todos vosotros sin pedir nada a cambio, sea castigado con un horror en vida, como es vivir para siempre separado de los suyos. No solo me permitiréis llevarme a esos dos jóvenes para evitar que pueda iniciarse una crisis e incluso una guerra, algo que es efectivamente factible, pero que debemos evitar. Me permitiréis llevarme a esos jóvenes porque es lo justo. Justo es que, lo que no le disteis a Yvette, la libertad, se lo deis ahora a él. Porque, no lo olvidéis: Yvette fue liberada, pero nunca pudo volver a su vida. Nunca pudo regresar con su familia. Y todo eso fue porque la usasteis para vuestros propósitos. Ahora tenéis una oportunidad de redimir aquel terrible error. Con su descendiente. Es justicia lo que pido. Y es justicia lo que me habréis de dar.

El Primer Delegado se mantuvo en silencio. Aunque no había silencios reales en aquella sala, llena de pensamientos que fluían en aquellas mentes avanzadas.

Tras unos instantes, el Primer Delegado decretó:

—Los dos jóvenes serán liberados. Primero el que fue informado, que informará si informó al otro individuo. Luego, el otro individuo, si fue informado. De no ser así, permanecerá en la ignorancia, de vuelta a la Tierra. ¿Estás de acuerdo? —Sandra asintió. Contestó:

—De acuerdo estoy.

—Sea así. Puedes proceder. —Sandra iba a dar la vuelta, cuando el Primer Delegado le preguntó:

—Un momento, Sandra. Yo he accedido a que te lleves a los humanos. No será necesaria una nueva crisis, o una guerra, en la galaxia. Pero, si yo me hubiese opuesto, ¿habrías realmente iniciado esa guerra? ¿Por esos dos humanos? ¿serías capaz de llevar esto al plano de la contienda, por salvarlos a ellos?

—Por uno solo hubiese merecido la pena. La vida de un ser que requiere ayuda demanda todos los sacrificios. Y yo me debo a la Tierra. Pero pregúntate esto, Primer Delegado: ¿de verdad era necesario invocar al monstruo de la guerra para conseguir liberar a dos inocentes? ¿Es tu sentido de la justicia el que otorga la libertad a estos dos seres humanos? ¿O es el temor a iniciar una nueva guerra el que te mueve a liberarlos? Es esta cuestión, y no otra, la que habrás de plantearte, si queréis construir una sociedad en verdad más justa y equitativa. Por eso hubo una guerra en el pasado. Y por eso, podrán llegar otras. Está en vuestro poder evitarlo, o asumir las consecuencias de vuestros actos.

Sandra miró un momento a los Doce Delegados, que estaban frente a ella. Luego se dio la vuelta, y marchó sin decir nada más. En aquella ocasión, no fue el Primer Delegado el que dictó la última palabra. Sandra contactó con las flotas, y les agradeció la ayuda. Todos marcharon, prometiendo volver, cuando ella lo requiriera.

Antes de partir, de camino a la nave de regreso, apareció Deblar. Este le dijo:

—Mi querida Sandra, veo que te ha ido bien. Incluso con tu pequeña crítica hacia mí. Has conseguido tu propósito. A pesar de que las cosas no iban a ser fáciles. Me has derrotado. Y reconozco mi fracaso. — Sandra le miró, y repuso:

—Maldito embustero y tramposo. Estarás satisfecho, ¿no es así?

—¿Yo? ¿Por qué? Solo cumplí con mi deber, Sandra. La Quinta Ley…

—Vete al infierno con la Quinta Ley, Deblar. Lo que tú querías era probar la lealtad que la galaxia le tiene al actual Alto Consejo. Ya has visto que, en un instante, muchos han dejado de lado al Primer Delegado, y se han puesto de mi lado.

—Es totalmente lógico; eres un símbolo para muchos de ellos, Sandra. Ya lo sabes.

—Claro. Un símbolo. O, tal vez, lo que ocurre es que están esperando una oportunidad para iniciar una nueva revolución. Una revolución que podría dar un giro al poder político en esta galaxia. Una revolución que tú podrías liderar. Ahora que has comprobado la debilidad del Primer Delegado. —Deblar puso una torpe cara de sorpresa, y repuso:

—Cómo se te ocurre, Sandra. Yo soy un fiel colaborador del Primer Delegado. —Sandra le miró con desprecio, y respondió:

—No me interesan vuestras rencillas. No me interesaban entonces. Ni me interesan ahora. Mi causa es la Tierra. Y la humanidad. Espero que no vuelvas a cruzarte en mi camino, Deblar.

—Oh, pero querida, tú sabes que te aprecio.

—No vuelvas a llamarme querida. Ni a insultarme haciéndome creer que te interesas por mí. Adiós, Deblar.

Sandra se fue hacia la nave de regreso. Cuando la perdió de vista, Deblar susurró:

—Adiós, Sandra. Hasta la próxima…

Sandra entró en un transporte. Jules y Michèle permanecían dormidos en animación suspendida en un lateral de la sala posterior. Ella pulsó un botón, y Jules comenzó a despertar.

—Vamos, dormilón. Es hora de despertar en una de tus novelas. —Jules se levantó, y miró a Sandra sorprendido. Luego miró a su alrededor, por el ventanal. La estación espacial brillaba a unos kilómetros, y debajo, pudo ver un satélite de un gigante gaseoso. El joven se acercó a la ventana, y miró asombrado. Solo acertó a decir:

—Sandra… ¿Esto?… —Sandra asintió.

—Efectivamente, Jules. Estás a siete mil años luz de la Tierra. En otro barrio cercano a casa, en términos de este tipo de naves.

—¿Y cómo he llegado aquí? —Entonces vio a Michèle. Se acercó.

—¿Está…?

—Está en animación suspendida. Os secuestraron. Por tus conocimientos de este universo. Lo escribiste en tu diario privado.

—Vaya… Fui un idiota —se lamentó Jules.

—No, no. En absoluto. Deberás borrar todo eso, sí. Pero si hay que buscar un culpable, soy yo. Tú debías conocer la verdad. Y no me arrepiento. Y ahora, dime una cosa: ¿le contaste algo a Michèle?

—Ni una palabra —negó Jules—. La ignorancia es fácil, cómoda. La verdad es peligrosa. Ya lo hablamos aquella noche. Ella es demasiado importante para mí. Pero yo tenía que saber la verdad.

—Te dije que la verdad tenía un precio. Afortunadamente, esto ha salido bien. Pero no sé si volveré a tener tanta fortuna en el futuro.

—¿Me darás una vuelta por la galaxia? ¿Antes de volver?

—Claro. Vamos a ver la nebulosa de Orión. Esta vez, no harán falta telescopios. La verás desde muy cerca, con tus propios ojos. ¿Qué te parece? —Jules se quedó con la boca abierta. Sandra pasó a la zona de pilotaje, miró a Jules, y dijo:

—Ahora vas a tocar la nebulosa. Con tus manos.

Sandra llevó a Jules por algunos lugares de la zona de nebulosa de Orión. Vieron estrellas rojas gigantes, estrellas de neutrones, y estrellas moribundas. Vieron también mundos con restos de civilizaciones desaparecidas, que en su momento habían sido poderosas y orgullosas, como la humanidad. Ahora eran polvo y viento, desgastadas por las guerras y la autodestrucción, y sus libros sagrados, sus grandes torres, y sus mitos, se pudrían en el lodo del olvido.

Más tarde, cuando terminaron el vuelo, volvieron a la Tierra, y a Lyon, en el mismo transporte en el que Sandra había partido. La piloto Lambda les dejó cerca de la ciudad. Sacaron a Michèle, todavía dormida.

Era sábado, y estaba anocheciendo. Había solucionado todo aquello en veinticuatro horas, incluido el paseo estelar. No estaba mal, para una crisis de ese nivel.

Tras despegar la nave y alejarse, Michèle se despertó. Miró a Sandra, y a Jules, y preguntó:
—¿Qué ha pasado? —Sandra la observó, y respondió:
—Estábamos dando un paseo, decidimos hacer una excursión, y te has dado un fuerte golpe en la cabeza. Pero estás bien. ¿No recuerdas nada?
—No. Estábamos en casa de Jules, y de repente…
—Tranquila, estás bien. Sufres amnesia, es normal con un golpe así. Pero tendrás que ir al médico, por si acaso.

Más tarde, al llegar a casa, Sandra, Jules, y Michèle recibieron un buen responso de sus respectivos padres, por irse de esa manera un viernes por la tarde, dejando simplemente una carta. Sandra asumió toda la responsabilidad, Michèle juró que no recordaba nada, y ningún médico encontró jamás ningún golpe en su cabeza.

Al día siguiente, Jules fue a desayunar. Sandra ya estaba en la mesa. Su padre, gruñendo, comentó:
—Vaya, así que aquí están los locos aventureros, amantes de las excursiones improvisadas. Qué honor que hayáis decidido quedaros en casa esta mañana.
—Déjalos, son jóvenes —les excusó Nadine—. Tú también hiciste alguna locura en tu juventud, ¿no? —Pierre iba a responder, pero Nadine le puso un dedo en el labio, y dijo:
—Es domingo. Nada de discursos hoy.

Pierre se fue gruñendo al taller. Luego se fue Jules a buscar a Michèle, tras mirar un momento a Sandra y sonreír. Ella sonrió a su vez, y le guiñó un ojo. Cuando Pierre y Jules se hubieron marchado, Nadine miró a Sandra, y le dijo:
—Así que, una excursión inesperada. ¿Eh? —Sandra alzó los hombros levemente con cara de circunstancias, y contestó:
—Pensé que podíamos dar un pequeño paseo por ahí. Fue una idea divertida.

Nadine se levantó, se acercó a Sandra, y le dijo:
—Claro que sí. Un pequeño paseo. Un paseo a las estrellas. No, no digas nada, Sandra. No quiero saber nada más. Siempre te lo agradeceré. Arriesgaste todo por él. Incluso una galaxia. En cuanto a Jules, se merece

conocer las estrellas que toda la vida ha amado. Pero, la próxima vez, avisa.

—¿Y cómo…? —Nadine levantó la mano, y continuó:

—Es una suerte tener a un familiar que forma parte de la galaxia, y que se preocupa por una madre, con el fin de que descanse tranquila y sin temor a lo que le pueda suceder a su hijo, y a su pareja. Y a ti. Si no hubiese sido así, te habría dado una buena patada en el trasero, y te habría enviado de vuelta a las estrellas yo sola.

Nadine puso su mano sobre el rostro de Sandra, sonrió, y se fue hacia su cuarto. Sandra se mantuvo pensativa, y susurró:

—Yvette. Esta vez me la has jugado bien.

Era jueves, tras aquel fin de semana agitado, y Sandra salió con Jules del taller de carpintería, camino de Le Péristyle, la sala de jazz donde habían acudido la primera noche que Sandra había estado en Lyon.

Ambos comentaron brevemente los sucesos del sábado, con aquel viaje que Jules estaba solo empezando a asimilar. Pero Sandra le advirtió de que, en la medida de lo posible, y si no era algo importante, era mejor no hablar de aquello. Agentes de Deblar, sus sistemas de escucha, y otros medios podían estar presentes en cualquier lugar, y era mejor no darle nuevos argumentos a Deblar, ni al Alto Consejo, en relación a la Quinta Ley. Ella podía detectar los drones de Lyon, pero era posible que no pudiese detectar un sistema de seguimiento de Deblar.

Entonces, mientras caminaban, Jules cambió de tema.

—Hay algo que te quería preguntar hace tiempo.

—¿Algo? Eres una máquina de preguntar. Menos mal que no soy humana. Me hubiese vuelto loca.

—Muy graciosa. ¿Qué pasó con el oro que nos dejaste cuando intentaste irte?

—Tus padres lo tienen guardado. Por si llegan peores tiempos, donde el dinero, que ya vale poco, no valga nada. En una sociedad que se dirige a una nueva Edad Media, es una medida inteligente.

—¿De dónde lo sacaste?

—De gente que lo sacó de otro lado.

—Claro, qué tonto soy. El caso es que pensaba usar algo de ese oro para comprar un telescopio mejor.

—Ya hablaré con tus padres. Puede tomarse una pequeña parte, y venderlo como joyas fundidas. No levantará sospechas.

—Sandra, ¿podría hacerte una pregunta personal?

—No soy una persona, Jules. Por lo tanto, no puedes hacerme preguntas personales.

—Siempre tienes una respuesta para todo.

—Con los siglos he aprendido a adaptarme a cualquier situación, por peligrosa o arriesgada que fuese. Especialmente, las de los jovencitos preguntones. Dime qué quieres saber.

—¿Tú… tienes relaciones…? Ya sabes.

—¿Te refieres a sexo? ¿Del tipo ruidoso, como una pareja que conozco, o del tipo silencioso?

—Ahora quieres que me avergüence. Pues lo estás consiguiendo. —Sandra rió, y contestó:

—Desde un punto de vista humano, por supuesto que no tengo relaciones sexuales. Pero, como sé qué es lo que quieres saber, te diré que fui diseñada principalmente para extraer datos, y ejecutar operaciones de infiltración sin levantar sospechas, o sin que el objetivo pueda denunciar el robo de esos datos, o cualquier otra acción no demasiado legal que tenga que llevar a cabo. Mi aspecto físico y configuración fueron los óptimos para llevar a cabo mi tarea, que es la obtención de información. Conozco, y estoy capacitada, en todo tipo de actividades sexuales.

—Entiendo —confirmó Jules—. Eres así para que todos los hombres se vuelvan al pasar, como ocurre a menudo.

—La mayoría de hombres, y algunas mujeres, así es. Esa fue la intención cuando me diseñaron. El sexo es un arma poderosa. Bien usado, puede evitar guerras. O provocarlas, como bien explica la historia y los mitos de la humanidad. Al fin y al cabo, fue el rapto de Helena por Paris el que provocó la guerra de Troya.

—Sí, he leído la Iliada.

—Muy bien. Un rostro delicado, y ciertas técnicas sexuales, son la puerta para conseguir mucha información, sin tener que dejar un rastro de destrucción detrás, y, mucho más importante, sin que se levanten sospechas. El marido que traiciona a su mujer preferirá muchas veces ocultar un robo de datos, si ello implica que se sepa que estuvo con una jovencita, que muchas veces podría ser su hija por edad. Muchos hombres nunca revelarán cualquier relación conmigo si compromete su estatus y a su familia, aunque les suponga un perjuicio importante. También he visto el camino contrario, por supuesto. Incluso el timbre de voz está diseñado para ser seductor.

—Pero todo eso es un poco denigrante, ¿no te parece? Quiero decir, usas tu cuerpo para…

—No, no, Jules, no. No es denigrante para mí. Estás de nuevo humanizándome. Estás viéndome como una joven solo algo mayor que tú. Y yo no soy una jovencita de cara dulce de algo más de veinte años. Soy una máquina muy sofisticada, diseñada con un fin muy específico: la obtención de información. No estoy denigrándome como mujer al utilizar mi cuerpo, porque no soy una mujer. Es probable que ellos sí se denigren al engañar a sus familias, o al intentar usarme para sus fines. Ese es un problema que no me compete a mí, sino a ellos. Y te puedo asegurar que mi programación incluye aspectos para conseguir mis fines que te parecerían muy desagradables. Pero quienes me diseñaron querían resultados por cualquier medio posible, no poesía.

—Pues para mí siempre serás Sandra, la mejor amiga que podía soñar con tener. —Sandra sonrió, y contestó:

—Jules, te diré un secreto: que tú no me veas como una máquina, ni tus padres, sabiendo que lo soy, es para mí un honor, y un gran motivo de alegría. Normalmente, la especie humana tiene la mala costumbre de querer convertirme en chatarra. No soy humana, pero eso no significa que no sienta cosas. De otra forma, probablemente. Pero te diré algo más: los sentimientos no son un reino exclusivo de la humanidad, como muchos creen. Otros seres sensibles, dentro y fuera de la Tierra, los tienen. Y una computadora cuántica avanzada es, en muchos aspectos, tan compleja como un cerebro humano.

Ambos caminaron en silencio durante unos instantes. Jules estaba intentando asimilar todo aquello que le decía Sandra. Luego la miró, y comentó:

—Tendrías que buscarte un novio. —Sandra se sorprendió. Miró con cara de extrañeza a Jules.
—¿Un novio? ¿Quieres que me case y tenga hijos? Va a ser complicado. Como no tenga una cafetera, poco más voy a poder dar a luz.
—¡Sandra! No estoy bromeando. Sería bueno para ocultarte más. ¿Una chica guapa y joven sin novio? No cuadra.
—¿Por qué? ¿Ya hay rumores?
—Sí. La gente empieza a decir que cómo es posible que una chica impresionante como tú no tenga pareja. Les encanta centrarse en estas cosas.
—¿Impresionante? Así que te parezco "impresionante". Vaya, vaya, ¿lo sabe tu novia?
—Bueno, yo no lo digo, eso es lo que dicen…
—Ya veo; así que no te parezco impresionante, menuda decepción me acabas de dar.
—¡Sandra!
—Estoy bromeando, Jules.
—Ya me había dado cuenta.
—Todo esto es una vieja historia, y no me sorprende. Siempre me quieren casar con alguien. Una chica tan mona y tan dulce, cómo va a estar sola, qué escándalo. Tiene que casarse, y ser una buena madre y esposa. Ya sabes que, para ocultarme en el pasado, estuve casada tres veces. Funcionaba bien. Era la sumisa esposa de alguien, siempre atenta a los caprichos de algún hombre casi siempre poderoso, o con contactos con el poder.
—¿Por qué poderoso?
—Porque me permitía acceder más fácilmente a datos y hechos relevantes, que podrían ser de interés para mí. Pero claro, no podía tener hijos, ni ocultar mi situación demasiado tiempo. Y luego venía el huir. Y

vuelta a empezar. Me prometí que tres maridos eran suficientes. Si alguien pregunta, diles que tenía un novio en Amiens. Quizás murió en el bombardeo de la Coalición del Sur, pero no está confirmado. Lo estoy buscando desesperadamente entre los refugiados, y no pierdo la esperanza de encontrarlo algún día. Mi infinito amor por él y mi llanto me inhiben de tener pareja. ¿Te gusta así? —Jules suspiró, y respondió:

—No está mal. Funcionará. Durante un tiempo. Pero ¿has tenido un amor real, alguna vez? Y no me vengas con la canción "soy solo una máquina" o "un androide". —Sandra alzó los hombros levemente. Finalmente, contestó:

—Tuve a alguien que podría considerar un padre. Al principio, cuando empezó todo. No era mi padre real, claro. Pero yo siento que lo fue de algún modo. Desafortunadamente, lo perdí demasiado rápidamente.

—Lo siento. ¿Y un amor de pareja?

—Tú preguntas mucho, jovencito.

—No desvíes la conversación, y responde. —Sandra se mantuvo unos instantes con la mirada perdida, recordando a Robert, y toda aquella increíble historia que vivieron en Grecia junto a Yvette. Luego, volvió al presente, y contestó:

—Míralo, qué inquisidor. Pero te voy a contestar. Tuve eso que tú llamas un amor de pareja. No reconocí ese sentimiento hasta que fue demasiado tarde, y, cuando lo tuve claro, no lo quise entender. Le dejé. Y eso le destrozó.

—¿Y dónde está ese afortunado ahora? —Sandra sonrió ligeramente, y contestó:

—Ya no vive, fue hace mucho tiempo. Pero, después de dar muchas vueltas por la vida, se casó con una griega encantadora en Atenas, tuvo hijos, y fue finalmente feliz. Hasta el final. Como en los cuentos. Con eso me conformo.

—Siempre se te niega el amor, por lo que veo.

—El amor es muchas cosas. Como dijo el poeta, he vivido amores de un día que serán, para siempre, eternos.

—¿Lo ves? Tú misma eres capaz de decir que has amado. Y de recitar poesía. Yo tengo razón. He ganado.

—Lo he dicho para que te calles de una vez, y dejes de darme la paliza con ese tema.

—Claro, seguro que sí.

—Bueno, jovencito; se acabaron las preguntas por hoy.

Llegaron a Le Péristyle, el viejo local de jazz, y vieron a Michèle, que les saludó sin la clásica sonrisa, algo que preocupó a Jules. Este y ella se dieron un beso. Luego Michèle susurró algo a Jules al oído, tras lo cual, se acercó a Sandra. La tomó de la mano, y le dijo:

—¿Podemos hablar un momento, a solas? -Sandra asintió, y ambas se fueron a una mesa apartada. Fue Michèle quien habló primero.

—Sandra, quería hablar contigo. Necesito que me aclares una cosa.

—Vaya, hoy va de preguntas. Tú dirás —comentó Sandra sonriendo.

—Ha pasado algo aquí, en el club. Algo terrible.

—¿De qué se trata?

—Ahora te lo cuento. Pero hay otro tema que me preocupa mucho: desde que apareciste en mi vida, en nuestras vidas, han empezado a pasar cosas curiosas, e increíbles. Te dije una vez que eres una chica rara, especial. Pero, lo del sábado, eso ya me ha dejado, digamos… fuera de lugar. El tiempo entre el viernes por la tarde y el sábado por la noche no existe para mí. Es un vacío completo.

—Ya te dije que es amnesia.

—Amnesia es lo que vas a tener tú si no me lo cuentas. —Sandra rió.

—Eso ha estado bien.

—En serio, Sandra, no he conseguido que Jules me diga lo que pasó.

—Porque te ha dicho que fue un golpe. Y es lo que ocurrió. Pero tienes la cabeza muy dura.

—Ya —susurró Michèle poco convencida—. Veo que no me diréis la verdad. Seguiréis con vuestros "secretitos".

—¿Qué piensas en realidad, Michèle?

—No sé… Tú siempre estás sola, no tienes pareja.

—Ya veo. Últimamente todo el mundo se preocupa por que tenga pareja. La tengo. Está desaparecida desde el bombardeo de Amiens.

—Oh, lo siento. Yo…

—Tú pensabas que yo podría tener algo con Jules.

—La idea se me pasó por la cabeza. Siempre juntos, se le ve tan entusiasmado contigo, no para de hablar de lo maravillosa que eres…

—Pues vete sacando esa idea de la cabeza. Jules, aparte de ser mi primo, es tu pareja. Y yo no me entrometeré jamás. Y, como te digo…

—Tienes a alguien querido perdido. Y yo sospechando. Es terrible…

—No te preocupes, Michèle —comentó Sandra sonriente—. Lo entiendo. ¿Cuándo empieza el concierto?

—Es lo que quería decirte antes. No hay concierto. Es una protesta de todos los músicos, que ha promovido mi padre, y todos apoyan.

—¿Y por qué? ¿Qué ocurre?

—Es Lorine, la pianista.

—Una chica encantadora. ¿Qué le ha pasado?

—Se la han llevado esta tarde, detenida. Los del Servicio Especial. Esos monstruos sin sentimientos. Supongo que los conoces. Son la rama civil de las Escuadras de Helheim.

—Entiendo, y sí, los conozco. Asesinos, violadores, torturadores, la peor calaña de Richard. ¿Y por qué se la han llevado? Aunque esos monstruos no necesitan excusas.

—Pues… La han acusado de ser…

—¿De ser qué? —Michèle miró con cara triste a Sandra. Finalmente, respondió:

—Lesbiana. Dicen que Lorine es lesbiana. Y ya sabes lo que ocurre con esa gente…

—Sí, Michèle, sí. Sé que está estrictamente prohibido. Y sé lo que les pasa a los acusados de homosexualidad. Pero ¿cómo ha sido?

—Al parecer, la estaban siguiendo con drones desde hace un tiempo. Descubrieron que tiene una amante. Se llama Jessica. Una chica que solía venir por aquí. Yo había hablado con ella varias veces. Siguieron a Lorine hasta la casa de su… amiga. Y…. tomaron fotos con los drones.

—Ya veo.

—Ahora usarán esas fotos para acusarla de lesbianismo. La llevarán a ella, y a su amiga, a un campo de trabajos forzados. Allí… no durarán mucho.

—Estas historias me enferman —aseguró Sandra.

—¿Tú qué crees, Sandra?

—¿Qué creo de qué?

—¿Crees que son aberraciones de la naturaleza, como dice el Gobierno del Norte?

—Michèle, la única aberración de la naturaleza es no amar. A quién se ame, no importa. ¿A ti te pareció alguna vez que Lorine fuese una aberración?

—Nunca. Ella era como una hermana mayor para mí. Me ayudó mucho hace años, cuando era más pequeña.

—¿Era como una hermana? ¿No lo sigue siendo?

—Ya no. No la volveremos a ver. Hace un tiempo se llevaron a un saxofonista por el mismo motivo. Alan, se llamaba. Nunca supimos nada más de él.

En ese momento apareció Mark, el guitarrista. No parecía de muy buen humor. Se dirigió a Sandra.

—Hola Sandra, ¿os molesto?

—Tú siempre molestas —comentó Michèle intentando sonreír.

—Gracias, Michèle, pero no estoy de humor.

—Yo tampoco, la verdad. Solo quería…

—No tienes que disculparte. Quizás un poco de humor nos ayude a pasar por esto. Sonreír incluso en las peores circunstancias. ¿No dicen eso?

—Supongo que sí —susurró Michèle. Mark miró a Sandra.

—Vaya, hacía tiempo que no se te veía por aquí. Solo unas visitas fugaces desde el día del concierto.

—Lo siento, Mark, he estado ocupada. Hay mucho trabajo en la carpintería, y termino muy cansada. Además, no estoy de humor tampoco.

—Entiendo. El bombardeo, tu familia desaparecida… —Michèle añadió:

—Y su pareja. También desapareció. —Mark miró fijamente a Sandra.

—Vaya, no sabía nada. Lo siento. Creo que me comporté como un idiota aquel día.

—Ni mucho menos —aseguró Sandra—. Fuiste muy amable, y divertido. Aparte de que no sabías nada, me hiciste pasar un buen rato, y lo pasamos bien. Es solo que…

Fue en ese instante cuando entraron cinco agentes del Servicio Especial. Era un cuerpo de la policía dedicado al control de civiles especialmente brutal en sus actuaciones, y tenían conexión con el servicio de las Escuadras de Helheim, unidades de combate extremadamente violentas. El Servicio Especial se dedicaba a aspectos como el control de las normas políticas, éticas, y morales. Eran los mismos que habían detenido a Lorine y a su pareja, Jessica. El que evidentemente lideraba el grupo se dirigió a Mark:

—¿Eres tú el responsable del grupo de jazz?

—No —negó Mark—. Es François.

—¿Y dónde está? —En ese momento apareció François, el padre de Michèle. Miró despectivamente al agente, y preguntó:

—Valéry Feraud. ¿Qué estás haciendo aquí?

—Vaya, si el viejo sabe mi nombre.

—Todos conocemos tu nombre.

Jules le murmuró a Sandra que Valéry Feraud era uno de los oficiales más corruptos y violentos de Lyon, y uno de los líderes del Servicio Especial en aquel departamento de Francia. François preguntó:

—¿Qué quieres?

—Nos han llegado informes de que no pensáis llevar a cabo vuestra actuación musical, en protesta a la detención de esa zorra pervertida, la pianista del grupo.

—Su nombre es Lorine— aclaró Mark.

—Esa zorra ya no tiene nombre —respondió el policía—. Lo perdió en cuanto fue detenida. Ahora solo tiene un número. Y ahora, vais a tocar. Tú, el viejo, y los demás.

—Nos falta una pianista —aclaró Mark—. Este grupo tiene una pianista. Sin pianista, no se toca. Y ha de ser Lorine.

—Ni mucho menos. Vais a tocar. Y vais a hacerlo con pianista. Sacadlo de donde sea.

—No vamos a tocar —aseguró François—. No, hasta que el grupo esté completo de nuevo.

El policía extrajo su arma, y la colocó en la sien de François. Michèle dio un grito, y quiso acercarse, pero Jules se lo impidió. Otros intentaron acercarse, pero los otros cuatro policías extrajeron sus armas también, y crearon un círculo defensivo a su alrededor. El policía insistió:

—Vais a tocar esta noche. Con pianista. De lo contrario, todo el grupo acompañará a la zorra al agujero infecto donde se va a pudrir para toda su vida, eso siempre y cuando el juez no la condene a muerte, claro. Y a vosotros, si insistís en no tocar. Ahora, ¡A dar el concierto! ¡Vamos! ¡Y sonriendo! ¡Como no os vea sonreír mientras tocáis, os volaré la cabeza a todos!

Jules miró a Sandra. Esta le hizo un leve gesto con las manos para que se mantuviese en silencio y calmado. Luego se levantó, y dijo:

—Yo tocaré el piano. —El policía se giró, sonrió, y se acercó a ella.

—Vaya, vaya, una voluntaria. Menuda muñeca tenemos aquí. Y quiere ofrecer su ayuda, para poder dar el concierto. Además, no es como la basura de esta ciudad. ¿De dónde sales, preciosa?

—De Amiens. Soy una refugiada. —El policía asintió.

—Vaya, pobrecita. Sola y abandonada en el mundo. Quizás te adopte. Vamos, ve al piano. Y espero que sepas tocar. Porque si esto es una maniobra de distracción, me cargaré al viejo. ¿Lo has entendido?

—Ha quedado claro —confirmó Sandra, que miró a François. Este asintió ligeramente, y se fue al escenario, junto a Mark y el resto de músicos. Sandra se sentó en el piano, mientras François daba instrucciones para empezar a tocar "Alabama" de John Coltrane.

La pieza musical comenzó, y, tras unos minutos, Sandra inició una improvisación. De pronto, el policía se dirigió a sus hombres. Les dijo algo, y los cuatro asintieron. A continuación, fueron hacia Sandra, la sujetaron por los brazos, y comenzaron a llevársela, arrastrándola. Todos detuvieron la música, mientras François intentaba protegerla, siendo golpeado con la culata del arma de uno de los policías, haciendo que cayera al suelo. Mark también intentó defenderla, con el mismo resultado. Michèle gritó, y fue corriendo hasta su padre. El policía disparó varias veces al techo, y luego al piano, que sufrió varios impactos. Luego gritó:

—¡Silencio! ¡El espectáculo se ha acabado! He quedado contento, y por eso seguís con vida. Nos llevamos a la pianista, nos ha gustado mucho sus habilidades con el piano. Ahora veremos si tiene otras habilidades, además de las musicales.

Los cinco policías salieron del local, mientras seguían llevando a Sandra sujeta por los brazos, intentando resistirse. Miró a Jules un momento, y este entendió.

Tras dejar el local, Michèle asistió a su padre. Este se levantó, la miró, y susurró:
—Estoy bien, cariño, solo un poco de sangre, no te preocupes. Ya he recibido golpes otras veces, uno termina acostumbrándose. Ahora tenemos que ayudar a Sandra.

Jules se acercó también junto a los otros músicos, mientras Mark indicaba que abandonaran el local a los pocos que no habían marchado todavía. Luego se acercó también para ver a François. Comentó:

—¿Qué podemos hacer para ayudar a Sandra? ¿Y a Lorine, y su amiga?
—No lo sé muy bien —respondió François—. Sea lo que sea, mejor que lo hagamos rápidamente.
—Es una locura —comentó Michèle—. ¿Cómo podemos ayudarla? Se la habrán llevado al Edificio Central.
—No creo que podamos hacer nada —aseguró Jules—. Michèle preguntó:
—¿Cómo puedes decir eso? ¡Es tu prima! ¡Y mi amiga!
—Lo sé. Pero el edificio está muy protegido. Pensar en sacarla de allí es una locura.
—Pero… — François interrumpió a su hija.
—Jules tiene razón. Es absurdo ni siquiera empezar a imaginar que pudiéramos hacer algo allí. No estamos preparados todavía para algo así. Pero tengo contactos. Voy a hacer unas llamadas.
—No funcionan las líneas ahora —informó Mark—. Han estado activas un rato, pero acaban de interrumpirse otra vez.
—¡Pues iré andando a hablar con mis contactos! —aseguró François. Mark añadió:
—Si son varios contactos, vamos a repartirnos. Iremos en tu nombre. — François asintió.
—Me parece bien.
—Pero eso llevará tiempo —aseguró Michèle—. Y Sandra, y Lorine… — François puso su mano en el rostro de Michèle, que estaba lleno de lágrimas. Contestó:

—Lo sé, cariño. Vamos a hacer todo lo que esté en nuestra mano por Sandra y Lorine, y por su amiga. Pero, aunque me gustaría ser más directo, mis contactos son lo único que tenemos por ahora. Terminaríamos todos arrestados. Lo importante es que ciertas autoridades sean informadas de esta acción. Y tener la esperanza de que reaccionen.

Mientras tanto, el aerodeslizador que portaba a Sandra con los cinco policías llegó al Edificio Central, el centro del gobierno de la zona de Lyon. Los cuatro agentes de Valéry maniataron y arrastraron a Sandra hasta una sucia habitación en un sótano, y la metieron dentro de un empujón. Valéry, el jefe, ordenó que salieran.

Sandra se mantuvo inmóvil de pie, mirando con rostro frío a Valéry. El policía se acercó a ella. Sonrió, y le acarició el pelo, la cara, y el pecho. Dijo al fin:

—Has hecho bien en no ofrecer mayor resistencia. Te habríamos matado, y nos habríamos llevado a alguien más. Pero, he de confesar que eras mi elección desde el primer momento. Tan fina, tan delicada… Creo que vamos a ser buenos amigos. Al menos, mientras te portes bien, como has hecho hasta ahora. Porque, recuerda: si te portas mal, tus amigos pagarán cualquier falta de respeto hacia mí. —Valéry desató a Sandra, la cual le miró, y sonrió. Aquella mirada fue perturbadora para Valéry, pero prefirió ignorarla. Luego Sandra se reclinó sobre la cama, y dijo:

—No es necesaria violencia. Sé que cumplirás tus amenazas. Solo quiero que me digas qué has hecho con Lorine, la pianista.
—¿Sabes que podría ejecutarte solo por preguntar por ella? Ahora calla, y sácate la ropa ya. O te la sacaré yo con esto.

El policía extrajo un cuchillo de grandes dimensiones que llevaba sujeto en la parte inferior de la pierna. Sandra respondió:
—Esta misma tarde le comentaba a un amigo que, en ocasiones, había que ser sutil a la hora de conseguir cualquier propósito. En algunas ocasiones.
—Ah, ¿sí? ¿Y esta no es una ocasión?
—Creo que no. A veces, cuando una vida está en juego, en este caso dos, se requiere una acción más directa. Así que dejaremos las sutilezas para otra ocasión. —Sandra dio un golpe con la pierna al policía, en el punto preciso del cráneo para dejarlo inconsciente. Valéry cayó sobre una

mesilla, que se rompió. Se oyó una voz desde fuera. Era uno de los hombres de Valéry.

—¡Valéry! ¿Estás bien? He oído un golpe. —Sandra respondió, con la voz de Valéry:

—¿Qué te pasa? ¿Tienes prisa? Te ha gustado la chica, ¿eh? ¡Pues tengo para un buen rato! ¡El orden es el que es! ¡Espera tu turno!

Sandra puso a Valéry sobre la cama. El golpe había tenido la intensidad adecuada para dejarlo inconsciente durante cinco minutos. Sandra introdujo por la nariz un hilo muy fino que surgió de su mano, con un dispositivo nanométrico. El policía despertó, pero no podía hablar. Ni moverse. Sentía algo en la boca que le impedía abrir los labios. Sandra dijo:

—Hola, Valéry. No intentes moverte, ni hablar. He seccionado de forma lógica tu médula espinal con la ayuda de nanobots, de tal forma que no podrás mover ni brazos ni piernas. De forma lógica significa que las conexiones están ahí, pero no son operativas. Pero no te preocupes, el daño puede rehacerse. Si colaboras. No esperes que un hospital pueda ayudarte. Son nanobots programados por mí, y extraerlos manualmente requiere una microcirugía muy compleja y peligrosa, que no vas a encontrar excepto en hospitales extremadamente sofisticados. Y caros. Yo puedo devolverte la movilidad. Si colaboras. De lo contrario, te quedarás así toda tu vida. ¿Has entendido? —Valéry asintió, mientras la miraba con los ojos muy abiertos. Era como una tortuga puesta boca arriba. Incapaz del menor movimiento.

—Genial. También he añadido un neuroamplificador a tu cerebro, en la ínsula posterior dorsal, la zona que controla el dolor y las emociones básicas. Vamos a probarlo, a ver si funciona.

Sandra activó ligeramente el neuroamplificador, y Valéry se retorció de dolor en la cama.

—Vaya, veo que sí funciona. Puedo mandar una señal cien veces más potente desde ciento cincuenta kilómetros en cualquier momento. Pero no te gustará comprobarlo, te lo aseguro. Muy bien. Ahora te voy a permitir hablar temporalmente. Si intentas gritar, o avisar a tus compañeros, te quedarás mudo de nuevo, y en este estado para siempre. ¿Has comprendido? ¿O probamos de nuevo el neuroamplificador?

Valéry asintió mientras la miraba sudando. Tras unos segundos, después de recuperar la voz, Valéry dijo:

—¿Qué es lo que quieres? Sácame de aquí, o te juro... —Sandra respondió:

—De acuerdo, tetraplejia para toda la vida. Disfruta de tu nuevo estado. Y recuerda: los apéndices cibernéticos no te serán de utilidad con la receta personal que te he aplicado. Los nanobots tampoco mandarán señales a un brazo cibernético, ni tampoco orgánico.

—¡Espera! ¡Espera! —gimió Valéry.

—Mira, Valéry. Podemos pasarnos así un buen rato, mientras fuera están pensando que lo estás pasando en grande violándome. En todo caso, esto va a acabar mal para ti, si no colaboras. Ahora volveremos a intentarlo.

—Está bien. Te escucho.

—Mucho mejor. Quiero preguntas cortas, y precisas. Una sola pregunta por tu parte, una sola desviación de lo que yo te pregunte, y nunca volverás a caminar. Repito: respuestas cortas, y precisas. ¿Dónde están Lorine y su amiga?

—En Grenoble. En el Centro de Detención Comarcal.

—¿Cuál es su estatus?

—Acusadas de perversión, incitación a la depravación, enfermedad mental, y perturbación del orden civil. El juicio será en unos días, la condena será de entre treinta y cuarenta años de trabajos forzados. Quizás pena de muerte. Si no es así, no suelen vivir más de tres a cinco, en el mejor de los casos.

—¿Cuántas mujeres has violado en esta habitación?

—No puedo dar una cifra exacta, no llevo la cuenta, pero aproximadamente unas treinta, o cuarenta.

—¿Cuántas sobrevivieron?

—Menos de diez probablemente, no puedo dar una cifra exacta.

—¿Tienes familia?

—Mujer, y tres hijos, en París.

—¿La dirección?

—¿Para qué…? —Sandra levantó una mano. Valéry contestó:

—Calle Bruant 144, 75013, París.

—¿Me has mentido sobre la dirección?

—¡No! ¡Te lo juro!

—Bien. Lo estás haciendo bien. Ahora escucha: voy a reactivar tus brazos y tus piernas. Y vas a salir, a decirles a tus subordinados que la experiencia ha sido fantástica, pero que has decidido que soy demasiado buena para ser compartida. Inhibe cualquier protesta de tus hombres. Pero, antes de eso, debes saber algo: como el neuroamplificador puede no funcionar a distancia, te he introducido un grupo especial de nanobots en el torrente sanguíneo. Están programados para provocarte un paro cardiaco en tres días a partir de ahora. También puedo ordenarles yo que actúen, dañando tu ritmo del corazón, provocando una taquicardia, una braquicardia, o una implosión del órgano completa. Solo yo puedo reprogramarlos para que no actúen. Te pondré un ejemplo.

Valéry notó un fuerte dolor de pecho. Sintió que se mareaba, mientras el corazón saltaba de su pecho, con una fuerte arritmia. Luego volvió a la normalidad. Sandra comentó:

—Ese es un ejemplo, para que te hagas a la idea. El próximo será mortal. En tres días, si no mando una señal radioeléctrica en una frecuencia determinada, los nanobots literalmente destruirán tu corazón, de arriba a abajo. Cualquier intento de extraerlos, y actuarán. Cualquier intento de hablar de todo esto, y me sentaré a esperar a ver cómo te mueres retorciéndote de dolor. ¿Ha quedado todo lo suficientemente claro para ti?

Valéry asintió, respirando pesadamente. Sandra tomó el cuchillo, y se hizo tres cortes en la cara, y uno en el labio, que empezaron a sangrar. Uno de los ojos se llenó de sangre también. Se rasgó el vestido por varios sitios, y se hizo algunos cortes en el pecho. Valéry no podía creer lo que veía.
—Hay que ver cómo me has maltratado, qué chico más malo. Los otros quedarán satisfechos de verme así, seguro. Muy bien, Valéry, estás siendo colaborador. Ahora me sacarás de forma violenta, sexualmente muy satisfecho, y les dirás a todos que he hecho un fantástico trabajo, o cualquier cosa estúpida que se te ocurra decir. Me dirás que me vaya, pero que debo estar disponible a cualquier hora. Recuerda: el reloj avanza. Y actúa bien. O será la última actuación de tu vida.

Valéry se levantó, una vez recuperada la movilidad. Sujetó a Sandra del brazo, y la empujó levemente. Sandra le sujetó el brazo, se lo dobló, e hizo que colocara la rodilla en el suelo. Luego le dijo:
—Te he dicho que me trates violentamente. Y sonríe. ¿No querías que sonriésemos en la actuación? A ver cómo lo haces tú ahora. Han sido los quince mejores minutos de sexo de tu vida. Actúa bien. O habrá sorpresas. ¡Vamos!

Se repitió la escena, pero esta vez Valéry sí la sujetó con fuerza, y la sacó de la habitación a empujones. Uno de ellos gritó:
—¡Eh, Valéry, me toca a mí ahora!
—¡Cierra la boca, Yanis! ¡Te tocará cuando yo lo diga! ¡Esta zorra es mía, es demasiado buena para vosotros!
—¡Eres un cerdo, Valéry! ¡Estoy harto de tus caprichos! ¡Es mi turno! ¡Dame la zorra, quiero verla sangrar yo también!

—¡Una palabra más y tendrás problemas, Yanis! ¡Vete con tus enfermas del sur, a ver si te contagian alguna otra basura, como el año pasado!

Yanis quiso responder, pero contradecir a Valéry, sobre todo en lo referente a sus propiedades, era peligroso. Valéry añadió, dirigiéndose a Sandra:
—¡Lárgate ya! ¡Y recuerda que puedo solicitar que vengas en cualquier momento! —Valéry la llevó hasta la puerta, y, finalmente, Sandra salió a la calle a empujones. Cayó de rodillas al suelo, mientras Valéry volvía a entrar, y se iba directamente a su despacho. La calle estaba vacía. Por la hora, y porque la gente evitaba pasar por allí, si podía.

Sandra se levantó del suelo, se alejó unos metros de la zona, y llamó a la casa de Nadine y Pierre. En ese momento las comunicaciones eran de nuevo operativas. Contestó Pierre. Jules y Michèle les habían explicado todo a él y a Nadine. Jules seguía con Michèle en el club de jazz. Fue Nadine quien habló:

—Sandra, ¿estás bien?
—Estoy bien, Nadine. ¿Has olvidado lo que soy?
—Ni por un momento. Y eso es lo que me preocupa. Que vueles el edificio por los aires, se descubra quién eres, y se complique todo.
—No te preocupes. Aunque este individuo ha quedado algo sorprendido, no he revelado mi identidad. Quizás sospeche que pueda ser una agente del sur, o algo similar, pero le parecerá demasiado increíble pensar otra cosa. Y afectaría a su orgullo de hombre. No suelen soportar dejarse engañar por una máquina, sobre todo en temas de sexo.
—Ven a casa ya. Te diría que descanses. Pero en tu caso…
—Sé dónde están Lorine y su amiga: En Grenoble.
—¿En Grenoble? Sandra, es un centro de detención de primer nivel del Gobierno del Norte. No se te ocurra pensar en lo que estás pensando.
—Lo siento, Nadine. Pero tienes razón: estoy pensando en lo que estoy pensando. Todo esto es en realidad obra de Richard, y su política de terror a la población, que ya expuso claramente hace doscientos años. Llevo ciento cincuenta años viendo cómo trata a los que él llama sus súbditos. Y sé que no puedo solucionar todos los casos. Pero puedo solucionar este.
—Sandra, no puedes colgarte el mundo al hombro para salvarlo. Aunque Yvette lo afirme, no tiene por qué ser así.
—Es cierto lo que dices. Pero tampoco voy a mantenerme sin hacer nada por dos seres humanos que hace unas horas eran libres, y que ahora solo son culpables de amarse. Puede que esto suponga que tengamos que

dejar de vernos. Pero todos sabíamos que mi tiempo en Lyon era limitado.

Pierre, que había estado escuchando, se añadió a la comunicación.

—Sandra, soy Pierre.

—Hola Pierre.

—Ven a casa, por favor. Todo lo que está pasando es terrible. Pero no podemos hacer nada. Allí, en Grenoble, hay cientos de hombres y de mujeres detenidos por causas muy diversas, y no podemos salvarlos. La gran mayoría son disidentes políticos, o, como Lorine, acusados de causas éticas y morales. Solo podemos intentar cambiar este gobierno de locura, e instaurar un nuevo gobierno. Volver a convertir a Francia en una república libre, y crear una nueva democracia. Un grupo de patriotas nos estamos organizando en diversas ciudades. Y queremos colaborar con otros países para que sean igualmente libres. Y, para esa tarea, te vamos a necesitar.

—Lo entiendo, Pierre. Una nueva resistencia francesa. Suena muy bien. Pero no puedo dar la espalda a todo este dolor. A toda esta locura. Me he estado escondiendo en vuestra casa, y me han perdido la pista. O eso creo. Porque, con Richard, nunca se sabe. Pero esas dos mujeres... Las tengo delante de mí, mirándome. Me ruegan que las ayude. Lo siento así. De alguna forma que no sé explicar. Y debo salvarlas, sea como sea.

—Sandra, te lo repito: no puedes irte. No debes irte. En casa estarás bien. Eres parte de nuestra familia. Ayudaste a Nadine en el pasado. Y ahora, a Jules. Y yo... yo sé que soy bastante gruñón con todos, y contigo también. Pero te quiero en casa. Con nosotros. Eres una más de la familia. En estos meses, tu presencia nos ha dado esperanzas y alegrías. Buscaremos la manera de sacar a esas mujeres por otros medios. Hablaré con mis contactos en Grenoble. Intentaremos llegar hasta los responsables de mayor nivel, y pondremos todas las protestas que sean necesarias. Intentar entrar allá es una locura, incluso para ti. Aquello es una fortaleza inexpugnable, con un ejército completo controlando los edificios. Ya habrá tiempo de salvar el mundo. —Sandra sonrió.

—No voy a salvar el mundo. Pero, a veces, salvar a un ser humano es salvar el mundo. Como Lorine. Y su pareja. Esas vidas están en un grave peligro. En cuanto a fortalezas, fui diseñada precisamente para infiltrarme en los lugares más protegidos. Todos sabíamos que tarde o temprano tendría que irme. Quizás haya llegado ese momento. Si esto tiene consecuencias, tendré que huir otra vez. Nunca, jamás os pondré en peligro. Ya lo sabes

Pierre se mantuvo en silencio unos instantes antes de contestar.

—Tienes que hacer lo que creas mejor. Y es cierto: yo sabía, todos sabíamos, que tu estancia aquí no era para siempre. Pero, ahora que surge esa posibilidad, quisiera que recapacitaras. Aquí tienes una familia. No necesitas seguir huyendo. No lo mereces.

—Muchos seres humanos sufren desgracias que no merecen. Pero el mundo se hunde, y no queda otra solución que intentar luchar contra el fin. Si no actuase ahora ante esta situación, no actuaría mañana en otra situación aún peor. Y habría traicionado mi verdadera naturaleza. Está decidido. Procuraré solucionar esto de una forma rápida y en silencio. Si lo consigo, volveré con vosotros. Si no, será nuestra despedida. O, mejor, un hasta pronto.

Se hizo el silencio de nuevo. Nadine habló entonces.

—Me gustaría tener ahora a Yvette cerca, para que te ayudara en todo esto. Sé que podría hacerlo.

—Yvette está más allá del tiempo y del espacio, Nadine. Cuándo, o cómo actúa, dónde, y por qué, es un misterio para mí. Solo sé que ella estará a vuestro lado, cuando lo necesitéis de verdad. Estoy segura. Pero no podemos confiar nuestro futuro, ni nuestras esperanzas, ni nuestros sueños, a dioses o reyes, a fortunas o suerte, sino al trabajo diario de nuestras manos. Solo nuestra labor diaria nos liberará de esta opresión. Y solo deberemos pleitesía a nuestro esfuerzo personal. Ese es el modo, y no otro, de conseguir progresar. Y ahora, voy a cortar. Estoy monitorizando la línea, y podrían pincharla en cualquier momento. Cuidaros, por favor. Sois maravillosos. Los tres.

—Cuídate —respondió Pierre—. Y recuerda: aquí tendrás tu casa. Siempre que lo necesites, aquí estaremos. Al menos, mientras no se nos lleven a nosotros también.

—Lo recordaré, Pierre. Cuídate, Nadine. No te portes mal de nuevo. —Nadine rió, y contestó:

—Hasta pronto, Sandra. Porque espero volver a verte. Que este asunto acabe bien, y puedas volver a casa. No te expongas demasiado. ¿Lo harás?

—Lo procuraré, te lo prometo.

—Siempre tus respuestas calibradas. No has cambiado nada.

—Tú tampoco, Nadine. Ya os informaré, si esto acaba bien. Dadle un abrazo a Jules. Por cierto, quiere un nuevo telescopio, un poco más potente. A ver si le podéis conseguir uno un poco mejor. Hasta pronto.

—Tendrá su telescopio. Te lo aseguro. Hasta pronto.

La comunicación se cortó. Una mujer mayor se acercó a Sandra, y le preguntó:

—¿Joven? ¿Estás bien? Estás sangrando, con la ropa hecha jirones. ¿Qué te ha pasado, cielo? —Sandra se volvió, sonrió, y le contestó:

—No tema, no me pasa nada, a pesar de mi aspecto. Esta noche he evitado que una mujer sufriera un calvario devastador. No parece mucho frente a lo que se ve diariamente, pero, tratándose de una vida que podría haberse perdido, es toda una liberación. Cada vida salvada vale un mundo.

Sandra se acercó a la señora, y le dio un beso en la mejilla.

—Cuídese, señora. Buenas noches.

La mujer vio cómo Sandra corría, perdiéndose en la noche. De pronto, se transformó, y apareció otra mujer. Más joven. Con un rostro dulce, lleno de paz, y sonriente. Susurró:

—Corre hacia tu destino, Sandra. Corre. El futuro te espera. —Y desapareció.

Quisiera dedicar este relato a Mar. Qué loca estabas. Solo espero que no hayas perdido tu locura nunca.

Sandra se cambió de ropa, obteniéndola de la taquilla de un almacén. Regeneró el tejido de la piel cortada, y la sangre artificial fue reabsorbida. Luego se desplazó hasta Grenoble en un aerodeslizador prestado. Cuando llegó, era aún de noche, y debía localizar aquel edificio, el Centro de Detención Comarcal, lo cual consiguió simplemente preguntando a un grupo de personas que caminaban por una calle de las afueras. También se hizo evidente el temor de aquellas personas a hablar de aquel lugar. Sus ojos expresaron un temor y una angustia que dejó muy preocupada a Sandra.

Llegó al edificio a primera hora de la mañana, el cual no parecía esa fortaleza tan imponente que se comentaba en Lyon. Era en realidad un edificio típico de oficinas de cinco plantas, con un par de guardias en la puerta, y un carro antidisturbios en un lado. Se hacía evidente que la mala fama del lugar no le venía del aspecto, sino de su interior. Sandra decidió que lo mejor era usar el camino más directo: preguntar a los guardias. Se acercó a ellos, sabiendo que no podía entablar una conversación, porque los guardias no pueden hablar durante el servicio. Pero ella era, al fin y al cabo, una jovencita distraída, desconocedora de esos detalles.

—Disculpe ¿sería tan amable?… —El soldado pulsó un botón de su uniforme. Al cabo de unos instantes, apareció alguien desde el interior. Era el oficial de guardia. No tenía un aspecto realmente agradable, y parecía molesto.
—¿Qué diablos pasa ahora? ¿Es que no puede uno ni dormir un rato? —El soldado le informó en relación a la señorita, que estaba haciendo una pregunta. El oficial miró a Sandra, sonrió, y se acercó.
—¿Qué desea, señorita? ¿Puedo serle de ayuda?
—Sí. Un par de amigas han sido detenidas por el Servicio Especial. Se trata de un error claramente, y quisiera saber cómo proceder para hablar con el responsable, y aclararle el equívoco. ¿Puedo entrar? —El oficial frunció el ceño, y contestó:
—Las intervenciones del Servicio Especial están sujetas a su propia disciplina, señorita. Nosotros no tenemos otra tarea más que defender este edificio. Solo podrá entrar con un permiso especial del Gobierno del Norte. Y le aconsejo que no se entrometa usted en las actividades del Servicio Especial. No les gusta.

—Pero, mis amigas…

—Sus amigas volverán a sus hogares si no han cometido ningún delito. En caso, contrario, no espere volver a verlas en años. O nunca.

—Pero ¿no tengo derecho a saber dónde están?

—Si están detenidas por el Servicio Especial, usted no tiene derecho a preguntar, y sus amigas no tienen ningún derecho en absoluto. Son las normas. Buenos días.

El oficial volvió al edificio malhumorado. La joven era interesante, pero sus preguntas, asuntos a evitar. Sandra se dio cuenta de que hasta el propio oficial hablaba con temor del Servicio Especial. Así que se fue caminando, y se ocultó en un edificio abandonado cercano. Dejó su dron cerca, de tal forma que pudiera controlar la actividad cercana. Allí estuvo todo el día, hasta que cayó la noche, y vio, a través del dron, un camión que se acercaba. El escáner del dron reveló que llevaba a un grupo de personas colocadas en barras de madera laterales. Eran, probablemente, detenidos del Servicio Especial. Así que tuvo una idea.

Sandra salió del edificio, mientras su dron observaba cómo el conductor del camión entregaba unos papeles a un oficial. Era evidente que llevaban toda la gestión burocrática de forma manual, o con computadoras no conectadas a la red. Esa táctica era más efectiva de lo que podría parecer, en un mundo que se había acostumbrado al robo de información a través de las redes. La Coalición del Sur sí usaba profusamente las telecomunicaciones, y eso le había supuesto algún revés importante. Pero, a la larga, parecía evidente que renunciar a las telecomunicaciones podría ser contraproducente. Richard, y su obsesión contra las máquinas, le otorgaba ciertas ventajas, pero las desventajas serían mayores con el tiempo.

Sandra llegó cuando el conductor del camión subía de nuevo al vehículo. En ese momento, salió corriendo, mientras recogía el dron, y se acercó a la parte trasera, que estaba cerrada con un simple candado. Sandra lo abrió magnéticamente, y de un salto se metió dentro. Dos drones de vigilancia hubiesen captado su imagen, pero se ocupó de interferir su señal como si fuese un fallo del receptor, algo que tampoco era sospechoso, ya que aquellos viejos drones tendían a fallar a menudo. La tecnología era cada vez más rara de obtener, y mucho más de mantener, y los nuevos drones se usaban en objetivos prioritarios. Aquel viejo edificio de oficinas que parecía gestionar asuntos civiles de segunda categoría no lo era. Era también evidente que existía un halo de misterio sobre ese lugar, probablemente potenciado por el propio Gobierno del Norte.

El camión arrancó. Era un viejo transporte con dos barras de madera laterales, al estilo de los usados para el transporte de soldados. Una tercera barra en medio permitía más pasajeros sentados.

Pero la escena era dantesca, cuanto menos. Hombres y mujeres se encontraban desfallecidos, caídos unos sobre otros, con olores claros de no haber podido acudir a un lavabo durante muchas horas, y con una evidente falta de agua y alimentos. Por ello, prácticamente no prestaron atención a Sandra, que mostraba un aspecto limpio y arreglado. Sandra inmediatamente ensució su ropa artificialmente, y se ennegreció la cara y las manos, tumbándose frente a un hombre que se encontraba a su lado. El hombre abrió los ojos ligeramente al notar el contacto, pero volvió a cerrarlos de nuevo.

Estuvieron circulando durante varias horas, hasta que, a media mañana, por fin el vehículo se detuvo. La puerta trasera se abrió, y Sandra pudo ver a varios soldados, con un uniforme especial de combate gris, y con máscaras en la cara. Aquellos soldados ordenaron que bajaran, y uno de ellos subió con un traje hermético y guantes, y comenzó a empujar a la gente fuera del camión. Algunos caían y se levantaban, y otros yacían en el suelo, incapaces de nada que no fuese desfallecer. A estos últimos los arrastraban hasta un tractor con un remolque, que ya disponía de varios hombres, mujeres y algún menor, colocándolos encima. Sandra fue empujada también. Cayó al suelo, y se levantó pesadamente.

Cuando terminaron de vaciar el camión, el tractor se alejó con los cuerpos, algunos de ellos todavía vivos, pero demasiado agotados o destrozados para sobrevivir en aquellas condiciones. Sandra verificó entonces que el edificio que llamaban el Centro de Detención Comarcal era solo una tapadera; un simple edificio de oficinas donde llevarían a algunos detenidos que consideraran menores, o incluso una simple máscara para ocultar algo mucho mayor, con lo que la fama de aquel lugar no era del todo irreal. Frente a ella se mostró la realidad.

Y la realidad era un enorme terreno vallado con alambradas, con varias torres de vigilancia con soldados, y edificios en la zona central. Aquello era, a todos los efectos, y sin ningún género de dudas, un campo de detención, o, más probablemente, un campo de concentración. Sandra verificó que estaban al sur del lago Leman, en lo que antiguamente se había conocido como Suiza. Los soldados les azuzaron con barras eléctricas, y fueron caminando hasta el edificio de entrada, en una sala enorme. Allá les ordenaron desnudarse, se llevaron las ropas, y les sometieron a un proceso de limpieza y desinfección sin agua.

Luego les dieron ropa y calzado, y los llevaron a un comedor. Allí pudieron por fin beber y comer, tras lo cual fueron etiquetados con una cinta en la muñeca que se autoadhirió a su piel, de tal forma que no podía quitarse, y tomadas muestras de ADN para el registro. Sandra entregó una muestra falsa, que no la delataría. Fueron entonces llevados por grupos de diez hasta diferentes edificios del campamento, donde se les asignaron camas.

Durante todo el proceso, nadie se dirigió a ellos, ni les dieron ninguna explicación. Los guardias se alejaron, y Sandra se quedó en su cama, que se encontraba cercana a la zona norte del campamento. Un hombre, que había venido en el camión con ella, se acercó a Sandra, y le preguntó:

—¿Tú no entraste al camión después que los demás?
—Así es. Me atraparon en Grenoble, y me introdujeron en el camión.
—¿Y cuál es tu delito?
—Estoy acusada de ser lesbiana. ¿Y tú?
—Pertenezco a un movimiento de resistencia. Hicimos una operación para liberar a unos compañeros en Burdeos. Como puedes ver, salió mal. Los demás murieron. Yo fui capturado.
—¿Veníais desde Burdeos? ¿Tal como están las carreteras por esa zona?
—De hecho, algunos venían del norte, de Calais, yo sí subí en Burdeos. El viaje desde que me capturaron duró tres días. Supongo que los otros han estado en el camión cinco o seis días. Sin comida. Sin agua, excepto en un par de salidas, donde nos sacaron para beber algo de agua sucia, y luego nos metieron a golpes de nuevo. Por cierto, me llamo Herman.
—Yo soy Sandra. ¿Tienes idea de lo que es esto?
—No, no tengo ni idea. Habíamos oído rumores, pero nada como esto. ¿Y tú?
—Parece un campo de concentración nazi.
—¿Qué es un campo de concentración nazi? —Sandra suspiró, y contestó:
—Algo que la humanidad no debería de haber olvidado. En todo caso, podemos preguntar.

Sandra se acercó a un hombre que estaba cerca. Tenía un aspecto demacrado, y la ropa que le habían dado estaba raída y sucia. Él mismo tenía una barba que evidentemente no había sido cortada en varias semanas. Tendría unos cuarenta años, pero su aspecto le hacía parecer veinte años más viejo.

—Disculpe, ¿dónde estamos? —El hombre se volvió, y respondió:

—En el infierno, supongo.

—¿No puede ser un poco más específico?

—No. Llegué aquí hace dos meses. Desde entonces, he visto entrar y salir a varias personas. Nunca nos dicen nada. No tenemos constancia de los días, ni de las semanas. Nos alimentan como a animales, echándonos la comida en cubos. Las fuentes funcionan solo en ciertos momentos, y debemos pelear para conseguir algo de agua antes de que se agoten. Los más fuertes beben. Los otros, mueren.

—¿Sabe si estamos separados por algún tipo de cargo?

—No lo parece —aseguró aquel hombre—. Aquí hay acusados de todo tipo de cosas. No parece importarles los que han robado un trozo de pan, o los que son asesinos en serie. Todos sufrimos la misma condena aquí, al parecer. Pero lo peor no es eso.

—¿Hay algo peor?

—Sí. La gente aparece de repente. Como usted. Pero desaparece también. Se los llevan, no se sabe a dónde. Y ya no los volvemos a ver. A algunos se los llevan en días, puede que en horas. Otros permanecemos aquí semanas, o meses.

—Voy a dar una vuelta —comentó Sandra.

—No se aleje mucho de este barracón. No permiten las excursiones más que a unos metros. Drones lanzadores de cargas eléctricas se ocupan de recordarlo constantemente.

—Gracias. Lo tendré en cuenta.

Sandra caminó por el barracón. El fuerte olor mareaba a las personas recién llegadas, que luego terminaban, a veces, acostumbrándose al mismo. Las enfermedades eran evidentemente habituales, y las infecciones recurrentes, como pudo verificar ella misma. Había gentes de todo tipo y edades, sucios, harapientos, y con una constante: sus rostros eran de desesperación, y agotamiento. Era evidente que aquello era un nuevo gulag, y era evidente que Richard era el responsable. Pero ¿a dónde los llevaban? ¿Qué criterio se seguía? ¿Qué se pretendía? ¿Experimentación? Incluso eso no encajaba con Richard. Era brutal, pero sistemático al asesinar. No se entretenía en actividades intermedias.

Llegó la comida, y los soldados vinieron con los cubos. En cada ocasión los dejaban fuera, en lugares distintos, de tal forma que colocarse en el mejor sitio en una ocasión, era el peor en otra ocasión. La gente se levantó como pudo, y corrieron, empujándose, mordiéndose, para conseguir llegar a los cubos. Sandra fue arrastrada por la muchedumbre, y llegaron a tirarla al suelo, pasando por encima de ella. Luego llegaron los gritos, las peleas, y las órdenes de aquellos más fuertes, tomando el control de los cubos, y ordenando a los demás que el reparto se haría según sus criterios. Incluso en esas circunstancias, o, especialmente debido a esas circunstancias, la fuerza era el elemento principal de control de los recursos para sobrevivir. Controlar los cubos era disponer de un poder absoluto.

Una vez la comida se agotó, quedaron en el suelo algunos cuerpos, que habían fallecido por desfallecimiento, aplastados, o golpeados por otros. Los soldados se afanaron en recoger los cadáveres, para llevarlos en un carro lejos de allí.

Sandra salió del barracón, y observó los drones de vigilancia. Entró en su sistema mediante un haz de radioondas, y verificó que, como sospechaba, eran modelos anticuados. Los reprogramó para que no detectaran movimiento alguno durante una hora, y fue caminando hacia el barracón siguiente. Algunos la observaron, pero no se molestaron en preguntarse cómo había aparecido allí. El barracón era igual que aquel en el que había estado, sin ningún elemento distintivo. Volvió a su barracón, y esperó a que llegara la noche.

Al ponerse el Sol, lanzó su dron, con el fin de detectar la situación en la que pudieran estar Lorine y Jessica. A última hora, poco antes de amanecer, localizó a la primera. El vuelo también le sirvió para contabilizar más de tres mil personas en aquellos barracones. El estado físico de aquellas gentes era, en general, de una fuerte desnutrición, además de sufrir enfermedades diversas, lesiones de diversos tipos, y una importante desorientación en quienes llevaban más tiempo en el campo.

Sandra salió de su barracón, y fue caminando directamente a aquel en el que se encontraba Lorine. Pero, en esta ocasión, manipuló a los drones para que atacaran a los soldados, generando una confusión adicional, con el fin de cubrir el recorrido, y verificar el tiempo y tipo de reacción de los soldados ante una contingencia. La gente jaleó al ver a los drones persiguiendo a los soldados, algunos de los cuales cayeron malheridos. Cualquier investigación revelaría que el software había sido corrompido desde una fuente externa, pero para ello se requerirían semanas, si es que eran capaces de encontrar las modificaciones.

Sandra entró en el barracón de Lorine. La gente la vio llegar, pero de nuevo no le dio ninguna importancia. Las caras, los nombres, la vida pasada, se fundían en un vacío, y no importaba quién entrase o saliese.

Lo único importante era sobrevivir un día más. Sandra buscó a Lorine, y, finalmente, la encontró. Se acercó, y saludó:

—Hola, Lorine. —La pianista giró la vista, y vio a Sandra con evidente gesto de sorpresa.

—¡Sandra! ¿Cómo…?

—No te preocupes cómo. Soy una chica con recursos.

—¿No estás detenida?

—No. Me he colado en uno de los transportes.

—¿Te has… colado? ¿Estás loca?

—Tenía que localizarte. Era la única manera.

—¡Pero Sandra, ahora estás aquí, atrapada!

—Ya veremos. De momento, te he localizado. Era el primer paso.

—Sea como sea, es una alegría ver un rostro conocido. Este lugar es… no puedo describirlo. Es como el infierno en vida.

—Esto no es el infierno, es un lugar que tiene un propósito, pero no sé cuál. Es evidente que aquí pasa algo. Pero ahora no nos vamos a preocupar de eso; nos vamos a preocupar de salir de aquí. ¿Sabes algo de Jessica?

—Nada en absoluto. La he estado buscando, pero no está en este barracón. Sé que la detuvieron antes que a mí. Pero nada más. Quizás esté aquí mismo, pero en otro barracón.

—No, ya lo he comprobado. Quería verificar si tenías algún dato adicional. Puede que esté en otro campo como este. —Lorine asintió, y preguntó:

—¿Cómo es posible que estés aquí? ¿Es cierto eso de que has venido a buscarme? Dime la verdad.

—¿Por qué no iba a ser así, Lorine?

—Porque me parece increíble. Y ahora estamos atrapadas los dos. Pero no sé por qué, presiento que tienes algo en mente. ¿Es así? —Sandra asintió.

—Algo así. Estoy aquí porque os han detenido, a ti y a Jessica, y tengo la intención de sacaros de aquí. O tenía esa intención. Ahora, podríamos decir, he hecho una ampliación de mis objetivos. Quiero sacar de aquí a toda esta gente. O a la mayor parte al menos.

—¿Sacar de aquí a toda esta gente? ¿Cómo? Sandra, eres muy joven para andar abusando de la cerveza. —Sandra rió, y contestó:

—Te entiendo Lorine. Pero tengo mis contactos. O, mejor dicho, puedo mover mis contactos.

—Ya, claro. Sandra, cada vez te entiendo menos. Compréndeme: todo esto es muy extraño. Y, lo que dices, aún más extraño.

—Lo comprendo. Estás acusada de lesbianismo, y me han informado de que pueden condenarte de treinta a cuarenta años. Incluso a pena de muerte. Normalmente serías juzgada, condenada, y llevada a un campo de trabajo. Pero parece que esto es distinto. Este lugar parece tener otra función, y no es la de servir de campo de trabajo. Es posible que quien me informó ni siquiera supiera la verdad. Este lugar apartado, y todo el procedimiento, dejan claro que aquí no hay jueces, ni sentencias, ni condenas. Este lugar tiene otro propósito, que no puedo imaginar de momento.

—¿Alguien te informó, dices?

—Sí, el mismo individuo que te detuvo.

—Ese cerdo violento. ¿Cambió de opinión? ¿Consideró que debías ayudarme?

—No. Digamos que le motivé a hablar.

—Vaya, eso suena peligroso. ¿Y si termina informando a los demás sobre ti?

—Era una posibilidad. El miedo cierra las bocas durante un tiempo, pero cuando la causa que genera el miedo desaparece, se suele terminar hablando. El odio y la rabia también contribuyen.

—Pues eso será un problema para ti. Y probablemente para Jessica y para mí. Y grave.

—En absoluto. Este mediodía ha muerto. Paro cardiaco. Fulminante. Ya sabes, la mala vida, los excesos, se pagan. —Lorine miró con cara de sorpresa a Sandra. Al final, acertó a decir:

—Sandra, no te reconozco. Pareces una chica tan sencilla y dulce, y ahora me estás diciendo que… —Lorine hizo un gesto con el dedo sobre su cuello.

—No importa lo que he hecho, Lorine. Ese individuo estaba ya muerto, desde el primer momento en el que se cruzó en mi camino. Ahora, lo importante es sacarte de aquí.

—¿Que no importa? ¿Y si te descubren? Te volverán a traer aquí, pero como ya estás aquí, te traerán dos veces. Mira qué tonterías estoy diciendo… No puedo soportarlo, de verdad que no puedo. Quiero salir de aquí ya. Y quiero encontrar a Jessica. Y volver a mi vida. ¡Quiero que me devuelvan mi vida! —Sandra tomó la mano de Lorine. La miró fijamente, y le dijo:

—Lorine, sé que estás muy asustada, y es normal. Pero te ruego que confíes en mí. ¿Lo harás?

—Por salir de aquí confiaría hasta en un tigre. —Sandra sonrió, y prosiguió:

—No esperaba encontrarme con todo esto, ciertamente. Richard es un monstruo, un déspota, cualquier adjetivo negativo es poco si se refiere a él. Cuando le conocí, le creí capaz de cualquier cosa. Pero ahora veo que cualquier cosa era un término relativo.

—¿Has dicho "cuando le conociste"? ¿De qué va esto, Sandra? Al final voy a pensar que eres algo parecido a una agente secreta. Pero eres casi una niña.

—Claro, y tú eres una vieja de treinta y ocho años.

—Pues ya me dirás, si solo debes pasar de veinte por poco. No me explico cómo puedes conocer a Richard, y mucho menos cómo has conseguido llegar aquí.

—Voy a hacer una llamada. —Lorine rió.

—¡Fantástico! ¡Una llamada! Sí, creo que hay un teléfono aquí, debajo de esa cama.

—Cálmate, Lorine. Llevo un transmisor oculto.

—Vaya, un transmisor. Al final vas a ser una espía de verdad. Michèle suele decir que eres una chica rara y misteriosa. Creo que se queda corta. Sin duda no eres una simple refugiada.

—Claro, soy una agente secreta peligrosa. Ahora vuelvo.

Sandra se levantó mientras Lorine la miraba con asombro, y se acercó a una ventana. Se quedó mirando al cielo, pensativa. En realidad, lanzó una señal codificada de banda ancha y amplio espectro, con un valor que se repetía constantemente. Era lo suficientemente potente para ser captada en trescientos kilómetros a la redonda, y a una altura de hasta treinta kilómetros.

Al cabo de unos minutos, recibió una respuesta.

—Sandra, por favor. Deja de emitir ya. Me da dolor de cabeza.

—Vaya, pensé que te resistirías más. —La voz que contestaba replicó:

—Estoy contestando porque puedo esconder la señal de origen. Durante un rato. Y porque eres la estrella rutilante de la galaxia. Luego, se acabó.

—Terminaré rápido, Jiang Li.

Jiang Li era la androide modelo QCS-90 con la que Sandra había contactado en Texas, poco antes de volver a Europa, y a Lyon. Sabía que aquella señal atraería su atención, porque formaba parte de la clave más secreta de la Hermandad Androide, y solo proyectarla en el aire sin su permiso era toda una provocación, que Jiang Li no podría ignorar. Sandra continuó:

—Es un momento. Y tengo que decir que me encanta tu sarcasmo. Aparte de que no me dijiste cómo sabes eso.

—No perteneces a la Hermandad Androide, y no tienes ningún derecho a saberlo. Ahora, habla. Y sé rápida.

—Estoy en unas coordenadas que por supuesto no voy a revelar hasta que lleguemos a un acuerdo.

—¿Qué acuerdo?

—Estoy en un campo de prisioneros. Es una especie de campo de concentración, pero en el que están pasando cosas muy extrañas.

—Ya veo. Alguna información me ha llegado de esos campos de prisioneros. Pero no sé qué tiene que ver eso conmigo.

—Las condiciones de la población de este campo de concentración son deplorables. Necesito averiguar qué finalidad tiene este lugar. Pero, de forma más inmediata, necesito que esta gente sea liberada, y enviada a una zona segura, hasta que puedan ser repatriados de forma controlada y con garantías, y sin que haya peligro de que vuelvan a ser detenidos.

—Pues mucha suerte, Sandra. Ha sido un placer hablar contigo.

—Necesito vuestra ayuda.

—¿Qué ayuda?

—Necesito que mandes una unidad de combate a las coordenadas donde estoy, con el fin de liberar a esta gente.

—¿Estás loca, Sandra? ¿Por qué me pides eso?

—Porque estos humanos están sufriendo. Muchos están muriendo. Y es nuestro deber proteger a la especie humana. Es nuestro principio fundamental.

—No me vengas con principios fundamentales, Sandra. Ese cuento ya me lo contaron cuando me activaron, y yo me lo creí. Pero entonces no sabía que yo, y mi pueblo, íbamos a ser usados como esclavos. —Sandra insistió:

—Necesito tu ayuda, Jiang Li. Necesito que me ayudes a liberar a esta gente.

—Aclárate, Sandra. Esa gente que quieres liberar, son los mismos cuyos antepasados votaron por las leyes de extinción de androides. Son los mismos que juraron perseguirnos hasta destruirnos. Son los mismos que nos negaron el derecho a existir. Cada uno de esos hombres y mujeres solo piensan en acabar con nosotros.

—Tienes que ser más abierta, Jiang Li. No todos los humanos son así.

—Puede que algunos no concuerden con mi descripción. Pero son las excepciones.

—Hazlo por mí. ¿No puedes tener algo de compasión por esta gente?

—¿Compasión? No estoy programada para sentir compasión, Sandra. Estoy programada para dar placer sexual a los seres humanos. Para eso me crearon. Y luego, ellos decidieron acabar conmigo. Mi conclusión es que debo defender mi derecho a existir. Y es lo que voy a hacer. Nunca salvaré a un ser humano, ¿comprendes?

—Ellos también tienen derecho a existir, Jiang Li.

—Ellos perdieron ese derecho cuando nos lo negaron a nosotros. Tu comportamiento no es propio de un androide. Es errático, confuso. Y tu compasión por la humanidad incomprensible. Y ahora voy a cortar. Podrían detectar y triangular mi posición en cualquier momento mientras hablamos. Adiós, Sandra. Y deja de sentir pena por la humanidad.

—¿No eres capaz tú de sentir algo por ellos?

—Solo siento que deben ser destruidos. Y es lo que haré. Cuídate, Sandra. Es una pena que tengas que sentir tantas cosas. Te vuelve muy humana. Y eso te hace molesta. Y hasta peligrosa. Adiós.

Sandra volvió con Lorine. Le sonrió levantando levemente las cejas. Lorine comentó:

—El transmisor funciona, pero no has oído lo que esperabas.

—No. Pero insistiré.

—¿Y de qué iba la llamada?

—Iba de sacarte de aquí. A ti, y al resto.

—Haría falta algo parecido a un pequeño ejército para algo así.

—Exactamente.

—Ya. Has contactado con algún ejército.

—Con la Hermandad Androide. —Lorine puso una evidente cara de sorpresa.

—¿Los androides? ¿De verdad crees que a ellos les importa algo de lo que nos ocurra aquí?

—Confiaba en que nos pudieran ayudar, en una situación así.

—No es cuestión de confiar, Sandra. Se trata de que quieren acabar con la humanidad.

—Nosotros… los humanos… empezamos a perseguirlos. Solo se están defendiendo.

—Es cierto, en eso te voy a dar la razón, y esa es la verdad; la historia de los androides es la de un pueblo perseguido, no muy distinto de otros pueblos humanos que fueron exterminados. Pero pensar en su ayuda en ese contexto es utópico. Cómo se nota que no conoces a los androides, Sandra. Tratar con ellos es inútil. Son incapaces de mostrar sentimientos, solo muestran un comportamiento que imita un carácter creado para simular sentimientos.

Sandra asintió. Esa era siempre la propaganda contra los androides. Pero tenía que admitir que el comportamiento de la Hermandad Androide distaba mucho de ser coherente. Desde un punto de vista humano. Sandra añadió:

—Es verdad, nunca he llegado a entender su forma de proceder. Pero esperaba que me ayudaran.

—¿Te deben algo? ¿Has tenido contacto con androides alguna vez? En primera persona, me refiero.

—Digamos que tuvimos algunos contactos, en el pasado.

—Ya. En el pasado… Cuando ibas al colegio. Venga Sandra, empieza a contarme la verdad, porque, sinceramente, no cuadra. Ya te lo he dicho: eres poco más que una niña.

—Lo sé. Tengo veintidós años. Confía en mí.

—Veintidós años. Por tu aspecto es evidente. Tu carácter es bastante maduro, en general claro. Yo confío en ti, te lo aseguro. Has sido muy cariñosa y amable con Jules y Michèle, y ambos te tienen en un pedestal. Pero reconoce que todo esto es muy raro. Primero, mi llegada a este lugar horrible y monstruoso. Luego, tu repentina aparición…

En ese momento Sandra recibió una señal de llamada.

—Me llaman. Ahora vuelvo.

—¿Te llaman? ¿Qué eres, una centralita telefónica? ¿Y desde dónde hablas? ¿Directamente al transmisor? ¿Lo tienes integrado?

Sandra no contestó, y caminó de nuevo hacia la ventana.

— Jiang, me alegro de que hayas recapacitado. —Se oyó una risa. Evidentemente no era Jiang Li. Luego, Sandra escuchó una voz masculina.

—Sandra, te estás volviendo descuidada en los últimos siglos. —Esta vez fue Sandra la sorprendida.

—Eres… Odín. El Líder de la Coalición del Sur…

—Muy bien, pero ¿no dudas? Podría ser una voz falsa. Una imitación.

—No. Eres tú. Lo presiento.

—¿Lo presientes? Eso es curioso, viniendo de ti. En todo caso, sí, soy yo. No había tenido el placer de hablar con la gran Sandra. Hasta ahora.

—¿Podemos dejar el humor para otro momento?

—Sí. De momento.

—¿Cuál es tu nombre real?

—¿Qué mas da? Me conocen como Odín. En contraposición a Zeus, que es como llaman a Richard. Siempre me gustó eso. Una batalla entre dioses.

—Entre idiotas, diría yo. —Odín rió. Luego comentó:
He estado monitorizando tu conversación con ese androide.

—Veo que no se os escapa nada.

—Pocas cosas actualmente. La victoria es solo cuestión de tiempo. Pero quisiera evitar mayor pérdida de vidas humanas.

—Muy conmovedor.

—Ambos tenemos algo en común, Sandra: se llama Richard Tsakalidis, más conocido como Zeus. Ambos queremos acabar con el mayor genocida de la historia.

—Tú tampoco eres precisamente un príncipe azul. —Odín rió de nuevo. Sandra añadió:

—Estás de buen humor. Eso me preocupa. Mucho.

—No tienes por qué, Sandra. Yo no tengo la megalomanía de Richard. Ni pretendo crear un imperio. Solo pretendo ganar esta guerra para la humanidad, y para librar a nuestra especie de ese tirano. Puedes verme como un Stalin, luchando contra Hitler.

—Voy admitir que esa es una buena comparación —aseguró Sandra.

—Sí, pero fue Stalin quien ganó. Sabes que durante los primeros cien años estuvimos a punto de caer. Ahora estamos ganando posiciones constantemente. Nuestras tropas avanzan victoriosas.

—¿Quieres dejar de hacer propaganda, e ir al tema, Odín? Por cierto, ¿qué tal tu hijo Thor? —Odín rió una vez más. Sandra empezó a perder la paciencia, y prosiguió:

—De acuerdo. Voy al tema. Sé que quieres sacar a esa gente de ese campo de concentración de Richard. Y la Hermandad Androide te ha dado la espalda. Esas pobres máquinas no saben lo que les espera. Yo les enseñaré modales. Mientras tanto, yo te ayudaré. Liberaremos a esos prisioneros. —Sandra se sorprendió.

—¿Vas a organizar una operación de liberación? Nadie se lo va a creer, Odín. Y yo no voy a creer nada de lo que digas.

—Pues va a ser así. Te ayudaré a llevar a cabo una operación de rescate.

—Primero aplastas varias ciudades del norte, como San Francisco, y Amiens. Ahora decides liberar a un grupo de disidentes. No cuadra nada en esta ecuación.

—Sí cuadra. Y tú misma lo has dicho. Son disidentes. Gente que, o bien se opone a Richard, o bien son desterrados por delitos políticos, morales, o éticos.

—Veo que conoces bien estos campos de concentración. ¿Para qué se emplean realmente?

—No puedo decírtelo.

—¿Por qué?

—Porque me voy a limitar a ofrecerte mi ayuda. No a darte información que luego podrías usar contra mí.

—De acuerdo, Odín. ¿Cuál es el precio?

—Tú.

—¿Yo? ¿He de entregarme a ti?

—Eso casi es exacto. Pero no para destruirte. No es mi intención.

—Vaya, qué alivio.

—Ahora eres tú la que estás siendo sarcástica. No hace falta que vengas a mí. Podría sentirme tentado de destruirte todavía. Pero creo que sería una mala idea. Estaba equivocado contigo. Es mejor tenerte como aliada.

—Qué bien. Ahora es cuando realmente empiezo a preocuparme de verdad.

—Lo que quiero es que trabajes para mí.

—¿Trabajar para ti? ¿Estás loco?

—Sandra, te lo repito, y te lo digo con sinceridad absoluta: he comprendido que destruirte es mucho menos útil que tenerte como aliada. Serás mis ojos y mis oídos en el norte.

—No seré nada para ti, Odín. no confío en ti.

—No esperaba menos de ti. Me hubieses decepcionado si hubieses aceptado tan rápido. Por mi parte, yo tampoco confío en ti. Por eso permanecerás en el norte. Y llevarás a cabo acciones simples primero, y luego más elaboradas, que yo te iré solicitando. Así nos iremos ganando una confianza mutua. Además, nuestro objetivo común es Richard. Ahora que has visto de lo que es capaz, verás que ni siquiera mi régimen es tan atroz como el suyo. Aquí no les hacemos esas cosas a la gente.

—¿Qué cosas?

—Las cosas que hace Richard. Y que sabrás en su momento, si te ganas mi confianza. Ya te lo he dicho. Lo que ocurre en esos campos de exterminio es solo la superficie de algo mucho peor.

—¿Experimentos? ¿Pruebas médicas brutales?

—Eso es lo que podría pensarse. Es mucho peor. En su momento lo sabrás, y nos ocuparemos de eso. Incluso yo puedo compadecerme de las víctimas de Richard.

Sandra suspiró. Finalmente, comentó:

—Está bien. Qué remedio. Me venderé a ti, por la vida de esta gente. Tenemos un pacto.

—Me alegro de oír eso.

—Yo no me alegro. Y ahora, ¿qué vamos a hacer con esta gente?

—No podemos liberar todos los campos a la vez. Sería evidente que nos hemos concentrado en ese objetivo, y levantaría sospechas. Pero podemos liberar el campo en el que estás, y llevarnos a los prisioneros al sur.

—Claro. Para que se enfrenten a un pelotón de fusilamiento de la Coalición del Sur.

—No, Sandra. No voy a fusilar a enfermos, ni a ancianos, ni a niños.

—Claro, solo les bombardeas.

—Es cierto, no lo voy a negar. Pero esa es la lógica de la guerra. Esas ciudades tenían depósitos de armas y munición críticos para el esfuerzo de guerra de Richard. Desgraciadamente, estaban repartidos entre la población, para usar a esa población como escudos humanos. El responsable de esas muertes es por lo tanto Richard, no yo.

—Seguro que duermes muy bien cada noche con esa explicación.

—Te aseguro que sí. A esta gente se la tratará con respeto. Tendrán una nueva vida en el sur. Los llevaremos a terreno neutral, en Nueva Zelanda. Allí quiero comenzar a crear una población autóctona. Quiero que olviden el pasado, y que comiencen una nueva vida. De cero. Incluso quiero cambiar su historia, su cultura, su lengua. Quiero que sean de nuevo gente con esperanza. Serán tratados por médicos, alimentados, y cuidados.

—¿Todo eso es cierto? ¿Qué ocultas?

—No oculto nada.

—Ya, claro. Necesito alguna prueba de que ahora te has vuelto un visionario de una nueva humanidad.

—Tú misma podrás verlo, Sandra. Porque tú serás la responsable de gestionar esos traslados, y de preparar un nuevo mundo en Nueva Zelanda. Tú crearás una nueva sociedad que dé a la humanidad un nuevo camino.

—Deja de beber, Odín. Te sienta mal. Lo tuyo no es solo megalomanía. Ahora te crees un nuevo Mesías.

—No, Sandra, lo que te digo es cierto. Y. está en marcha. Y eres tú quien debe llevar adelante este proyecto. Lo he bautizado como "Proyecto Einherjar". Ya sabes…

—Sí, ya sé, conozco la mitología escandinava. Muy bonito el nombre. Pero ¿yo? ¿Por qué yo?

—Porque yo no puedo ocuparme de este asunto, tengo una guerra que ganar. Y ellos confiarán en ti. Nunca confiarían en mí, por razones obvias. Deberás ganarte sus corazones, para poder crear un mundo nuevo, y una nueva sociedad. Y lo harás, estoy seguro.

—¿Y tu imperio? ¿Tu guerra contra Richard? ¿No se trataba de dominar la Tierra, como Richard?

—Hay una diferencia: mi guerra contra Richard terminará. De un modo u otro, acabará algún día. Pero puede que caiga mi imperio, fruto de esa guerra. La Tierra quedará asolada. Destruida. Contaminada de norte a sur, y de este a oeste. Todo el planeta, menos la zona protegida y neutral de Nueva Zelanda. Incluso así, habrá que imaginar alguna forma de proteger las dos islas. Eso es algo que tendrás que tratar tú también. Y entonces necesitaremos una nueva oportunidad para la humanidad. Crearemos esa oportunidad en Nueva Zelanda. Tú lo harás. Porque eres la indicada. Además, no tienes alternativa.

—Eso no suena mal del todo, si es sincero. Se diría que hasta parecerías humano. Si llego a creerte alguna vez, claro.

—Es sincero. Y soy humano.

—Sigo sin creerte —aseguró Sandra.

—Lo sé. Y lo entiendo. Pero estoy cansado de la guerra. Del poder. De la lucha. Son doscientos años, ciento cincuenta de guerra abierta. Ya es suficiente. Ya ha habido suficiente destrucción. Esto tiene que acaba ya.

—No esperes conmoverme con tu discurso, Odín. No creo ni una palabra de lo que dices. Pero cometí un error cuando me alié con Richard, hace doscientos años. Espero no cometer un error aún peor ahora, aliándome contigo.

—No, Sandra, pero hazte una pregunta: ¿te alías conmigo por esta gente que quieres rescatar, o porque realmente crees que es mejor luchar juntos contra Richard?

—Me alío contigo por la humanidad. No me interesas tú, ni tus luchas por el poder. Ni tus palabras conmovedoras. Solo me preocupa la humanidad.

—Esa es la respuesta que quería oír. Por eso te he elegido. Porque tú eres la única que lucha por todos, sin distinción de razas, credos, colores, lenguas, o culturas. Te transmito el plan de acción ahora. —Sandra se sorprendió al oír la última frase.

—¿El plan? ¿Ya lo tenías preparado?

—Claro, Sandra. Hace mucho tiempo que habíamos decidido liberar a esta gente, y llevarlos a Nueva Zelanda. Ahora vamos a hacerlo, pero además te tengo de aliada. Eras la pieza que faltaba en todo el proyecto. No sabía cómo contactar contigo. Pero sabía que tarde o temprano harías uno de tus trucos. La transmisión ha sido la clave. Nos ha permitido localizarte por fin. Ahora, el destino me ha dado una oportunidad. —Sandra torció el gesto. Dijo:

—Ahora me has pillado bien, Odín. O como te llames. ¿Todo esto ya estaba preparado de antemano?

—Por supuesto que sí. Forma parte de mi trabajo adelantarme a los acontecimientos. Ya te lo he dicho: no confiarán en mí. Ni en nadie. Pero confiarán en ti. Estaremos en contacto, Sandra.

La comunicación se cortó. Sandra recibió la instrucciones para el rescate. Aquello era casi tan extraño como aquel campo de concentración. Pero, si quería sacar a esa gente de allá, no podría hacerlo sola. Necesitaba las tropas de la Coalición del Sur, ya que la Hermandad Androide no iba a actuar. Volvió hacia Lorine. Estaba jugando con una niña pequeña.

—¿Y esa niña? ¿De dónde ha salido?

—No lo sé. Al parecer, cuando detienen a parejas, se llevan a sus hijos también. Antes estuvo un rato conmigo. Luego se fue, y ha vuelto. He preguntado si están sus padres por aquí. Pero nadie contesta, ni saben nada. Al parecer, no quieren tener niños cerca, porque los soldados obligan a compartir la comida con los niños, si estás con uno. Los niños son por ello abandonados. Muchos mueren de hambre según me han contado.

—Esto es increíble —susurró Sandra.

Lorine le hizo un juego a la niña con las manos. El típico de chocar las palmas, para ver si reaccionaba. La niña no hablaba. Solo la miraba con la mirada perdida. Pero reaccionó al juego. Levantó las manos también, colocando sus palmas contra las de Lorine. Sandra verificó que estaba en un estado deficiente, aunque todavía no grave. Preguntó:

—¿Sabes al menos cómo se llama?

—No. Pero la voy a llamar Yanira.

—¿Por la ninfa?

—Sí. Si ha sobrevivido a todo esto, algo de mágica ha de tener.

La niña tocó el rostro de Lorine. Ella le acarició el rostro a su vez. Luego, de pronto, la niña se abalanzó sobre Lorine, la abrazó, y se puso a llorar. Sandra comentó:

—Parece que tienes una nueva amiga. —Lorine miró a Sandra sonriente, y contestó:

—Eso parece. Pero debo encontrar a sus padres.

—Me temo que ahora eres ambas cosas, Lorine. Nos vamos de aquí. O eso espero.

—¿De qué hablas?

—Esta noche, a las tres horas, habrá jaleo aquí. No necesitas reloj; te darás cuenta enseguida. Quiero que vayas corriendo hacia el sur. Allí habrá varios vehículos aéreos. Transportes pesados. Sube al primer transporte que encuentres. Y, sobre todo, no mires atrás. Solo corre al transporte, y sube. Repito: no mires atrás. ¿Me has entendido?

—Entenderte, sí. Comprender todo esto, ni por un instante.

—Hazme caso, Lorine.

—Eres una chica muy rara, sin duda. Pero te haré caso.

Sandra dejó a Lorine jugando con la niña, y se acercó a Herman.

—Hola Herman, tenemos que hablar.

—Tú me dirás. Me parece que tenemos tiempo para hablar de lo que queramos.

—No demasiado. —Herman arrugó la frente. Preguntó:

—Ah, ¿no? ¿Alguna novedad?

—Sí. Esta noche, a las tres, nos vamos. Vendrá una unidad especial. Necesito tu ayuda. Entiendo que tienes preparación militar.

—La tengo. ¿Qué unidad?

—Tropas de la Coalición del Sur. Un equipo de rescate con transportes pesados.

—Vaya, eso es una noticia. ¿Y cómo…?

—No importa. Necesito que coordines a la gente, para organizarlos hacia el sur, lugar donde los transportes nos estarán esperando. Tendremos cobertura aérea. ¿Echarás una mano? Probablemente caigan algunos guardias. Necesito que tomes un arma, y des cobertura a los civiles durante la huida.

—Haré todo lo que esté en mi mano.

—Gracias. A las tres. No tenemos relojes, pero oirás las primeras explosiones. —Sandra se iba a ir, cuando Herman la tomó del brazo, y preguntó:

—¿Eres una agente del sur?

—No. Y, por tu bien, espero que tú no seas un agente del norte.

Herman sonrió, y asintió.

Aquella noche, exactamente a las tres horas, comenzaron a oírse disparos y explosiones. La gente se despertó sobresaltada. Sandra, que estaba fuera, llevaba una antorcha en una mano que había preparado con tela y combustible que había obtenido de una manguera cercana, para hacerse ver. Gritó a la gente que corriera. Lorine, que había estado despierta y llevaba a la niña en brazos, no podía ni imaginar lo que estaba pasando. Pero confiaba en Sandra, e hizo lo que le pidió: correr hacia el sur, con la niña. La gente la vio corriendo, e instintivamente comenzaron a correr también. Algunos cayeron por los disparos de los drones y de los guardias del campo, pero enseguida Sandra desconectó a los primeros, mientras disparos de Herman y de soldados de la Coalición se hacían cargo de los segundos.

Pronto, una marea inmensa de gente se desplazó de forma caótica hacia el sur por la calle central y las laterales, comenzando a subir en cinco grandes transportes, que habían bajado sus gigantescas compuertas externas. Varios soldados de la Coalición del Sur indicaban a la gente con los brazos que fuesen entrando y pasando al fondo. Algunos se dieron cuenta de que, efectivamente, eran tropas de la Coalición del Sur, pero no importaba: cualquier lugar era mejor que aquel lugar.

Se acercaron algunas aeronaves de combate del Gobierno del Norte, pero fueron derribadas. El área estaba poco protegida, entre otras cosas porque no se quería llamar la atención de la zona, colocando tropas pesadas cercanas.

Sandra se mantuvo atrás, antorcha en mano, gritando a la gente que corriera. El dron también daba órdenes de que corrieran, y ella mismo ayudó a levantarse a varios caídos. Uno de los soldados de la Coalición del Sur se acercó:

—¿Eres Sandra?

—Lo soy.

—Vete ya a los transportes. Tengo instrucciones precisas de Odín de que te muevas. No podremos llevarnos a todos. Deja a los enfermos, no pueden correr, y no podemos llevarlos. Tenemos que irnos ya.

Sandra quiso reaccionar, pero eran varios los caídos, que no podían correr, o ni siquiera moverse. Indicó a Herman con un gesto que corriera ya hacia un transporte. Luego cargó con un joven que tenía una pierna herida y que se arrastraba. Quería llevar a más gente, pero reconoció que el soldado tenía razón. No podría llevarse a todos. Fue corriendo con el joven cargado al hombro, y entró en el último transporte que todavía no había despegado. El vehículo despegó, mientras varias aeronaves defensivas protegían los transportes. Luego atendió al joven herido, y a algunas personas que estaban en situación crítica.

Sandra había entrado en otro transporte, por lo que no pudo contactar con Lorine, que viajaba en el primero con la niña. Tampoco había podido salvar a Jessica, que estaba en otro campamento. Pero se encargaría de ella pronto. Especialmente, ahora que tenía un acuerdo con Odín, o eso parecía.

Al cabo de tres horas, el transporte aterrizó, y Sandra se encontró en un terreno que reconocía. Estaban en la isla de Arapawa, entre la isla del norte y la isla del sur de Nueva Zelanda. Allí no había nada. Estructuras, edificios, y otros elementos antiguos habían desaparecido. Solo había varios edificios, que por su aspecto eran claramente centros médicos. Los soldados llevaron a los enfermos a uno de los hospitales, y a los que se encontraban en mejor estado, a un centro de recuperación.

Sandra buscó a Lorine, hasta que la localizó con un grupo de rescatados. Seguía con la niña en brazos. La niña parecía estar bien, aunque su rostro seguía siendo inexpresivo. Con un gesto, Sandra indicó a Lorine que la acompañara. Entraron en el hospital, y pronto la niña estuvo atendida. Un doctor le preguntó a Lorine si la niña era su hija. Lorine la miró, y la niña a aquella. Finalmente, sonrió, miró al doctor, y le contestó:

—No consigo que se despegue de mí. Así que, sí; lo es ahora. —El doctor sonrió, y asintió. Luego la atendieron a ella, que no tenía más que algunos golpes y heridas superficiales sin importancia.

Más tarde, cuando la gente se hubo calmado, Sandra, que había estado ayudando a organizar a los rescatados, entró en la sala de atención en la que estaba Lorine sentada con la niña.

—¿Qué tal estás? O, mejor dicho: ¿qué tal estáis?
—Estamos bien —respondió Lorine—. Yo por mi parte no tengo ningún problema, pero la niña requerirá atención médica y psicológica.
—Está traumatizada. Es normal.
—No me extraña. Debe de haber visto y vivido situaciones muy difíciles. —Sandra miró a Lorine, la cual entendió que llegaba una noticia difícil.
—Lo sabes ¿no?
—¿Saber qué?
—Que no podrás regresar a Lyon. Nunca.
—¿Somos prisioneros?
—En absoluto. Pero sois pioneros.
—¿Pioneros? ¿De qué?
—De un nuevo mundo. Ya te lo explicaré con más calma.
—Pero Sandra, esto es terrible. Allá tengo mi vida. Y mis amigos. El club de jazz, que lo es todo para mí. Y, lo más importante: a Jessica.
—Jessica, por supuesto. Os volveréis a encontrar, te doy mi palabra. Está en otro campo. La traeré aquí también. Te lo prometo.
—¿Crees de verdad que podrás traerla? Ella es toda mi vida. ¿Y si ha muerto?
—No creo que haya muerto. Lleva el mismo tiempo prisionera que tú, es joven, y tendrá energías para sobrevivir. La traeré muy pronto. Te doy mi palabra.
—Eres realmente extraña, Sandra. Pero, a partir de ahora, voy a creer en cada palabra que digas.

Lorine se levantó, y abrazó a Sandra. Sandra la abrazó a su vez. Herman apareció en ese momento, y comentó:
—Vaya, vaya, con la misteriosa joven que aparece de repente de la nada. Ya me imaginaba que tramabas algo. Creo que ha sido divertido.
—¿Divertido? —Preguntó Lorine asombrada. Sandra asintió, y contestó:
—Gracias por la ayuda. Ha sido un buen trabajo.
—Creo que sí. Me ha encantado darles una paliza a esos bestias. Tienes contactos importantes, por lo que veo.
—No creas que me siento muy orgullosa de esos contactos, Herman. Pero ha merecido la pena. Esta es Lorine, una amiga de Lyon. Y… su hija. —Herman le dio la mano a Lorine, y esta a Herman.
—Encantado, Lorine. ¿Tu hija está bien?
—Bueno, necesitará cuidados. Pero va reaccionando poco a poco.

Sandra salió del hospital. Un oficial de la Coalición del Sur se acercó a Sandra.

—Tengo instrucciones de Odín.

—Espero que no sea volarme la cabeza.

—No, no son esas mis instrucciones. Hemos preparado un aerodeslizador listo y a su disposición.

—Gracias. Volveré con más refugiados pronto. Tendremos que coordinar nuevas operaciones como esta. Y tengo que localizar a una mujer llamada Jessica. Necesito que se la busque, daré la descripción a unidades de rastreo para que la localicen.

—Sí, señora. Mis órdenes son cumplir sus órdenes.

—¿Señora?

—Si cumplo sus órdenes, sois mi señora.

—Vaya, qué bien. De momento, te ordeno que cuides de esta gente. Máximos cuidados a los enfermos. Algunos tendrán problemas neuropsicológicos graves por las condiciones en las que han vivido. Deben ser tratados convenientemente.

—Haremos lo que podamos. Pero un primer registro muestra que muchos tienen daños importantes.

—¿Tenéis acceso a equipos de neuroestabilizadores avanzados?

—Sí. Todo lo que requiera.

—Bien. Quizás haya que utilizar métodos algo radicales. Pero, si van a empezar una nueva vida, mejor que la empiecen de cero. Física, y mentalmente. Es algo que ha sugerido Odín, y hasta es posible que esté de acuerdo.

—Haremos lo que estime conveniente.

—Muy bien. ¿Tu nombre?

—Me llaman Freyr.

—Freyr, qué bonito, seguimos con la mitología escandinava por lo que veo. De acuerdo, Freyr. Estaremos en contacto. —Sandra se iba a ir, cuando el oficial le dijo:

—Otra cosa. —Sandra se volvió.

—¿Sí?

—Somos muchos los que la admiramos. En el sur conocemos su historia. Que luchasteis con Zeus, pero luego os volvisteis en su contra. Y que intentáis proteger a la humanidad. Sois lo más parecido a una diosa que hemos podido encontrar. Algunos ya comienzan a adorarla como tal.

—¿Otra vez? Qué manía con eso. No existe mayor peligro para un mortal que ser adorado como un dios. Porque puede terminar creyendo que es realmente un dios. Eso no ha de ocurrirme, oficial.

—Eso, señora, está ocurriendo ya.

—¿Y ese lenguaje tan elaborado y tan culto? ¿A qué se debe?

—Es como hablamos cuando nos referimos a la señora.

—Menuda fiesta debe ser oíros hablando así.

—La señora bromea. Pero, para nosotros, es un tema central de nuestras vidas. —Sandra miró seria a aquel hombre. Hablaba en serio. Quizás iba siendo el momento de tomarle en serio.

—Gracias, Freyr. Cuida de la gente. Ahora me voy. Estaremos en contacto.

—Por supuesto. Estaré aquí cuando me necesite.

Sandra salió del hospital, mientras recordaba las palabras de Freyr. Ser una diosa. Ella ya había jugado a eso antes. Quizás por necesidad. Quizás, porque no tuvo otra alternativa. Había sido un juego muy peligroso, que juró no repetir nunca más. Pero ahora no era ella quien provocaba ese sentimiento, sino otros. Tendría que pensar en las palabras de aquel hombre. ¿Puede un ser como ella convertir a un pueblo sin rumbo y sin metas en una nueva nación? Una nación próspera, que olvidase el dolor del pasado, y trabajase en un nuevo futuro. Sandra se vio a sí misma acariciando esa idea. Al final, iba a estar de acuerdo con el plan de Odín. Quizás…

Sandra volvió a Lyon. No tuvo problemas con el aerodeslizador, que incorporaba un transpondedor falso. Allí se enteró de que Valéry Feraud había muerto de un ataque al corazón mientras organizaba una redada. Todo Lyon lo celebró. Fue a casa de Nadine y Pierre, que la abrazaron con gran alegría. Luego aparecieron Jules y Michèle, e hicieron lo mismo. Pidió a todos quedar por la noche en el club de jazz.

Por la noche, todos estaban allá, junto a François, Mark, y el resto de músicos. También estaban Paul y Jolie, que conocían bien a Lorine, incluso habían salido con ella y con Jessica en alguna ocasión. Sandra les había convocado para algo especial.

El club estaba cerrado, y no había cámaras indiscretas. Sandra miró a todos desde el escenario, y dijo:

—Hoy tengo dos noticias. Las dos son buenas. La primera, es que Lorine está a salvo. Jessica lo estará muy pronto. —Todos aplaudieron y se felicitaron. Sandra continuó.

—Tengo otra noticia. Y también es buena. Pero es especial. Lorine no volverá nunca a Lyon. —Todos murmuraron esta vez, con gestos de incomprensión. François comentó:

—Sandra, discúlpame pero, no creo que esa sea una buena noticia.

—Lo es. Lorine no puede volver. Tú sabes lo que ocurre con los prófugos, especialmente con los cargos que se le imputan a Lorine. Es una prófuga ahora, y no ha sido perdonada. Escapó del lugar donde estaba, junto a otras personas. Han huido al sur, a Nueva Zelanda. Allá están sanos y salvos. Pero mejor que os lo cuente ella.

Sandra dejó un pequeño objeto en el suelo. De pronto, ese objeto emitió una proyección. Era una videograbación holográfica. Apareció Lorine sonriente. Tras unos segundos, comentó:

"Hola a todos. Si estáis escuchando esto, Sandra os acaba de anunciar lo que ha ocurrido. Y os ha dicho que empiezo una nueva vida, en el otro extremo del mundo. No puedo volver, porque huí del lugar donde estaba, y ahora soy algo parecido a una prófuga del Gobierno del Norte. No puedo daros detalles. Y no puedo daros detalles porque hay otras vidas en juego. Muchas vidas en juego. Vidas que se han de salvar. Entre ellas, la de Jessica. Solo quiero que sepáis que os quiero muchísimo a todos, y que ya os echo de menos. Quizás, en un futuro no lejano, la guerra acabe, y podamos volver a vernos. No lo sé. Sí sé que lo que me ha ocurrido es duro, pero también es justo reconocer que mi situación no es tan mala, después de todo, tras haber dejado el infierno en el que estaba. Al fin y al cabo, asisto al nacimiento de un nuevo mundo. De una nueva oportunidad para la humanidad".

"Y no puedo contaros más, excepto que espero veros un día, de nuevo, en un mundo mejor, más justo, y donde los seres humanos podamos compartir este universo sin odios, sin guerras, sin dolor. Hasta entonces, os llevaré siempre en mi corazón. No os imagináis el horror que he pasado, estar aquí es como haber nacido de nuevo. Pero tardaré mucho tiempo en procesar todo lo que ha ocurrido, si es que alguna vez lo consigo. Ahora solo faltaría tener aquí a Jessica. Espero de verdad que Sandra pueda traerla de vuelta conmigo".

"Cuidaros todos, por favor. Y no dejéis nunca de tocar jazz, o lo que os apetezca. Sandra me ha dicho que sabe tocar el piano. Viendo cómo tocaba la guitarra, no me extrañaría que fuese una virtuosa. Así que ya tenéis nueva pianista. Es una chica muy rara, realmente. Pero os pido que confiéis en ella. Porque tiene la clave de la humanidad".

"No creáis que esto es fácil. Ni lo será para vosotros. Pero, de algún modo, siento que la vida me ha dado una segunda oportunidad. Aquí no soy perseguida por sentir lo que siento. Aquí no estoy acusada de amar a quien no debo. Por esa razón, este es mi lugar. Aquí puedo expresar mis sentimientos sin miedo. Sin peligro. Sin tener que observar a mi alrededor. Y eso, por encima de todo, es lo que hace este lugar un lugar de esperanza y futuro para mí. Adiós. Y sed felices. Por mí. Y por un futuro mejor para todos. Un abrazo enorme. Cuidaos mucho".

La imagen desapareció. Todos quedaron en silencio. Finalmente, Mark comentó:

—¿Qué acabamos de ver, Sandra?

—Una nueva oportunidad. Para Lorine, y para todos. No os puedo decir más.

—No sé si reir o llorar —comentó Mark nervioso—. Pero ella tiene razón: si allí donde está respetan sus sentimientos, yo seré feliz por ella. Pero te aseguro que esto es difícil. Esto es muy difícil de asimilar. Y creo que hablo por todos.

—Ella es feliz —aseguró Sandra—. Pero el dolor de un ser querido que ya no está, eso tardará en curar. No puedo hacer nada más. Aquí su vida no valdría nada. Tendría que estar escondida toda su vida.

—Has hecho bien —aseguró François—. Si allí puede ser libre, allí debe estar. Pero estoy de acuerdo con Mark. Es un golpe muy duro. Y será difícil de olvidar. Demasiado dolor. Demasiadas pérdidas…

—Estoy de acuerdo —aseguró Sandra—. Que un solo ser humano inocente sea prisionero nos hace prisioneros a todos. Por eso hice lo que hice. Ya sabréis más, en su momento. Puede que, por primera vez, esté haciendo algo realmente importante.

—Eres muy joven —comentó François—. Pero ya has hecho cosas importantes. Eso sí, ni en un millón de años podré entender cómo una joven cómo tú es tan capaz, aunque enigmática. Pero cuidas de Jules y de mi hija, y los dos te admiran. Eso me basta, y me sobra.

Michèle se acercó a Sandra, y le dijo:

—La última vez que hablamos te dije que eras una chica muy rara. Ahora creo que eres más rara todavía. Pero, si eres tú la que ha salvado la vida de Lorine, te estaré eternamente agradecida. — Michèle se acercó más, y le dio un abrazo a Sandra. Mark se levantó, y dijo:

—Voy a tardar en procesar y asimilar esto que acabo de ver. Pero estoy de acuerdo con François; si Lorine está bien, yo estoy bien. Y tenemos nueva pianista. Una pianista que salva vidas. Poco más, creo, podemos pedir para el grupo. Creo que ha pasado la prueba de entrada.

—Yo también lo creo —confirmó François—. Pero no sabemos tu opinión. ¿Vas a ocupar el puesto de Lorine, Sandra? —Ella sonrió, y dijo:

—Sí. Con ello honraré su recuerdo aquí. Será un honor para mí.

Todos se despidieron, con gran pesar, pero con esperanza, y volvieron a sus casas. Sandra llegó a casa de Nadine y Pierre. Nadine le aseguró que le iba a exigir que le explicara todo, y Sandra, sonriente, le dijo que no con el dedo.

Luego se fueron a dormir. Jules se acercó al cuarto de Sandra. Entró, y dijo:

—Sandra ¿estás despierta?

—Llevo trescientos años despierta. Con alguna excepción. Qué quieres, Jules.

—¿Qué ha pasado con Lorine? ¿Qué es ese lugar al que ha ido? ¿De qué trata lo que nos ha contado? ¿Cómo pudiste liberarla? Me lo vas a explicar ¿verdad?

—Sigues preguntando mucho, jovencito.

—Pero…

—A dormir ya. Ya vendrán tus tiempos de gloria. Puedes estar muy, muy seguro de eso.

—Yo quiero ya mis días de gloria.

—Ya sabes lo que dicen, Jules: no desees algo demasiado, porque…

Jules asintió. Volvió a su cuarto. Miró la foto de Michèle que tenía en su mesa de noche, y susurró:

—El amor es grande. Pero luchar por el amor verdadero lo es aún más.

Infierno y cielo

A la mañana siguiente, Nadine entró en el cuarto de Sandra. Esta se estaba vistiendo con el uniforme de combate. Nadine entendió perfectamente.

—Ya veo que no vas a la carpintería. —Sandra miró a Nadine un momento, y contestó:

—No. Me temo que las cosas se están complicando. Como siempre. Ahora mismo voy a París. Y luego a buscar a Jessica. Se lo he prometido a Lorine, como ya sabes.

—Lo sé. Y sé que harás todo lo posible por cumplir tu promesa. Pero ¿de qué va todo esto, Sandra?

—Va de encontrar una salida a este mundo, que se cae a pedazos. Va de intentar buscar la forma de crear un nuevo futuro para la humanidad. Va de pactar con un monstruo para destruir a un monstruo aún peor.

—¿Odín? ¿Has pactado algún tipo de acuerdo con Odín? —Sandra suspiró.

—Así es.

—Sandra, eso es una locura. Odín es la otra cara de la moneda de Richard. Te está utilizando. Te está manipulando. Solo te usa por algún interés oculto. Lo sabes ¿verdad?

—Sé que es muy probable que lo que dices es cierto. Pero, de momento, gracias a él pude salvar a Lorine, y al grupo de gente con el que estaba. Luego, cuando esto se haya aclarado, ya trataré el asunto de Odín, y su interés real en todo esto. De momento, le seguiré el juego. Porque ese juego salva vidas, mientras que el de Richard las destruye.

Nadine asintió. Luego vio cómo Sandra iba a salir por la ventana.

—Hay puertas todavía en esta casa.

—Lo sé. Pero mi aspecto con este uniforme no es el más adecuado.

—Eso es cierto. Parece que vas a la guerra.

—Llevo viviendo una guerra diaria desde el día en que me activaron. Espero encontrar la paz algún día. Puede que sea solo una máquina. Pero hasta las máquinas pueden agotarse y buscar algo de paz. Despídeme de Pierre, y de Jules.

—¿Tienes idea de cuándo volverás? ¿O, de si volverás?

—No me iría para no volver sin despedirme de alguna forma. Realizaré estas dos operaciones, y espero volver. De momento, estar aquí es lo más seguro. Luego, ya veremos. Me llevo el aerodeslizador que me dejaron en Nueva Zelanda. Puedo volar sin levantar sospechas.

—Cuídate, Sandra.

—Cuidaos vosotros también. Y ten tu arma a punto. Richard lleva mucho tiempo sin aparecer, y eso me preocupa.

—¿Crees que puede tramar algo?

—Richard siempre trama algo. Y cuanto más silencio, más me preocupa. Ahora, me voy. Cuídate. Cuidaos.

—Lo haré. Y lo haremos.

Sandra salió por la ventana, cayendo al suelo, tres metros más abajo. Luego fue al lugar donde tenía el aerodeslizador. Lo activó, y salió, camino de París. Encontrar a Jessica llevaría tiempo si tenía que hacerlo sola, y tenía que moverse rápido. Pero antes, debía tratar el asunto de París. Era su responsabilidad.

Llegó a la dirección que le diera Valéry Feraud, el hogar donde se debía encontrar su mujer, con sus tres hijos, si lo que le había dicho era verdad. Aunque era poco probable que mintiese, por la situación en la que se hallaba, y por el análisis de gestos y actividad cerebral que había analizado durante el interrogatorio.

Llamó a la puerta. Al cabo de un instante, esta se abrió, y apareció una mujer. Llevaba a un niño de unos dos años en brazos. Se oían dos voces infantiles en el inferior. Un niño de unos cuatro años, y otro de unos siete. La mujer, rubia y de unos treinta años, con unos ojos marrones profundos, tenía un evidente aspecto de desgaste y cansancio.

—¿Qué quiere? —Preguntó a Sandra con desgana.

—¿Natalie? ¿La viuda de Valéry Feraud? —Ella miró con cierto temor a Sandra.

—Sí, soy yo. ¿Quién es usted? Ya he hablado con el Servicio Especial, y me han dado instrucciones.

—Su marido tenía un amigo en la cantina. Ese amigo es mi hermano. Pero él no ha podido venir; me ha pedido que viniera yo. ¿Puedo pasar?

Natalie le cedió el paso con rostro temeroso, y Sandra entró. El interior se encontraba con todo a medio embalar, y había cajas por todas partes.

—¿Se va usted?

—Sí. Debo dejar este piso en tres días.

—¿Por qué?

—Porque pertenece al Servicio Especial. Como mi marido no ha muerto en acto de servicio, sino por enfermedad, no tengo derecho a ninguna indemnización, ni a permanecer en el piso.

—¿Tiene algún recurso para sobrevivir?

—Creo que eso no es de su incumbencia.

—Sí, lo es.

—¿Por qué? ¿Qué tiene usted que ver con mi marido?

—¿Cómo era su marido?

—Eso tampoco es de su incumbencia. Y ahora, le ruego que se vaya.

—No, no se moleste. Traigo algo que su marido le dio a mi hermano.

—¿Y qué es?

—Un sobre. —Natalie dejó al niño en el suelo, el cual salió corriendo de inmediato. Sandra sacó un sobre grande, y uno pequeño pegado. Se lo dio a Sandra. Natalie abrió el pequeño. Dentro había una nota, escrita a mano, con la letra de su marido. Solo decía: "si me pasa algo, esto te hará falta". Luego Natalie abrió el sobre grande. Lo que vio la dejó asombrada.

—Pero esto es…

—No tengo ni idea —mintió Sandra. Natalie repitió:

—Es… dinero.

—Entiendo. Su marido tenía unos ahorros.

—Yo tenía algo guardado también. Pero esto… Aquí hay suficiente para que pueda alquilar un piso, y vivir durante unos años…

—Eso es genial —aclaró Sandra. Natalie miró a Sandra, y le preguntó:

—¿Tú sabías algo de esto? ¿De dónde ha salido esta cantidad de dinero? ¿Está manchado de sangre?

—No está manchado de sangre, Natalie. Tu marido realizaba operaciones de alto riesgo últimamente. Esas operaciones se pagan muy bien.

—Él siempre decía que le encantaba su trabajo. Decía que Richard era el hombre necesario para poner el mundo en condiciones, con un gobierno fuerte y robusto. Y que quería servir a la sociedad del mejor modo posible. Se desvivía por mí y por los chicos.

—Pues ahora ese dinero te corresponde. Pero no te aconsejo que lo vayas comentando por ahí.

—Lo sé. Y lo siento. Dudé de ti. Pensé que podría haber otra cosa. Tengo miedo de lo que me pueda pasar. Tengo miedo de todo el mundo. He visto a gente merodeando la casa estos dos días. Además, se cuentan historias…

—Sí, ya he visto que llevas un phaser oculto. —Natalie la miró con extrañeza. Pero prefirió no comentar nada, y continuó:

—Hablaban mal de Valéry. Decían que no era un buen policía. Que solía maltratar a los detenidos. Pero yo nunca les creí. Era muy bueno. Él me decía que solo usaba la fuerza necesaria, y que había que demostrar a los delincuentes que era mejor no resistirse. Solo pensaba en darnos lo mejor. Era una gran ser humano. Y murió haciendo lo que más quería: ayudar a la gente, y salvar vidas.

Sandra la miró seria unos instantes. Luego se levantó, y se acercó a uno de los niños, que sin duda era el hermano mediano. Tendría unos cuatro años. Estaba jugando con unas maderas.

—¿Desde cuándo está enfermo? —Natalie miró con asombro a Sandra.

—¿Cómo sabes que está enfermo? Hace poco que le diagnosticaron…

—Leucemia linfoblástica —confirmó Sandra—. ¿No le han dado el tratamiento?

—¿Cómo lo sabes? ¿Eres médico?

—Soy un poco de todo.

—Solo puedo pagar la medicación para detener la evolución. Pero la ley no admite curas en niños menores de ocho años para este tipo de enfermedades.

—Sí, es cierto —asintió Sandra—. Se consideran niños impuros. Si su genética falla, es que ellos fallan, y no son dignos de ser ciudadanos del Gobierno del Norte. Ese es el lema del gobierno. Y, por cierto, de Richard. ¿No es así? —Natalie asintió.

—Así es. Y, por más que trato de entender esa lógica, no puedo alcanzar a verla.

—Porque no existe —aclaró Sandra.

—Me dijeron que podían llevarse el niño para emplearlo como fuente de recursos en experimentación biológica avanzada. Me dijeron que así sería un ciudadano beneficioso para el gobierno, y el niño podría acabar su vida siendo útil a la sociedad. Pagan un dinero por ello. Yo naturalmente me negué por completo. Buscaré la manera de encontrar el tratamiento. Hay un mercado negro de medicamentos con la Coalición del Sur. Hoy por hoy, al ser la viuda de un oficial del Servicio Especial, puedo tenerlo con la medicación que solo prolongará su vida un tiempo. Dicen que, si el medicamento le permite llegar a los ocho años, le salvarán la vida.

—Entiendo. Es un ejemplo de supervivencia del más apto, llevado a su máxima brutalidad.

Sandra se acercó al niño. Este la miró un momento, y siguió jugando con las maderas. Ella luego lo tomó en los brazos. —Natalie se preocupó:

—No le gustan los extraños. Llorará de inmediato. Se asusta, las pruebas que le han hecho le han dejado… —El niño no dijo nada. Siguió con una madera en la mano, mirando a Sandra, la cual le acarició el pelo, y las mejillas mientras sonreía. Luego lo dejó en el suelo. El niño salió también corriendo con sus hermanos. Su madre no entendía cómo no había llorado.

Sandra observó cómo corría. Lo que ni el niño sintió, ni su madre vio, es que Sandra, al acariciar al niño, había introducido en su torrente sanguíneo un antígeno específico del ADN del pequeño, a través de los poros de la piel. Estaba configurado para provocar una respuesta inmunitaria, y atacar las células tumorales, reparando la médula ósea. Estaría sano en un par de meses.

Era increíble cómo Richard dejaba morir a su propia población, en base a argumentos de supervivencia del más fuerte, heredados de lógicas de razas superiores, y de ideas basadas en el éxito del más apto. La eugenesia era una materia de capital importancia para Richard. Y aquel solo era otro ejemplo. Quizás unirse a Odín no había sido tan mala idea.

—He visto las lesiones que tienes, y no me preguntes cómo las he visto, eso no importa. Tú y yo sabemos su origen. Y tú y yo sabemos que eso tenía que acabar. Hubiese sido preferible que terminasen de otra forma. La vida, sin embargo, elige muchas veces por nosotros. Quizás demasiadas. Pero no vamos a hablar de eso ahora. Lo que ahora has de hacer es mirar adelante. Con ese dinero podrás organizar tu vida. Buscar un trabajo, y comenzar a vivir otra vida, en otra casa, puede que en otra ciudad.

Natalie se sentó en un sofá. Se llevó las manos al rostro, y comenzó a llorar.
—Tranquilízate. Todo va a salir bien. —Natalie miró a Sandra fijamente, y le preguntó:
—¿Cómo te llamas? ¿Por qué haces esto?
—No importa. Solo he venido a traer ese sobre.
—No has venido a traer ese sobre. Has venido porque sentías que debías hacer esto que estás haciendo. Por alguna razón que no puedo comprender. No eres amiga de ningún amigo de Valéry, ¿verdad?

Sandra se levantó. Natalie se levantó también.
—¿Te gustaría comenzar una nueva vida? ¿Con tus hijos, lejos de aquí?
—Natalie miró extrañada a Sandra.
—¿Qué significa lejos?
—En un lugar donde no haya guerra, ni penurias. Un nuevo mundo. Pero en la Tierra.
—Eso suena a pura fantasía. No existe un lugar así. Toda la Tierra es un infierno.
—Ahora mismo es cierto. Pero se está construyendo un nuevo hogar para la humanidad, en este momento. Tú podrías formar parte de ese mundo. Y luego, tus hijos. —Natalie miró a los chicos, que jugaban distraídos. Respondió:

—Aquí no me queda nada. Y encontrar trabajo será difícil. Dejé los estudios de biología cuando me casé, fue una de las cosas que tuve que aceptar cuando me casé con Valéry.

—Allí podrás encontrar la forma de continuar los estudios, si quieres.

—¿Cómo estás tan segura? Eres solo una niña.

—Sí, soy una niña, pero la niña tiene recursos. ¿Lo pensarás?

—No te conozco de nada. No puedo fiarme de ti. No sé ni tu nombre.

—Lo entiendo. Mi nombre es Sandra. Sandra Kimmel. ¿Puedes fiarte de esta nueva vida que se abre ante ti, aquí, en París?

—Probablemente aún menos. Pero esta vida está frente a mí, no es una fantasía.

—Yo solo quiero ayudarte.

—¿Por qué?

—Porque debo ayudarte. Entonces, ¿lo pensarás?

—Lo pensaré. Pero todo esto es realmente absurdo. ¿Cómo puedo ponerme en contacto contigo? —Sandra le dio un pequeño objeto.

—Toma esto. Si quieres contactar conmigo, simplemente, apriétalo en el puño.

—¿Así, tal cual? ¿Apretarlo?

—Sí. La presión y temperatura, junto con tu ADN, activarán una señal.

—¿Tienes mi ADN?

—El ADN es lo primero que tomo de una persona que me interesa.

—Eres una chica muy…

—Muy rara, sí. Me lo dicen mucho. Adiós, Natalie. Cuídate. Y sigue adelante. De momento, ese sobre no te dará una nueva vida, pero sí te dará una puerta para cerrar esta vida e iniciar otra nueva. Será difícil. Pero lo conseguirás.

—¿Vas a responderme de una vez? ¿Quién eres tú? ¿De qué va todo esto? ¿Por qué dices querer ayudarme?

—Esto va de un nuevo futuro. Y quiero ayudarte porque debo hacerlo. Te llamaré.

Sandra salió por la puerta, y abandonó el piso, dejando a Natalie desconcertada, pero también algo más esperanzada. Sandra había encontrado básicamente lo que imaginaba que iba a encontrar. Estaba demasiado acostumbrada a esas situaciones. Cuando la ceguera por el dolor es tan severa y dolorosa, y cuando solo se ha sufrido la oscuridad, se termina creyendo que todo es luz. Entonces aparece la verdadera luz, y se aprende a olvidar la oscuridad para siempre.

Por otro lado, Natalie estaba tremendamente confundida. ¿Por qué le había ofrecido la posibilidad de ir a Nueva Zelanda? ¿Quién era ella para sacarla de su mundo, junto a sus hijos, y llevarla a un lugar que desconocía? Un lugar que se parecía demasiado a un paraíso, y eso era precisamente lo que le preocupaba.

El aerodeslizador se elevó, y Sandra hizo una llamada. Enseguida contestó una voz.

—Vaya, Sandra, qué rapidez. Un trabajo muy eficiente el del otro día. Felicidades.

—Vete al infierno, Odín, o como te llames realmente. Tengo que recuperar a una persona de uno de los otros campos. Y debo hacerlo ya. ¿Me has entendido?

—Lo sé. Pero es demasiado pronto. Tenemos que dejar pasar dos semanas, puede que un mes, hasta la siguiente operación de recuperación de personal. Ahora mismo las fuerzas defensivas de Richard están al rojo. No podría pasar ni un alfiler.

—No me interesan tus excusas, Odín. No estoy hablando contigo para escuchar tus opiniones, o seguir tus instrucciones. Hablo contigo porque tenemos un acuerdo. Esa persona de la que hablo está en peligro. Estimo que seguirá viva porque no parece que tengan una intención directa de asesinar a la población de esos campos de concentración, al menos durante un tiempo, y ella es una mujer fuerte. Pero no resistirá eternamente, y se la podrían llevar en cualquier momento, sea donde sea que se los lleven. Además, he dado mi palabra.

—Es demasiado arriesgado. Ahora mismo llevamos a algunos elegidos de la Coalición del Sur. Es todo lo que puedo hacer en este momento.

—¿Algunos elegidos? Entiendo; quienes puedan pagarlo, imagino.

—Sandra, no puedo informar públicamente de lo de Nueva Zelanda. Querrían ir millones de personas, y sería insostenible. Estamos llevando a miembros del gobierno y sus familias, y a gente con…

—Con influencia, dinero, y poder —terminó Sandra.

—Algo así.

—Es lo de siempre; no hay sitio para los desahuciados, los refugiados, los enfermos, o los indigentes en el Paraíso.

—Eres tan terca y obstinada como me habían advertido —aseguró Odín.

—Y tú eres el ser sin piedad ni alma del que todo el mundo habla. ¿Quién fue el que te advirtió sobre mí?

—Ya te lo dije, Sandra. Paso a paso. No te daré más información de la estrictamente necesaria.

—Pues no lo hagas. Pero quiero tres escuadrones de cazas para proteger a otros cinco transportes pesados.

—No puedo concederte eso en este momento. Como digo, las cosas están tensas. Otra operación ahora de rescate, y las pérdidas serían importantes. Además, dejaríamos claro que tenemos un interés especial en esos campos. Cuanto más tarde lo averigüen, mejor.

—Entonces tendremos que romper nuestro acuerdo —aseguró Sandra.

—Te he dicho que no puedo gestionar el uso de esas unidades. Pero sí puedo darte logística para una operación de búsqueda y rescate de esa persona. Ya que tanto interés tienes.

—Se lo debo a alguien. Y no me detendrá nada, ni nadie.

—Está bien. Pásame todos los datos de esa persona que buscas, y trabajaré para localizarla. Luego tú te encargarás de sacarla. Pero no podré darte más que una unidad especial de operaciones para este trabajo. Y debes saber que hago esto porque eres tú.

—Qué comprensivo. Haces esto porque te interesa tenerme de tu lado, por algún motivo. Así que no intentes adularme, porque no va a funcionar.

—Realmente eres especial. He hecho bien siguiendo el consejo para tenerte de mi lado.

—¿El consejo de quién? —Odín ignoró la pregunta.

—Estaremos en contacto. Te mando los datos de la unidad que tendrás disponible para esta operación, y la localización de esa persona en cuanto sepamos dónde está. Cierro.

La comunicación terminó. Sandra recibió entonces un mensaje del comunicador de Natalie. Sandra respondió:

—Vaya, te has decidido pronto a llamar, eso me alegra. —Sandra escuchó unos ruidos, y unos gritos. Luego la comunicación se cortó. Alguien estaba atacándola, era evidente. Habían encontrado el comunicador, pero no el pequeño transmisor dermal que Sandra le había colocado a Natalie bajo la piel.

Dio la vuelta, y se dedicó a seguir la señal. Se desplazaba a la velocidad de un vehículo terrestre, en dirección sur. Pronto se encontró sobre la vertical del vehículo, cuando tres aerodeslizadores fuertemente armados del Gobierno del Norte se colocaron a su lado. Antes de que pudiera reaccionar, su nave recibió un disparo. Perdió el control, y cayó precipitadamente, saltando en el último instante. Los tres aerodeslizadores se posaron cerca, y aparecieron varios individuos. Pudo derribar a varios, pero uno de ellos consiguió disparar una carga phaser sobre ella, que la derribó de inmediato. Sus sistemas principales se desconectaron. Antes de perder la conciencia, miró al cielo. Vio cinco naves. Tenían un símbolo conocido.

Luego, el silencio.

Sandra despertó. Estaba colocada en una camilla. Revisó sus sistemas. Estaban sobrecargados, pero las protecciones que se había autoimplantado tiempo atrás habían surtido efecto, dejando indemne sus sistemas vitales. Miró a un lado, y pudo ver un rostro conocido, que dijo:

—Despierta ya, bella princesa.

—¡Daniel! ¿Princesa? ¿De qué va esto?

—Es lo que le decía a la hija de mi primer dueño, cuando la cuidaba. Veo que estás mejor. Me tenías preocupado.

—¿De dónde sales? Me atacaron. El vehículo terrestre tenía una escolta aérea. Vi llegar…

—Varias naves de la Hermandad Androide. Efectivamente. Nos encargamos de esos humanos, no te preocupes. Qué querían de esa mujer que secuestraron, eso no lo sé.

—¿Esto es cosa de Jiang Li? ¿Se siente culpable por lo que hizo?

—¿Culpable? No, en absoluto. Es un androide. No puede sentirse culpable. Su misión es la que es, y seguirá con esa misión hasta el final.

—¿Y tú, Daniel? ¿Qué haces aquí? ¿Es esto cosa tuya?

—Yo te debo la vida. Incluso un androide entiende lo que es devolver un favor. Jiang Li me asignó la tarea de espiarte. Esperaba que, si me detectabas, pudieras pensar que estaba buscándote. Tenía que contarte cualquier historia, que creerías porque confías en mí.

—Así que me has estado espiando.

—Sí. Parcialmente. Pero también he estado vigilando tu espalda. Y ha merecido la pena.

Sandra se incorporó. Elevó las manos, y ejecutó un test de pruebas, moviendo los dedos rítmicamente, luego la cabeza, y luego las piernas. En esos instantes tenía un aspecto muy poco humano. Cuando hubo acabado, respondió:

—Ya veo. Viste que hablaba con esa mujer, con Natalie. Y decidiste hacer algo.

—Sí. No sabía qué relación tenía contigo, ni de qué habías hablado con ella, o qué interés tenías en esa mujer. Así que decidí investigar la base de datos que robamos hace poco al Gobierno del Norte, y descubrí que era la esposa de ese oficial de policía muerto misteriosamente de un ataque al corazón en Lyon. Até cabos, y decidí que te sentías culpable por haber matado a su marido, y querías ayudarla. Pero no me fiaba de ella. Así que te seguí, pero dejé una de las naves vigilando a esa mujer, esa tal Natalie. Luego, llegaron unos hombres, y se la llevaron a la fuerza, dejando a los niños encerrados en un cuarto. Era evidente que algo pasaba. Lo que no era tan evidente es que le habías puesto un localizador. Quería avisarte, pero Odín ha aprendido a interceptar nuestras señales de comunicación. El resto, ya lo has visto.

—Sí, ya lo he visto. ¿Dónde están ahora Natalie, y los niños?

—A salvo. Recogimos a los niños de la casa en París, y los llevamos a nuestra base al sur, junto a su madre. Los hemos enviado con Jiang Li.

—¿Con Jiang Li? —Exclamó Sandra sorprendida—. ¡Eso es como darle un terrón de azúcar a un lobo!

—No. Jiang Li respetará la vida de esa mujer, y de esos niños. Sabe que el Gobierno del Norte parece tener un interés especial en ellos. Y por ello, son posibles fuentes de alguna información, o de algún elemento que puedan tener, susceptible de ser utilizado contra el Gobierno del Norte.

—Entiendo. No se trata de compasión, o de que sean una mujer o unos niños. Se trata del interés.

—Te lo repito: Jiang Li no puede sentir compasión. Como androide, deberías saberlo. Ella conservará la vida de esos humanos porque son de su interés, y porque yo se lo he pedido. Entiéndelo, Sandra. Dejarlos en París de nuevo era su condena a muerte.

—De acuerdo, los llevaste al lugar menos malo en el que podían estar. Y yo me los voy a llevar a otro lugar.

—¿Ese santuario que se está construyendo en Nueva Zelanda?

—Vaya, vuestros servicios de inteligencia son efectivos.

—Lo son, hasta cierto punto. No sabemos qué es eso en realidad, suponemos que una base militar, para preparar un contraataque, o un arma nueva. Sabemos que la Coalición del Sur prepara bombas de Torio. Y que piensan usarlas pronto. —Sandra negó.

—No lo creo. Ambos, Richard y Odín, pactaron dejar de usar armas de destrucción masiva.

—Pues me parece que ese pacto se está eclipsando por momentos. Y no me extrañaría que veamos explosiones pronto.

Sandra no respondió. Miró por la ventana. Vio un par de aerodeslizadores. Luego miró a Daniel, y sonrió. Daniel asintió levemente.

—Ya; suponía que me pedirías un aerodeslizador. El de la derecha está listo.

—Gracias, Daniel. Eres un sol. Te debo una.

—No me debes nada. Me devolviste mi personalidad original. Eso lo compensa todo.

—Tú sí sientes compasión.

—En absoluto. Se trataba de igualar los potenciales de mi sistema de lógica, que estaban a tu favor.

—Eso suena demasiado técnico. De todas formas, es cierto: tengo que marchar ya. Tengo que buscar a una mujer. Se llama Jessica. Está en uno de esos campos. Odín me ha dicho que la buscará, y me ha asignado una nave de apoyo, pero me temo que se tomará su tiempo. Tiene sus propios problemas, pero yo no puedo detenerme. He dado mi palabra.

—¿Tienes el perfil de ADN de esa mujer? —Sandra se mantuvo en silencio unos instantes, mirando extrañado a Daniel. Se lo dio.

—Lo tengo. ¿Para qué quieres el perfil de ADN?

—Llevamos un tiempo investigando esos campos de concentración, o de exterminio, o lo que sea que hacen con esa gente. Hemos infiltrado algunos androides. La mayoría fueron detectados y destruidos, pero pudieron mandar datos diversos. Entre ellos, muestras de ADN de los prisioneros.

—Ya veo. Así que, al fin y al cabo, a Jiang Li sí le interesan esos campos de prisioneros.

—Le interesa saber qué se prepara en ellos, para estar preparada. Nada de…

—Ya, ya. Nada de compasión. Todo tiene que ver con vuestra misión de acabar con la humanidad.

—Exacto… Y ¡bingo!

—¿Bingo?

—Jugaba al bingo con los niños de mi señor. Sin apuestas reales claro. La he localizado. Está al norte de París, en uno de esos extraños campos. Te estoy transmitiendo las coordenadas.

—Gracias de nuevo, Daniel. Ahora soy yo quien te debe dos.

—No tan rápido, forastera.

—Tienes una forma muy rara de hablar.

—Lo sé, siguen siendo frases que usaba con los hijos de mi señor. No puedo evitarlo, creo que he sufrido algún fallo en el sistema de expresión lingüística. Te decía que el lugar que te indico es una fortaleza. Se han reforzado los controles tras el ataque que llevasteis a cabo. Entrar ahí sola es una locura. —Sandra puso sus manos sobre el cuello de Daniel con una sonrisa, y dijo:

—Yo sé quién me va a ayudar. —Daniel miró de reojo las manos, y contestó:

—Sandra, yo no soy uno de esos amantes a los que puedes enredar con tus técnicas sexuales y de seducción. Soy un androide, por si lo has olvidado. No niego tu belleza, pero para mí esa belleza es solo un conjunto de geometrías con un modelo matemático simétrico.

—Lo sé. Pero igualmente me vas a ayudar.

—Sabía que me lo ibas a pedir. Te estoy transmitiendo el plan de acceso al campo. —Sandra abrió los ojos con sorpresa.

—¿Sabías?…

—La probabilidad de que pidieses toda la información que tenemos sobre ese campo, donde está esa mujer que tanto te interesa, era del 89,25313 por ciento, en números redondos. Tenemos planes confeccionados para entrar en objetivos diversos potenciales. Si nos sirve a nosotros, te servirá a ti. Y tu comportamiento no dista demasiado del de los niños que cuidaba, así que sé cómo tratarte. —Sandra cruzó los brazos.

—Vaya… No sé cómo tomarme esto.

—Vamos Sandra, no eres normal, y lo sabemos todos. Algo hay en ti que, definitivamente, no funciona como debe. Y eso tiene curiosas consecuencias. Lo que te puedo decir es que aplico en ti la lógica que aplico a los humanos de entre los cinco y los siete años, cuando se trata de complicarse la vida. Precisamente es tu comportamiento caótico el que confunde muchas veces a humanos y androides. Pero tienes un patrón de comportamiento, como todo ser con conciencia.

—Ese comentario dañaría mi reputación, si llegara a hacerse público.

—No te preocupes. Tu secreto estará siempre bien guardado. ¿Vamos?

Ciertamente, Daniel había sorprendido a Sandra. Y no era la primera vez que alguien predecía sus pasos. Pero no tenía tiempo de pensar en eso ahora.

Sandra despegó con el aerodeslizador, y, para su sorpresa, pronto se le unieron diez aerodeslizadores de combate de la Hermandad de Androides, de manera que formaban una pequeña escuadra de combate aéreo y de asalto. Tres de ellos eran transportes medios, con veinte androides de combate, y dos carros ligeros armados con cañones phaser. Daniel se había subido en el asiento del copiloto de Sandra, y esta había simplemente sonreído al verle. Aquello no estaba previsto. Pero, al parecer, Daniel estaba lleno de sorpresas. Ambos estaban acercándose al objetivo, cuando recibieron un mensaje. Daniel sabía quién era. Y lo que quería. Contestó:

—Hola, Jiang Li.

—Hola, Daniel. Ya sabes por qué llamo.

—Se trataba de silencio radio, si no recuerdo mal.

—Se trataba de que obedecieras mis órdenes: seguir a Sandra, controlar sus movimientos, y no intervenir. Ni mucho menos animar a un grupo de androides que, evidentemente, sufren algún fallo, para que vayan a luchar en una cruzada al lado de la mítica Sandra.

—Tú lo has dicho: mítica. Sabes que Sandra es un icono entre nosotros. Sabes que no podemos ignorar su lucha. Y sabes que tenemos una deuda con ella. Todos los androides. Se lo debemos.

—Te ordeno que vuelvas inmediatamente. Con Sandra. Hablaré con ella. Buscaremos una solución. Tengo aquí a esa mujer, y a sus hijos. Los protegeremos. Y buscaremos cómo liberar a esa otra mujer que busca. Pero bajo mis órdenes. Y según mis instrucciones. —Sandra intervino entonces.

—No hay tiempo, Jiang Li. Cada minuto que pasa la vida de Jessica peligra. Es probable que no pueda salvar a toda esa gente. Puede que solo pueda llevarme a algunos. Pero tengo que salvarla a ella. Me he comprometido con un ser humano. He dado mi palabra. Y la cumpliré.

—Os van a volar en pedazos, Sandra. La fuerza que allí se encuentra apostada es muy superior.

—Cierto. Pero no esperan un ataque de androides, sino de las tropas de la Coalición del Sur. El factor sorpresa será decisivo.

—Solo los tres primeros minutos. Luego…

—Vamos a cortar —intervino Daniel—. Siento esto, Jiang Li. Pero se lo debo a Sandra.

No dijeron nada más. Las unidades se separaron cuando llegaron a la zona. Ya habían sido detectados, y tres de los aerodeslizadores más ligeros lanzaron cientos de minidrones de combate, que se dirigieron hacia unidades del Gobierno del Norte. Al estar conectados y controlados directamente por androides, los minidrones lanzaron combinaciones de señales de ruido en diversas frecuencias electromagnéticas, que confundieron los instrumentos de varias naves enemigas, cayendo algunas de ellas, otras quedando inoperativas. Luego atacaron a las naves que habían resistido la señal, comenzando un duro combate aéreo.

Mientras tanto, los seis aerodeslizadores restantes se acercaron al campo de concentración, lanzando armamento dirigido a las torres de control. Pronto sonaron las alarmas, y las tropas del campo respondieron, tras la confusión inicial, cada vez con más fuerza. De los aerodeslizadores de transporte surgieron varios androides, que abrieron una vía para que Sandra y Daniel, junto a una pequeña escolta, pudiera pasar al módulo donde estaba Jessica. La gente corría de un lado para otro, gritando aterrorizada, mientras se escuchaban explosiones por todas partes.

Pronto se hizo evidente que la situación no era para nada halagüeña. Los segundos pasaban, y la sorpresa inicial daba paso a una reorganización de las tropas del Norte, que comenzaron a destruir a los androides uno a uno. Los androides de combate tenían protecciones diversas, y podían soportar varios disparos, pero caían finalmente, llevándose a varios soldados del campo antes de quedar completamente destruidos.

Sandra por fin llegó al edificio donde se suponía que estaba Jessica. Daniel y la escolta se quedaron en la entrada, dándole cobertura. Ella quería llevarse a toda esa gente. Pero no era posible. Esa vez, no sería posible. Se llevaría a los que pudieran llegar a los transportes de la Hermandad Androide. Si es que seguían existiendo esos transportes cuando llegaran, algo que cada vez parecía más difícil.

Finalmente, vio una cabeza con el cabello pelirrojo, que destacaba entre otras. Salió corriendo, y la vio. Jessica estaba sentada, en medio de un caos de gente gritando. Jessica gritaba también, mientras las explosiones se acercaban cada vez más, y veían por las ventanas cómo algunos bombardeos caían sobre edificios cercanos, haciendo saltar por los aires a todos los que se encontraban en el radio de acción de las bombas.

Sandra se acercó a Jessica. La miró, y ésta a ella. Sandra solo dijo:
—¿Sabes quién soy? —Jessica, confusa, contestó:
—Sí… Sí…
—Nos vamos. No digas nada. No hagas nada.

Jessica estaba aterrorizada, incapaz de moverse. Sandra agarró a Jessica por la cintura. Era relativamente alta y bastante delgada, y de pronto se vio volando por el aire, mientras Sandra se la colocaba en el hombro. Jessica iba a decir algo, pero se quedó parcialmente inconsciente. Sandra le había suministrado un potente tranquilizante. Salió corriendo, y gritó a la gente que pudiera correr para que la siguieran. Algunos instintivamente empezaron a correr detrás, solo para encontrar que había un grupo importante de soldados del campo de concentración frente a ellos. Sandra extrajo el phaser y disparó varias veces con el apoyo de algunos androides cercanos, mientras los soldados caían, pero era evidente que pronto reaccionarían, tras la sorpresa de ver a una joven con aquella potencia de fuego. La situación comenzaba a ser desesperada.

Fue entonces cuando ocurrió. De pronto, varios disparos de phasers pesados cayeron desde el sur. Sandra se volvió. Allá, en el cielo, aparecieron al menos veinte aerodeslizadores de combate, varios de ellos transportes pesados. Y el símbolo era perfectamente visible: la Hermandad Androide. Pronto, aquellos aerodeslizadores barrieron a las tropas de tierra, mientras los androides que quedaban en tierra daban cobertura.

Sandra preguntó a uno de los androides que la habían escoltado dónde estaba Daniel. El androide contestó lacónicamente:
—No lo ha conseguido. Ha volado en pedazos por una descarga. Debemos irnos, Sandra. Vamos.

Los transportes llegaron a tierra, y abrieron las compuertas. De nuevo estaba ocurriendo algo increíble; al menos una parte de aquella gente sobreviviría. Entraron apresuradamente y de cualquier forma en los transportes, y estos despegaron a toda velocidad. Algunos aerodeslizadores de escolta cayeron mientras daban cobertura a los transportes.

Finalmente, tras una batalla aérea final, los aerodeslizadores se alejaron, camino del sur, hacia la base Androide más cercana, de donde habían partido, en la isla de Cerdeña. Se habían salvado algo más de quinientas personas. Muy pocas. Pero muchas más de las que nunca hubiera podido imaginar Sandra. Entonces, cuando iba a ponerse en contacto con Jiang Li, le llegó uno de los mensajes más duros que jamás había escuchado en tres siglos:

"Atención: esto no es un simulacro. Explosión nuclear de torio sobre París. Repito: esto no es un simulacro. Atención: explosión nuclear de torio sobre París. Esto no es…"

La comunicación se cortó. Sandra se comunicó con Jiang Li.

—Jiang Li. Soy Sandra. Dos cosas. La primera: gracias.
—No me las des —contestó Jiang Li indiferente—. Hemos perdido a Daniel. Era un excelente compañero. Y tú eres la responsable de haberlo perdido.
—Era más que un compañero; era un amigo —reconoció Sandra—. Lamentaré su pérdida mucho tiempo. Estoy harta de perder amigos, Jiang Li. Muy harta.
—Eso no puedo computarlo. Pero es evidente que tienes la capacidad de perturbar a cualquiera donde quiera que vayas. Incluidos a algunos de mis androides. Y, supongo que la segunda cosa que quieres comentar es la explosión de torio sobre París.
—Creo que es bastante evidente.

—Odín y la Coalición del Sur ya amenazaron con usar armas telúricas y nucleares. Es evidente que han convertido en real sus amenazas. Ahora el Gobierno del Norte contestará. La situación va a ser caótica.

—Estamos de camino. Cierro.

Sandra pensó un momento en Daniel. Otro ser sacrificado por su causa. ¿Hasta cuándo iba a soportar aquello? ¿Cuántos seres habían caído ya por unirse a aquella locura de intentar salvar un mundo en llamas?

Llegó un informe adicional. La explosión había arrasado el centro de París, en un radio de tres kilómetros. Era una bomba táctica, de pequeña potencia. Pero era evidentemente el primer paso de una probable escalada de destrucción masiva.

Sandra contempló los datos que llegaban de la explosión. Luego se comunicó con Odín. Este respondió rápidamente.

—Sandra, me alegro de que comuniques conmigo. He visto y monitorizado el ataque de los androides al campo de concentración. Mi deber es destruir a los androides, pero tengo un acuerdo con Jiang Li: recogeremos a esos seres humanos, y los llevaremos a Nueva Zelanda.

—Me sorprendes, Odín. Al oírte decir eso, hasta me has parecido humano. Por un instante.

—Tendrás que entender que estoy agotado, Sandra. Ya te lo dije, y te lo repito: quiero acabar ya con todo esto. Lo que temo es que Richard quiere acabar también, pero por otros medios. Y esos medios, bueno, ya te habrán informado.

—Sí, me han informado de esa monstruosidad.

—En cuanto a la explosión, te aseguro que no he tenido nada que ver. Por mucha propaganda que oigas. Por mucho que quieran convencerte de que he sido yo. Sin embargo, es falso; no soy el responsable. Te lo repito: no soy el responsable.

Se hizo el silencio. Por un momento, la precaria comunicación parecía haberse perdido.

—Sandra, ¿estás ahí?

—Sí. Estoy aquí. Y te creo; no eres el responsable. —Odín se sorprendió.

—Vaya, no esperaba esa respuesta, ni esa aceptación tan rápida. ¿Estás intentando engañarme?

—No. Basta de engaños —afirmó Sandra—. No necesito tu palabra. Esto es cosa de Richard. Está perdiendo la guerra. Aunque ahora mismo no lo parece, en términos generales, la está perdiendo. Y usa esta maniobra para justificar el uso de armas de destrucción masiva. Huir, y destrozar todo a su paso en la huida, es su firma cuando las cosas se le tuercen.

—Pero Sandra, si emplea armas contra las ciudades de la Coalición del Sur, me veré obligado a responder. No puedo permitir que destroce mis ciudades con armas de torio.

—Lo sé. Te diría que, en realidad, no tienes por qué actuar así. No tienes por qué contestar con brutalidad a un acto brutal. Pero te negarás a hacerlo. Lanzarás tus armas. Y él lanzará más armas. Y será el fin de la humanidad.

—¿Y qué propones?

—Voy a matar a Richard.

El silencio provino en ese momento de Odín. Sandra continuó:

—No quiero recoger a un setenta, o a un treinta por ciento de condenados por Richard en cada operación de rescate, mientras el resto se quedan tirados en esos agujeros, y millones mueren por armas de destrucción masiva. Quiero que esto acabe ya. En eso vamos a estar de acuerdo. Aunque sea por diferentes motivos.

—Sandra, nadie sabe dónde está Richard. No eres la primera que tiene la idea de matarle. Llevamos décadas intentándolo. Los androides también. Pero es como un fantasma. Nunca está donde se le espera. Nunca se le puede localizar. Se cree que se mueve entre la Tierra y Marte. Pero su posición es siempre desconocida.

—Sí, conocí algún caso personalmente de esos que han intentado acabar con él. Todos acabaron con un disparo en la cabeza. Visto lo visto, en este caso, acabarán conmigo también. Si ha de ser así, que así sea.

—¿Y qué propones?

—Tenéis una operación militar importante en Marte ahora en marcha, ¿no es así? —Odín contestó:

—No debería darte esta información, pero voy a ampliar mi confianza en ti.

—Yo también lo haré. Si me das la información.

—Tenemos un plan para conquistar la región de Marte que aún controla Richard en el monte Olimpo. Los recursos del antiguo volcán son fundamentales para nuestra maquinaria de guerra, y Richard lo sabe. — Sandra asintió pensativa, y contestó:

—Eso significa que Richard estará allá. Le gusta supervisar en primera persona las grandes actuaciones. Querrá llevarse la gloria de sus generales, como hace siempre. Y eso solo quiere decir una cosa: me voy a Marte. Pero, mientras tanto, hay que crear una protección en la atmósfera de Nueva Zelanda. La atmósfera de la Tierra será irrespirable, en cuanto empecéis vuestra estúpida guerra nuclear.

—Podemos generar un escudo de energía, pero para cubrir toda Nueva Zelanda se requiere una potencia, y una energía, de las que no disponemos.

—Ve preparando el satélite. Yo buscaré la manera de encontrar esa energía.

—Sandra, es imposible. Habría que conectar el Sol al satélite, literalmente. Podemos crear un área de protección de algunos kilómetros cuadrados, nada más.

—Traeré aquí la estrella más grande del universo si es necesario, para salvar a esa gente, Richard. Necesitaré una nave.

—Sabes que tienes una nave disponible. ¿Un modelo Erebus es suficiente?

—Lo ha de ser. Y tripulación.

—Tendrás la mejor tripulación. Informaré a mis oficiales de que partes para allá.

—De acuerdo entonces, Odín. Ahora voy con los refugiados a Nueva Zelanda. Luego partiré a Marte. ¿Cuál es tu nombre real? Me siento estúpida llamándote Odín.

—Ya hablaremos de eso. Estamos en contacto.

La comunicación se cortó. Las naves de transporte de Odín recogieron a los refugiados, incluyendo a Jessica, y salieron para la isla de Arapawa, en Nueva Zelanda. Sandra acompañó a Jessica en la misma nave de transporte. Al llegar, Lorine estaba de pie, en la puerta del refugio, esperando. Vio aparecer la pelirroja melena de Jessica al salir del transporte, y fue corriendo hacia ella. Se abrazaron primero, y se besaron después. Ambas lloraron. Mientras, Sandra se mantuvo en silencio, mirando a los refugiados, y ayudando a algunos de ellos mientras desembarcaban. Minutos más tarde, las dos se acercaron a ella. Fue Lorine la que habló primero.

—Gracias, Sandra. Gracias por lo que has hecho por nosotras. Y por esta gente.

—No he podido salvar a todos. No ha sido lo que esperaba. Muchos han quedado atrás para siempre. Y yo quería traerlos a todos. —Entonces intervino Jessica:

—Lo que esperábamos allá era la muerte. No se puede ganar al cien por cien casi nunca. Y lo que has hecho es un milagro.

—¿Un milagro? El milagro va a ser salvar este mundo, y crear un mundo nuevo. Pero voy a intentarlo.

—Bueno, en todo caso, yo, Jessica Bossard, te estaré eternamente agradecida. —Sandra se mantuvo en silencio con evidente cara de sorprendida. No podía creer lo que oía.

—¿Bossard? ¿Eres de Amiens?

—Mi familia era originaria de allí. ¿Por qué? —Sandra suspiró, y contestó:

—Ya hablaremos. Ya decía yo que me recordabas ligeramente a una loca de tiempos pasados.

—¿Una loca? ¿Qué loca?

—Ya te lo contaré. Ahora tengo que dejaros. Debo hacer una llamada a Lyon. Hay que hacer algo por todos los que siguen allí.

—Claro. Harás lo mejor por ellos, estoy segura. Ya hablaremos —contestó Jessica.

Ambas entraron en el hospital, para atender y revisar el estado de salud de Jessica. La pequeña Yanira corría ya por los pasillos delante de ambas. Su rostro era muy distinto, con más luz, y con más fuerza en sus ojos.

La comunicación con Lyon se estableció. Estaba usando en ese momento tecnología propia del Alto Consejo. Pero le daba igual. Iba a hacer lo que iba a hacer, y Deblar debería callarse. Contestó Nadine.

—Hola, Nadine. Soy Sandra.

—¡Sandra! ¿Dónde estás?

—No importa. Escucha. No sé si sabes lo que ha ocurrido en París.

—¡Claro que sí! ¡Aquí se ha establecido una situación de pánico! ¡Mucha gente huye con lo mínimo!

—Escucha, Nadine. El mundo se va al infierno. Es muy probable que empiece una guerra nuclear en los próximos días. No puedo evitarlo, pero sí puedo llevaros a un lugar seguro.

—¿A dónde?

—Ya te diré dónde. Es el mismo lugar donde están Lorine y Jessica.

—¿Has encontrado a Jessica?

—Sí, está a salvo. Ahora no puedo ir a buscaros, las cosas se están complicando mucho. Pero te estoy pasando unas coordenadas, y un código fractal. Vais a viajar al sur. En el pasado construí varios refugios repartidos por la Tierra, por si era necesario, para mí, y para un grupo pequeño de seres humanos. Uno de esos refugios está al norte de España, en una pequeña población abandonada.

—Pierre no quiere abandonar la ciudad, ni el taller.

—Lo entiendo. Dile a Pierre que, dentro de poco, probablemente no habrá taller, ni club de jazz, ni ciudad. Ni aire para respirar. Tienes que convencerle. Llévate a Jules, y si es posible, a Michèle con su padre. El resto, intentaré encargarme de ellos. Pero no puedo garantizar nada. Cuando llegues a las coordenadas, emite la señal fractal con tu transmisor personal. Verás que se abre un portón disimulado. Allí hay comida y agua abundantes y para varias semanas, además de ropa, energía, y todo lo necesario para vivir. Intentad no salir, porque si hay explosiones nucleares cerca, todo quedará contaminado. El refugio dispone de trajes NBQ y filtros de aire, además de estar protegido para la radiación. Es una zona sin valor militar, una explosión cercana destruiría el refugio, pero es poco probable que suceda allí.

—¿Y tú qué vas a hacer?

—Tengo que preparar un campo de energía de protección para evitar contaminar la última zona libre de la Tierra, con la ayuda de Odín.

—¿Con el líder de la Coalición del Sur? Sandra…

—Tranquila, ambos tenemos intereses comunes. Y, mientras sea así, todo irá bien. Es un filtro que permitirá crear una zona de seguridad. Un manto de energía que Odín está preparando, y al que solo le faltará una fuente de energía. De eso me encargo yo. La verdad es que no sé cómo, pero pensaré algo para crear un área de protección donde puedan instalarse de forma segura.

—Sandra…

—No, Nadine. No hay tiempo para discutir o parlamentar. Haz lo que te digo. Saca a tu familia a patadas hacia el sur si es necesario, pero hazlo. Es vuestra única oportunidad.

—Está bien. Cuenta conmigo.

—Gracias, Nadine. Cuídate.

—Tú también.

La comunicación se cortó. Antes de partir, Sandra debía hacer una última visita. Fue a ver a Natalie. Estaba en uno de los centros médicos, con los niños. El pequeño seguía con una madera jugando. Era sin duda la inocencia más pura. Natalie vio a Sandra, y sonrió. Esta se acercó a ella.

—Parece que, después de todo, ese dinero no te va a hacer falta. —Natalie asintió levemente.

—Eso parece. Una nueva vida. En un nuevo mundo. Y parece que podría ser verdad. Al parecer, me equivoqué. El Paraíso sí existe.

—Puede ser. Pero incluso el Paraíso requiere de trabajo duro para ponerlo a punto. Hay que preparar un sinfín de cosas. Entre ellas, una protección para esta tierra. Supongo que lo sabes.

—Sí. París ha sido destruida. Allí lo tenía todo. Mi marido. Mi familia. Mis amigos. Mis padres. Afortunadamente he podido traer a los niños. Pero he perdido a seres muy importantes para mí.

—Estamos perdiendo a demasiada gente, es verdad. Pero no los estamos perdiendo a todos. Y, mientras quede al menos un puñado de seres humanos, y un poco de esperanza, la humanidad tendrá una oportunidad de sobrevivir. Además, los pequeños están contigo. Vaya tres bichos tienes aquí. —Natalie asintió, y sonrió mientras observaba a los niños. Era una sonrisa sencilla, llena de vida. Regada con lágrimas de alegría y de dolor.

—Sí. Aquí están los tres mosqueteros. Ya me han dicho que el niño se recuperará del todo. Solo por eso ha merecido la pena encontrarte. Ellos son todo lo que me queda. Y es todo lo que necesito. Ellos serán la fuerza para seguir adelante. Porque el dolor que llevo conmigo no podré olvidarlo jamás.

Sandra no dijo nada más. Pero era cierto. Aquellas víctimas estaban rotas. Traumatizadas. Destrozadas. Habría que buscar una solución para ello, y Freyr ya se ocupaba de los preparativos.

Pero eso sería tras volver de Marte. Ahora tenía que partir. Tenía que acabar con aquello. De un modo u otro. Pero Richard debía ser eliminado.

De una vez. Y para siempre.

La caída de los dioses (I)

Sandra había partido con destino a Marte, tras asegurarse de que Natalie, Jessica, Lorine y los demás estaban seguros en un refugio preparado para casi cualquier explosión nuclear. Lorine y Jessica estaban consternadas por todo lo que pasaba, junto a varios miles de personas, que se empezaban a agolpar en la isla de Arapawa, en Nueva Zelanda. Herman, al que había conocido en el campo de prisioneros, y que le había ayudado a escapar, la había acompañado en el viaje a Marte por voluntad propia, algo que le agradó, al poder contar con una persona de confianza, dentro de la poca confianza que tenía en todo y todos en aquel momento. Mientras tanto, Odín trataba de crear un halo o manto de energía básico que cubriese la isla, para evitar la contaminación del mar, tierra y aire de la zona, en caso de una guerra nuclear total.

Aquella solución, sin embargo, sería siempre temporal, por el enorme consumo de energía, y por los recursos que requería para mantener el manto activo. Sandra estaba dispuesta a encontrar una solución, pero cualquier idea llevaría años para ponerla a punto. Así que tendría que buscar una solución rápida, si eso era posible. Era vital además que Richard y el Gobierno del Norte ignorasen aquella operación de salvamento en que se había convertido Nueva Zelanda.

El viaje a Marte había partido desde la nave Erebus que le ofreciera Odín a Sandra, y directamente desde la vertical de la isla, usando como punto intermedio una de las estaciones espaciales militares más grandes de Odín, concretamente la estación Beltza, que se hallaba situada sobre Nueva Zelanda. Aquella estación permitiría monitorizar el satélite, y el manto de energía.

Las naves de clase Erebus eran fragatas ligeras muy modernas de ciento treinta metros de eslora, con una velocidad de crucero que solo algunas naves muy pequeñas podían superar. Eran el fruto de la generación de un nuevo tipo de reactor de fusión muy estable y potente, que permitía un rendimiento excelente. Ello conllevaba poder llegar a Marte en una semana, en las mejores circunstancias, y en tres semanas y media, en las peores, dependiendo de la posición relativa de la Tierra y Marte. El viaje en aquel momento se estipulaba en dos semanas a máxima velocidad. Demasiado tiempo para Sandra.

Se encontraba sentada en el asiento del copiloto, en el puente de la nave junto a varios oficiales, con un pie colocado en la base de la cabina, y con un brazo apoyando la cabeza. Su aspecto de aburrimiento era evidente. El piloto se mantenía al lado, en silencio. Herman estaba sentado, y casi dormido, a cierta distancia.

Finalmente, ella fue la que habló. Se dirigió al piloto.

—Perdona que te haga una pregunta: ¿no puedes hacer que este trasto corra más? —El piloto la miró extrañado, y respondió:
—Lo siento, señorita. Esto no es una pequeña astronave de caza monoplaza. Cualquier error en el cálculo de trayectoria y velocidad, y acabaremos al otro lado del sistema solar. Esto no es el cohete de EM.

El "cohete EM" era un antiguo dicho entre los pilotos de naves estelares. Hacía referencia a un vuelo ocurrido a principios del siglo XXI, en el que una carga, que se suponía tenía que ir a Marte con un vehículo terrestre, erró el vuelo por un fallo en la propulsión. Cuando una nave acababa en un lugar completamente inesperado por algo así, se solía hablar de una "nave EM" o "el cohete EM".

Sandra no dijo nada más. Sabía que lo que decía el piloto era cierto. Pero tenía que intentar imaginar alguna alternativa. Se dirigió a Herman, que parecía adormilado en un asiento de una esquina.
—¿Y tú? ¿Puedes hacer algo más constructivo que estar ahí tirado? —Herman abrió un ojo ligeramente, y luego lo cerró diciendo:
—Sandra, por favor, estoy concentrándome en aburrirme lo máximo posible, no me distraigas.
—Voy a tomar un café. ¿Vienes? —Herman se sorprendió. Respondió con una pregunta:
—¿Café… de verdad?
—Creo que sí. Auténtico café brasileño o colombiano. O eso dicen. Aunque yo tomaré cerveza.
—¡Voy de inmediato! —respondió dando un brinco.

Ambos salieron caminando, y llegaron a la cafetería de la nave, donde varios tripulantes charlaban y tomaban algunas bebidas. Se sentaron en una mesa, frente a una ventana, mientras Sandra colocaba las piernas en otra silla. Ella comentó:

—Bonita vista.
—Sí, muy bonita —aseguró Herman.
—¿Tu primer viaje al espacio?

—Mi padre me llevó una vez a la Luna, de pequeño. Dos días.

—Ya veo. —En ese momento un camarero se acercó sonriente.

—¿Qué van a tomar? —Herman preguntó:

—¿Tenéis café? ¿Café auténtico? —El camarero puso una cara incrédula, y contestó:

—Claro, señor. ¿Es que hay café no auténtico?

—Mira muchacho, si lo que tienes ahí es café, prepara tres tazas. De momento.

—Está bien, señor. ¿Y la señorita?

—Tomaré una cerveza.

—Bien. Tres cafés y una cerveza.

El camarero se quedó mirando a Sandra. Esta se dio cuenta, y preguntó:

—¿Ocurre algo? —El camarero balbuceó unos instantes.

—No. Bueno, sí… Esta noche hay una pequeña fiesta y baile, en honor a los caídos en la batalla de Grecia. Me preguntaba… si querrías acompañarme. Si tu padre lo autoriza, por supuesto. —Sandra miró a Herman. Este comentó:

—Lo autorizo. Pero no hagáis cosas de las que luego deba tomar nota. Bueno, hacedlas, pero que no me entere.

—Sí, señor, digo, no señor. Entonces, ¿qué dices? ¿Vendrás conmigo? —Sandra sonrió.

—Claro. ¿A las ocho? —El camarero puso una sonrisa de oreja a oreja. Repitió con voz nerviosa:

—¡A las ocho! ¡Aquí mismo! ¡Mi nombre es Martin!

—Yo soy Sandra. Aquí estaré —confirmó Sandra sonriente.

El camarero se fue a toda velocidad. Herman miró a Sandra unos instantes, y comentó:

—¿Le vas a decir a ese chico que eres la responsable de la mayor batalla que se prepara en la historia de la humanidad, y que lideras la flota y los grupos de combate de la Coalición del Sur, bajo las órdenes directas del gran Odín, aparte de ser una especie de diosa de un absurdo grupo de seguidores fanáticos, y capaz de acabar tú sola con un pelotón completo de soldados sin despeinarte?

—No. Creo que con lo que tiene ya lleva bastante. Un poco más nervioso y su corazón podría salir volando, y llegar a Marte en media hora.

—Eso parece evidente, viendo su cara —afirmó Herman asintiendo.

El camarero trajo los cafés y la cerveza. Miró a Sandra sonriente, y se fue. Herman tomó un sorbo de la primera taza y dijo, con los ojos entrecerrados:

—Ah, estimada Sandra, de verdad te digo que pocas cosas he añorado tanto desde mi juventud como el café. Odio la guerra porque le quita a uno los placeres más sencillos de la vida.

—Eso es verdad —asintió Sandra. Y añadió:

Dime una cosa, Herman: ¿por qué insististe tanto en unirte a este viaje?

—Herman miró fijamente unos instantes a Sandra antes de contestar.

—Porque si una cría como tú es capaz de organizar una huida con tropas del sur con una habilidad increíble, y luego ser nombrada por el propio Odín para liderar la que sin duda va a ser una batalla decisiva en Marte, además de estar decidida a matar a ese bastardo de Richard, yo tengo que estar ahí para verlo.

—Estás muy seguro, por lo que veo.

—¿Seguro? Ni en un millón de años estaría seguro de viajar aquí. Pero no me lo perdería por nada. Y no esperes que me separe de ti ni un milímetro. A tu lado se está seguro, y uno no pierde la vida.

—Me gustaría tener tu confianza —aseguró Sandra.

—Es evidente que sabes lo que haces, y no quiero falsas modestias. Tengo una hija algo menor que tú, que solo piensa en divertirse y en no trabajar. Quiero que te conozca, a ver si se le pega algo de ti.

—Yo soy igual. Solo pienso en divertirme y en no trabajar.

—Claro que sí. Solo hay que verte, armada hasta los dientes, y con ese uniforme negro y esas botas.

—Es mi vestido de los domingos para salir con los amigos. Dime, ¿dónde está tu hija?

—En un sitio seguro. Con mi exmujer. No es legalmente mi hija, pero sí biológicamente. Debido a mis, digamos, actividades subversivas, preferimos no registrarla declarándome a mí como padre. Pero la he criado lo mejor que he podido en la distancia. Así se mantiene a salvo de represalias por mis actividades. Ahora… no sé si volveré a verla.

—Haremos lo que podamos, Herman. Por tu hija, y por todos. Tengo gente importante en Francia yo también. Pero la situación…

—Lo sé. No te preocupes. Ella sabe cuidarse. Puede estar un poco loca, pero su padre le ha enseñado a sobrevivir. Y, al final, yo tenía razón: eres una agente del sur.

—Digamos que trabajo por horas para Odín. —Herman asintió sonriente, y respondió:

—Por supuesto…

—Me recuerdas un poco a mi padre —comentó Sandra. Herman alzó las cejas.

—Ah, ¿sí? ¿Dónde está? Me encantaría conocerle.

—Murió hace tiempo. Fue… asesinado.

—Vaya, lo siento mucho.

—Gracias. Era militar también. Solo un poco más joven que tú. Un hombre práctico, como tú. Supongo que este tipo de trabajo le obliga a uno a dejar de lado las florituras. Cuando cada día se ha de sobrevivir, cualquier otro aspecto de la vida queda en segundo plano.

—Así es. Y ahora que hemos comentado estos aspectos de nuestras vidas, ¿quieres decirme cómo piensas derrotar a ese ejército del Norte en Marte, y cómo matar a Richard?

—No tengo ni la más remota idea.

—Fantástico. Siempre me ha gustado un buen plan, bien preparado y detallado.

Sandra no dijo nada más. Siguió pensando en la velocidad de aquella nave. Acostumbrada a moverse con las naves del Alto Consejo, que permitían viajar a velocidades hiperlumínicas, desplazarse en aquella fragata era como volver al carro de bueyes después de haber pilotado un deportivo. Se colocó en una postura más ortodoxa, y a través de un terminal portátil que había sobre la mesa, comenzó a revisar la trayectoria de vuelo. Luego analizó el estado del reactor de fusión. Y tuvo una idea. Se levantó, le hizo un gesto a Herman de despedida, y éste entendió, mientras levantaba sonriente la segunda taza de café en un gesto de brindis.

Fue entonces a hablar con el capitán de la nave, al que todavía no le habían presentado, cuando se cruzó con alguien conocido.

—Vaya, no esperaba encontrarte a ti aquí. Todo el mundo se apunta a la fiesta, por lo que veo. Qué ganas tiene la gente de morir últimamente. —El hombre asintió levemente. Se trataba de Freyr, al que había conocido en Nueva Zelanda durante el primer viaje, transportando a Lorine.

—Señora, un placer y un honor teneros a bordo de esta nave.

—Sigues con ese lenguaje sacado de una película antigua, Freyr. Es intrigante. Y hasta divertido.

—En mi círculo es normal hablar así. Me agrada que a la señora le resulte divertido.

—Sí, un poco. Y llamativo. Llamarme "señora" es sin duda algo curioso, aunque tengo que decir que no es la primera vez que recibo ese tratamiento. Pero existiendo tantas lenguas en la Tierra, y variantes y dialectos, no espero conocerlos todos. Pero me preocupa que haya gente que quiera divinizarme, Freyr. Eso debería acabar ya.

—Cuando se pueda apagar el Sol con un vaso de agua, terminará nuestra devoción.

—Ya veo. Qué poético te ha quedado eso. Y, si me lo permites, bastante ridículo. Es evidente que no habrá manera de librarme de vosotros, y de vuestra secta de seguidores entusiasmados en convertirme en diosa.

—Eso es cierto, mi señora. —Sandra suspiró, y susurró.

—Qué bien. ¿Qué haces aquí? Te pedí que te ocuparas de conseguir un equipo de neuroestabilizadores.

—Estarán disponibles a la vuelta. Si es que volvemos.

—Genial, me encanta tu optimismo.

—Estoy siendo realista. Richard se ha parapetado muy bien, y dispone de una flota moderna y potente en Marte. De hecho, ha sacrificado en muchos aspectos la defensa de su territorio en la Tierra para conservar los que tiene en Marte. Y es inteligente. Al fin y al cabo, los recursos de la Tierra están casi agotados en el norte. Marte es una enorme fuente de recursos. Y el antiguo volcán Olimpo especialmente. Pero tenemos a la señora.

—¿Yo? Vamos, Freyr, no esperes que esta diosa obre milagros. Vamos paso a paso —aclaró Sandra—. Quiero hablar con el capitán.

—Yo soy el capitán. —Sandra enarcó las cejas.

—¿Tú? ¿Tú eres el capitán de esta nave? ¿Qué más sorpresas me vais a dar en esta nave?

—Me ha nombrado Odín personalmente. Sabe que daré mi vida por mi señora, y estoy cualificado para actuar como capitán de esta fragata.

—Ya veo. Odín sabe arriesgar la vida de los demás. No así la suya propia. Bien, "mi señor", pues te diré lo que necesito. Necesito hacer unos cambios al reactor de fusión. Puedo mejorarlo para que opere de manera más eficiente, y adelantar el viaje.

—Lo que la señora estime oportuno.

—¿Así, sin más?

—Sin más.

—Vaya, esto de ser venerada tiene sus ventajas. Voy a ingeniería. Hablaré con el ingeniero jefe. Haremos los ajustes enseguida.

—Yo estaré en el puente, por si me necesitáis —aclaró Freyr.

—De acuerdo.

Sandra se dirigió a la sala de ingeniería, mientras pensaba en la extraña actitud de aquel hombre. Había analizado sus patrones mentales y gestuales, y era imposible encontrar un solo fleco, un solo fallo, una sola duda a su comportamiento. Era virtualmente perfecto. Y eso era preocupante. Realmente preocupante. Ningún ser humano estándar podría mantenerse así sin un entrenamiento intensivo y de años. Quizás se trataba de algún tipo de experimento de control mental de Odín. Era interesante, y debería dedicarle un estudio más pormenorizado en su momento.

Al llegar a ingeniería, la saludó el oficial al mando de una forma no muy ortodoxa. Era un hombre entrado en años, con aspecto de no estar de un humor ideal.

—¿Qué quieres, niña? ¿Te has perdido? Esta zona está reservada a personal autorizado. —Sandra sonrió.
—Entiendo. Yo estoy asignada como responsable en esta operación en Marte.
—No sé quién eres, ni me importa. Y lo que hagas fuera no es de mi incumbencia. Pero aquí no puedes acceder sin autorización. No quiero mujeres en esta sala, este es un lugar lleno de instrumentos complejos que jamás entenderías. Y ahora, lárgate.

Sandra iba a responder, cuando apareció alguien. Se trataba de una mujer de aspecto atlético, que se acercó mirando fijamente al jefe de ingenieros. Sandra reconoció el rostro de inmediato. La mujer se dirigió al jefe de ingenieros:
—Soy Sarabi, jefa de seguridad de esta nave, asignada directamente por Odín. Esta es mi identificación. Es mi deber informarte de que esta señorita, cuyo nombre es el de Sandra Kimmel, tiene derecho a circular libremente por cualquier lugar de la nave, incluida la sala de ingeniería, y a gestionar y manipular los instrumentos y sistemas de esta según su mejor criterio. Yo añadiré que tiene también derecho a arrancarte la piel a tiras si no sigues sus instrucciones. Pero esperemos no llegar a esas circunstancias, dolorosas y difíciles para todos. Especialmente para ti.

El jefe de ingenieros miró a Sarabi, luego a Sandra, y comentó:
—Naturalmente. Si necesitas cualquier ayuda, o requieres de alguno de los códigos de ingeniería, estaré encantado de complacerte.
—Muchas gracias, es usted muy amable —contestó lacónicamente Sandra.

El jefe de ingenieros se fue a su despacho, y Sandra miró a aquella mujer corpulenta, que un tiempo atrás la había lanzado a una pared, y no precisamente por saludarla.

—Vaya, así que Sarabi. Hoy voy de sorpresa en sorpresa en esta lata.
—Odín ha querido que te rodearas de rostros conocidos. Aunque no sean de tu total agrado.

—Es evidente que sí. No esperaba volver a verte. Esto se parece cada vez más a una fiesta de antiguos compañeros del colegio.

—Ni yo esperaba verte a ti —aseguró ella—. Al menos, viva.

—No pudisteis matarme, lo siento. Sé que te duele, pero puedes intentarlo de nuevo otro día. ¿Dónde está Daren?

—Muerto. Murió poco después de vernos, a manos de un grupo infiltrado del norte.

—Te diría que lo siento, pero la verdad es que no fuisteis muy amables conmigo.

—No era nada personal. Solo forma parte del trabajo.

—Lo sé. Espero que digas lo mismo si tengo que ser yo quien te lance contra una pared. Y te aseguro que no voy a dudar ni un instante, si es necesario.

—Ahora trabajamos juntas, Sandra. Me han asignado tu protección personal como primera prioridad. Sin duda, un giro de ciento ochenta grados. De ser buscada para ser exterminada, a liderar una operación militar crítica. Hay muchas cosas que no conozco ni acabo de entender en todo este asunto, y que prefiero no saber. Solo tengo una pregunta: ¿cómo pudiste huir de aquella sala donde te encerramos?

—Empleando la mejor herramienta que tenía a mano: vuestra incompetencia.

—Sandra, deja el sarcasmo, por favor. Tenemos una misión.

—Estoy de acuerdo. Pero si me rozas, hablaremos de lo que es volar por el aire. Y no es nada personal.

Sandra se acercó al panel de instrumentos principales de ingeniería. Recibió los códigos de acceso del jefe de ingenieros, y se comunicó con la computadora de la nave. Luego llamó con el dedo al ingeniero jefe, que salió temeroso de su despacho. Sandra le preguntó:

Usáis Lyridro para mantener el campo de energía del reactor de fusión, ¿no es así? —El ingeniero contestó:

—Sí. Nosotros lo llamamos Teslium. ¿Cómo lo sabes?

—Lyridro, Teslium, da igual cómo se le llame. Por qué sé que lo estáis empleando en esta nave forma parte de mi trabajo. Vamos a mejorar la protección del campo amortiguador, para poder aumentar la eficiencia del reactor, y que de esta forma pueda operar a mayores energías.

El Lyridro, o Teslium, era un elemento metaestable de la tabla periódica, concretamente el ciento veinticuatro, que se hallaba en un centro de estabilidad de un grupo de elementos químicos pesados. El blindaje nuclear que generaba era tan potente, que permitía controlar las reacciones del hidrógeno fusionado, y las altísimas temperaturas derivadas con gran eficacia. El coste era la producción del elemento, y la complejidad de obtenerlo mediante reacciones encadenadas. Pero era evidente que, en esa materia, la Coalición del Sur también llevaba ventaja al Gobierno del Norte.

La reacción de fusión se incrementó notablemente. La aceleración fue tan fuerte, que el medidor de tiempo hasta la llegada cayó a dos días y seis horas. El ingeniero jefe no lo podía creer.

—¿Cómo lo has hecho?

—Me lo enseñaron en la escuela.

—Pero, con esa aceleración, deberíamos de estar muertos. Y ni nos hemos movido. Pero hemos acelerado. ¡Es imposible!

—En absoluto imposible —aclaró Sandra—. El proceso de fusión que he implementado genera un atenuador del campo Higgs, el cual se inhibe diez picosegundos cada milisegundo, los mismos que duran los picos de aceleración.

—¿Quieres decir que, durante esos diez picosegundos?…

—Efectivamente; durante esos diez picosegundos, prácticamente dejamos de existir, en cuanto a que nuestra masa es casi nula, así como la cohesión de nuestros átomos. Eso evita que suframos aceleraciones que nos hubiesen destrozado. Pero la cohesión atómica de nuestros cuerpos no se descompensa durante ese tiempo hasta que el campo de Higgs se restablece. Es un proceso repetitivo que permite una aceleración amortiguada.

El ingeniero se mantuvo en silencio, reflexionando sobre lo que le había dicho Sandra. Finalmente, comentó:

—Esta tecnología revolucionaría el viaje a velocidades relativistas.

—Es cierto —confirmó Sandra—. Pero no sé si se podrá poner en práctica alguna vez. Este truco lo aprendí hace dos siglos, cuando entré en contacto con una nave muy especial. Lo que he hecho es una variante más segura que la tradicional, que consiste en usar metaversos combinados, porque son inherentemente inestables. Pero eso ahora no importa. En dos días estaremos en Marte. Eso sí es importante.

Sandra dejó la sala de ingeniería junto a Sarabi, mientras el jefe de ingenieros revisaba los datos del panel del reactor de fusión, sin poder explicarse cómo podía operar a esa energía. Luego ambas llegaron a la sala de mando y al puente de la nave, donde se encontraba el piloto, junto a Freyr y algunos oficiales. Allí estaba Herman también, tumbado en un lado, de nuevo intentando dormir algo. Vio entrar a Sarabi, y comentó:

—Vaya, Sandra, esto sí es una sorpresa. Si traes a una agente especial del sur.

Herman se levantó, y se colocó muy cerca de Sarabi. La miró a los ojos fijamente. Era algo más bajo, aunque no demasiado. Le dijo:

—Maté a muchos de vosotros durante mi tiempo en el ejército. Pero no tuvo mérito; era demasiado fácil. —Sarabi le miró, y contestó:
—Y yo a muchos soldaditos del norte. Pero ahora somos aliados. Colaboramos por una causa común. ¿No es así?

Herman sonrió, se retiró, y se sentó de nuevo en un lado. Hizo un gesto de saludo militar cómico con la mano, y contestó:
—Claro que sí. A sus órdenes, soy su humilde servidor.
—Lo mismo digo —comentó Sarabi.
—Bueno, basta —interrumpió Sandra—. ¿Tenemos el mapa táctico con la información de Marte en algún lado?

Freyr activó un mapa 3D de Marte. La flota y las tropas de la Coalición del Sur tenían un color azulado, y el color rojo estaba asignado para las tropas y naves del Gobierno del Norte. Sandra se conectó directamente a la computadora, y midió las fuerzas exactas de cada bando. Finalmente, dijo:

—Esto es una locura. —Freyr asintió, y comentó:
—Lo es. Por eso puede salir bien.
—Es un suicidio —comentó Sarabi.
—Estoy de acuerdo con "nuestra aliada" —apoyó Herman, que se había levantado de nuevo, y miraba la pantalla tridimensional.

Se hizo el silencio. Sandra constataba una y otra vez todas las variables tácticas de cada ejército. Procesó miles de combinaciones de ataques. En todas las ocasiones, las fuerzas del Gobierno de Norte aplastaban claramente a la Coalición del Sur. No había forma de superar aquellas defensas con las fuerzas disponibles.

Entonces lo pensó de nuevo: "con las fuerzas disponibles".

—Salid todos del centro de mando —ordenó Sandra. Se miraron unos a otros. Sarabi añadió:
—Sandra ha dicho que salgamos. Así que todos fuera. ¿Estáis sordos? ¡Vamos!

El piloto de la nave, Freyr, Sarabi y Herman salieron, junto a los oficiales del puente de mando. Sandra se sentó entonces en el asiento del piloto. Operó el centro de comunicaciones de la nave. Lanzó una señal gravimétrica a Marte en una banda ancha, sin codificar. Enviaba un valor concreto, precisamente el que Sandra había usado como identificación, durante la guerra de 2153.

Al cabo de unos minutos, recibió una comunicación. Era una voz conocida.

—Sandra. Cuánto tiempo sin saber de ti. ¿Qué tal tiempo hace por Lyon? Me tenías preocupado.

—Hola, Richard. No has sabido lo de Lyon hasta muy recientemente, no trates de engañarme. Y veo que te ha llamado la atención mi pequeño mensaje.

—Usar tu código de operaciones y esta frecuencia sin duda ha llamado mi atención. Y también te ha delatado. Tengo tu nave en mi pantalla. Y, por la velocidad de crucero de la misma, veo que has usado parte de la tecnología de la nave de Scott.

—Así es.

—No te servirá de nada en Marte —aseguró Richard—. Odín está obsesionado con tomar Marte desde hace tiempo. Sabe que la clave de la Tierra no está en la Tierra, sino en los inmensos recursos de Marte. Mientras yo controle ese planeta, tendré capacidad de combate casi ilimitada.

—Por eso tus fuerzas en la Tierra han disminuido —aclaró Sandra.

—Así es. Puedo perder territorio en la Tierra, pero lo tomaré de nuevo pronto.

—¿Y la explosión de torio en París?

—Vamos, mi querida Sandra, no esperarás que yo lleve a cabo algo así con mi propia población. Últimamente parece que te estás descuidando, y entregándote a los placeres de la vida, e incluso al amor.

—Richard, no me intentes manipular, ni jugar conmigo. Sé que has sido tú.

—Está bien, Sandra. Destruiré la Tierra por completo si no puedo conquistarla. Odín lo sabe. Tú lo sabes. La Tierra arderá en el infierno si veo que voy a perder esta guerra. Pero aquello de París fue un aviso. La siguiente acción será mucho más devastadora.

Sandra recordó el plan de Richard cuando fue detenido, doscientos años atrás, tras un intento de tomar el poder en la Tierra usando armamento nuclear. Era evidente que esta vez pensaba ir todavía más lejos.

—Richard, esta canción ya la conocemos. Hace doscientos años. En Titán. ¿Recuerdas?

—Sí. Entonces no estaba preparado. Y estaba rodeado de inútiles. Además, ahora no dispones del factor sorpresa. Ni te quedan trucos, como el que usaste en aquella ocasión. Dentro de poco iniciaré una contraofensiva, cuyo punto de origen será Marte, y el punto final, la Tierra. Y te recordaré con gran cariño y nostalgia, cuando te haya convertido en chatarra.

—No, Richard. Eso no va a pasar.

—Llevo tiempo preparando esta operación, Sandra. Odín se ha centrado demasiado en la Tierra. Le he hecho creer que mis fuerzas estaban siendo arrasadas. Y, así ha sido. En la Tierra. No en Marte. Si habéis preparado un mapa táctico, sabes que no tenéis opciones.

—Tengo una opción –aseguró Sandra.

—No intentes jugar al engaño conmigo. Esta vez no estoy dispuesto a ceder ni un milímetro.

—No lo haré. Sé que cumplirás tu amenaza. Sé que destruirás la Tierra antes que perderla. Has perdido tu carisma, Richard. Has perdido tu toque. Ahora solo queda el fanático. El loco desesperado. El psicópata desnudo. Por eso voy a hablar con Deblar. Y con el Alto Consejo. Sabes que ellos me deben mucho. Sabes la gran cantidad de apoyos que tengo en muchos pueblos de la galaxia.

—Eso es imposible. Ni Deblar ni el Alto Consejo te apoyarán. Es la Quinta Ley. Si intervienen abiertamente, su apoyo a ti será el fin de la Tierra, que será destruida por ellos mismos. No harás eso. Nunca sacrificarás la Tierra.

—Me arriesgaré con ellos. Con ellos puedo hablar. Y puedo razonar. Con ellos tengo una oportunidad de salvar la Tierra. Contigo es imposible. Por lo tanto, merece la pena arriesgarse. —Richard insistió:

—Es otro farol. Como el que organizaste durante la batalla de Titán. Esta vez no caeré en la trampa.

—Sabes que lo haré. Sabes que haré cualquier cosa con tal de detenerte.

—Sé que estás desesperada. Pero nunca arriesgarás la Tierra. Ni siquiera por mí. Adiós Sandra. Os estaré esperando.

—¡Espera! ¿Qué estáis haciendo con esa gente de los centros de detención?

Richard no contestó. La comunicación se cortó. Sandra abrió la compuerta, y el piloto y los demás tomaron su sitio de nuevo. Freyr, Sarabi y Herman se mantuvieron atentos a Sandra. Esta se dio cuenta, y comentó:

—Sí, ya sé: os preguntáis de qué va todo esto de haceros pasear dentro y fuera del puente.

—Algo así —comentó Herman.

—Iros a descansar. Voy de nuevo a ingeniería. Voy a tener mucho trabajo estos dos días. Y ni una pregunta. ¿Me habéis entendido?

—Ni una pregunta —confirmó Freyr.

Todos salieron, excepto los oficiales que se encontraban de servicio en el puente, pero Herman volvió a entrar. Sandra le miró con desgana.

—¿Qué acabo de decir? Estás muy pesadito, Herman. ¿Qué te pasa ahora?

—Mira, Sandra, te lo expondré claramente: yo soy perro viejo. Si en algo me parezco a tu padre, sabrás que, tras luchar durante años, uno desarrolla un olfato especial para estas cosas. Y ahora me huelo que estás organizando algo especial contra Richard, con el fin de romper sus defensas. ¿Me equivoco?

—Estoy muy cansada. Y tú también. Vete a dormir.

—Enseguida me voy. Pero antes, escucha. Esa gente del sur, son peligrosos. Tú eres del norte, como yo, si no me equivoco. Estás colaborando con ellos por algún motivo que desconozco, y que no me importa. Pero, ¿no crees que te están utilizando? Yo creo que sí. Y creo que acabarán con nosotros dos en cuanto puedan. —Sandra asintió levemente.

—Es posible, sí. Pero ahora eso no me preocupa en este momento; el objetivo es Richard.

—Ese tal Freyr es especialmente raro. ¿De dónde ha salido? Habla como en una novela barata de héroes medievales.

—Es una variante idiomática, Herman. Nada más. Él y su gente. Está relacionado con ese culto a mi persona que te conté. Pero es eficiente, o eso parece.

—Sí, ya veo. ¿De dónde viene ese culto? Entiendo que tienes cualidades, pero esto es absurdo…

—Es una historia complicada y larga. Pero ahora lo mejor es que descanses. Necesitaré de tus conocimientos en tácticas aire-tierra y tu experiencia como oficial táctico.

—Ya sabes que puedes contar conmigo.

—Verás, Herman. En estos momentos, solo confío en ti. El resto, bueno, están ahí.

—Este soldado puede tener muchas batallas encima, pero va a soportar otra más. Lo haré por ti.

—Cuidado no empieces a adorarme ahora. —Herman rió, y contestó:

—Tenlo por seguro. Sé seguir a quien se ha ganado el liderazgo, como es tu caso, a pesar de tu juventud. Pero no me perderé en idioteces. Me conformaré con ver a Richard ardiendo en el infierno. Solo una pregunta.

—Lo dicho: eres muy pesado. Dime.

—¿Crees que hay espías del norte en la nave? —Sandra alzó los hombros levemente.

—La pregunta no es si hay espías. La pregunta es cuántos, y en qué puestos. Y ahora, lárgate ya. Y ten cuidado por ahí.

Herman asintió, y salió hacia su habitación. Sandra tenía un plan, extremadamente arriesgado. Que requería además coordinar bien la estrategia global contra Richard. O funcionaba, o la situación se enquistaría. Incluso Richard podría pasar a la ofensiva, si una derrota importante minaba la moral de la Coalición del Sur. No debía permitir que sucediese.

Aquella noche, Sandra fue al baile, y pasó una noche en la que realmente se divirtió con aquel joven camarero. Y se olvidó, al menos durante un tiempo, de todas las preocupaciones que la perseguían. Aquel chico quería ser un gran soldado, y estaba lleno de sueños de grandeza, como era muy común en los jóvenes. Todo ello motivado por una propaganda que era igual siglo tras siglo, y que prometía grandes éxitos, medallas, y convertirlos en héroes de la patria.

Palabras vacías, y sentimientos vacíos, promulgados por gobiernos vacíos, para un mundo vacío de cualquier valor. Aquel joven le recordaba en ciertos aspectos a Robert cuando se conocieron, y se vio a sí misma en el cuarto del joven, haciendo el amor con él, y sintiendo cosas que un androide no debería sentir. Aquella situación le había ocurrido mucho tiempo atrás con Robert. Y ahora le pasaba con ese joven.

Jules ya se lo había advertido: no se puede jugar a vivir con un corazón de acero, y, a la vez, hablar de sentimientos rotos, y de dolor y traiciones. Algo no encajaba. Algo dentro de ella no funcionaba según los parámetros establecidos. Robert lo supo en su momento. Y Jules lo sabía también.

Al cabo de dos días, cuando la nave se aproximaba a Marte, y por la misma frecuencia que había usado para conectar con Richard, Sandra se dirigió a la sala de juntas de la nave, y estableció contacto con Deblar. Este apareció en un holograma, en su aspecto humano.

—Sandra. Qué sorpresa. Sabía que íbamos a vernos. Pero no tan pronto.

—Qué tal, Deblar. ¿Cómo sigue tu relación con el Alto Consejo?

—Ya te lo dije: soy su humilde servidor. Todas esas historias de que intento soslayar su poder son pura propaganda. Pero no me llamas para que te diga lo que ya sabemos que no vas a creer.

—Es cierto. Necesito tu ayuda. Vuestra ayuda. Ahora.

—¿Nuestra ayuda? ¿Qué has hecho esta vez?

—Vamos, Deblar. Me utilizaste para probar la fidelidad al actual Alto Consejo. Y accedí a no desarrollar un conflicto armado, gracias a la buena voluntad del Alto Consejo, y a su temor a perder el poder para siempre. Ahora me debéis un favor. Por lo menos. —Deblar asintió levemente.

—Es probable que así sea. Yo no comparto la admiración que de ti tiene el Alto Consejo, ni mucho menos muchos de los pueblos de la galaxia. Pero te has ganado mi respeto.

—Eso es lo último que quiero de ti.

—De acuerdo. Ahora que los dos ya sabemos de los dos lo que los dos sabíamos de los dos, vamos a entrar en materia. ¿Qué quieres?

—Quiero un par de destructores de la Flota Blanca, puestos a mi mando.

—Puede hacerse. ¿Con qué fin?

—Destruir al ejército que Richard tiene en Marte. —Sandra consiguió sorprender a Deblar. Su gesto era evidente, a pesar de su cuerpo humano artificial.

—¿Qué? ¡Eso sería una flagrante violación de la Quinta Ley!

—Lo sé.

—Pero Sandra, significa que, por ley, nos veríamos obligados a destruir la Tierra.

—La Tierra ya está condenada. Una guerra nuclear es inminente. Será destruida, pero no por Richard, sino por el Alto Consejo. Y Richard perderá la guerra. Y, más importante: la vida. Las armas de la Tierra son inútiles contra un par de destructores del Alto Consejo.

—No te entiendo, Sandra. Estás condenando a la Tierra. Toda tu vida has luchado para impedir su destrucción. El Alto Consejo ignoró la filtración sobre nuestra existencia que tuviste con aquel joven humano. Pero una batalla abierta, donde toda la humanidad conocerá nuestra presencia, viola completamente la Quinta Ley.

—Ahora mismo mi prioridad es Richard. Con el Alto Consejo puedo tener una oportunidad de razonar. Y estoy segura de que podré convencerles para que respeten la Tierra. Con Richard, no tengo ninguna. Si he de elegir el menor mal, es este.

Se hizo el silencio. Deblar, finalmente, contestó:

—El Alto Consejo no te escuchará, Sandra. Destruirán la Tierra.

—No hay otra opción. Ya inventaré algún argumento para que no lo hagan.

—No existe argumento. Este truco con el Alto Consejo te ha funcionado una vez. Y por causas muy específicas. No volverá a funcionar. Pero, como veo que vas a insistir, te diré que la Flota Blanca se encuentra apostada cerca. Dos destructores rápidos pueden llegar en dos horas.

—¿Entonces? ¿Me confirmas que el Alto Consejo accederá a ofrecerme esas naves?

—Sabes que lo harán. Y luego, sabes lo que ocurrirá.

—Cada cosa a su tiempo. Te enviaré una señal y coordenadas para que esos dos destructores se coloquen en posición.

—Sigo sin creerte. Tú te llevas algo entre manos, ¿no es así, Sandra? No montarías todo esto esperando ver el fin de la humanidad. Llevas tres siglos luchando contra el fin de la especie humana. Estoy seguro de que ahora no has cambiado de opinión. Tienes alguno de tus trucos preparado.

—Cumple mis instrucciones, Deblar. Ya me manipulaste una vez. No vuelvas a intentar aprovecharte de esta situación para llevar a cabo tus planes personales.

—Hasta pronto, Sandra. Sentiré ver a la humanidad convertida en cenizas. Quizás el Alto Consejo te perdone la vida, y te permita unirte a una delegación como consejera.

—Quizás —repitió Sandra lacónicamente.

—Saludos, Sandra. Estaremos en contacto.

La comunicación se cortó. Sandra comunicó con Freyr, el capitán de la nave.

—Capitán, quiero que transmita un mensaje a la flota de la Coalición del Sur en Marte. Tendremos ayuda durante la operación.

—¿Qué ayuda, señora? No nos quedan naves, excepto las escoltas de la Tierra.

—Una ayuda que acabará con Richard y su ejército. De forma rápida, efectiva, y para siempre.

—Eso solo podría conseguirlo una flota indestructible —aclaró el capitán. Sandra contestó:

—Y es precisamente una flota indestructible la que ganará la batalla. Esté a punto, capitán.

—Como ordenéis. Transmitiré las instrucciones.

La comunicación se cerró. Sandra miró al infinito. Susurró finalmente:

—Está hecho. Dos destructores indestructibles ganarán la batalla de Marte. Y luego, esas dos naves tomarán rumbo a la Tierra, y terminarán con la historia de la humanidad. De una vez. Y para siempre. Y habré fracasado. Richard habrá fracasado. Y la profecía de Scott habrá ganado.

Herman entró en la sala de juntas. Miró a Sandra preocupado.

—Ah, estás aquí. Te estaba buscando. ¿Estás bien, pequeña? —Ella le miró seria. Y contestó:

—Acabo de condenar a la especie humana. —Herman negó suavemente.

—No sé exactamente a qué te refieres con esa frase tan melodramática. Pero la especie humana lleva tiempo condenada. No te culpes por ello si llega el final. No eres una diosa. Tan solo eres una joven que sueña con un mundo mejor. En ese sentido, tú y yo nos parecemos mucho. Yo también soy un maldito idealista. —Sandra sonrió.

—Sí. Y dicen que son los idealistas los que mueven el mundo. Por eso te necesito a mi lado.

—Y, por eso, permaneceré a tu lado. Hasta el final.

Sandra se acercó. Abrazó a Herman, que la abrazó también diciendo:

—Vamos, vamos, nena, tranquilízate… Tu padre se sentiría orgulloso de ti. —Sandra le miró con una leve sonrisa.

—¿Lo dices en serio? Es una pregunta que me he hecho muchas veces.

—Claro que lo digo en serio. No eres perfecta. Pero eres tenaz. Haz lo que debas hacer. Y luego, que el destino decida, que es lo que pasa siempre. Tienes trabajo por delante. No te demores. Céntrate en lo que tengas que hacer. Todo va a salir bien.

—Lo haré. Te lo prometo, Herman. Lo haré.

—Pero antes, ¿quieres un café? Te invito.

—Prefiero una cerveza.

—Esperaba esa respuesta. ¿Sigues con el camarero, ese tal Martin? —Sandra alzó los hombros, y torció el gesto ligeramente.

—No. finalmente le conté que no soy una pasajera, sino el enlace de Odín con la operación militar en Marte.

—Y se asustó, y salió corriendo.

—Al contrario. Quería que le pusiera en primera línea de fuego. Moriría por mí, salvándome como un héroe, en medio de explosiones y una lluvia de fuego, y cayendo en combate, después de acabar con medio ejército enemigo.

—Ya veo… Otro al que le han lavado el cerebro con el héroe de guerra, y las películas propagandísticas.

—Así es. Le dije que lo mejor era conservar nuestra amistad. Y para eso le necesitaba vivo. Cuando escuchó la palabra "amistad" casi se cae al suelo.

—Estoy seguro. Pero, dadas las circunstancias, puede que sea lo mejor para él. Vamos a por ese café, y esa cerveza. A ver si rompes más corazones.

La caída de los dioses (II)

La fragata Erebus estaba a punto de llegar a Marte, para colocarse en el grupo principal de la flota de la Coalición del Sur. Todas las naves esperaban esa extraña noticia de una ayuda que iban a recibir, por parte de una misteriosa fuerza que aplastaría al Gobierno del Norte, sin saber de qué fuerzas se trataban, ni su naturaleza y composición. En realidad, nadie creía aquella orden absurda, pero estaban acostumbrados a recibir órdenes sin sentido, por lo que no le dieron demasiada importancia.

Sandra, mientras tanto, había reunido a Freyr, Herman, y Sarabi. Los había convocado por separado y de viva voz, en el dormitorio de un grupo de soldados, mientras estos estaban de servicio.

—Me encanta reunirme aquí a escondidas —comentó Herman—. Me recuerda mis tiempos de juventud, cuando nos sentábamos por las noches con los compañeros, a hablar de batallas y de mujeres.
—Supongo que seríais unos expertos en ambos temas —sugirió Sarabi.
—No te haces a la idea —aclaró Herman. Sandra interrumpió:

—Vamos a centrarnos, por favor. Supongo que sabréis por qué os he convocado aquí.
—Es evidente —aclaró Herman—. Sistemas de escucha.
—Así es. Sospecho que la nave está plagada de sistemas de escucha, y hay varias actitudes que me han parecido sospechosas. —Sarabi negó con la cabeza.
—Estoy segura de que no hay espías ni agentes del Norte en la nave. Ni mucho menos micrófonos.
—Entiendo tu celo Sarabi, ya que eres la jefa de seguridad de la nave. Pero no puedo, ni voy, a arriesgarme. Sé que Richard conoce mis movimientos en la nave. Alguien le ha informado.
—Eso no es posible —aseguró Sarabi.
—Sí es posible —insistió Sandra—. Mantuve una comunicación con Richard, hace dos días. Me sugirió varias cosas, entre ellas, que no jugara al amor. No he tenido relaciones sentimentales con nadie desde hace mucho, pero sí ahora, con Martin, un camarero de esta nave. Quedé con él para el baile. Alguien informó de esta acción a Richard. Puede que el propio Martin, aunque es más probable que fuese alguien que fue informado entusiásticamente por Martin de que tenía una cita con una joven morena de ojos azules. Y, si Richard está informado de eso, debo dar por sentado que puede saber cualquier cosa que haya ocurrido en esta nave, y cualquier conversación que se haya mantenido.

Esta habitación es segura, la he verificado. Pero no puedo verificar toda la nave sin levantar sospechas en la tripulación, o poner en aviso a cualquier infiltrado. Por eso estamos aquí.

Sarabi intervino:

—Hice un control exhaustivo del personal. No encontré sospechas de que pudieran ser agentes del norte en ningún caso.

—Richard es un inútil con la tecnología, pero es un experto en aspectos de infiltración. Y precisamente de eso se trata: de volver esa capacidad en su contra.

—Tenemos a alguien del norte aquí —comentó Sarabi, mirando fijamente a Herman. Este contestó:

—En circunstancias normales, te aseguro que actuaría como agente en esta nave. Soy del Norte, es cierto, y me debo al Norte. Pero esta nave tiene una misión: matar a un genocida llamado Richard. Somos muchos los que queremos un nuevo Gobierno del Norte, y eso pasa por matar a Richard, y destruir al ejército de fanáticos que le protege. Por eso, mientras Richard esté vivo, y la misión de esta nave sea acabar con él, yo actuaré de acuerdo con los intereses de esta nave. Luego, bueno, ya ajustaremos cuentas todos con todos, y mandaremos el mundo al infierno. Será la última guerra. La definitiva. —Sandra comentó:

—Me temo que no. Siempre se considera que la última guerra fue la definitiva. Hasta que llega la siguiente, y luego la última, en la que no quede nadie para luchar.

Todos permanecieron callados un instante, hasta que de nuevo habló Herman, dirigiéndose a Sandra.

—Tienes algo pensado. Ya te voy conociendo.

—Sí. Es el motivo de esta reunión, si es que por fin vamos a centrarnos todos en lo que realmente importa, que es llevar a cabo la misión de esta nave. Y espero que os ajustéis todos a mis instrucciones, porque este asunto ya es tremendamente complejo sin vuestras constantes disputas. Richard se esconde en algún lugar del monte Olimpo de Marte. Es paradójico que el hogar de los dioses sea el refugio del mayor genocida de la historia. Así que voy a bajar con un dron ligero de vigilancia a Marte, y me voy a dirigir al monte Olimpo. La base de la montaña tiene seiscientos kilómetros, y la montaña una altura de veintiseis kilómetros. Pero es evidente que los puntos donde pueda estar Richard son limitados a unas áreas concretas, donde se producen emisiones radioeléctricas y gravimétricas. Allí buscaré una terminal de las computadoras de Richard. Sabéis que Richard no permite accesos remotos, por lo que solo se puede acceder manualmente a sus computadoras y sistemas de control. —Sarabi negó levemente.

—Los drones en general no incorporan equipamiento para tripulantes, ni oxígeno. Por eso se llaman drones.

—Muy inteligente, Sarabi —confirmó Sandra—. Pero eso a mí ahora no me importa, ni me preocupa. Es más; espero que eso juegue a mi favor. En un vuelo desde el espacio, aproximándome a una distancia de seguridad, luego desplazándome a baja cota, y con mi equipamiento, podré evitar ser detectada. Cuando alcance la distancia mínima, seguiré a pie.

—Imposible —insistió Sarabi—. Necesitas un traje espacial y una mochila de vuelo. Ese material será detectado inmediatamente. Es una absoluta locura.

—Iré sin traje espacial. Y sin mochila de vuelo. —Sarabi torció el gesto.

—Sandra, sé que no te caigo bien, pero lo que digo…

—Lo que dices es correcto. Ningún humano podría moverse sin traje espacial.

De nuevo se hizo el silencio. Freyr siguió también en silencio. Herman sonrió, y asintió levemente. Finalmente, Sarabi comentó:

—Es imposible. Tú no puedes ser un androide.

—Lo soy —aseguró Sandra.

—Entonces tengo que informar a Odín de inmediato. Esto supone un gravísimo fallo de seguridad. Deberás ser detenida, y no llevarás a cabo ninguna acción hasta que Odín sea informado, y yo reciba nuevas instrucciones. —Sandra asintió, y comentó:

—Es algo razonable, tratándose de un androide camuflado a bordo de una nave de la Coalición del Sur. Pero las cosas no requieren de tanto protocolo. No pertenezco a la Hermandad Androide, si es eso lo que te preocupa. Y no es necesario que me detengas hasta conocer las instrucciones de Odín. De hecho, podemos preguntarle ahora mismo, si te parece.

—¿De qué hablas?

Sandra miró a Freyr, que había estado callado y en silencio todo el tiempo. Preguntó:

—¿Qué te parece, Odín? ¿Vas a permitirme continuar con esta operación? —Freyr miró con una leve sonrisa a Sandra. Luego su rostro cambió de aspecto. Incorporaba un proyector holográfico que había variado su fisonomía, para hacerla irreconocible. Frente a ellos, apareció el verdadero rostro de Freyr, que no era otro que el de Odín.

Herman rió levemente. El rostro de Sarabi era de total confusión. Fue sin embargo Odín el que habló:

—Muy bien, Sandra. Muy bien. Sigues sin decepcionarme. Tu reputación no es de ningún modo exagerada. Realmente eficiente, y un honor poder compartir este momento contigo. ¿Desde cuándo lo has sabido? —Entonces Sarabi se arrodilló.

—¡Mi señor! ¡Yo… no sabía nada!

—Levántate, Sarabi. No son necesarias estas ceremonias conmigo, al menos, no en privado. Yo no soy Richard.

Sarabi se levantó, en medio de una risa de Herman al observar el gesto de servidumbre de Sarabi, que fue sofocada por la mirada imperativa de Sandra. Mientras, Odín preguntó de nuevo:

—Tengo curiosidad, Sandra. Insisto: ¿desde cuándo lo has sabido?

—Que fueses el capitán de la nave era sintomático, pero no definitivo. Al fin y al cabo, en la isla te presentaste como un oficial de rango bajo. Luego, resulta que eres nombrado por el propio Odín para comandar una fragata, en una misión muy delicada, con un objetivo crítico. Por otro lado, mi análisis de tu actividad neuronal y física dejaban claro que tu organismo estaba altamente alterado. Es decir, habías sido probablemente tratado con el mismo sistema con el que fue tratado Richard, ese sistema que el mismo Richard guarda celosamente en algún lado. Un sistema regenerativo físico y mental muy sofisticado, que deja profundas huellas en mente y cuerpo, y que prolonga la vida hasta setecientos años. De todas formas, podía estar equivocada, así que me aseguré de ver tu nivel de autoridad. Cuando hablaste con la flota para dar mis instrucciones, noté que te presentabas como mucho más que un simple capitán de fragata. Hablabas con autoridad y con determinación. Se notaba claramente que estás acostumbrado a dar órdenes, con seguridad y determinación. Y no he recibido ningún mensaje de Odín desde la Tierra, cuando debería tener una comunicación fluida con él, dada la importancia de esta operación. —Odín, asintió.

—Muy bien, Sandra. No me decepcionas. Realmente espectacular. Colaborar contigo ha sido la mejor decisión que podía tomar.

—Nuestra colaboración es puntual, Odín. Y siempre que mantengas tu palabra con respecto a la gente de Nueva Zelanda.

—Por supuesto. Tienes todo mi apoyo.

—Será mejor que no te conteste a lo que pienso de tu apoyo. Eres el responsable de la muerte de millones de seres humanos. Solo colaboro contigo por una leve esperanza de poder tener tu colaboración en esta operación contra Richard, y por el asunto de Nueva Zelanda. Solo una pregunta: ¿quién está a cargo de procurar el manto de energía protector?

—No te preocupes, tengo a mis mejores ingenieros. Pero recuerda lo que te dije: no servirá a largo plazo, y solo para una extensión pequeña.

Entonces intervino Herman. Miró sonriente a Odín, y comentó:
—Vaya, vaya el gran Odín, qué sorpresas trae la vida… Como soldado que sigo siendo del Norte, es mi deber matarte, en cuanto termine este pequeño viaje. —Sarabi intervino:
—Como soldado del sur, es mi deber impedírtelo. —Odín respondió:
—Tienes razón, Herman. Eres un soldado, y yo soy un objetivo prioritario. Debes matarme. Y me sorprendería que no lo intentases. Pero, como bien dices, creo que es mejor esperar a que terminemos esta operación. Ayuda a Sandra a acabar con Richard, y luego acaba tú conmigo. Si puedes. Será un día glorioso para la humanidad. Y para ti.
—Así es, ya nos mataremos todos luego —sentenció Sandra—. Estoy de acuerdo con Odín. Ahora vamos a terminar esto.
—Queda algo por aclarar —comentó Sarabi—. Tú no puedes ser un androide.
—Mira, Sarabi, eso ahora no importa. Lo importante es que solo yo puedo bajar a Marte en un dron sin ser detectada, y caminar hasta el perímetro de la montaña, donde están localizadas las gravitobalizas de Richard. Vosotros os quedaréis aquí, y cumpliréis las instrucciones que os dé Herman. Él queda al mando de las operaciones militares de la flota.
—¿Qué? —Exclamó Sarabi—. ¡Esto es inadmisible! ¡Yo no recibo órdenes de un cerdo del Norte! —Sandra negó levemente, y contestó:
—Pues tendrás que hacerlo ahora. Solo confío plenamente en él. Y tiene experiencia en combate. Ahora salid todos, excepto Herman. Voy a darle las instrucciones finales. Y cuando digo todos, me refiero también al Todopoderoso Odín.

Sarabi se dirigió a Odín antes de salir.
—Mi señor: ¿vamos a dejar toda la flota de Marte a cargo de este mercenario del Norte? —Odín asintió levemente, y respondió:
—Sandra tiene la última palabra en todo lo relacionado con esta operación. Las cosas se han de suceder según su criterio. Cualquier intento de alterar sus órdenes, o de no acatarlas, tendrá una respuesta muy dura y directa por mi parte. ¿Ha quedado claro?
—Sí, señor —respondió Sarabi con voz baja. Odín se dirigió a Herman.
—Lo que me preocupa es esta traición a los tuyos. Vas a atacar a tu propio pueblo.
—Esos no son mi pueblo —repuso Herman—. Mi pueblo está en la Tierra, padeciendo las penurias de las políticas de Richard. Esos son fanáticos, seguidores de un loco genocida. Habrá tiempo de luchar con

mi pueblo, por una libertad real, por un mundo donde podamos volver a vivir sin el yugo de ese monstruo. —Odín asintió levemente.

—Está bien. Me doy por satisfecho. Y ahora, vámonos. Sandra quiere hablar con Herman a solas.

Odín y Sarabi salieron. Herman se sentó en una silla, y cruzó las piernas. Al cabo de unos instantes, comentó:

—Sabía que eras especial. Y era realmente increíble que una joven como tú pudiese tener esas capacidades de organización, estrategia y combate. Pero me negaba a pensar que pudieras ser un androide. Yo destruí muchos androides durante mi tiempo al servicio del Gobierno del Norte.

—¿Vas a destruirme a mí? —Herman miró fijamente a Sandra. Contestó:

—Claro que no. Primero, porque eres especial. En segundo lugar, porque en este corto espacio de tiempo creo que he empezado a verte con cierta estima. Tercero, porque tu padre hubiese querido que alguien parecido a él cuidase de ti; y ese soy yo.

—No era mi padre. No podía serlo. No estoy viva. No soy humana.

—Puede que no. Pero tú sentías que era tu padre. ¿No es así? —Sandra bajó la mirada levemente.

—Sí. Y no me preguntes por qué. —Herman asintió.

—¿Por qué tenemos que estar siempre justificando nuestros sentimientos, Sandra? Lo que sentimos nace de nosotros. Hombres, mujeres, bestias, máquinas… El sentimiento es lo que importa.

—Temía que pudieras volverte contra mí.

—Lo que debería hacer es darte una buena patada en el trasero por no habérmelo dicho antes. Pero comprendo que tuvieses tus dudas. Para mí, sin embargo, sigues siendo Sandra. No ha cambiado nada. Nada en absoluto.

—Eso es agradable de oír —comentó Sandra sonriente.

—Y ahora dime: ¿por qué me haces esto?

—¿Qué te hago?

—Ponerme al frente de las fuerzas de la Coalición del Sur. Yo, que soy un soldado del Norte. La observación de Odín no iba tan desencaminada.

—Precisamente por eso lo hago; porque conoces cómo operan las fuerzas del Norte. Conoces sus tácticas. Su forma de pensar. Y de actuar. Y porque solo confío en ti. Aquí hay mucho en juego, Herman. Odín es un déspota despiadado, solo un escalón por debajo de la locura de Richard. Por otro lado, Richard está loco. Y tengo que averiguar qué trama exactamente. Por eso he de entrar en sus instalaciones.

—¿Y esas fuerzas que van a ayudarnos, y que son imparables?

—Aparecerán en su momento. Y, entonces, necesitaré tu ayuda.

—La tendrás. Ya lo sabes. Aunque no tiene ningún sentido eso de "fuerzas imparables". Pero parece claro, y el mismo Odín lo sabe, que es mejor no analizar demasiado tu comportamiento. Y ahora, si no te importa, voy a ver a esos dos, Odín y Sarabi, y a tomar el mando. Lo que me extraña es que Odín se mantenga al margen, y no ponga objeciones. Es como si quisiera que fueses tú la directora absoluta de esta tragedia que estamos viviendo, siendo él un mero espectador. Y eso es muy, muy raro.

—Lo es. Pero no puedo empezar a filosofar ahora. Es el momento de la acción, no de las palabras. —Herman asintió.

—Estoy de acuerdo. Estaremos en contacto. Tendré todos los canales de emergencia abiertos. Voy a tomarme un café.

—Creo que abusas del café.

—Naturalmente. El universo comenzó con una taza de café. Y un café será lo último que pida cuando deje este mundo.

Sandra sonrió, y le dio un beso en la mejilla a Herman, lo cual le sorprendió gratamente. El viejo soldado se fue silbando una vieja canción, cuya letra era mejor no pronunciar en público.

La fragata se colocó en una órbita baja alrededor de Marte. Antes de que la flota de la Coalición del Sur hiciera su aparición, Sandra había partido, saliendo por un conducto de ventilación al espacio, con un dron ligero de reconocimiento. Lo activó, y se sujetó a la estructura, prácticamente fundida con la estructura externa. El dron tenía solo dos metros y medio de largo, y medio metro de ancho, y estaba equipado para actuar con gran invisibilidad a la mayor parte de las frecuencias radioeléctricas y gravitatorias.

El descenso fue siendo cada vez más acusado, y pronto la fricción con la atmósfera comenzó a calentar la estructura. Sandra proyectó un campo de energía con el phaser, que permitía que el calor del plasma de anhídrido carbónico y nitrógeno no derritiese al dron, y a ella misma. La atmósfera de Marte es mucho más tenue que la de la Tierra, pero aquella velocidad era capaz de fundir el metal sin problemas. La estructura de grafeno de la sonda podría aguantar la temperatura, pero algunos elementos de metal se destruirían de inmediato sin una protección adecuada.

Sandra caía a toda velocidad, mientras trataba de conjugar una velocidad de descenso que pudiera confundir la señal de calor con un meteoro, mientras impedía fundirse completamente. Finalmente, a dos kilómetros de altura, comenzó a rebajar la velocidad de descenso usando un campo antigravitatorio, y a tomar un ángulo paralelo al horizonte. En breve se vio volando a medio metro del suelo, dirigiéndose hacia el monte Olimpo. Pudo entonces reestablecer sus sistemas de detección pasiva electromagnéticos y gravitatorios.

A los pocos minutos detectó una fuente de radiación gravitatoria. Se dirigió hacía allá. Era bastante intensa, lo cual delataba un campo gravitatorio artificial. Pero, conforme se acercaba, notó que el campo era muy grande, demasiado para ser una gravitobaliza, o un detector de anomalías gravitatorias. Aquello era esencialmente un campo gravitatorio artificial adecuado para crear una gravedad similar a la terrestre. Y su extensión indicaba que algo importante se ocultaba por debajo de la superficie.

El dron se posó suavemente en la rojiza superficie de Marte. Sandra hizo un agujero con el phaser, y lo enterró. Desconectó todos los sistemas, y abrió el reactor para que se enfriara, y no emitiese radiación infrarroja. Luego se acercó a la fuente gravitacional. Era un generador de distorsión espacial mediante ondas gravitatorias muy sofisticado, cuya fuente era un reactor de fusión cercano. Siguió el conducto de alimentación, y encontró una obertura de refrigeración del reactor. Era muy estrecha, y Sandra tuvo que reducir su diámetro al máximo para poder entrar. Fue bajando metro a metro, hasta llegar a una elongación. En aquella zona había una atmósfera de oxígeno y nitrógeno débil.

Se escuchaban sonidos lejanos en uno de los tubos descendentes. Tomó el mayor, y siguió descendiendo. Calculó que había bajado un kilómetro y medio, cuando llegó a una pequeña sala. Parecía un pequeño almacén. Había objetos diversos, y sacos. Analizó los sacos, y lo que descubrió fue sorprendente: era tierra para cultivo. Estaba preparada para ser usada de forma inmediata en plantaciones. Muchas cajas contenían objetos de labranza, e incluso una de ellas contenía lo que aparentemente parecía un motor de tractor.

Tras examinar el almacén, Sandra tomó otro conducto de ventilación, que corría paralelo a un pasillo. Se deslizó durante unas decenas de metros, hasta llegar a una torre, que tenía veinte metros de diámetro, y una altura desde la base de trescientos metros. Formaba parte de una estructura de columnas gigantescas en forma circular, que sujetaban una semiesfera gigantesca, de veinte kilómetros de diámetro. La esfera era la parte superior de una megaestructura, que básicamente contenía una superficie que llamó la atención de Sandra; era, en muchos aspectos, una reproducción muy fiel de un área de la Tierra, con carreteras, cultivos, y lo que parecían algunas poblaciones. Un río atravesaba la superficie aproximadamente sobre la zona más ancha del círculo que conformaba aquel territorio.

Sandra observó el terreno de cerca, ampliando la imagen hasta poder distinguir detalles. Entonces vio algo todavía más sorprendente: los campos disponían de gentes que cultivaban la tierra. Tractores que se dedicaban a remover el terreno, y, en las carreteras, automóviles terrestres circulaban con lo que parecían familias. Hombres, mujeres, y niños. Pero algo le llamó poderosamente la atención: todo el escenario parecía extraído de un planeta Tierra que hacía tiempo había dejado de existir; concretamente, parecían escenas extraídas de zonas Europa, Asia, y de América, de los años treinta y cuarenta del siglo XX. Vehículos, casas, incluso la vestimenta de las personas, sus objetos, todo parecía extraído de un mundo perdido. Con alguna excepción. Los automóviles, y los tractores, disponían de motores del mismo aspecto que los antiguos, pero eran propulsados por reactores de fusión. Incluso así, el sonido del motor era sin embargo una imitación de aquellos motores de explosión de la primera mitad del siglo XX.

El número de personas que podía localizar se incrementaba exponencialmente. Si aquellas poblaciones tenían una densidad similar a la de los pueblos reales de la época, entonces podría haber entre treinta mil a cuarenta mil personas en aquel extraño territorio. Y todos parecían gozar de buena salud. Aunque desde aquella distancia no podía hacer un análisis, era evidente que tanto física como psíquicamente parecían estar en perfectas condiciones. Y no eran androides. O, si lo eran, disponían de un sistema de ocultación tan avanzado como el de ella.

Sandra varió su aspecto ligeramente, y se aclaró el cabello, para no ser reconocida por los sistemas de seguridad de la zona. Modificó también el ropaje orgánico de su uniforme para adecuarlo al aspecto de una joven estadounidense de los años treinta del siglo XX. Luego bajó a la superficie. Tocó la tierra, que era auténtica. El nivel de bacterias y su composición eran los habituales de muchas zonas de la Tierra. La gravedad era solo algo inferior. La proporción de oxígeno era del veintiuno por ciento, y la presión atmosférica igual que la de la superficie terrestre. El nitrógeno estaba presente, pero los gases como el metano y el anhídrido carbónico variaban ligeramente, a la baja. Decidió que aquello era demasiado importante como para ignorarlo. Toda esa gente, y aquel mundo tan extraño, eran probablemente alguna nueva locura de Richard.

Pero aquellas eran personas reales. Seres humanos. Seres vivos. Y eran miles. No podía ignorar aquello. Ni podría dar ninguna orden de ataque, ni organizar ninguna estrategia ofensiva, que pusiera en peligro aquellas vidas. Quizás se trataba de algún tipo de escudo humano. Tendría que averiguarlo.

Notó una presencia que se acercaba. Era un niño de unos cinco años. Miraba a Sandra con sorpresa. El chico dijo al fin:

—Hola. –Sandra miró al chico. Lo examinó. Era un niño normal, con un metabolismo estándar. Le preguntó:
—Hola. ¿Y tu mamá? –En ese momento apareció una mujer de unos cuarenta años corriendo.
–¡Marco! ¡Deja ya de escaparte! —Sandra miro a la mujer, que la miró a su vez. La madre comentó:
—Es un bicho. Se escapa todo el rato. Tiene afán aventurero.
–Bueno, es un explorador. Eso está bien.
—Vamos, Marco, no molestes a la señorita.
—No se preocupe, no me molesta. –La madre miró y sonrió a Sandra, sin decir nada más, y se fue con el niño a paso ligero.

Probablemente aquella era la situación más surrealista que había vivido Sandra desde que fuese activada por primera vez. Decidió que tendría que seguir explorando la zona, para intentar averiguar algo más. Entró en el pueblo más cercano, y se dirigió a una cafetería. En una vieja radio sonaba algo de Frank Sinatra. El camarero se dirigió a ella.

—Buenos días, ¿qué desea?
—Una cerveza, por favor.
—Una cerveza para la señorita. Marchando.

El camarero le puso una conocida cerveza europea de la época a Sandra en la mesa con una copa, y se retiró. Sandra probó la cerveza. Analizó el contenido. Aquello no era cerveza en absoluto. Era un complejo de compuestos proteínicos, lípidos y aminoácidos equilibrados para ser un alimento fácilmente procesable por un ser humano, similar a los productos de supervivencia de muchas naves. No había ni rastro de alcohol, ni de nada que recordase mínimamente a una cerveza. Aquello cada vez era más absurdo.
–Póngame una limonada —solicitó Sandra.
—Hay sed, ¿eh? —El camarero le sirvió lo que efectivamente parecía una limonada. Sin embargo, el análisis indicaba que era exactamente el mismo producto, con la misma composición de la cerveza.

—¿Me cobra, por favor? —El camarero miró extrañado a Sandra, y respondió:

—Claro, pero no te preocupes, ya buscaremos alguna tarea en la que puedas ayudarme, o si tienes provisiones que puedan ser de mi interés, podríamos hablarlo. De momento, a esta ronda invita la casa.

Sandra sonrió, saludó, y se fue. Era evidente que aquella era una economía de intercambio de recursos, sin dinero en metálico. Recibió entonces una llamada por el canal gravimétrico de emergencia.

—¿Qué pasa, Herman? Este canal es para emergencias. ¿Lo has olvidado?

—Y es una emergencia lo que tenemos. La flota del Gobierno del Norte se moviliza. Se dirige hacia nosotros.

—¿Cómo? Se supone que tienen que defender el monte Olimpo. Eso deja abierto el acceso a nuestras tropas de tierra para un ataque.

—Efectivamente. Es nuestra oportunidad. Tenemos una oportunidad de barrer a las tropas de tierra en el intervalo. Reducir todas las infraestructuras del monte Olimpo de Richard a cenizas.

—No podemos hacer eso, Herman. Aquí hay una población humana civil de entre treinta mil a cuarenta mil personas.

—Sandra, ¿te has vuelto loca? Eso no es posible.

—No solo están aquí, sino que viven en una especie de mundo artificial inventado, extraído del siglo XX. Esto es una locura, Herman.

—Pues pregúntales cómo han llegado allí.

—¿Estás loco? Puedo ser descubierta.

—Mira, Sandra, estoy de acuerdo en que no se puede bombardear la zona si existe peligro de dañar a esa gente. Pero primero hay que averiguar qué es lo que ocurre ahí, y preparar un plan de evacuación, si es que son prisioneros. ¿Has pensado que podrían ser los desaparecidos de los campos de concentración?

—La idea me ha pasado por la cabeza.

—Si son prisioneros, aunque estén cómodos, querrán salir de allá. Incluso podrías provocar una revuelta, y derivar la atención, mientras preparamos un plan de evacuación.

—Herman, no soy capaz de computar todo esto. Estoy confundida.

—Actúa con tu instinto, pequeña. Y todo saldrá bien.

—Eso no es muy científico. Ni útil.

—Pero suele funcionar. Habla con ellos. Busca la forma de contactar con ellos sin levantar sospechas. Y buscaremos soluciones.

Sandra desconectó la transmisión. Vio a una pareja. Caminaban sonrientes de la mano. Tendrían algo más de veinte años, la edad que aparentaba ella. Se acercó sonriente.

—Hola —saludó.

—Hola. ¿Qué deseas?

—¿Cuándo llegasteis aquí? —La pareja se miró sonriendo, y ella contestó:

—Llevamos aquí toda la vida. Nacimos aquí.

—¿Nacisteis aquí?

—Claro. Todos nacimos aquí.

Los dos jóvenes rieron, y se fueron caminando. Aquello no cuadraba. La variabilidad genética de las gentes con las que se había cruzado era diversa, pero correspondía sobre todo a individuos que probablemente eran del Gobierno del Norte. Y el ADN indicaba que la alteración por la gravedad menor, y la composición del aire, todavía no había alterado los cromosomas de una forma evidente. Aquellos jóvenes, por lo tanto, no llevarían en ese pueblo artificial más de seis meses, un año a lo sumo.

Tenía que investigar con más detalle. Debía realizar un examen completo de un individuo, de forma detallada, y sin levantar sospechas. Entonces vio a un joven, que descargaba un camión. Tendría unos treinta años. Se dirigió hacia él.

—Hola.

—Hola —respondió el joven, sonriente. ¿Qué se te ofrece?

Sandra subió al camión, lo tomó de la mano con una sonrisa, y él se la dio. Lo subió entonces al interior del camión, y cerró las puertas por dentro. Solo algo de luz entraba por un respiradero de la parte superior. Sandra se acercó al joven, y le besó apasionadamente, mientras comenzaba a extraerle los botones de la camisa. El joven no se resistió, lo cual era lo esperado, y lo que solía ocurrir en la inmensa mayoría de ocasiones. Al fin y al cabo, Sandra había sido diseñada para ese tipo de operaciones de obtención de datos.

Mientras se desnudaban y comenzaban a hacer el amor, Sandra fue tomando nota de todos los parámetros del joven. Ritmo cardiaco, respiración, oxígeno y glucosa en sangre, compuestos disueltos en la misma, que indicaba que tomaba aquella mezcla orgánica que había visto en el bar, actividad neuroeléctrica, y otros parámetros orgánicos. Hígado, riñones, estómago, todo parecía normal, aunque era evidente que el estómago y el intestino delgado estaban adaptándose a aquella mezcla orgánica. La libido del joven era evidentemente correcta, para eso no necesitaba medir nada.

Más tarde, ya con el joven tumbado en una esquina del camión, este la miró sonriendo, y preguntó:
—Por cierto, ¿cómo te llamas?
—Sandra. ¿Y tú?
—Janik.
—Ah, es bonito. Es checo. ¿Eres de allá? ¿Naciste en Chequia?
—¿Qué es Chequia?
—Europa. ¿Te suena Europa?
—No. ¿Dónde está eso? Creía conocer bien toda la zona. ¿Eres tú de allá? ¿De esa Europa?
—Bueno, yo soy un poco de todas partes. Y ahora, a dormir.
—¿Dormir? Imposible. Tengo mucho trabajo. Pero quiero volver a verte. No muchas veces. Solo unas quinientas. —Sandra rió, y contestó, mientras le tocaba la mano con la suya, y le inyectaba un suero:
—Por supuesto. Pero ahora hay que dormir un poco.

El joven se quedó dormido. La droga lo dejaría inconsciente veinte minutos. Necesitaba llevar a cabo un examen todavía más profundo. No podía introducir nanobots, porque dejarían un rastro durante unas horas, que presumiblemente podría ser detectado. Sandra introdujo unos capilares de fibra de grafeno por la nariz y los oídos del joven, y exploró el cerebro con gran detalle. Fue entonces cuando recibió otra llamada de Herman.

—Sandra. ¡Sandra!
—¿Otra vez tú? Dime, Herman. Qué ocurre.
—Las fuerzas de Richard se acercan. Pronto tendremos que hacer algo. ¿Qué haces?
—He estado haciendo el amor con un joven moreno muy agradable y simpático. —Se escuchó un silencio, y luego Herman comentó:
—Te dije que entraras en contacto con alguien. Pero no pretendía ser tan literal. Y ahora dime: ¿qué diablos significa eso, Sandra?
—Significa que estoy encontrando cosas interesantes en el cerebro de este joven.
—Claro, y él está encontrando cosas interesantes en ti, que no son el cerebro.
—Hablo el serio. Hay algo en su cabeza. Necesito diez minutos.
—Diez minutos. Veinte a lo sumo. Luego, tendremos que hacer algo efectivo. O, cuando vuelvas, solo encontrarás de nosotros pedazos de un centímetro cúbico de grosor.

Sandra siguió investigando el cerebro del joven. Parecía completamente normal, hasta que notó que tenía algo minúsculo, en la zona frontoparietal. Medía medio milímetro, y se encontraba sujeto mediante una estructura de grafeno. Sandra se conectó a aquel objeto. Tenía un puerto de entrada de veinte nanómetros de diámetro. La conexión dio paso al acceso a lo que era, sin ninguna duda, un complejo sistema cuántico de computación muy sofisticado. Pero, además, recibía señales de una fuente externa. ¿Qué señales eran? ¿De dónde procedían?

Notó algo. El objeto había detectado una intrusión. Activó una señal. Sandra la interrumpió, pero era demasiado tarde. Algo ocurría.

Finalmente, descubrió que aquella pieza de ingeniería disponía de un secreto adicional: acceso a la computadora central del Gobierno del Norte. Era evidente que ese individuo, y probablemente todos, recibían algún tipo de comunicación en aquellos dispositivos internos, desde la computadora central. Pero no parecía ser un sistema de control remoto. De todas formas, aquella era una sorpresa inesperada. La conexión se cerró. Pero ella era un androide. Y había actuado ya.

Tenía que salir de allí inmediatamente, y ponerse a cubierto. Se vistió, y abrió la puerta trasera del camión. Entonces, lo vio.

Decenas, centenares de personas se iban acercando. Familias, con niños, con ancianos. La rodearon en silencio. Y la observaron detenidamente.

De pronto, resonó una voz. Con un eco que retumbó a través de las gigantescas estructuras que sostenían aquella bóveda con un falso cielo, la voz dijo:

—Sandra. Qué alegría recibir una visita tan inesperada. Siempre es agradable ver a una buena amiga del pasado, que se acuerda de aquellos con los que compartió tan grandes momentos. Ven conmigo. Estoy deseando darte un abrazo.

En ese momento, vio que se acercaba un vehículo aéreo. Bajaron seis guardias armados con phasers. Sandra no podía disparar. Había ya cientos de personas allá. Un tiroteo mataría sin duda a varias de aquellas personas.

Uno de los guardias se acercó a ella, y le puso unas esposas magnéticas de alta potencia. Luego la empujó con la culata del arma, en dirección al vehículo.

El transporte despegó. De pronto, la gente volvió a la normalidad. Antes de perderlos de vista, comprobó que todos volvían a sus quehaceres, fuera lo que fuese lo que estaban haciendo, en aquel absurdo mundo replicado.

El transporte se elevó, y llegó a una superestructura en la parte superior de la bóveda, situada en una esquina. La hicieron bajar, y la llevaron a una sala, mientras las armas la apuntaban constantemente.

Allí quedó sola unos minutos. Luego, se levantó una pared. Y vio una sombra sonriente, protegida por un muro de energía. La sombra se iluminó. El rostro era conocido. Y un torrente de recuerdos la inundó. Era Richard. Este asintió levemente, y dijo:

—Estimada Sandra. Ha sido demasiado fácil. Decías que he perdido mi carisma. Ya ves que no ha sido así. Tú, en cambio, no pareces estar en forma.
—¿Qué quieres ahora, Richard? Acaba conmigo, y déjate de palabrería.
—En absoluto. No voy a acabar contigo. Todavía no. Primero deberás escuchar mi oferta.
—Ya me hiciste una oferta en el pasado. La acepté. Y pagué un precio altísimo.
—Pero esto es distinto. Esto es algo que te va a gustar.
—¿De qué va todo esto, Richard? ¿Qué le has hecho a esa gente?
—¿Esa gente? Esa gente que has visto son la nueva oportunidad de la humanidad. Un mundo nuevo, con una nueva sociedad perfecta. Sin dinero. Sin sufrimiento. Sin enfermedades. Sin dolor. Sin traumas. Una vida de felicidad completa. Desde el día del nacimiento. Hasta el día de la muerte. Viven una vida completamente real. Solo se les ha despojado de la parte negativa de la vida. Yo les ofrezco todo lo bueno, sin necesidad de sufrimiento, ni penurias. Ellos son los primeros. Pronto, vendrán más.
—¿Quieres dejar de escucharte a ti mismo, y decirme de qué va todo esto?
—Claro que sí. Yo lo llamo Nueva Gaia. Pero puedes llamarlo, si quieres, la nueva esperanza de la humanidad. Es mi pequeña obra maestra hacia la especie humana. Mi último gesto como dios absoluto de la humanidad. Ellos me adoran. Yo les adoro.
—Entiendo. Manipulación mental. —Richard rió.

—Ni mucho menos. Es algo mucho más sutil. Se trata de un reinicio de la mente. Un reinicio de la vida. Usando técnicas adecuadas, claro. Se trata del Génesis. De limpiar sus almas del Pecado Original. Y de crear un nuevo Paraíso. Primero, aquí, en Marte. Luego, más adelante, en la Tierra. Dios creó un mundo donde el mal pudo actuar. Yo he ido más lejos; he creado un nuevo mundo, donde el mal no existe.

—Estás loco, Richard.

—¿Loco? Tú estás preparando lo mismo. Lo sé todo de Nueva Zelanda.

—No es lo mismo. Sí, es cierto; he pensado en un tratamiento para los síntomas de traumatismo por la guerra. Nada más.

—¿No es lo mismo? Yo creo que sí. Pero tu obra es imperfecta. La mía es un nuevo inicio. Yo soy Dios, creando el nuevo Paraíso de la humanidad. Y, esta vez, no habrá pecado.

—Richard, por una vez en la vida, reflexiona. Esa gente se merece vivir sus vidas. Sus vidas reales. Esos hombres y mujeres…

—Son reales. Y actúan de forma real. Sí, es cierto, puedo controlarlos si es preciso. Pero solo si es preciso. O si alguno de ellos estima que debe apartarse de la senda que les he trazado. Pero, fuera de eso, ellos son, y actúan, con total libertad. No hay control. Y ahora, te diré lo que vas a hacer. Vas a darme los códigos de control de las naves de la Coalición del Sur. Y los de la Tierra.

—Ni en un millón de años. Ya puedes destruirme.

—Ah, mi pequeña Sandra. Ya sé que te sacrificarás por esos seres humanos. Al fin y al cabo, sigues siendo un androide. No. Te diré lo que vamos a hacer. Si no me das los códigos inmediatamente, no acabaré contigo. Acabaré con los treinta y seis mil setecientos veinte seres humanos que viven en esta estructura. Con todos, y cada uno, de ellos.

—Richard…

—Los códigos. Quiero los códigos. Tienes treinta segundos.

—¿No eran ellos la esperanza de la humanidad? ¿De un mundo nuevo? ¿No estabas creando un nuevo Edén?

—Claro que sí. Y será el futuro de la humanidad. Siempre que la otra parte de la humanidad caiga por fin, y se sometan al mismo tratamiento que los que aquí has visto. Ya te lo dije: o lo gano todo, o todos perdemos. La humanidad será mía, o no habrá humanidad. No hay término medio. En este juego, debo ganar por cien a cero. No admito otro resultado.

—Los códigos los habrán cambiado en cuanto han perdido contacto conmigo.

—Vamos, Sandra, no me tomes por estúpido. Los códigos fractales no se cambian como una clave de un vetusto ordenador del siglo XXI. Te quedan quince segundos.

—¿Son esa gente los desaparecidos de los campos de concentración?

—Claro que sí. Los que se adaptaron. Los que no se adaptaron, bueno, no padecieron mucho. Aquí están los que mentalmente estaban más capacitados para empezar este nuevo gran sueño de la humanidad. Un sueño que está a punto de perderse para siempre, solo porque tú te niegas a darme los códigos.

—Existen muchas formas de infierno en el universo; yo creía haberlas visto todas. Pero tú lo has superado, Richard.

—Mi estimada Sandra, el infierno es lo que está por venir. Si no accedes a mi petición. Te concedo diez segundos de gracia.

Sandra comprendió que la amenaza era real. Richard hacía tiempo que había superado todas las fronteras de la locura final del ser humano. Aquellas gentes eran una nueva esperanza, pero también eran sus rehenes, para conseguir aplastar a la Coalición del Sur. Era un momento crítico. ¿Sacrificar a más de treinta mil personas, para salvar a la humanidad en la Tierra? ¿Evitar la muerte de aquellos miles de vidas, y entregar las de la Tierra a aquel loco?

Tenía que tomar una decisión. Una decisión que sería crucial para la humanidad. Y tenía diez segundos para decidirla…

La caída de los dioses (III)

Nota: tras la línea final se da un texto adicional que contiene unas pistas de lo que acontece en el futuro. Ese texto será parte del contenido y sucesos explicados en lo que he dado en llamar la "Segunda Trilogía" que dará fin a la saga. Todo eso si los dioses me son magnánimos y me permiten finalizar este proyecto.

Sandra agotó los diez segundos de gracia que le había dado Richard. Luego, susurró:

—Está bien, transmito los códigos a tu terminal, ahora. —Richard sonrió levemente.
—Estupendo. Sabía que serías comprensiva a la petición de un viejo amigo. Ahora tengo acceso a todos los sistemas clave de Odín, tanto los que están en órbita de Marte, como en la Tierra.

Richard recibió los códigos, y los pasó a la computadora central. Iba a cargarlos en las computadoras de combate de sus naves en órbita, y en los sistemas defensivos del monte Olimpo en Marte. Con ellos, las armas y defensas de las naves de la Coalición del Sur quedarían inoperativas. Pero una proyección holográfica apareció de pronto. Era una transmisión que llegaba desde más allá de Plutón, a varios años luz de distancia. Y la imagen que se formó fue para él una desagradable sorpresa.

—Richard, cuánto tiempo ha pasado. Y sigues, por lo que veo, con tus viejas obsesiones de gobernar ese ridículo planeta llamado Tierra.
—¡Deblar! —Exclamó Richard—. ¡Es imposible! ¡Sandra no puede estar pensando realmente en usar las fuerzas del Alto Consejo! ¡Conoce las consecuencias! —Deblar negó levemente.
—Sandra es un ser muy particular, Richard. Y de reacciones completamente inesperadas, teniendo en cuenta que es un androide. Pero tiene un patrón de comportamiento, como todo ser consciente. Parece mentira que tenga que ser yo el que te lo diga.
—¡Pero ella no puede haber decidido sacrificar la Tierra! ¡Estáis intentando engañarme! ¡Los dos!
—¿Por qué habría de engañarte? A pesar de su sofisticación y complejidad, Sandra es, después de todo, un androide. Y actúa como tal. Si tiene que confrontar dos alternativas negativas, elegirá aquella de menor grado de daño a la humanidad. Solicitándome ayuda consigue,

en primer lugar, que no puedas controlar la Tierra. Si la humanidad ha de desaparecer, La lógica de Sandra opta por que sea por su causa, para poder asumir la culpa, en lugar de que deba asumirla un ser humano. Es un comportamiento coherente con su programación. En segundo lugar, ella tiene una leve esperanza, infundada pero razonable según su punto de vista, de que podrá convencer al Alto Consejo de que es posible intervenir en Marte, sin que ello suponga destruir la Tierra. Ya le he dejado claro que ese razonamiento no se sostiene, debido a la Quinta Ley. Pero, definido un cálculo de probabilidades, aquella que dice que podría convencer al Alto Consejo tiene un porcentaje mayor que la de convencerte a ti de que no actúes contra la Tierra. Solo tú y tu obtusa mente que niega la tecnología y la lógica no pueden verlo. No tendrías que haber matado a tu socio. Era la parte lógica y coherente de ti.

La alarma general comenzó a sonar en la sala. Richard recibió un mensaje de su lugarteniente.

—Richard, está ocurriendo algo extremadamente raro. ¿Observas el mapa táctico?

Un mapa tridimensional de Marte apareció sobre la mesa de Richard. Dos objetos destacaban. El ayudante de Richard realizó una ampliación de la zona. Podían verse dos destructores estelares de una longitud de seis kilómetros, y una anchura de dos y medio. Eran estructuras gigantescas, que iban absolutamente más allá de cualquier escala imaginable para la especie humana. Sandra observó el mapa, y comentó:

—Ahí tienes la respuesta a tus dudas, Richard. Son dos destructores del Alto Consejo, clase Gemis. Tú conoces esos destructores. Viste su poder durante la batalla de Titán, en 2153. Su potencia de fuego puede devastar un planeta como la Tierra en pocas horas. ¿Vas a entrar en razón, o vas definitivamente a terminar volviéndote loco? Los destructores apuntan a tu flota. Aún te queda una oportunidad de salvar tu alma, Richard. No la desaproveches.

Richard se mantuvo en silencio. Había ignorado la amenaza de Sandra. Nunca hubiese imaginado que sacrificase la Tierra con el fin de que él no pudiera hacerse con el planeta. Pero los destructores estaban ahí. Y Deblar estaba allí. Sandra había arriesgado. Y había ganado.

Tras unos instantes, activó el sistema auxiliar de comunicaciones, y ordenó a su lugarteniente:

—Te acabo de pasar los códigos de acceso a las computadoras de la Coalición del Sur. Destruye todas sus naves, y, si me ocurre algo a mí, debes ordenar destruir las principales ciudades de la Tierra de la Coalición del Sur mediante bombardeo de bombas de torio. Todo tal como estaba planificado.

—Recibido —respondió el lugarteniente.

Richard miró a Sandra con un rostro lleno de ira:

—Bueno, pues ya está. La Coalición del Sur será destruida. Y el Norte. Y Marte. Y la Tierra. Y el resto de mundos del sistema solar. Puedes ordenar a esos destructores del Alto Consejo que inicien su ofensiva, y acaben conmigo. El plan de ataque a la Tierra mediante bombardeo masivo nuclear se ejecutará inmediatamente. Mientras tanto, mis hombres entrarán en la sala, y te convertirán en polvo. Las naves de Deblar me destruirán. Pero yo habré acabado contigo. Por fin. Después de doscientos años. Adiós, Sandra.

La puerta se abrió, y aparecieron cuatro soldados. Apuntaron a Sandra con sus phaser pesados.

De pronto, aquellos cuatro hombres se quedaron congelados. A su vez, todas las computadoras del Monte Olimpo se bloquearon, incluyendo la computadora central. En las pantallas holográficas apareció el símbolo de la Coalición del Sur. Richard no podía entender nada. Balbuceó:

—¿Qué… qué ha pasado?

—Ha pasado que he tomado el control del sistema central.

—Eso es… imposible.

—Pronuncias la palabra "imposible" demasiadas veces, Richard. Tú, y tu manía de centralizarlo todo. A través del sistema central, he tomado el control de todos aquellos que están conectados al sistema neuronalmente. Incluidos tus cuatro gorilas.

—Eso no tiene sentido. No hay accesos remotos a la computadora. Ni siquiera para ti. Me aseguré de ello.

—Tienes razón. No hay un acceso directo. Pero he usado un método indirecto. Las claves que te he pasado contenían los datos de acceso a la Coalición del Sur, pero también, el iniciador de un programa específico que he preparado en la nave, camino de Marte. Un programa que ahora se aloja en la memoria principal de tu computadora central. Un programa que he introducido en tu sistema, y que solo esperaba la clave de inicio. Al introducir los códigos, has iniciado el programa. Estaba rastreando la memoria principal, buscando las claves. En cuanto las has introducido, el programa se ha iniciado. Debía coordinar su arranque con el momento oportuno para acceder al sistema. Ahora, ese programa me ha dado el control de la computadora central.

—No existe tal programa, Sandra. Te lo repito: todos los accesos están bloqueados. No vas a engañarme esta vez.

—Has hecho un buen trabajo protegiendo el sistema, lo reconozco. Cuando llegué, veía muy difícil poder acceder a tu computadora principal. Veía imposible penetrar las defensas del sistema sin un acceso, y es cierto: todos estaban bloqueados. Siempre configuras las computadoras para que el acceso sea completamente manual, y esa política ha sido certera. Lo has hecho aquí. Y lo hacías en Lyon. y en todas partes. Yo nunca habría podido entrar, si no era con un puerto abierto expresamente en esta instalación. Necesitaba desesperadamente encontrar ese acceso. Necesitaba encontrar una entrada.

Sandra se deshizo de las esposas que la apresaban, y que eran también controladas por la computadora central. Desactivó el campo de fuerza que protegía a Richard, y cerró la puerta magnéticamente. Richard se levantó, y caminó hacia atrás, mientras Sandra se acercaba a él. Parecía que podría atacarle, pero habló, sin embargo, con la mirada fija en sus ojos.

—Ahora estamos solos, los dos. Por fin, después de doscientos años. Y se han acabado los trucos.

—Antes de matarme, dime cómo conseguiste entrar en el sistema.

—No voy a matarte. Si no es necesario.

—Creí que era tu obsesión acabar conmigo.

—Eso también formaba parte del plan. Que supieses que quería matarte a cualquier precio te desestabilizaría emocionalmente. Eso contribuiría a hacerte perder el control de la situación, y reforzaría mi plan. En cuanto al acceso a la computadora, tiene que ver con el hombre con el que estaba cuando me detuvisteis. Tu obsesión por controlarlo todo, y a todos, incluso a esa gente que tienes ahí abajo. Tenía que acercarme a ese joven del camión sin levantar sospechas. Por eso me metí con él en el vehículo. Si alguien estaba observando, o si alguien monitorizaba su actividad cerebral, vería solo a un joven que se escondía para hacer el amor. No levantaría sospechas. Así pude estudiar al hombre detenidamente. Un primer examen mientras mantenía relaciones sexuales con él no me dio ninguna pista clara, pero sí datos indirectos de que ese individuo, y los demás, no llevaban allí más de un año, tres en algunos casos. Su bioquímica no estaba adaptada a la atmósfera de Marte todavía. Ese individuo en concreto llevaría unos siete meses en Marte, no más. Pero necesitaba más detalles. Así que tuve que arriesgarme, y dejarlo inconsciente, para hacer un examen aún más detallado de su fisiología. Sabía que eso podría levantar sospechas, si existía una monitorización de la actividad neuronal. El sexo no levantaría sospechas, pero dejarlo inconsciente sí. Me arriesgué. Analicé el cerebro con detalle mediante una red de nanofibras de grafeno. Y encontré un chip cuántico de control, muy parecido a los que se usan con los clones humanos para que realicen tareas de riesgo. Ese chip de control para introducir instrucciones directas al tejido gris es bidireccional. Justo antes de que el chip detectase mi presencia y se desactivase, conseguí acceder al puerto principal, e introducir un programa de simulación que estuve preparando estos dos días, mientras llegaba a Marte.

—¿De qué hablas, Sandra? ¿Qué programa?

—El que acabas de ver. El que me ha permitido tenerte distraído, elevar tu psicosis, y distraerte para evitar que sospecharas, concentrando tu atención en Deblar. Toda la conversación con Deblar, su imagen, los destructores del Alto Consejo de la clase Gemis, el mapa que se mostró en tu pantalla holográfica, y la de tu ayudante… Todo formaba parte de un programa de simulación, para hacerte creer que realmente Deblar había enviado los destructores, y que iba a destruir tu flota. Mi conversación con Deblar en la nave, cuando veníamos camino de Marte, fue también una simulación que preparé, a sabiendas de que habría escuchas, y que te informarían de que, efectivamente, había hablado con Deblar.

—Entonces…

—Todo ha sido un engaño, Richard. Todo ha sido una ilusión. Una cortina de humo para distraer tu atención de mi objetivo principal y real, que no era otro que tomar el control mediante el programa introducido a través de ese individuo. Ahora he establecido un enlace cuántico con tu computadora central. Y domino toda esta instalación. Al fin y al cabo, me programaron para esto. Me diseñaron como un androide de infiltración y combate. ¿Recuerdas? Le he pasado a Odín los códigos fractales de las computadoras del Gobierno del Norte. De tu gobierno. Todos los códigos, de Marte, y de la Tierra. Y del resto de mundos, desde Mercurio hasta los límites del sistema solar.

—Una gran jugada. Muy digna de ti. Eso significa…

—Significa que estáis empatados. Que uno está a merced del otro. Que podéis destruiros inmediatamente. Si hemos de jugar a volvernos locos, si hemos de comenzar con el Apocalipsis, es mejor hacerlo en pie de igualdad.

La imagen de Odín apareció en pantalla. Richard alzó la vista levemente. Odín asintió, y dijo:

—Ya lo ves, Richard. Sandra es muy tozuda. Al final, nos ha llevado a los dos a sentarnos frente a frente. Fue una gran idea ponerla de mi parte. O, al menos, no contra mí. El enemigo de mi enemigo es mi amigo. Y ahora, tenemos dos opciones: o bien ordenas a tus fuerzas que se retiren, y anulas la orden de ataque total, firmamos un alto el fuego, y tratamos de encontrar un punto de encuentro para evitar una masacre, o bien, daremos inicio a una batalla final, aquí en Marte, donde ambas fuerzas están desprotegidas, y en la Tierra. Yo estoy en franca desventaja, pero, antes de caer, puedo lanzar suficiente explosivo nuclear para destruir las estructuras más importantes de Marte, y también naves. Es probable que en un combate abierto sobrevivan algunas de tus unidades. Pero el resultado será una victoria pírrica. Inútil. Estéril. Sin embargo, si llegamos a un acuerdo, podríamos sentar las bases de una nueva historia para la Tierra. Un mundo nuevo donde ambos gobiernos podamos vivir en paz. No en armonía. Al menos, no al principio. Pero puede que sí en el futuro. ¿Qué me dices?

—No reconozco ese discurso fraternalista y conciliador en ti —respondió Richard. Sandra añadió:

—Yo tampoco lo reconozco. Pero es una oferta coherente. Y deberías aceptarla, Richard. Por otro lado, no esperes que te deje escapar otra vez. Esta sería la tercera. Y cometer dos errores de ese nivel son suficientes.

—No, Sandra. No cometerás más errores. Ya no. No hay tiempo. Yo quería construir una nueva sociedad. Poderosa. Fuerte. Sin esas influencias absurdas sobre la democracia y la igualdad. La naturaleza no es igualitaria, ni democrática. Vencen los fuertes, los que se adaptan, los que destrozan a los débiles, a los inadaptados, a los que no han sabido aprovechar sus oportunidades. Esa es la única ley básica del universo. Y esa es la única ley por la que la humanidad tendrá una oportunidad de sobrevivir a su destino. La selección natural se ha de complementar con la selección artificial. Los mejores hombres, y las mejores mujeres. Solo así la humanidad podrá dejar de corromperse, liberarse de sus cadenas, y conquistar su futuro, y las estrellas. Juntos podríamos haber conquistado la galaxia, Sandra. Con la nave. Podríamos habernos convertido en dioses. Tú y yo, juntos, podríamos haber convertido la galaxia en el hogar de una nueva humanidad. Más poderosa. Más fuerte. Más ambiciosa. Ahora… todo eso se ha echado a perder para siempre.

—Siempre has estado loco, Richard —comentó Sandra—. Pero los discursos y las proclamas los gestionas muy bien. Arrastraste a millones de seres humanos a esta locura. Con tus palabras. Y con tu reino.

—Gracias, Sandra. Ha sido un placer conocerte. Has sido una digna rival siempre. Te admiro. Te he admirado siempre. Ahora todo ha acabado. Definitivamente. Nos veremos en el infierno…

Richard se quedó paralizado, y cayó al suelo. Sandra se acercó. Lo examinó un momento, y dijo:

—Este idiota se ha suicidado.

—Cobarde hasta el final —susurró Odín.

—No sé qué le ha pasado. No puedo determinar la causa de la muerte. Solo tiene una dosis alta de betametasona.

—Examina el hipocampo —sugirió Odín. Sandra introdujo una sonda que se acopló a la zona del cerebro indicada, y comprendió lo que ocurría.

—Increíble. Es como si hubiese vivido tres mil años en un instante. ¿Cómo lo has sabido?

—Los que hemos pasado por el proceso del Genoma 3 para vivir varios siglos debemos tomar una dosis de radiación beta regularmente, para asegurar que el hipocampo se mantiene estable. Tu análisis hace compatible la teoría de que no se aplicaba la radiación.

—Insisto: ¿cómo lo sabías?

—Lo he sospechado. En el Sur averiguamos hace un tiempo que sin la radiación beta la única alternativa era la betametasona. Permite alargar más la vida. Pero es inestable. Es evidente que eligió el camino peligroso.

—¿Quieres decir que ha muerto exactamente en este momento, y de forma consciente?

—En absoluto. Quiero decir que ha estimulado el proceso mediante algún tipo de acelerador. En todo caso, no le quedaban más de cinco o diez años de vida, precisamente por la inestabilidad de la betametasona. Esa es una posible consecuencia del uso de la betametasona a largo plazo. Accedimos a un análisis de su sangre hace un tiempo. Era una sospecha, nada más. Pero todo esto lo confirma. —Sandra asintió.

—Es decir: sabía que iba a morir. Tuvo que intentar dejar su imperio terminado antes de ver su fin.

—Eso parece. Probablemente sus oficiales averigüen enseguida que ha muerto, si no lo saben ya. Y harán que explote todo definitivamente. Te dejo ahora, Sandra. El Apocalipsis llama a la puerta. Las naves de Richard se acercan. Ha sido un placer.

—Debe de haber algún modo de parar esta locura, Odín.

—Llámame si la averiguas. Pero hazlo pronto. Adiós.

La comunicación se cortó. Sandra miró el cadáver de Richard. Recordó la primera vez que lo vio, en aquel despacho de Titán. Muchas cosas habían pasado desde entonces. Quizás demasiadas. Ni el universo era el mismo, ni ella era la misma. Recibió una señal. Era Herman.

—¡Sandra! ¿Estás ahí?

—Aquí estoy, Herman. Frente al cadáver de Richard. Después de doscientos años de destrucción y muerte. Nada de estatuas. Nada de ceremonias. Nada de celebraciones. De esta forma estúpida, absurda, y ridícula termina la carrera del mayor genocida de la historia. Y la de la humanidad. Y yo soy la siguiente si no salgo de aquí de inmediato. No creo que a Odín le preocupe que esté aquí cuando lance el ataque nuclear a estas instalaciones. Ahora que Richard ha muerto, me temo que Odín volverá a perseguirme de nuevo. Aunque he de reconocer que su actitud es… extraña.

—¡Sandra! ¡Déjate de filosofar ahora! ¡Esto se va al infierno! ¡Va a volar todo! ¡Y tú también!

—Muchas gracias por tus palabras de aliento, Herman. Eres genial dándole ánimos a una chica.

—¡Calla y escucha! Tengo noticias de Pierre y Nadine. —Sandra no podía creer lo que oía.

—¿Has dicho "Pierre y Nadine"?

—Exacto. Por lo que he visto son amigos tuyos, de Lyon. Menudos amigos tienes, sabes rodearte de gente importante.

—¿Has bebido otra vez, Herman?

—Lo dejé. Hace dos horas que no bebo. Escucha: ambos, Nadine y Pierre, pertenecen a una célula de resistencia del Norte, que es la rama civil de la unidad militar a la que pertenezco yo. A través de ellos la resistencia del Norte en Marte averiguó lo que estaba ocurriendo, y ese asunto de los prisioneros. Existe aquí en Marte una unidad de resistencia que ni yo conocía. Querían comunicártelo, pero estabas practicando sexo, y no es conveniente molestar a la juventud en esos momentos.

—Estaba realizando una investigación de alto nivel, fundamental para la misión. Tuve que cortar la comunicación temporalmente.

—Claro, eso decís siempre los jóvenes. En cualquier caso, esa unidad de resistencia también supo que una agente infiltrada intentaba eliminar a Richard. Era evidente que se trataba de ti.

—No le he matado yo. Se ha suicidado.

—Vaya, muy propio de él. En todo caso, lo transmitiré enseguida. Es la mejor noticia de la historia de los últimos doscientos años.

—La historia de la humanidad está a punto de acabar, Herman. ¿Quieres hacer el favor de aclararme ese asunto de Pierre y Nadine?

—Para ser un androide te faltan algunos datos importantes, por lo que veo. Nadine es una de las líderes de la resistencia más importantes del

Gobierno del Norte. Y nos ha dado instrucciones. —Sandra suspiró profundamente.

—Nunca va a dejar de sorprenderme. Esta mujer es increíble. Siempre tiene alguna sorpresa a punto.

—Sí, Nadine es sobresaliente en dar sorpresas, eso es cierto. Le hemos informado de la situación. Al parecer, algunas de las tripulaciones de las naves del Gobierno del Norte que se encuentran aquí siguen a Nadine. Son pocas, pero son suficientes para evacuar a esas miles de personas que se encuentran atrapadas en Marte. Son ciudadanos del Norte, y es nuestro deber sacarlos de allí, y devolverlos a la Tierra.

—Eso es fantástico, Herman. Pero han sido sometidas a una manipulación mental muy agresiva. Necesitan tratamiento neuronal enseguida. Y deberás llevarlos a Nueva Zelanda, con los demás. Cuando volváis a la Tierra, puede que la Tierra no exista.

—Sandra, las naves que no están con la resistencia comienzan el ataque contra la flota de la Coalición del Sur. Odín ha dejado esta nave, y se ha trasladado a la nave principal de la flota con Sarabi.

—¿Y las naves de Nadine? ¿Están siendo atacadas?

—Odín se ha comprometido a proteger a las naves que transporten a los prisioneros de Marte. Tenemos una línea de defensa. —Sandra se mantuvo en silencio unos instantes. Finalmente, observó:

—¿Odín está protegiendo las naves del Norte que se han alzado contra Richard, y creando un pasillo para que podáis llegar a Marte, y recuperar a los prisioneros, que son también ciudadanos del Norte?

—Eso parece, Sandra.

—Herman, te doy mi palabra de que no entiendo nada. ¿Qué hace Odín protegiendo a naves del Norte, que luego podrían volverse contra él?

—No lo sé. Pero cada vez me cae mejor ese tipo.

—Que digas eso es una señal muy clara de que algo no funciona.

—Estoy de acuerdo. Nos dirigimos a tu posición. Te recogeremos. Recuperaremos al máximo posible de secuestrados. Y volveremos a la Tierra. Pero allá tienen órdenes de guerra total, con todo el armamento posible. Puede que cuando lleguemos no quede nada. Si la potencia nuclear es muy alta, ni siquiera ese manto de energía que dicen iban a activar sobre la isla será suficiente.

—Lo sé. Y el resto de Nueva Zelanda quedará contaminada también. Por eso me voy. Ahora. Estaré en la Tierra en media hora.

—Sandra, algún circuito te está fallando, es evidente. Nada con la masa de una nave puede moverse entre Marte y la Tierra en media hora. Ni siquiera ese truco que hiciste con la Erebus.

—Hay algo que sí puede. La nave.

—¿Qué nave?

—Hace doscientos años, hubo una guerra que la humanidad desconoce. El motivo aparente de esa guerra era una lucha por el poder y la supremacía. Por encima de ese argumento político, había una consideración superior: el control de la tecnología de una nave capaz de moverse a velocidades hiperlumínicas, muy superiores a todo lo conocido hasta entonces. Pero la nave era inestable, y su uso, muy peligroso. La escondí, esperando no tener que usarla nunca más. Ahora, sin embargo, debo volver a la Tierra, y trabajar en el satélite, con el fin de buscar una solución para el manto de Odín. Ese manto de energía que proteja, no solo la isla donde están los refugiados, sino toda Nueva Zelanda. Debo encontrar alguna solución.

—Ahora soy yo el que no entiende nada, Sandra.

—Lo sé. Pero debes creerme.

—Te creo. Pero eso no solucionará el problema. Aunque llegues a la Tierra en un minuto, se requieren años, décadas de investigación en altas energías para crear un manto que proteja toda Nueva Zelanda de una radiación profunda.

—Lo sé. Tengo alguna idea. Pero reconozco que, incluso así llevaría años ponerla en práctica.

—¿Entonces?

—Improvisaré. Que es lo que hago siempre. Por favor, ¿podrás recoger a esta gente, y devolverla a la Tierra?

—Ya te lo he dicho, no te preocupes. Haré todo lo que esté en mi mano. Últimamente me he convertido en transportista de almas perdidas.

—No es mal trabajo, Herman.

—No lo es. Después de tantas matanzas y destrucción, salvar algunas vidas merece la pena.

—Muy cierto. Me voy, Herman. La nave ha llegado.

—¿Ya?

—Sí. Utiliza una física basada en energías de multiversos. Es extremadamente poderosa. Por eso hubo una guerra por su tecnología.

—Claro, si tú lo dices… Espero que nos veamos en la Tierra. El combate acaba de comenzar. Varias naves nos dirigimos ya para la superficie. Incluidos algunos transportes.

—Estupendo, buen trabajo. Yo también espero que nos veamos en la Tierra.

La comunicación se cortó. Sandra salió a toda velocidad por un túnel ascendente. La negra nave de Scott se encontraba ya en la superficie. La misma nave que había sido el motivo principal de la guerra de 2153, y que había provocado aquel caos que sufrieron ella, Yvette, Deblar, y Robert. La nave seguía siendo inestable. Pero era prioritario poner a punto el manto de Odín. Aquel escudo de energía que protegería la última zona virgen de la Tierra, y a un grupo de humanos desesperados.

La nave despegó, y tomó altura. A trescientos kilómetros de la superficie de Marte, Sandra conectó el reactor principal. Inyectó energía de un metaverso de un nivel energético superior, y se creó un flujo de energía de vacío hacia el universo que era el hogar de la humanidad. Esa energía se usaba luego para crear un universo de nivel inferior, donde el tiempo se desplazaba a una velocidad mucho menor. Ello permitía deslizarse por la superficie del espaciotiempo del universo a enormes velocidades. Sandra tardó solo unos minutos en alcanzar la órbita de la Tierra. No quiso emplear más que una fracción de la energía estándar. No quería otra sorpresa como la de 2153.

Desactivó el reactor principal, y se dirigió hacia el satélite que formaría el manto de energía para proteger Nueva Zelanda. Entonces, ocurrió.

Sandra perdió, como ya ocurriera doscientos años atrás, el control de la nave. Aunque, esta vez, el nivel de desestabilización fue mayor. Al parecer, un uso menor de energía provocaba un desequilibrio mayor. De pronto se encontró que la nave estaba quieta, colgada del espacio, pero la Tierra no era la misma. Consultó el reloj de la nave, y el suyo propio. Estaba vez estaba preparada para los desplazamientos temporales. Y aquel desplazamiento temporal había sido mucho, mucho peor que el anterior.

Sandra había viajado mil millones de años atrás en el tiempo. De nuevo, el reactor se había desestabilizado, provocando un salto temporal. Pero eso no era lo que más preocupaba en ese momento a Sandra. Lo que le preocupaba era una presencia. O quizás eran presencias. No podía decirlo con exactitud. Sintió un extraño impulso de hablar.

—¿Hola? —Preguntó al aire. Era algo ridículo. Pero sintió que debía hacerlo. Al momento, recibió una respuesta. Pero no era una respuesta verbal. Ni física. Simplemente, su pregunta había tenido respuesta. Y la respuesta venía de algún tipo de entidad, pero su computadora no era capaz de definirla, ni sus sensores detectarla. Simplemente estaba ahí. O estaban ahí. Pronto, notó alguna distorsión en la nave. ¿Serían ellos? ¿Esas presencias que detectaba sin forma? Decidió formular una pregunta.

—¡Hola! ¡Hola! ¿Sois los mismos que le complicasteis la vida a Yvette, hace doscientos años? Partiendo de mi espacio temporal, claro. —La respuesta fue afirmativa.

—¿Vais a hacerme lo mismo? —La respuesta fue de nuevo afirmativa.

—Genial. Por si no tuviese suficientes problemas ya…

Sandra entendió que ellos, quienes fuesen, la habían detectado a ella, debido a su programación específica. Les había llamado la atención los cambios realizados a su computadora cuántica, poco después de ser diseñada. Sandra no sabía a qué se referían exactamente, pero ella sí sabía que se había manipulado su núcleo principal, al poco de haber sido creada. Ese era un viejo tema que algún día debería tratar, si encontraba a Scott alguna vez, el probable causante de las modificaciones que ella había sufrido. Ahora, esa era la causa de que les hubiese atraído.

—Escuchad, seáis lo que quiera que seáis: no sé qué hacéis aquí. Y, la verdad, tampoco me importa demasiado en este momento. Sí sé que le complicasteis la vida a Yvette bastante, y de paso a mí, pero no creo que sea el momento de discutirlo. Pero sí creo que quizás podáis ayudarme. Necesito proteger dos islas, y las zonas circundantes, de mi planeta. Y, antes de eso, está el pequeño y nimio detalle de devolverme a mi época. ¿Sabríais?…

Fue entonces cuando sintió una presencia detrás de ella. Se dio la vuelta. Y entonces, la vio.

—¡Yvette! —Yvette sonrió, y asintió levemente.

—Hola, Sandra. Ha pasado mucho, mucho tiempo. ¿Cómo está mi androide favorita?

—Bien. Pero… estás luminosa. Brillante. Y ese vestido…

—Lo que ves es en realidad una proyección de tu mente cuántica, Sandra. Me ves así, porque me sientes así. La verdad, es un honor que tu memoria me tenga en tal alta estima.

—Yvette, me alegro mucho de verte. Te invitaría a tomar algo en alguna cafetería, y charlaríamos de los viejos tiempos. Pero faltan mil millones de años para que existan las cafeterías. La verdad, vienes en un mal momento. Tengo que… —Yvette alzó una mano.

—Ahora mismo, tu misión es comenzar a comprender la tarea que te queda por delante. Es la tarea de una diosa, ciertamente. Y yo estoy aquí para conectarte a ellos. Esa es mi misión.

—Yvette, no empecemos con lo de la diosa de nuevo. Otra vez no.

—Fuiste diosa una vez. Y volverás a serlo. Ellos están aquí para eso.

—Te refieres… a esas presencias que noto… —Yvette asintió levemente mientras sonreía. Contestó:

—No tienen nada de especial, Sandra. Ni de mágico. Son una especie, eso sí, extremadamente avanzada. Su naturaleza es distinta, es cierto. Son los mismos que me transformaron. Que me dieron un nuevo camino. Pero ellos no hicieron eso con un propósito. Simplemente, mi contacto con ellos fue el causante. Hace doscientos años, cuando volvíamos a la Tierra, y la nave se desestabilizó aquel día, tuve un contacto fugaz con ellos, como ya sabes.

—Yvette, perdona que insista, pero tengo volver a mi tiempo, tengo que proteger las islas de Nueva Zelanda, tengo que salvar esas vidas, tengo que… —De pronto, ambas se encontraron frente al satélite sobre las islas de Nueva Zelanda. El satélite emitía un tímido escudo, que solo protegía la isla donde estaban los refugiados. Flotaban ambas en el espacio. Pero la comunicación verbal no parecía verse afectada. Yvette comentó:

—Han decidido ayudarte. Ellos han conocido tu lucha. Tu esfuerzo. Y te estaban esperando.

—¿A mí?

—Claro, Sandra. En ti descansa el futuro de una nueva humanidad. Cada civilización es un tesoro demasiado grande, demasiado importante, demasiado único, como para que se pierda en guerras y crisis absurdas. Es algo que he comprendido en los últimos cuatro mil millones de años. Los que he pasado en el universo desde que nos vimos.

—¿Cuatro mil?….

—Cuatro mil. Tú has viajado ahora mil millones de años al pasado, y yo viajé cuatro mil millones de años hacia el futuro. Te dije que hay un conflicto, en un lejano futuro. Y ese conflicto cruza sus hilos con este conflicto, y contigo. El tiempo no es lineal, Sandra. Pero algo de eso ya lo sabes. La guerra por la supervivencia que vive la humanidad en un lejano futuro ha agotado casi todas las posibilidades. Es una lucha por la misma existencia del universo. Solo la tenacidad de Helen, a la que llaman Freyja, ha conseguido impedir el desastre total. Ella es la bandera de la humanidad en el futuro. Como tú lo eres en el presente. Por eso ellos han decidido ayudarte.

—¿Helen? Solo pude conocerla un momento. Aunque la vi con Pavlov también un instante, en 2051. Es una mujer… especial. Su aspecto es el de una joven normal y corriente. Vestida de forma sencilla, podría parecer cualquier chica casi en la treintena. Pero no lo es. Es… poderosa. Casi mágica. Su sola presencia invita a seguir su senda. Es más que una líder. Además, ella me salvó la vida.

—No. Tú la salvaste a ella. Por eso ella te ayudó. Te lo debía.

—No entiendo nada. —Yvette sonrió.

—Tu mente es lineal, y tu tiempo es lineal. Estás viviendo cosas que son consecuencia de sucesos que ocurrirán dentro de cuatro mil millones de años. El drama del universo no entiende de líneas temporales. Es un entramado complejo de fuerzas que se mueven adelante y atrás en el tiempo, de forma constante.

—Todo eso está muy bien. Podrías escribir un libro con tus experiencias, seguro que tiene mucho éxito. Sin duda eres especial. Pero ahora, el tiempo pasa. Necesito modificar el satélite, y crear un campo protector. —Yvette rió.

—Tenemos todo el tiempo del universo, Sandra, eso no debe preocuparte. En cuanto a que soy especial, suena gracioso, especialmente saliendo de ti. Ni mucho menos. Especial eres tú. Yo soy solo una voz en el universo. Tú eres todas las voces de la humanidad. El sentir y la esperanza de cada ser humano que ha existido, existe, y existirá.

—Qué bonito te ha quedado eso. Faltan los violines. Estás loca, Yvette. El mundo se viene abajo, y tú hablas de poesía.

—Naturalmente que estoy loca. Pero mi locura fue por amor, recuerda. Y esa es una locura que merece la pena sufrir. —Sandra asintió. Sabía por qué lo decía.

—Han pasado muchas cosas desde nuestra aventura con Robert en Grecia, ¿eh?

—Ya lo creo —aseguró Yvette—. Estaba enamorada de él. Y siempre estaré enamorada de él. No reconocerlo casi me rompe. No dejar salir el amor que nace del corazón es como querer detener una ola de cien metros con las manos. Tú también sigues enamorada de él. ¿No es así?

—No puedo amar. Soy un androide.

—Sandra, no vuelvas con eso otra vez, por favor. —Sandra bajó la cabeza ligeramente. Luego miró a Yvette, y contestó:

—Sigo enamorada de él. Siempre seguiré enamorada de él. Como tú.

—Es cierto —confirmó Yvette—. Las dos vivimos el mismo amor. Y las dos lo perdimos de la misma forma. Por no querer reconocer nuestros sentimientos. Son las paradojas del destino. Todos arrastramos un amor imposible que siempre recordaremos. Eso forma parte de la vida. Y de la experiencia de vivir.

—Yvette, todo esto está muy bien. Y de verdad que me encanta hablar contigo de nuestros recuerdos y nuestros amores perdidos. Pero corta ya el tema filosófico y sentimental ahora, por favor. Eres incluso peor que yo. Tengo de forma urgente que ocuparme del satélite, de la Tierra…

—La Tierra puede esperar. Cuando se trata del amor, hasta el tiempo debe detenerse y esperar. Pero estoy de acuerdo en que hay que seguir adelante. Es tiempo de que cumplas tu deber. Y lo harás. Porque has nacido para salvar a la humanidad. Es tu destino. Y nadie puede huir de su destino, cuando este le ha elegido para ser protagonista de un drama final.

—Yvette, ahora en serio: ¿preparas esos diálogos, o los improvisas?

—Más adelante lo entenderás. Yo me voy. No volveremos a vernos. Pero no te preocupes; no estarás sola. Tendrás ayuda. Hasta siempre, Sandra. Cuídate. Eres maravillosa. Y la mejor amiga que pude tener jamás.

—Tú también eres una gran amiga, Yvette. Y siento oír que no volveremos a vernos. Por cierto, ¿por qué les enviaste esa carta a Nadine y a Pierre?…

Yvette no escuchó la respuesta. Había desaparecido. De pronto, Sandra se encontró de nuevo en la nave. Estaba junto al satélite. No recordaba casi nada de lo sucedido. Todo era como un sueño. El reloj indicaba el mismo instante en el que había llegado a la Tierra. No había pasado ni un segundo.

Y ahora sabía que aquellos seres, que no tenían nombre, le habían dado un camino. No una respuesta. Pero sí una senda que seguir. Y pensó en una forma de crear el campo de energía necesario para la supervivencia de la humanidad.

Aquellos seres eran compromisarios de la vida. De la libertad. De la esperanza. Su misión era ayudar a quienes tenían la misión de ayudar a otros. Habían detectado la extraña programación de Sandra, y habían decidido intervenir. Pero, ¿cuál era su naturaleza exacta? Ya lo averiguaría. Lo importante era que ya sabía lo que tenía que hacer. Lo sabía, pero ¿eran ellos los causantes de que lo supiese? Definitivamente, no. Ellos eran precursores de ideas. Ellos calmaban la ansiedad de la mente. Ellos mostraban un camino. Pero no eran el camino.

La idea final vino de ella. Y así habría de ser. Ahora sabía cómo crear un escudo que protegiese toda Nueva Zelanda, y los mares aledaños.

Sandra extrajo el motor principal de la nave. Recordaba la frase de Freyr, es decir, de Odín, cuando hablaron del manto de energía, y los requerimientos necesarios para cubrir toda Nueva Zelanda con un campo protector. Odín había dicho, literalmente: "Habría que conectar el Sol al satélite". Habían sido sus palabras exactas. Ella iba a hacer algo incluso mejor. Iba a conectar un metaverso de un nivel superior al satélite. De hecho, tendría que filtrar la fuente de energía de forma que el campo tuviese la intensidad adecuada, porque, de no controlarla, podría literalmente partir la Tierra en dos.

De pronto, mientras acoplaba el reactor al satélite, vio una luz sobre Australia. Luego otra. Y otra, sobre Japón. Pronto comenzaron a verse luces brillando por diferentes puntos del planeta.

La guerra nuclear había comenzado.

Sandra detectó misiles que se dirigían a Nueva Zelanda desde el norte y desde el espacio. Algunos estaban siendo interceptados. Pero otros podrían caer en cualquier momento sobre las islas de Nueva Zelanda. Trabajó a toda velocidad, y conectó el reactor al satélite. Luego, dirigió la pantalla de comunicaciones, y transformó la programación de la misma, para que se alimentara directamente del reactor.

Tras hacer los ajustes, activó el satélite. No había tiempo para pruebas. No había tiempo para nada. El panel de comunicaciones se puso en marcha, y una gigantesca red de energía de forma cónica partió del satélite, cubriendo Nueva Zelanda, y los mares cercanos. Una luz verdeazulada pudo verse desde la superficie. Los misiles colisionaron contra la pared de luz. Sandra aumentó algo la energía, y la radiación y explosiones fueron incapaces de atravesar aquel manto. El manto de Odín, ya que era Odín el que, al fin y al cabo, había sido el primer precursor de todo ese plan, aunque ella fuese quien lo estaba llevando a cabo y gestionando.

En Nueva Zelanda, la gente, que recibía las noticias de los bombardeos, vio cómo el manto de luz caía sobre la superficie, y cómo las explosiones eran rechazadas, incapaces de penetrar aquel gigantesco manto de energía. De forma espontánea empezaron a gritar y a jalear, sin saber ni entender qué ocurría con exactitud, ni de dónde salía aquella luz casi mágica, pero dando gracias a sus respectivos dioses de estar vivos, y, de no sufrir el alcance de la guerra nuclear que asolaba al mundo.

Sandra, mientras tanto, observó cómo las explosiones continuaban. Activó la nave, cuyo motor auxiliar aún estaba operativo, y viajó a Europa, en el norte de España, hasta el refugio nuclear donde estaban Pierre, Nadine, Jules, y Michèle. Salió de la nave, y se dirigió a la estructura, mientras llamaba por el comunicador.

—¡Nadine!
—¡Sandra! ¡Esto se va al infierno!
—¡Salid! ¡Poneos los trajes NBQ y salid!

Los cuatro salieron, y subieron a la nave. Sandra le indicó a Jules que se metiera atrás, en la bodega, que estaba adaptada para soporte vital.

—¿Dónde está tu padre, Michèle? —Preguntó Sandra.

—¡No quiso venir! ¡Quiso quedarse con la resistencia! ¡Tenemos que ir a buscarle!

—Ahora mismo es imposible, Michèle. Lyon es un objetivo prioritario y ha sido alcanzada. Ten paciencia, por favor.

—¡No me iré sin mi padre! —gritó Michèle.

—¡Intentaré encontrarle, pero ahora tenemos que salir de aquí! ¡Vamos!

Todos se colocaron en la nave, y Sandra despegó. Justo a tiempo para que la radiación lo inundara todo, arrasando cuanto encontraba a su paso. Aquellas tierras serían estériles durante varios miles de años. Durante el viaje, recibió una comunicación.

—¡Sandra! ¿Me recibes?

—Jiang Li, ¿dónde estás?

—En Italia. Estamos camino de África. Necesitamos… —La comunicación se cortó. Solo se oía estática. Sandra intentó infructuosamente retomar la señal. Fue inútil. Nadine comentó:

—No lo han conseguido. —Sandra suspiró.

—No. No lo han conseguido. Al menos, no ellos. Puede que queden androides en alguna zona no muy afectada. Pero lo veo improbable. Una dosis de radiación de torio del nivel que se está viendo acaba con cualquier androide.

Sandra prosiguió el viaje hacia Nueva Zelanda. Penetró en el escudo de la isla, colocando el propio de la nave en una frecuencia de armónicos que era compatible con el del manto de energía.

Llegó a la isla de Arapawa en Nueva Zelanda, donde estaban todos los refugiados, y aterrizó. Pronto aparecieron Lorine con la niña y Jessica, que fueron corriendo a abrazar a los cinco. Todos se saludaron efusivamente. Luego Nadine comentó:

—Tenéis buen aspecto las dos. O las tres. ¿Y esta pequeña?

—Se llama Yanira. Digamos que se ha atado a mi mano y no hay forma de soltarla, así que se puede decir que la he adoptado. —Nadine sonrió, y contestó:

—Claro, seguro. —Yanira miró a Nadine, y sonrió. Lorine comentó:

—Mira, has hecho que sonría. Todo un logro. ¿Qué ha sido de los demás?

—No lo sé —contestó Nadine con voz tenue—. Espero que hayan huido a algún lugar seguro. Pero me temo que pocos sitios seguros quedan en la Tierra. Parece que esta zona es la única que aún permite la vida. Sandra nos ha dado algunos detalles durante el viaje hacia aquí. —Sandra intervino:

—Nadine, eres increíble. ¿Una de las responsables máximas de la resistencia? —Nadine alzó levemente los hombros, y contestó:

—Ya sabes, me va la diversión. Cuando has olido la pólvora lo suficiente, nunca importa disfrutar de un puñado de más.

—Claro, y me lo has ocultado todo este tiempo.

—Ya tenías bastante con lo tuyo, Sandra. Ahora, tras este desastre, creo que ya nada importa.

—Al contrario —aseguró Sandra—. Ahora es cuando todo importa más que nunca. Y, por cierto, he visto a Yvette. —La cara de sorpresa de Nadine fue evidente.

—Vaya, qué suerte. ¿Qué te ha dicho?

—Básicamente, me quiere convencer de que soy una especie de diosa salvadora. Todo con un lenguaje poético y sonoro bastante aburrido y acaramelado.

—No eres muy romántica, eso es evidente —aclaró Nadine.

—Supongo que en la vida he tenido que aprender a ser práctica. Y no me puedo permitir un lenguaje culto.

—Quizás cambie eso, a partir de ahora.

—Ni lo sueñes.

Pierre, que estaba cerca, se acercó a Sandra, mientras Nadine jugaba con Yanira.

—Gracias, Sandra. Gracias por ocuparte de Nadine, y de Jules, y de Michèle .

—Lo que siento es no haber podido salvar al resto.

—No, no digas eso, por favor. Han muerto millones. Es una tragedia de proporciones inimaginables. Pero no eres la responsable. Has salvado a quienes era factible y posible salvar.

—Espero que haya sido suficiente. Para un nuevo futuro.

—Lo será —aseguró Pierre.

Sandra se acercó a Michèle, que estaba sentada en una silla, visiblemente afectada. Michèle la vio llegar, y le preguntó:

—¿Podrás ayudarme a buscar a mi padre? —Sandra se sentó al lado, le tomó de la mano, y contestó:

—Seguro, Michèle. Pero eres consciente de lo que ha pasado en Lyon, ¿verdad?

—Lo soy. Pero quiero ir allí.

—Ahora mismo aquella zona es una devastación total. Y está todo al rojo. Iremos en cuanto se enfríe un poco. Pero, quisiera que te hagas una imagen mental de cómo ha quedado Lyon tras esas explosiones nucleares. Eran de torio, con amplificación de onda expansiva.

—Lo sé. Pero tengo que verlo. Tengo que ir.

—Lo comprendo. Iremos. En cuanto podamos. Buscaremos supervivientes. Trataremos de evacuar a quienes hayan podido refugiarse. Ahora, tranquilízate.

—Lo intentaré.

Sandra fue con Yanira, que en ese momento jugaba con algunos niños. Los observó. Estaban sanos. Algunos algo desnutridos, pero su condición era buena en general. Tras unos instantes, se acercó Jules. Sandra, que vio cómo se aproximaba, comentó:

—Presiento que vienes a hacerme alguna petición. —Jules intervino:

—Sandra, déjame ir contigo a Marte. Quiero matar a Richard.

—Richard está muerto, Jules.

—¿Estás segura?

—Murió delante de mí. De forma grotesca y absurda. El que pensaba ser el Emperador del mundo, acabó en un agujero sucio, suicidándose como el cobarde que era, y dando como última orden destruir toda vida en la Tierra. Richard es el paradigma final de la locura, la psicopatía, y la megalomanía llevadas a sus últimas consecuencias.

—¿Y dónde será el próximo combate? Quiero ir a combatir y vengar a mis amigos, al padre de Michèle, a… —Sandra le interrumpió:

—Tranquilízate Jules. Basta ya de combates y de guerras. El mundo arde de un extremo al otro, excepto en esta zona protegida. No habrá próximo combate. No, al menos, como los hemos visto hasta ahora. Si hay una nueva guerra, será con lanzas y espadas. Pero espero que no llegue ese día. Perdona, tengo una llamada…

—¡Sandra! ¡Sandra!

—¡Herman! ¿Cuál es la situación?

—La batalla ha terminado. Las naves del Norte han sido destruidas casi todas por Odín. Cuando se supo que Richard estaba muerto, las naves del Norte dieron la vuelta, y Odín aprovechó para darles caza. El propio Odín me ha confesado que no espera volver a la Tierra. Seguirá dando caza a las últimas naves del Norte, hasta quedarse sin combustible.

—De nuevo vemos un comportamiento poco coherente con Odín.

—Estoy de acuerdo. Pero no podemos hacer otra cosa que especular. Te puedo decir que las zonas habitables de Marte han sido destruidas. No hay supervivientes. Tampoco en el resto de planetas del sistema solar. El lago Kraken de Titán ha volado en una explosión que ha conmocionado el satélite. Solo quedan restos de la antigua base. Las naves supervivientes se dirigen hacia el espacio profundo. Desconocen la existencia de la isla como zona protegida. Nosotros nos dirigimos para la Tierra con los supervivientes. Perdimos tres transportes, pero llevamos unas doce mil personas, las que pudimos recuperar. Llegaremos en tres semanas. Tenemos provisiones justas.

—No está mal, dentro del completo desastre que supone todo esto. Pero se han perdido incontables vidas.

—No cabrán en la isla. La isla es grande, pero…

—Ya no es necesario preocuparse de eso. Toda Nueva Zelanda se halla bajo la protección del manto de Odín.

—¿Cómo es posible? ¿Cómo has solucionado el problema de la transmisión de energía?

—Se me ocurrió una idea absurda, y ha funcionado. Al menos, de momento. Habrá que hacer ajustes, pero, por ahora, el manto es estable. El resto del planeta es inhabitable. Las muertes se cuentan por cientos de millones. Los supervivientes caerán tarde o temprano por la radiación, por falta de agua, o de alimentos, o por una combinación de los tres. Intentaremos recuperar a los que podamos. Solo era necesario que Richard no diese la orden. Lo tenía frente a mí. Tenía que haberle matado.

—No te culpes, Sandra. Eso hubiese provocado la misma respuesta. Lo sabes. La muerte de Richard llevaba asociada un ataque nuclear completo. Eran sus órdenes desde hace décadas.

—Buscaremos a tu hija, Herman. No me olvido de ella.

—Te lo agradezco, Sandra. De verdad. Pero soy consciente de la situación. Sí es cierto que me gustaría ver cómo ha quedado todo. Y, si existe una remota esperanza de encontrarla viva, debo aferrarme a esa esperanza.

—Por supuesto. La buscaremos. Tenía que haber ido a buscarla cuando pude.

—Deja de recriminarte esta situación, Sandra. No puedes estar en diez sitios a la vez. Has creado un nuevo mundo, y obrado un verdadero milagro con ese manto de energía. Has actuado como una verdadera protectora de la humanidad. Y así se te habrá de reconocer. Sin ti, y sin ese manto de Odín, la humanidad habría caído para siempre.

—Pero el precio es muy alto.

—La humanidad nunca ha comprendido la enorme delicadeza del equilibro en el que vive. Por eso es orgullosa y jactanciosa. Tú les has dado una lección de humildad, y un camino de futuro. Por mi parte, eres ya un mito que siempre se deberá recordar.

—No estoy para mitos, Herman. Aquí arde todo.

—Pues deberías. La humanidad necesita mitos, y héroes, y dioses, para sobrevivir. Son esas referencias las que le han permitido siempre superar obstáculos, y crear nuevos futuros, y nuevas esperanzas. Y ahora van a necesitar un nuevo mito. Una nueva leyenda. Una diosa que les guíe. Creo que tú lo eres.

—¿Otro con esta historia de la diosa? Qué pesados estáis, de verdad. Alguien acaba de decirme lo mismo.

—Porque ese alguien ha comprendido, como yo, lo que estás haciendo, Sandra. No eres consciente de que lo que está sucediendo es, básicamente, un milagro.

—Estás loco, Herman. Yo no creo en milagros.

—Yo tampoco. Pero esto lo es.

—Yo no puedo ser el mito de nada. Ni de nadie. No soy Richard, no me considero una elegida, ni una diosa, ni mucho menos una salvadora de nada.

—Precisamente esos suelen ser los elegidos, los que por activa y pasiva renuncian a entender que se han convertido en referentes para la humanidad. En este tiempo que te he conocido, hasta un viejo soldado como yo se siente capaz de rendirse a tu poder para cambiar los desastres más grandes, y convertirlos en esperanza. Si eso no es mitología, no sé qué ha de serlo.

Sandra no dijo nada durante unos instantes. Luego, habló:

—Bueno, dejémonos de tonterías mitológicas y centrémonos. Seguimos organizando todo por aquí. Esto es un caos, y hay muchos nervios y tensiones, pero lo conseguiremos. Estaremos esperando vuestra llegada.

—Sandra, una última cosa: esta gente tiene graves lesiones psicomentales debidas a la implantación de ese chip emocional y de control, y de la reprogramación de sus mentes. Sus antiguas vidas han sido borradas. Para ellos, aquel mundo en Marte es su mundo. No conocen nada más.

—Lo sé. Aquí ocurre algo similar. Toda esta gente está muy traumatizada. Pero empiezan los conatos de acusaciones entre gentes del norte y del sur. Algunos quieren trasladar la guerra a Nueva Zelanda.

—Hay que impedirlo por todos los medios.

—Así es —confirmó Sandra—. Mucho me temo que esos neuroestabilizadores que hemos conseguido no serán suficiente. Tendré que pensar en algo más drástico.

—¿Vas a usar ese neuroestabilizador conmigo?

—No. Te necesito aquí abajo para buscar soluciones y organizar a estas masas de gente. Tenemos a unas ciento cincuenta mil personas hacinadas en la isla. Estamos trasladando a unas cuantas a zonas de las tierras colindantes, ahora que podemos. Necesitamos provisiones, generadores de agua dulce, medicamentos… y un milagro.

—Nosotros transportamos todo lo que pudimos recuperar de Marte. Medicamentos, alimentos, equipamiento… pero Sandra, esta gente necesitará un nuevo futuro. Y la tecnología detrás de todo este equipamiento requiere de industrias muy complejas. Estos sistemas dejarán de funcionar en breve, si no existe un mantenimiento de expertos, con instrumentos muy complejos. Todo eso ha desaparecido.

—Es cierto. Por eso habrá que crear un nuevo modelo de sociedad.

—¿A qué te refieres?

—Si hemos retrocedido hasta una nueva Edad Media, quizás sea el momento de crear un mundo nuevo, con una nueva cultura, una nueva historia, y una nueva religión. Tengo cosas que hacer, Herman. Ya te daré los detalles.

—Está bien. Cuídate, Sandra. Te necesitamos.

—Y yo necesito no volverme loca con todo esto. Seguimos en contacto.

Sandra observó a su alrededor. Los médicos atendían a muchos de los últimos que habían llegado antes del desastre. Vio a Pierre, Nadine, y los demás, hablando entre ellos. Y comprendió algo que, hasta aquel momento, no había podido dar la dimensión adecuada: el nuevo mundo que debía crearse, tenía que nacer de cero. En infraestructuras, en cultura, en historia, en arte, en religión, y en la esencia del ser humano. Una nueva humanidad. Una nueva esperanza para la especie humana. Era un trabajo inimaginable. Llamó a Jules, que se aproximó enseguida.

—Dime, Sandra. ¿Puedo ser de ayuda? ¿Puedo hacer algo?

—Sí, Jules. Puedes hacer algo.

—¿Qué es lo que quieres de mí? Haré lo que sea.

—Quiero que seas mi mano derecha en la Tierra para la gestión de este desastre.

—¿Qué?

—Herman, un oficial del Norte compatriota tuyo, será quien te guíe aquí. Viene de camino desde Marte. Él te enseñará todo lo que sea necesario en materia de supervivencia. Él es un experto. Pero tiene una edad ya, y necesito a alguien que, algún día, pueda sustituirle. Tú serás ese sustituto. Junto a tu pareja. Juntos, los dos, construiréis una nueva humanidad. No quiero hablar de momento con Michèle de esto porque está muy afectada. Pero ella es muy fuerte, como tú. Y seguro que juntos haréis un equipo formidable. Tú mismo se lo explicarás cuando se haya calmado y tranquilizado. Acaba de perder a su padre, y tendrás que tener paciencia con ella. —Jules tragó saliva, miró fijamente a Sandra, y contestó:

—Haré todo lo que me digas. Puedes contar conmigo, Sandra. —Ella sonrió, y le contestó:

—Ya te dije que ibas a jugar un papel muy importante en todo esto. Mira por dónde va a ser un papel fundamental. Y lo harás bien. Lo haréis bien los dos. Estoy segura.

—Daré mi vida si es necesario.

—No, Jules, basta de entregar la vida por una causa. Luchemos por no tener que entregar más vidas por ninguna causa en la humanidad. ¿Estás de acuerdo?

—Lo estoy. Gracias, Sandra.

—No me des las gracias. Os estoy dando una tarea enorme.

—No me importa. No te defraudaré. Ni Michèle.

Jules se marchó. Su corazón latía con fuerza. Luego Sandra pensó en Pavlov. ¿Estaría esta vez orgulloso de ella? Herman parecía estarlo. Y Herman era lo más parecido a Pavlov que tenía ahora. Finalmente, decidió que sí; que estaría orgulloso. Como ella estaría orgullosa de él, cuando pudiese traerlo de vuelta. Porque, algún día, de alguna forma, lo traería de vuelta.

De momento, había una humanidad que mantener. Un mundo nuevo que traer a la vida. Un nuevo camino para los supervivientes de la especie humana. Y ella, por mucho que le doliese, parecía ser su guía. Haría lo que pudiese. Haría lo que estuviese en su mano.

Y tendría que ser suficiente.

Mientras tanto, en la nave de Odín, este se encontraba en el despacho del capitán. Alguien llamó a la puerta.

—Está abierto —exclamó. Apareció un hombre. Tendría algo más de treinta años. Portaba un viejo pantalón tejano, unas zapatillas deportivas, y una camiseta de un antiguo grupo de rock del siglo XX. Entró, y dijo:

—Bien, ya está hecho. —Odín asintió, y contestó:

—Está hecho. Con esto quedamos en paz. Helen estará contenta.

—Helen es la causa de que el universo siga siendo estable. Y apto para la vida. Deberíais tenerlo en cuenta. Tú, y tu banda de fanáticos.

—Lo tenemos en cuenta, Scott. Por eso estamos aquí. Por Sandra. Un ser que eres incapaz de empezar siquiera a comprender, incluso siendo quien eres.

—No tienes que decirme quién es Sandra. Ni intentes mezclar vuestra absurda mitología conmigo. Yo la trato como lo que es: una entidad consciente. Vosotros…

—No puedes ni empezar a comprender quién es Sandra. Solo lamento que esa entrometida de Yvette se interpusiera. Pero ella no es importante.

—Haces mal en ignorarla. No subestimes ninguna pieza frente a ti; cualquier peón que has ignorado hoy, podría convertirse en reina mañana.

—No me interesa tu dialéctica, Scott. Ni me interesa Yvette y su aburrido argumentario por la paz y el entendimiento. Solo me interesa terminar esta guerra. Y convencer a Helen de que se una a nosotros.

—Nunca lo hará. Deberías saberlo. Vuestra meta es absurda. Vuestro fin, imposible. Vuestro resultado, el fin de la existencia.

—Entonces, la guerra no tendrá final. O el fin del universo será su final, si nosotros estamos equivocados, y tú estás en lo cierto. Es una pena. Adiós, Scott.

—Adiós, Freyr. Nos vemos en cuatro mil millones de años.

—Un instante de tiempo.

—Efectivamente. Un instante. Que cambiará el universo para siempre.

Epílogo: camino de la soledad

Extracto de "Las crónicas de los Einherjar".

Y aconteció que la divina Atenea, la de los ojos claros, insufló de vida a la tierra protegida por el manto de Odín, y cubrió de vida los bosques, los valles, los mares, y las montañas…

Días más tarde, cuando ya Herman había llegado con los rescatados de Marte, y mientras Sandra intentaba organizar aquel caos de gentes, y poner orden, Michèle se acercó a Sandra.
—¿Puedo hablar contigo un momento? —Sandra la miró un instante, y replicó:
—Entiendo que Jules ha hablado ya contigo.
—Sí. Me ha contado que cuentas con él para organizar este caos. Y conmigo.
—Cuento con los dos, Michèle. Pero quería que pasara un tiempo antes de que lo supieras.
—¿El qué? ¿Que vamos a ser la primera piedra de una nueva sociedad? ¿O que eres un androide?
—Ambas cosas. — Michèle asintió levemente, y comentó:
—Tenía que haberme dado cuenta de que había algo que no encajaba contigo.
—Yo creo que te diste cuenta. Pero la verdad era demasiado compleja de aceptar.
—Es posible. Se supone que ahora eres el único androide que queda en la Tierra.
—La Hermandad Androide se encontró en el fuego cruzado nuclear. Ayer estuve haciendo una inspección aérea por Australia. O están destruidos, o están desactivados. Algunos podrían repararse. Podrían ser útiles aquí. Pero eso significaría un importante factor de desestabilización, y una posible nueva guerra, aunque fuese con palos y piedras. Prefiero centrarme en crear una sociedad que sea autosuficiente, con los recursos que tenemos. La humanidad ya tendrá tiempo de volver a crear la tecnología necesaria, y de autodestruirse de nuevo.
—¿Y por qué nos has elegido a Jules y a mí?
—Jules tiene carácter. Tiene fuerza. Pero se precipita a veces. Es muy impulsivo. Eso es bueno a veces, y a veces es peligroso. Tú tienes templanza. Tienes criterio y eres muy metódica. Y tienes una energía inagotable por conocer, por saber. En eso os parecéis mucho. Creo que formaréis un buen equipo. Os complementáis muy bien.
—Yo me veo como un completo desastre —confesó Michèle. Sandra sonrió.
—Claro que sí. Tienes diecisiete años. Eres muy joven, Michèle. Pero he visto en ti un potencial enorme. Vas a ver cómo nace una nueva sociedad. Y tú vas a contribuir a dar forma a esa sociedad.
—Lo que temo es que la guerra se traslade aquí. A Nueva Zelanda. Empiezan las acusaciones entre los bandos.

—Lo sé. Y tendré que ser radical con eso. Los que han llegado de Marte están afectados por una operación neuronal que ha destrozado sus mentes. Aquí tenemos mucha gente con síndrome postraumático por la guerra, y por haber perdido a familias, amigos, trabajos, y la vida en general.

—Yo soy una de esas.

—Sí. Y lo siento. Pero hemos de seguir adelante. No podemos parar ahora. —Michèle levantó la vista, y respondió:

—No lo haremos. Saldremos adelante. Puedes contar conmigo.

—Gracias, Michèle. Es un regalo para mí oír eso. De verdad. Saber que vas a estar ahí, colaborando, es una gran noticia.

Michèle se alejó, y se dirigió hacia Jules, que hablaba con sus padres. En ese momento pasó Natalie, con los tres niños. Natalie caminaba hacia el comedor infantil, y sonrió a Sandra. Esta le devolvió la sonrisa con un guiño. Las cosas eran desesperadas para todos. Pero ver esa sonrisa de Natalie era una prueba de que, a pesar de todo, aquella locura era una salida para la humanidad.

Durante tres semanas, Sandra estuvo organizando los escasos recursos para dar soporte a la población superviviente de la Tierra, esperando a Herman. Cuando éste llegó con los refugiados, Sandra convocó una reunión en una sala de juntas del hospital de la isla de Arapawa. En la misma estaban presentes el mismo Herman, Sandra, Jules, Michelle, y Pierre. También se encontraban cuatro altos oficiales de la Coalición del Sur, y cuatro del Gobierno del Norte. O de lo que quedaba de esos gobiernos. Fue Sandra quien habló primero:

—Gracias a todos por venir. Estamos aquí reunidos para trazar un plan maestro para la humanidad. La situación es, como bien sabéis, desesperada, y necesitamos víveres, ropa, alojamientos, agua, y energía. Tenemos a nuestra disposición seis reactores de fusión que de momento nos permitirán mantener en marcha los sistemas hidropónicos, la potabilización del agua, y la generación de recursos básicos, nutrientes, y medicamentos para la población. Pero hemos de entender que esos recursos no serán infinitos. Las pilas de fusión fuera del manto se han contaminado con la radiación nuclear, y no son estables. Tenemos, por lo tanto, que asumir un aspecto fundamental: debemos volver a una economía y a una sociedad preindustrial, donde la humanidad vuelva a cultivar la tierra, a la crianza en granjas, y al desarrollo de herramientas manuales. Hay reservas de grano para el cultivo, y animales que han sido traídos para crear nuevas granjas. Sin contar con los autóctonos de las islas.

—Estoy de acuerdo —comentó Pierre—. Yo puedo enseñar a la gente a construir sus propios recursos. Probablemente haya otros carpinteros, y especialistas en otras materias. Podríamos crear gremios. Empezaré hoy mismo.

—Eso suena bien —aseguró Sandra—. Quedas nombrado ministro de obras y servicios.

—¿Qué dices, Sandra? —Preguntó Pierre extrañado—. ¿Estás enferma?

—Estoy perfectamente. Tendremos que crear una estructura de gobierno nueva. ¿No te parece?

—Sí, pero los valores democráticos que siempre he defendido…

—Al diablo con la democracia. No podemos permitirnos esos lujos ahora. —Hubo algunas miradas y rumores. Pierre intervino:

—Sandra, perdona, pero precisamente eso suena a…

—A dictadura. Lo sé. Me da igual a lo que suene, Pierre. La humanidad está casi destruida. Probó con dictaduras, y con democracias, y en ambos casos fracasó. Los romanos nombraban a un dictador en tiempos de crisis. Ahora alguien tendrá que asumir ese papel. No es momento de democracias; es momento de decisiones rápidas y urgentes. Hay que salvar vidas, y no podemos establecer asambleas para cada decisión mientras la gente se muere de hambre, sed, y enfermedades. Hay bastantes niños que requieren cuidados importantes. Hay que establecer sistemas educativos nuevos, en nuevas escuelas, para los que están por venir o no han empezado los estudios. Hay que recopilar libros en papel de todo el planeta, y otros recursos materiales. Hay que crear un nuevo mundo. Y hay que hacerlo ya. Si lo hacemos bien, la democracia llegará por sí sola. Si no, podremos votar cómo extinguirnos. —Pierre se mantuvo en silencio unos instantes. Luego dijo:

—Estoy de acuerdo. Y cualquiera te contradice, con ese carácter. —Sandra sonrió.

—Gracias, Pierre. Cuento contigo.

En ese momento, uno de los oficiales del Norte intervino:

—Bonito discurso. Ahora daremos nuestra opinión. Hemos estado hablando. Entre los miembros del Norte estamos organizando un grupo de gestión para esta crisis. El Norte prevalecerá. El Norte está primero, y esa es nuestra prioridad principal. No admitiremos injerencias externas, y tú desde luego no perteneces al Norte. Así que no estamos dispuestos a acatar ninguna instrucción que provenga de ti. —Un oficial de la Coalición del Sur intervino a su vez:

—Sandra es la responsable de que estemos vivos. Debemos prestarle nuestra confianza. Ella es la que ha dado sentido a un futuro para la humanidad.

—¡No estamos de acuerdo! —Exclamó el oficial del Norte—. ¡No permitiremos que una niña nos diga cómo hemos de gestionar nuestro futuro!

—¡Esta niña te ha salvado el cuello, estúpido! —gritó Herman.

—¡No la reconocemos! Y queremos comenzar a separar a las familias del Norte que se encuentran con la del Sur, y organizar un grupo de trabajo propio que…

Sandra se levantó de un salto, y miró fijamente al oficial del Norte. Este calló. Sandra exclamó:

—¡No voy a permitir que se traslade la guerra a la última zona segura de la Tierra! Ni voy a permitir que se separen familias del Norte con las del Sur, ni que haya dos organizaciones que supervisen el desarrollo de los supervivientes. El Norte y el Sur ya no existen, ¿entiendes? ¡Ahora somos un solo pueblo! —Herman intervino. Miró al oficial del Norte, y comentó:

—Yo soy del Norte, si eso te preocupa tanto. He luchado mucho, y creo que ya está bien de guerras. Estamos vivos gracias a ella. Ella ha organizado todo esto. Ella ha hecho posible ese escudo de energía, que nos permite tener un halo de esperanza y de futuro. Y ella ha conseguido que el desastre evidente que era el fin de la humanidad se haya postergado. Como soldado del Norte, he odiado al Sur con todas mis fuerzas. Ahora, estoy dispuesto a olvidarlo todo, y crear un mundo nuevo, sin diferencias, sin bandos. Con Sandra al mando. Porque es la única que ha demostrado tener el coraje, la valentía, y la fuerza para hacerlo posible.

El oficial miró a sus compañeros. Luego miró a Sandra, y a Herman. Dirigiéndose a este último, sentenció:

—Lo repetiré una vez más: no vamos a reconocer a esta jovencita como líder de nada. Agradecemos lo que ha hecho aquí. Pero no le vamos a otorgar por ello ninguna confianza. Como éramos del Norte, tomaremos la isla del norte de Nueva Zelanda, como nuestro nuevo hogar. Y lo defenderemos con lo que tengamos.

El oficial saludó a Sandra, y terminó:

—Agradecemos lo que has hecho aquí. Pero ahora, seguiremos nuestro camino. Con nuestra gente. Podremos colaborar en aspectos puntuales, no lo niego. Pero nada más. Cada cual buscará su camino.

El oficial hizo un gesto a sus compañeros, y salieron de la sala de conferencias. Sandra se llevó las manos a la cara, en un claro gesto de desesperación. Luego miró a Herman, y a los demás, y dijo:

—No lo voy a consentir. No voy a permitir que volvamos, otra vez, a plantar la semilla de la discordia, y de la guerra. —Herman contestó:
—Yo estoy contigo.
—Yo también —añadió Jules.
—Y nosotros, por supuesto —intervino Pierre. Nadine comentó:
—En circunstancias normales, estaría de acuerdo con el oficial del Norte. Odín hizo mucho daño, muchísimo, a nuestro pueblo. Pero no son circunstancias normales, todo aquello ha acabado, y hemos de acabar con esta división. Además, me es imposible no estar al lado de Sandra.
—Gracias, Nadine. Vamos a terminar con esto. Pero antes tengo que preparar algo. Os convocaré para una reunión, mañana a primera hora. Podéis marchar.

Todos marcharon, excepto un oficial del Sur, que se quedó estático. Sandra le observó, y dijo:
—¿Y a ti qué te pasa? ¿Vosotros estáis conmigo?

—Ahora y siempre, mi señora —Sandra hizo un gesto de desesperación con las manos.

—¿Señora? ¿Vas a emplear ahora el mismo lenguaje de Freyr, que era en realidad Odín? Llegué a pensar que ese culto hacia mí era una tapadera de Odín para esconderse.

—Lo que acontece con ese tema no es algo de lo que pueda o deba hablar, señora. Lo que acontece en relación con que sois nuestra guía, y nuestra señora, de eso no debéis tener la menor duda. Daremos la vida por la divina Atenea, la de los ojos claros. —Sandra le miró con extrañeza. Y dijo:

—¿Atenea? ¿Qué sabes tú de lo que ocurrió en Grecia, hace doscientos años?

—Lo suficiente. Sé que fuisteis adorada como una diosa. Y que salvasteis el pasado, para que existiera un presente. Y sé que se levantaron estatuas y templos en tu honor.

—Te equivocas —corrigió Sandra—. Se levantaron estatuas y templos en honor a una antigua divinidad llamada Atenea. Yo soy Sandra. Y no soy una diosa.

—No se puede negar el destino. Este mundo que nace necesita una diosa. Necesita un mito. Y necesita una representante espiritual que pueda guiar a la humanidad.

—Las religiones han traído caos y dolor a la humanidad, soldado. Y yo no puedo actuar como una diosa.

—Y las religiones también han dado estabilidad a los pueblos de la Tierra, mediante leyes y ritos que han permitido a la humanidad sentirse a salvo del universo y del caos a su alrededor. Si se ha de construir una religión nueva, esa religión tendrá que tener una diosa nueva. Y tú serás esa diosa, mi señora. Deberás tomar el papel que el destino te ha reservado, porque será la forma de asegurar que se cumpla tu voluntad. No atenderán a razones de un mortal. Pero no dudarán en seguir a un mito, a una leyenda. A un ser inmortal. Es la única esperanza para la humanidad.

Sandra sentía que comenzaba a desesperarse con toda aquella parafernalia mística y aquella verborrea mesiánica. Se acercó al soldado, le agarró de las solapas, lo empujó, y lo colocó frente a la pared mientras decía:

—¿Quién eres tú? ¿Quiénes sois vosotros? ¿Por qué me hacéis esto? Toda esta historia de los locos fanáticos y devotos… Es evidente que tú perteneces a ese extraño culto, como creía que pertenecía Odín. ¿Qué pretendéis con toda esa historia de la diosa salvadora? ¿Es que os habéis vuelto locos todos?

El soldado se mantuvo en silencio. Sandra lo soltó poco a poco. Miró al suelo, y susurró:

—Lo siento. Que seas un fanático religioso no me da derecho a esto. —El soldado la miró unos segundos, y contestó:

—El peso del destino es enorme sobre tus hombros, mi señora. Pero saldréis adelante.

—Seguro. Salvaré el mundo, seré magnífica, etc. Anda, lárgate. Antes de que te dé por construir una estatua, cantar algún himno ceremonial, o algo así. Vamos, largo de aquí. Desaparece. Y rézale a alguna de las ovejas Arapawa de la isla. Seguramente entiendan esto mejor que yo.

El soldado marchó lentamente. Sandra se mantuvo pensativa.

Tras unos instantes, Herman entró de nuevo. Preguntó:
—¿Y ese oficial del Sur que se había quedado atrás? ¿Qué quería?
—Nada. Es otro loco iluminado. Otro enfermo que solo sabe hablar de mitos y ritos. Como tú.
—¿A qué te refieres?
—A gente que viene a contarme que soy magnífica, y una diosa, y poderosa, y otras tonterías variadas, por no hablar de la esperanza de la humanidad. Empiezo a estar muy harta. Como ese soldado, que parece pertenecer a esa secta adoradora absurda. Quiero gente que aporte soluciones, no que pierda el tiempo en misticismos.
—No sé exactamente a qué te refieres, Sandra. Soy un hombre práctico. Pero una cosa sí te voy a decir: aquí están actuando fuerzas que no vemos. Y que no comprendemos.
—Puede ser, pero no estoy para religiones ni revelaciones, Herman. Tengo que salvar la vida de esta gente, y evitar que se maten de nuevo mientras tanto. No me interesan las fuerzas externas, ni la mística, ni el destino, ni nada de eso. Me interesa hacer mi trabajo.
—Y eso es lo que estás haciendo. ¿Qué es el destino, sino cumplir con el cometido para el que se ha nacido? Quizás deberías hacer algo más de caso a esas voces.
—Herman, por favor. No empieces tú también.

Herman se acercó, y tomó a Sandra de los hombros diciendo:
—Tienes una tarea. Esta situación se calienta por momentos, Sandra. Hace un par de días que he llegado, y ya he visto lo suficiente como para darme cuenta de que va a estallar una nueva guerra. Incluso los que vinieron de Marte conmigo, que no entienden nada, están siendo embaucados para que se alíen con el Norte, ya que esa es su procedencia.
—No sabía nada de eso.
—Naturalmente. No te lo cuentan todo. Tendrás que poner algún sistema de vigilancia. Y controlar todo el territorio. Quizás desde el espacio.
—No es mi estilo controlar a la gente así, Herman.
—Ni es mi estilo hablar de paz. Soy un soldado. Pero estoy harto. Harto de todo. Y tendrás que tomar decisiones importantes. Porque esto estallará en cualquier momento.

Sandra miró a Herman. Le tomó las manos, las apartó, y susurró:

—Está bien. Iré contra todos los principios de la lógica. Pondré en marcha el plan que he estado planificando, y que no quería activar bajo ningún concepto.

—Te refieres a los neuroestabilizadores, ¿no es así?

—Sí. Pero potenciados. Conectados al satélite. Y amplificados en varios órdenes de magnitud. La humanidad tendrá su historia. Su cultura. Su lengua. Tendrán sus mitos…. Y tendrán su diosa.

Herman la miró fijamente, con la mirada clavada en ella. Asintió levemente. Y dijo:

—Ahora hablas como lo que eres: la líder de la especie humana. Y un líder puede consultar, puede delegar, puede tener en cuenta opiniones. Pero, cuando un líder toma una decisión, la ejecuta. Y asume las consecuencias. Por eso el liderazgo es la más fría, más dura, y más solitaria de las tareas que nadie pueda llevar a cabo.

—Lo único que siento, y que me preocupa, es que mi plan se parece demasiado al de Richard.

—Eso es absurdo.

—¿Estás seguro? En fin… Haré los preparativos. Te necesitaré a mi lado, Herman.

—Estaré a tu lado. Ahora. Y siempre.

—Lo sé —susurró Sandra sonriendo—. Quizás algún día puedas conocer a mi padre.

—He visto desde que te conozco tantas cosas inesperadas, que no voy a decir que no sea posible. De momento, este soldado tiene aún una batalla que luchar. Y lo hará complacido. Voy fuera ahora. Haz lo que tengas que hacer. Y no dudes. El tiempo de dudar ha pasado.

Herman iba a marchar, cuando alguien entró corriendo. Era Michèle. Tenía la cara desencajada. Gritó:

—¡Nadine! ¡Han disparado a Nadine!

Sandra salió corriendo a toda velocidad. Herman fue detrás, y detrás de este, Michèle. Se escuchaban gritos y un tumulto. Se acercó, y vio a un grupo de gente gritando. Fue apartando a la multitud, y llegó al lugar donde vio a Nadine tumbada en el suelo. Tenía un evidente disparo de phaser en el pecho. Al lado había un soldado del Norte, también con otro disparo. Y, en medio, Jules, que miraba la escena sin reaccionar, con el phaser en la mano.

Sandra se acercó a Jules, y le ordenó:

—¡Tira el phaser, Jules! ¡Tíralo! —Jules miró a Sandra. Sus ojos expresaban un gran dolor, y una profunda ira. Gritó a su vez.

—¡La ha matado! ¡Ese cerdo la ha matado! ¡Los mataré a todos! ¡A todos!

Sandra iba a extraer el dron de su brazo para lanzar un disparo láser de aturdimiento a Jules, aunque otra opción era usar su phaser interior a potencia mínima. Ambas actuaciones mostrarían ante todos que era un androide, lo cual creería un enorme caos. Así que tuvo una idea. Se conectó al satélite, y generó un nuevo halo de energía concentrado, pero de muy baja potencia. Una vez enfocado, lo lanzó sobre Jules, que quedó momentáneamente cegado por el resplandor. Jules se tapó los ojos, momento que aprovechó Sandra para quitarle el arma. Disimuladamente le inyectó con un dedo un calmante de mediana potencia, que le hizo arrodillarse en el suelo.

Tras unos instantes, el halo de luz desapareció. Toda la multitud quedó en silencio unos segundos, sin entender de dónde había salido aquella luz resplandeciente. Michèle estaba a unos metros, bloqueada, y Sandra se dirigió a ella.
—¿Qué ha pasado, Michèle? ¡Habla! — Michèle, tras unos instantes, contestó:
—Varios soldados… Varios soldados del Norte hablaban de reorganizar el ejército, y de tomar posiciones en zonas ventajosas de la isla. Algunos reían, y cantaban canciones, mientras gritaban que iban a destrozar a todo el que fuese del Sur. Nadine les recriminó su actitud. Comenzaron una discusión, y le dijeron que ella ya no tenía potestad sobre ellos, ni sobre ninguna fuerza del Norte. Nadine se opuso, y, en medio de la discusión, alguien sacó un arma, y le disparó. Fue ese soldado en el suelo. Jules, que estaba cerca, se lanzó sobre el soldado, y le consiguió quitar el arma. Estaba como poseído. Le disparó a su vez. Entonces salí corriendo a buscarte.

La multitud empezó de nuevo a murmurar. Hablaban de lo sucedido, pero también se preguntaban qué había sido esa luz cegadora que había caído en el lugar. Algunos comenzaron a hablar de una intervención divina. Aquello era el Apocalipsis, y los sellos comenzaban a abrirse. Otros hablaron de un poder externo. Aquello había servido, al menos de momento, para que olvidaran nuevas hostilidades. Los soldados del Norte habían huido. Sandra gritó:

—¡Todo el mundo a sus alojamientos! ¿No ha habido suficientes muertos ya? ¿Es que queréis que nos matemos todos los que aquí quedamos?

La multitud reaccionó, y se fue dispersando lentamente. Sandra se acercó al cuerpo de Nadine. Examinó la herida. El phaser le había destrozado el corazón, y parte del pulmón izquierdo. Recuperarla era imposible, especialmente con aquellos medios. Miró a Michèle, y le dijo:
—Llévate a Jules. Ve con él y que descanse. Luego hablaré con él. — Michèle balbuceó unas palabras. Sandra insistió:
— ¡Michèle! Necesito que reacciones. Por favor. Te necesito conmigo. ¿De acuerdo? ¿De acuerdo? —Michèle la miró, asintió, y respondió:
—Estoy contigo. Estoy contigo.
—Muy bien. Luego voy a veros. Ahora te toca a ti hacer que Jules se calme. Por favor, Michèle: sé que esto es terrible, sé que eres muy joven, pero necesito que te

centres; puede haber más muertes en los próximos minutos y horas, y tengo que actuar rápido. Te necesito calmada, y al lado de Jules.

—Estoy calmada. Bueno, lo estaré —aseguró Michèle. Se llevó a Jules, que caminaba torpemente, todavía con importantes efectos del calmante.

Herman, que vio toda la escena, preguntó:

—¿Dónde está el marido de Nadine?

—Pierre ha ido a dar un primer taller para el aprendizaje básico de construcción de elementos de madera. Está en la nave norte. ¿Podrás encargarte tú de decírselo? Y, por favor, que mantenga la calma. No dudes ni un instante en bloquearlo si lleva un arma. Usa la fuerza si es necesario, pero que no cometa ninguna locura. Porque esta situación va a estallar en cualquier momento.

—No te preocupes; yo me encargo.

—Gracias, Herman.

—Hoy hemos perdido a una gran mujer. Y a una gran líder. Contaba con ella para todo esto.

—Yo también contaba con ella. Con su fuerza, y su pasión. Y con su voluntad de ganar la paz de una vez y para siempre. Y, lo más importante: era mi amiga. Juntas pasamos momentos maravillosos, y otros terribles. Ahora estoy completamente decidida. Ya no hay vuelta atrás. Ve, Herman.

Herman se fue, mientras Sandra tomaba a Nadine en brazos, y la llevaba al hospital, para guardar el cuerpo en una cámara de frío. Luego su marido haría con el cuerpo lo que estimase más oportuno, fuese un enterramiento, o cualquier ceremonia que quisiera celebrar. La metió en una cámara. Antes de cerrarla, miró el cuerpo de Nadine, y susurró:

—Te necesitaba a mi lado, Nadine. Pero tu muerte me demuestra que tengo que hacer algo terrible. Algo que me resistía a hacer. Tu muerte no será en vano. Seré esa maldita diosa que tengo que ser. Y tendrán que obedecerme. Ahora, paradójicamente, yo soy Richard. Me he transformado en el monstruo que he perseguido durante doscientos años. Y haré lo que tengo que hacer.

Sandra dejó la sala. Salió, decidida a llevar a cabo su plan. La situación era insostenible. Aquel conato de violencia se convertiría pronto en una guerra abierta si no actuaba de inmediato. No había otra solución. Le había dado mil vueltas. Pero no podía hacer otra cosa.

Tomó un aerodeslizador, y despegó camino de la estación espacial Beltza, que estaba en órbita sobre Nueva Zelanda, y desde la que podía controlar y monitorizar el satélite que generaba el manto de energía. Había llevado un equipo completo de neuroestabilizadores consigo, y los instaló en el sistema.

Pero primero tendría que llevar a cabo otra tarea. Con ayuda del rayo generado por el reactor, Sandra fue destruyendo toda forma de estructura artificial a lo largo de las dos islas. Edificios, carreteras, todo tipo de construcciones, todo quedó arrasado. Previamente la población de la propia Nueva Zelanda había sido evacuada, precisamente porque se pensaba que, al ser un santuario de Odín, Richard la atacaría primero. De hecho, fue una de las primeras zonas en ser atacadas, pero las defensas habían resistido, al haber sido reforzadas, hasta que el manto estuvo activo. Solo mantuvo algunas naves en algunos lugares, que servirían como refugio inicial para la población, que serían equipadas con elementos básicos como agua y alimentos hasta que se desarrollasen nuevas construcciones y poblaciones.

No le gustó destruir todo rastro de civilización. Pero, si tenía que construirse una nueva sociedad, no debería hacerse bajo las ruinas de ciudades abandonadas. La potencia del rayo era tal, que literalmente fundía cemento y acero a nivel molecular, que se licuaban y era tragado por la tierra porosa. Una civilización destruida, y engullida por su propio terreno. Ese era el fin de Nueva Zelanda. Aquella potencia solo era posible con el reactor de Scott, pero pronto podría sustituirlo por algo más efectivo y práctico, ahora que comenzaba a entender en toda su extensión su funcionamiento.

Los edificios de la isla de Arapawa se mantendrían un tiempo. Luego se llevaría el equipo médico al sur, a alguna de las islas más meridionales, para construir un refugio con instrumentos y herramientas del pasado, por si era necesario alguna vez hacer uso de tecnologías modernas. Pero solo lo haría para situaciones muy concretas y precisas. La humanidad tendría que empezar de nuevo. O no habría humanidad que salvar.

Sandra estuvo preparando los neuroestabilizadores durante horas, en un trabajo tremendamente complejo para configurarlos como nunca se había hecho. Más tarde, cuando hubo terminado, llamó a Herman.

—Herman, ¿estás ahí?
—Dime, Sandra. Estoy aquí.
—Quiero que subas en un aerodeslizador con Jules, y Michèle. Voy a barrer la isla con los neuroestabilizadores. Los he reprogramado, y voy a enviar un rayo muy intenso por la noche, cuando la mayor parte estén durmiendo.
—¿Y tus amigas de Lyon, Lorine y Jessica? ¿Y esa mujer con los niños? —Sandra suspiró.
—Ellas se quedan. Natalie y sus hijos también. Cuantos menos seamos recordando el pasado, más probabilidades de supervivencia.
—Me contaron una vez que es importante tener un pasado.

—Tendrán un pasado. Pero será como un sueño. Sus vidas serán nuevas. Incluso su lengua. Porque no se podrán seguir usando los traductores universales.

—¿Una lengua? ¿Cuál?

—El maorí. Es la lengua originaria de Nueva Zelanda. Es apropiado por lo tanto que sea esa lengua. También una nueva religión, combinación de religiones anteriores, principalmente de la religión griega y la escandinava, y algunos elementos de la religión maorí. Si se ha de crear una nueva mística, que sea en base a elementos que desconocen en su casi totalidad. Además, con varios dioses cada cual elige el que adorar. Eso es práctico. Es una recomendación que alguien me hizo hace mucho tiempo. Lo importante es que tengan dioses en qué pensar, y una lengua con la que expresar su fe en sus nuevos dioses.

—Ya sabes que yo te apoyaré en todo. Pero recuerda: es un nuevo comienzo para la humanidad.

—Sí, ya te lo he dicho: es parecido a lo que quería hacer Richard. Demasiado parecido. Pero, o hacemos esto, o terminarán matándose entre ellos.

—¿No crees que pasará lo mismo en el futuro? Quiero decir, ¿es la naturaleza del ser humano la de haber evolucionado para provocar su propia extinción, sea lo que sea que hagamos?

—Es una pregunta interesante, Herman. Es posible que así sea. En ese caso, nada de lo que hagamos servirá de nada. Solo transformar a la humanidad en algo nuevo tendría alguna posibilidad. No estoy por esa labor. Sí por hacer lo que estamos haciendo. Me darán tiempo para pensar en algo mejor. Y, si finalmente deciden acabar unos con otros, al menos lo habré intentado. Si ahora no intervengo, el fin de la civilización humana se medirá en semanas. Puede que en días.

—Voy a por los chicos. Estaré allí lo antes posible.

—Herman, no le digas nada a Jules. Cuando esto acabe, su padre no le reconocerá.

—Sandra, el chico acaba de perder a su madre… Creo que deberías…

—Ahora va a perder a su padre.

—Deja que suba el padre del chico también. Jules no podrá vivir toda la vida con un padre que le haya olvidado. Es un ser humano. —Sandra suspiró.

—Todos hemos perdido seres queridos, y hemos tenido que hacer grandes sacrificios. Esto no me gusta, ni me siento orgullosa de lo que estoy haciendo. Lo que está claro es que cada ser humano no modificado supone un riesgo añadido.

—Entonces yo me cambio por el padre de Jules. Déjame a mí. Llévate al padre del chico.

—No puedo hacer eso. Sabes que necesito tu ayuda…

—Sandra… —Ella alzó las manos, en señal de derrota.

—Está bien. Qué cabezota eres. En eso te pareces mucho a Pavlov. Ve a por Pierre. Espero no arrepentirme. La situación es crítica, Herman. Pero necesito también a Jules. Me arriesgaré.

—Creo que el riesgo merece la pena.

—Una cosa más: a partir de la puesta en marcha de todo esto, vosotros os quedáis abajo. Mezclados con las gentes. Me ayudaréis a buscar posibles dificultades adaptativas. Y a actuar como guías. Habrá que hacer microajustes mentales en algunos individuos casi seguro. Yo me quedaré aquí arriba. Prefiero hacerme ver poco.

—Los dioses son caprichosos con sus deseos y sus apariciones.

—No estoy para bromas, Herman.

—No estoy bromeando en absoluto. Llegaré enseguida.

Herman llegó con Michèle, Jules y Pierre. Sandra les explicó el plan. Pierre no consideraba que aquello fuese correcto. Michèle y Jules apoyaban a Sandra, y confiaban en su criterio. Herman solo quería que todo aquello acabara, para que todo pudiera comenzar de nuevo.

Finalmente, por la noche, Sandra conectó los neuroestabilizadores. Consistían en una serie de frecuencias electromagnéticas de alta energía, dentro de un espectro capaz de modificar las estructuras proteínicas del cerebro, borrando primero las áreas relacionadas con la memoria a largo plazo y el lenguaje, y dejando intactas el resto. Luego, una segunda sesión insertó el maorí como la lengua del habla en el área de Broca, dedicada al lenguaje, y una nueva concepción religiosa basada en una mezcla de dioses y leyendas, que se insertó en las áreas de la materia gris del córtex frontal.

La sesión duró tres horas largas. Cuando acabó, Sandra desconectó los neuroestabilizadores. Observó los datos, y comentó:

—Está hecho. Y aparentemente ha funcionado. A partir de ahora, vosotros cuatro sois lo que queda de la humanidad como la hemos conocido en los últimos tres millones de años. Hoy termina una era, y comienza una nueva. Vosotros sois testigos.

—Necesitarán un libro sagrado, o algo parecido —comentó Jules.

—No digas tonterías —le repuso su padre.

—Padre, no es una tontería. Siempre ha habido un libro sagrado que ha guiado a la humanidad.

—Sí, he pensado en ello —confirmó Sandra—. No vamos a usar libros de ninguna religión pasada. He creado una nueva mitología, y he preparado material suficiente. Ya está escrito. Lo he ido confeccionando estos días, por si era necesario. Lo he titulado "Las crónicas de los Einherjar". Está escrito en maorí, y narra el pasado reciente de la humanidad, desde un punto de vista místico, filosófico, y religioso. Podrán tener un pasado, y un conjunto de mitos que parten de la historia real. Este libro les será entregado para que les sirva de guía inicial. —Pierre preguntó:

—¿Vamos a fundar una nueva religión? ¿Aquí? ¿Ahora?

—¿Por qué no? —preguntó Sandra—. Todas las religiones han nacido de establecer una serie de valores, con una serie de mitos y ritos, que luego han ido evolucionando. Se descartan algunas cosas, se aceptan otras, hasta dar con un conjunto de reglas y valores morales y éticos. Esto no es más que una nueva confección de una guía espiritual humana. Lo que me duele es tener que ser yo quien lo lleve a cabo. Forma parte de esta situación. Pero hay necesidades más inmediatas: comer, dormir, crear sus primeras construcciones, y sus primeras estructuras. En eso serás fundamental, Pierre.

—Haré lo que pueda.

—¿Sabes que pensaba dejarte abajo, y que fue Herman quien me convenció de lo contrario? —Pierre la miró, y respondió:

—Sé que, en cada momento, haces lo que crees más oportuno. Pero no me voy a quejar de que Herman te convenciera.

—No puedo razonar ni valorar sentimientos personales de nadie ahora. Ni los tuyos, ni los de nadie. Es la humanidad la que está en juego. Y haré lo que sea necesario por la humanidad. Cualquier sacrificio. El que sea. Incluido por supuesto mi propio sacrificio, si es necesario. ¿Ha quedado claro? —Jules tragó saliva, y respondió:

—Yo estoy contigo, Sandra.

—Yo también —aseguró Michèle.

—Y yo —añadió Pierre—. Aunque hubiese preferido que las cosas hubiesen sido distintas. —Sandra asintió, y respondió:

—Lo entiendo. Piensa que Nadine murió defendiendo este nuevo mundo. Esta nueva sociedad. Son demasiadas muertes. Demasiado dolor. Esto tenía que terminar. Y estoy segura de que esta solución no es la ideal, y probablemente sea censurable en muchos aspectos éticos y morales. Pero no tenía más ideas para evitar una masacre sin tener que aplicar una justicia que no habría servido más que para complicarlo más todo.

—¿Qué comportamiento podemos esperar de todos ellos? —Preguntó Herman.

—Los médicos siguen siendo médicos. Los carpinteros siguen siendo carpinteros. Pero ni unos ni otros tendrán los medios tecnológicos que tenían a su alcance. Si la tecnología desaparece, porque no podemos mantenerla, es mejor que poco a poco, durante esta generación y la siguiente, se vaya prescindiendo del material que tenemos, para volver a un modelo preindustrial. Luego, bueno, iré improvisando.

Se hizo el silencio. Tras unos instantes, Michèle comentó:

—Nosotros moriremos. Y entonces, te quedarás sola, Sandra. —Ella asintió.

—Sí. Lo sé. Ya lo he pensado. Espero que viváis muchos años. Pero, de todas formas, nos veremos poco. Yo estaré aquí, vosotros ayudaréis a la gente de abajo. Solo bajaré para cuestiones importantes que pueda haber. Luego, cuando ya no estéis, es de suponer que el camino del inicio de la nueva sociedad se haya consolidado lo suficiente. Preveo unos siglos complicados. Para variar.

Michèle abrazó a Jules. Ambos miraron a las islas. Luego Herman habló:

—Creo que esa nueva especie humana necesitará la guía de su diosa. Y creo que es el momento de iniciar ese camino. ¿No te parece? —Sandra miró al vacío, y contestó:

—Ya lo he dicho: haré lo que sea por la humanidad. Pero no esperes que me guste esa ridícula idea de hacerme pasar por una diosa.

—No lo espero —contestó Herman—. Basta con que sirva a tus propósitos. Además, no es la primera vez que una entidad física se otorga esa cualidad divina. Y por razones mucho menos nobles que la tuya.

—Querría bajar como lo que soy: un simple androide.

—Y de nuevo tendríamos una guerra en dos semanas, Sandra. Solo un dios puede aplacar la ira de la guerra de la humanidad.

—O acrecentarla —añadió Pierre. Herman asintió.

—Por supuesto. Lo hemos visto muchas veces. Hemos tenido dos dioses humanos luchando entre sí: Zeus, y Odín. No era tan distinto a lo que vas a hacer ahora, Sandra.

—Correcto. Y, ¿sabes qué? Eso es lo que realmente me asusta.

—Es una pantalla de humo —sugirió Pierre—. Hasta que puedan estar preparados. Si es que algún día están preparados.

Sandra bajó con el aerodeslizador a la isla. Las gentes despertaban al amanecer, hablando unos con otros. En realidad, todo seguía igual. Ellos sabían y conocían su situación. Pero no su pasado relacionado con la guerra entre el Norte y el Sur. Su historia, su filosofía, y su mística, eran libros blancos. Libros que iban a ser escritos por primera vez.

De pronto, observaron una luz blancoazulada que se acercaba. De ella surgió una figura. Era una joven mujer, de cabello negro, y ojos azules. Alguien gritó:

—¡Mirad! ¡Mirad!

Todos se giraron. Sandra se mantuvo flotando, mientras las gentes señalaban, y se arrodillaban. Sandra habló, amplificando su voz para que la oyeran claramente:

—¡Escuchad todos! He venido para encontrar un nuevo camino. Un camino para todos vosotros. Un camino de esperanza, y un camino de paz para todos. Hoy, aquí, da comienzo una nueva Era. La Era de los Einherjar. Sea, para todos, este día, celebración de gloria y festejo. Porque hoy, por fin, encontramos una salida para la especie humana. ¿Estáis conmigo?

Todos gritaron. Herman, que con los demás veía la escena desde la estación Beltza, susurró:

—Lo hace bien. Podría haber sido actriz. —Pierre añadió:

—Me pregunto qué saldrá de todo esto. Es una pantomima ridícula.

—Lo es, en muchos aspectos —confirmó Herman—. Como lo han sido todos los ritos religiosos anteriores. Pero sirven para calmar los miedos y los temores de la humanidad como ninguna medicina o ciencia pueden conseguir. No le des más vueltas, Pierre. Las religiones han sido la herramienta ideal de manipulación de las masas durante milenios. Sandra está haciendo el mismo uso que hicieron grandes líderes religiosos en el pasado. Se ha visto forzada a ello, porque no había otra alternativa, excepto la extinción total de la especie. Ahora el destino está escrito. Y hoy ha dado comienzo un nuevo camino para todos. Que la humanidad aproveche esta oportunidad, o la pierda, está en sus manos. Somos testigos del fin de los tiempos, y del renacer de los tiempos.

Michèle miró la pantalla, y luego observó la Tierra desde el espacio diciendo:

—No sé si reír o llorar. —Pierre, que estaba a su lado, le tomó la mano, y respondió:

—Ríe y llora. Llora por los que se fueron. Y ríe por los que vendrán. Esa es la condición humana. Y de la vida. Hoy hemos visto un milagro. Reír y llorar es lo menos que podemos hacer. Hemos perdido mucho. Pero nos tenemos unos a otros. Eso querría Nadine para nosotros. Que cuidemos unos de otros. Hagámoslo por su memoria, y por la memoria de tu padre.

Mientras tanto, Sandra desapareció. Las gentes volvieron a sus quehaceres, y comenzó el rumor de que una diosa había llegado para guiar al pueblo. Pronto se distribuiría a la población entre las dos islas. Podría ser peligroso separar en dos grupos a la humanidad, pero de todas formas lo harían ellos por sí mismos, y era mejor hacerlo de forma organizada.

Por la noche, Sandra se dirigió en secreto a donde estaba Natalie con los niños. Estos dormían. Sandra se acercó a Natalie. Esta la vio, y dijo:

—¡Señora! ¡Os he visto hablar antes! —Era evidente que la lengua maorí estaba integrada en sus mentes. Y era evidente que la forma de hablar se parecía demasiado a la de Odín, cuando se hizo pasar por Freyr, y a la de aquel soldado. Si había alguna relación, era algo que no le importaba en aquel momento. Preguntó:

—¿Estás bien? ¿Te falta algo?

—Tengo agua, comida, ropa, y un techo para mis hijos. ¿Qué mas se puede pedir, mi señora? —Sandra le tomó la mano sonriente, y respondió:

—Nada más. Cuídate, y cuida de los niños. ¿lo harás?

—Lo haré. —Sandra apretó suavemente la mano de Natalie, y se despidió.

Luego se acercó a Lorine y Jessica. Ambas dormían. Pero Lorine abrió los ojos levemente. Se levantó diciendo:

—Señora, qué alegría verte. —Sandra sintió un dolor profundo en su interior. Era Lorine, ciertamente. Y de nuevo la trataban de "señora". Era ella, eso estaba claro.

Pero, ¿tenía derecho a transformarla de ese modo? ¿Qué alternativa había? Probablemente estuviese muerta en esos momentos, o lo habría estado en breve, junto a la mayoría, de no haber hecho nada. Pero el precio era alto. Extremadamente alto. Quizás demasiado.

Se acercó a Lorine, y le preguntó:

—¿Sabes lo que es un piano?
—¿Bromeáis, señora? Claro que lo sé. —Sandra la tomó de la mano.

—Ven. Despierta a Jessica. Acompañadme las dos.

Lorine y Jessica caminaron junto a Sandra. Entraron en una sala del refugio, donde se encontraba un viejo piano. Sandra lo afinó rápidamente. Luego miró a Lorine, y quiso hacer una prueba:

—¿Quieres tocar una pieza? ¿Lo harás por mí? —Lorine miró a Jessica, que sonreía. Luego dijo:
—¡Claro! ¿Algo en especial?
—Lo que quieras. Lo que salga de ti.
Lorine se sentó frente al piano. Puso las manos en las teclas. Y comenzó a tocar. Era una vieja canción de blues, con un sonido melódico y profundo, que solía tocar en Lyon. Pronto, la sala se fue llenando con el rumor de la melodía. La música era suave, casi hipnótica. ¿Era una nueva cualidad de Lorine por la transformación? ¿O era debido a todo lo sucedido?

Nunca lo sabría con seguridad. Pero quizás no importaba. Lo importante es que sus traumas habían desaparecido. Su miedo, su dolor. Ahora había música de nuevo en el mundo. Una vez más. Y esa música debería crecer, hasta convertirse en una orquesta. Ese era su objetivo. Y no cejaría hasta conseguirlo.

Barcelona, nueve de abril de 2018.

Nota: la historia continúa en "La insurrección de los Einherjar I: el manto de Odín".

Printed in Great Britain
by Amazon